KB236735

새미학술신서 7

한국 현대시와 에로티시즘

새미

문학은 인간이 체험한 삶에 대한 해석을 그 본질로 삼는다. 작가가 작품을 통하여 인간의 체험을 해석한다면, 문학 연구자는 그 작품을 다시 인간 체험의 해석 근거로 삼는다. 즉 1차 텍스트는 인간의 체험이며, 2차 텍스트는 인간의 체험을 해석한 작품이다. 그리고 작품을 해석한 연구자의 연구는 3차 텍스트가 되는 셈이다. 연구된 글은 특정한 시공간을 주도하는 인문학적 정신을 탐구하는 텍스트이기 때문이다. 어떠한 연구자도 자신의 연구에 세계에 대한 자신의 관점을 반영하지 않는 경우는 없다. 따라서 문학은 여러 층위의 텍스트를 생산하면서 해석의 순환 고리를 형성하게 되는 것이다.

이 연구서 또한 문학이라는 해석적 장 속에서 생산된 또 하나의 텍스트인 셈이다. 이는 이 연구의 방향이나 접근 방식들이 필자의 정신 세계와 동떨어져 있지 않음을 말하는 것이다. 이처럼 문학 해석은 또 다른 단어나 문장으로의 단순한 직역이 아니다. 문학 작품이 드러낸 체험을 해석하고 그 체험이 인간의 삶 속에서 어떠한 의미를 지니게 되는가를 밝히는 과정에서, 삶에 대한 연구자의 시각이 자연스럽게 드러나기 마련이다. 그리고 해석 방식의 선택에서부터 연구자는 자신의 세계관을 노출하게 되어 있다.

　이 연구는, 문학은 인간의 원체험에 자유롭지 않다는 전제에서 출발한다. 그동안 수많은 문학 연구들이 행해 온 해석 방식의 다양함 속에서도, 그리고 그 다양한 체험들 속에서도, 문학 작품은 몇 개의 체험을 원형으로 삼고 있다는 것이다. 단지 작품이나 작가에 따라 그 형상과 빈도만이 다를 뿐이다. 어느 작가도 그 원체험에서 벗어나 있을 수 없다. 그 원체험이 어떻게 구체적인 형상과 다양한 옷을 입고 나타나는가 하는 점은 작가의 개성에 속하는 문제이다.

　에로티시즘은 그러한 원체험으로서, 삶과 죽음을 대하는 인간의 태도 속에 내재된 근원적 정신이다. 性 자체가 종교적이고 철학적인 성격을 강하게 지니고 있으면서도 그동안 그에 대한 지나친 편견으로 인해 에로티시즘은 문학 연구에서 논외로 취급 당하거나 논의의 중심부로 승격될 수 없었다. 이러한 문제를 절감하는 데서 이 연구는 시작되었다. 즉 한국 현대시에 나타난 에로스의 상상력을 통하여 에로티시즘이 인간의 근원적이고 보편적인 원형 의식임을 밝히려는 데 그 목적이 있다. 이러한 작업을 통해 좁게는 에로티시즘이 갖는 정신적 특질을 살피려고 했으며, 넓게는 에로스의 소재가 문학사 속에서 차지하는 위상적 가치를 밝히려고 했다.

현대인이 겪는 관계의 단절은 인간의 실존을 위협하는 문명의 거대한 힘에 원인이 있다. 문명은 지배자와 전쟁의 논리를 통하여 인간을 물질화, 기계화시키고, 결국은 인간의 본질까지 말살시키고 있다. 에로티시즘은 자아를 억압함으로써 자아 상실을 유도하는 모든 폭력적 논리에 도전하는 반항 정신에 근거한다. 인간성 상실의 세계에 맞서 인간성을 회복하려는 정신 세계라 할 수 있다. 그것은 파괴되지 않은 인간의 원초적 삶에 대한 탐구정신이기 때문이다.

본 연구는 에로스의 상상력을 창작적 모체로 삼고 있는 서정주, 오장환, 송욱, 전봉건 등의 네 시인의 시를 대상으로 삼아 에로티시즘을 세 가지 양상으로 구분하여 살펴 보았다. 이 세 가지 양상은 비단 이 네 시인의 작품에만 적용되는 제한된 해석적 틀이 아니라, 에로티시즘의 세계에 근거하고 있는 다른 시들을 분석하는 데에도 유용한 준거가 될 것이다.

이를 위해 먼저 에로티시즘의 개념부터 살펴보았다. 기존의 연구에서는 관능적이고 성적인 소재나 그 뉘앙스만 보이면 대개 에로티시즘이란 용어를 사용하여 왔다.

필자는 에로티시즘이 에로스와 타나토스와의 역학적 관계 속에서 형성되는 정신세계라고 보았다. 즉 에로티시즘은 에로스와 타나토스의 결속 관계 위에서만 그 정체를 탐구할 수 있다. 에로티시즘이 제의성을 뚜렷이 보이게 되는 것도 이 두 가지의 의미 磁場 때문이다. 본고가 에로스와 타나토스의 관계를 규명하려는 시도로부터 이 연구를 시작한 이유도 여기에 있다.

고전 시가는 물론 한국 근대시사에서도 에로티시즘은 중요한 테마로서 지속되고 있다는 점을 고려할 때, 에로티시즘의 詩史的인 규명이 최종적인 과제라고 여겨진다. 이 연구를 시발점으로 하여, 한국 시사에서 에로티시즘의 입지를 선명하게 부각시키는 작업을 계속적으로 개진해 나가려고 한다. 이러한 지속적 작업을 통하여 에로티시즘의 문학사적, 정신사적 가치를 확립할 수 있기를 바란다.

문학 현상이든 사회 현상이든 정신 현상이든, 모든 현상은 다양한 담론적 행위를 통해 그 의미폭이 확장되어 왔다. 요즘 인문학에서 관심의 주류를 타고 있는 性이나 몸의 담론도 예외는 아니다. 性이나 몸에 대한 담론이 이렇게 풍성했던 적은 아마 전무하리라 판단된다. 이러한 관심에 비례하여 다행히도 性이나 몸에 대한 지엽적이던 그간의 시각들이 많이 교정되고 있으며 그 접근 방식도 다양해지고 있어서 다행스럽다.

이 연구서도 그러한 시각의 확장에 다소나마 일조했으면 하는 바램이다.

2002년 2월
전미정

제 1 장

에로스와 타나토스

문학은 인간이 체험한 삶을 다양하게 드러내고 있는 영역이다. 따라서, 문학 연구는 그러한 다양한 체험이 축적하고 있는 인간의 정신을 해독하는 일이 된다. 그런데, 인간의 삶은 구체적이고 개별적인 체험의 차이 속에서도 일정한 의식을 공통적으로 내재하고 있기 마련이다. 문학사에 지속적으로 나타나고 있는 원형 의식이 바로 그것이다.[1]

그리고 에로스[2]는 그러한 보편적인 의식을 생산하는 상상적 재원의 하나라 할 수 있다. 에로스는 인간의 원체험을 대표하는 탄생, 결혼, 죽음과 단단히 맞물려 있기 때문이다.[3] 하나의 생명체로서의 인간은 에로스에 그 생명의 기원을 두며, 에로스의 체험을 통하여 살아가고 있다고 해도 과언이 아니다. 그만큼 인간의 삶은 에로스의 궤적에서 벗어날 수가 없다. 그렇다면 문학이 인간의 구체적인 삶에서 출발한다는 문학 발

---

1) 이재선, 『우리 문학은 어디에서 왔는가』, 소설문학사, 1987. pp. 26-27.
2) 본고에서는 性과 에로스, 그리고 에로티시즘을 다음과 같이 구별하여 쓴다.
   <u>性(SEX)</u>:①성적인 활동을 가리키는 경우, ②남성과 여성이라는 생물학적 차이를 말하는 경우의 두 가지가 있다.(Joseph Bristow, sexuality, Routledge, 1997. p. 1) 본고에서 사용하는 性은 전자의 의미로 쓰인다. 성적인 묘사나 성적인 분위기를 부각시켜야 할 때는 '性'이나 '性的' 등의 용어를 사용하기로 한다.
   <u>에로스(eros)</u>:性의 본능과 함께 생명의 본능을 아우르는 명칭이다. 성적 묘사나 성적 장면과 관련될지라도, 그것이 타나토스와의 긴장 속에서 생명이나 욕망을 환기하는 경우에 사용한다. '에로스' '에로스적' '에로틱' 등이 그것이다.(타나토스와 에로스의 관계는 각주 6) 참조)
   <u>에로티시즘(eroticism)</u>:에로스라는 시적 소재나 그 상상력을 통하여 나타나는 시 의식을 가리킨다.(상세한 내용은 제2장의 각주 7) 참조)
3) 今道友信, 백기수 역, 『愛論』, 탐구당, 1981. p. 11.

생론적 측면에서 보았을 때, 에로스가 문학사에서 지속적인 소재가 되어온 현상은 지극히 자연스럽다고 할 수 있다. 에로스는 삶의 첫 출발점이기 때문이다. 탄생과 결혼이 에로스와 긴요한 관계 위에 있다는 사실 또한 누구라도 수긍할 수 있는 특질이다.

그런데 문제는 죽음도 에로스와 깊이 연루되어 있다는 점이다. 죽음과 에로스와의 근친적 관계는 쉽게 납득되지 않는 부분이 없잖아 있는 것이 사실이다. 에로스가 문제시되는 곳에서 어째서 죽음이 항상 동전 양면처럼 따라 나올 수밖에 없는가. 바로 이 모순적 현상을 인간의 본능과 관련하여 논리적으로 풀어나가는 것이 에로티시즘 논의의 궁극적 과제라면 과제이다. 에로티시즘의 정신 세계를 이해할 수 있는 열쇠는 바로 에로스와 죽음의 역학적 관계 속에 들어 있기 때문이다.

에로티시즘이 단순한 성적 담론 이상의 어떤 철학적 담론의 성격을 강하게 띠게 되는 것도 바로 이러한 의미론적 역학관계에 기인한다. 따라서, 에로티시즘의 논의는 에로스와 타나토스의 관계에 대한 구체적인 해명이 전제되지 않고서는 불가능하며, 이제부터 살려보려는 바도 에로스와 타나토스가 어떻게 상보적 의미 운동을 형성하는가 하는 점이다.

죽음은 에로스에 있어서 중요한 문제가 아닐 수 없다. 인간은 모태를 벗어나 하나의 독립된 생명으로 태어나는 순간 아이러니칼하게도 죽음을 의식하게 된다.[4] 즉 탄생의 순간부터 죽음에 이르는 순간까지 생명체로서의 인간은 언제나 죽음을 환기하며 살아간다. 인간의 모든 체험은 항상 일정한 지점에서 죽음과 생명의 문제로 귀착하게 된다. 삶은 끊임없이 죽음의 의미 주변을 선회하고 있는 것이다. 인간의 일상사는 끊임없이 죽음과 생명을 擬似的으로 체험하는 과정이라고 할 수 있다.

그런 의미에서, 문학의 관건은 사랑과 죽음을 삶의 궤도 안에서 어떻게 포착하는가 하는 일[5]이라는 주장은 일리가 있는 것이다. 삶은 마치 시시각각으로 생명과 죽음이라는 두 극 사이를 움직이고 있는 시계추와

---

4) 에릭 올슨·립튼 공저, 이일철 역, 『죽음의 윤리』, 文志社, 1982. pp. 44, 92.
5) 민희식, 「프랑스 시에 나타난 에로티시즘」, 『현대시학』(74년 10월 호)

같다. 생명의 에너지는 에로스(성과 생명)와 타나토스(죽음)의 긴장 관계 속에서 생성되는 것이다[6]. 생명과 죽음의 대립의 강도에 따라 삶의 에너지의 양도 결정된다. 시작은 끝과의 긴장 속에서, 생명은 죽음과의 긴장 속에서, 그 에너지를 더 강하게 발산할 수 있다. 그러므로, 에로스는 타나토스와의 대립 위에서 오히려 자기 에너지를 더 확실하게 방출할 수 있다. 에로스와 타나토스는 양립불가능한 관계이지만, 오히려 그러한 모순적 관계 때문에 삶의 에너지가 생성되는 것이다. 그래서, 에로스는 타나토스와 같은 원주 위를 달리는 운동이라 할 수 있다.

그런데, 에로스와 타나토스는 단순히 생명과 죽음의 문제가 아니다. 그 의미는 더 포괄적이고 상징적으로 쓰이고 있다. 즉 에로스는 조화나 보존의 의미로, 타나토스는 부조화나 파괴의 의미로 확장되어 쓰인다. 그렇기 때문에, 에로스의 상상력은 조화와 보존을 유지하고자 하는 의식의 산물이며, 타나토스는 조화를 깨고 파괴를 가져옴으로써 에로스를 자극하고 고무시키는 기제가 되는 것이다. 이러한 점에서 볼 때, 타나토스와의 반대 자장 속에서 형성되는 에로스의 상상력은 획일적이거나

---

6) 프로이트는 기본적인 인간의 본능을 에로스(生의 본능)와 타나토스(死의 본능)로 설정하고 있다. 에로스는 자기보존의 본능, 종족보존의 본능, 자기애, 대상애 등을 내포, 항상 보다 큰 통일을 만들어 내어 이것을 유지하려고 하는 충동이다. 죽음의 본능, 곧 파괴의 본능은 결합을 해체하고 사물을 파괴하는 충동이다. 그 궁극의 모습은 죽음의 충동이고, 그것은 생동자가 부생물의 상태로 돌아가는 모습 안에서 볼 수 있다. 에로스와 타나토스, 이 두 충동은 저마다 단독으로 활동하는 수도 있고, 공동으로 활동하는 수도 있다. (프로이트, 김종호 역, 『문화의 불안』, 박영사, 1974. pp. 113-114.) 이러한 프로이트의 견해는 그의 후기 저작에 와서 이루어진 것으로, 그가 계속해서 주장해 오던 에로스에 대한 의견을 어렵게 수정한 것이다. 칼 융은, 인간의 본능을 에로스에만 한정시켜서 생물학적, 신경증적인 각도로만 접근했던 프로이트가 후기에 와서 초기 이론을 수정한 것을 긍정적으로 평가하고 있다. 그리고, 프로이트가 제시한 두 가지 본능을 통해, 융은 에로스와 타나토스의 갈등과 긴장의 관계 속에서 삶의 에너지가 나온다는 점을 착안하였다. 이러한 융의 견해는 삶의 역동적 에너지와 에로스의 관계에 대한 탁견이 아닐 수 없다.(C. G. Jung, tr. by R. F. C. Hull, The Eros Theory, Two Essays Psychology, London:Routledge & Kegan Paul,1966. pp. 27-29. 참조)
본고에서 취하는 에로스는, 프로이트의 후기 이론인 二代(에로스와 타나토스) 본능설과 그것을 해석한 융의 견해에 따른 것이다.

단선적인 것이 아니다.

문학이 반대의 의미 磁場 속에서 다층적인 의미를 생성하게 되고, 주제의 영역을 확장하는 힘을 얻게 된다는 것은 일반적 사실이다. 그렇다면 타나토스라는 반대항을 성립 조건으로 삼고 있는 에로스는 문학에서 중요한 의미 생성의 영역이 아닐 수 없다. 심미적 경험이 반대항의 통합을 통하여 창출된다는 점을 고려한다면, 에로스의 상상력은 한층 중요해지는 것이다. 심미학과 에로틱한 것의 유사한 의미구조[7]를 보여주는 대립짝을 몇 가지 들어보면 다음과 같다. 살아있는/죽어있는, 안정된/위험한, 움직임/정지, 강함/약함, 분열/통합, 위/아래, 켜짐/꺼짐, 안/밖, 분리/융합, 남성/여성 등이 그것인데, 우리는 여기서 에로티시즘이 어떻게 그렇게 다층적이고 역동적인 의미를 생성하게 되는지를 알게 될 것이다.

현실이 인간성을 지나치게 억압하여 인간에게 죽음 의식을 팽배하게 만들 때, 그 현실과 대극적 지점에 있는 생명이나 영속성에 대한 의식은 평소보다 훨씬 더 고조되기 마련이다. 에로스가 타나토스와 친족적 관계를 지니는 것은 이 때문이다. 죽음을 많이 의식하면 할수록 역으로 삶의 에너지도 많이 방출되는 것이다. 에로스의 상상력 속에는 그러한 에너지의 운동이 투영되어 있으며, 따라서 에로스는 생명성과 창조성의 원천적 에너지가 된다.

여기서 확실히 해두어야 할 사실은, 성행위를 묘사하거나 성적인 분위기를 재현하고 있다고 해서 모두 에로틱한 것은 아니라는 것이다. 에로틱한 것은 삶에 대한 진지한 탐색을 통해 삶에 대한 충동을 일으키는 것이어야 한다. 그런데 이러한 에로틱한 것이 어떻게 성적 표현과 밀접한 관계를 지니게 된 것인가. 이러한 질문은 곧 인간에게 있어서 성의 의미가 무엇인가 하는 의문과 직결되는 문제이다. 性은 생명과 죽음의 이원적인 삶의 원리를 입체적으로 드러내게 되는 일차적인 의미의

---

7) Stoller, R, *Observing the Erotic Imagenation*, New Heven:Yale Univ. Press, 1985. pp. 52-53 참조. 이를 통하여, 에로틱한 상상력이 지니는 의미생성의 자질을 충분히 엿볼 수 있다.

장8)으로 파악된다.

  性이란 種에 있어서는 전진이며 생이면서, 다른 한편 개체에 있어서는 퇴보이며 죽음이다. 이처럼, 性은 生과 死라는 이중적 의미를 공유하고 있는 모순적 특질을 보이게 된다. 그 결과, 性은 생명과 죽음을 인식하게 하는 특별한 매개체가 되며, 인간에게 성은 존재의 의미를 묻는 일과 연관되는 것이다. 짐승의 성별이 단순한 種的 存續을 위해서 존재하는 것이라면, 인간의 성별은 실존적 문제이다9). 이는 인간의 性을 형이상학적이고 존재론적 차원에서 생각하게 하는 주장이다.

  요컨대, 性은 이미 그 자체 내에 정신적인 양상을 지니고 있어10), 성

---

8) R. 베이커, F. 엘리스튼, 이일환 역, 『철학과 성』, 홍성사, 1982. p.138.
   今道友信, 앞의 책, pp. 172-173.
   프로이트는 性을 두 가지 차원, 즉 種의 운명으로서의 면과 개체의 운명으로서의 면으로 나누고 있다. 종의 운명에서 성이란, 자손을 낳는다는 것으로서 그것은 생명의 창조와 생명의 비약으로 이어진다. 그러나 개체의 운명에서 성이란, 二者(남자와 여자)의 통합이며, 양자가 양자의 폐쇄를 통해 제 삼자를 배제한다는 점에서 일종의 체감遞減 혹은 퇴보이며, 그 희열은 깊은 잠이 상징하듯 죽음에 이어지는 것이라고 생각해도 될 만한 면이 있다. 이처럼 성에 있어서 種과 個는 극단적으로 서로 반발하는 관계에 있다. 즉 種에 있어서는 성을 통해 하나가 둘이 되고, 둘이 셋이 되며, 세대를 통해서 오히려 무한대로 이어지는 것이지만, 개체의 운명에서는 둘이 하나가 되고, 하나가 죽음으로 이어진다는 의미에서 영(零, zero)으로 귀착하는 감소의 형태를 취하게 된다. 성은 벡터 (vecter)의 상반성, 즉 종에 있어서 전진이자 생이면서도, 개체에 있어서는 퇴보이자 죽음이라는 깊은 의미로 이어진다.
9) 창세기에서 짐승을 창조했을 때는 하나 하나 그 種을 들고 있을 뿐이다. 그러나 인간 창조의 경우에는 막연하게 인류가 창조되었다고는 하지 않고, 남성과 여성이 각각 존재양식으로 창조되어, 동시에 고유명사를 가진 개인적 존재로서 창조되었다고 기록하고 있다.(今道友信, 앞의 책, pp. 211-212)
10) 융은, 신경증에 집착한 프로이트의 성이론을 비판하면서, 정신과 본능이 조화를 이루어야 에로스가 번성할 수 있다고 주장한 바 있다.(C. G. Jung, 앞의 책 p. 28) 또한 "우리가 금욕적인 삶을 살 때, 괴로움을 당하는 것은 우리의 육체라기보다는 오히려 정신인 것이다. 이러한 사실은 성욕이라는 것이 처음에는 육체적인 충동으로부터 생겨나는 욕망이기는 하지만, 오직 육체적인 계기들로써만 이루어진 것이 아니며, 어떤 식으로든 정신적 계기에 의해 매개되어 있는 것임을 말해 준다. 그리하여 우리는 가장 동물적이고 가장 저급한 욕망인 듯 보이는 에로스 속에 도리어 정신적 차원이 깃들어 있는 것이 아닌가 하는 예감을 가질 수 있는 것이다."라는 지적도 그와 같은 이해를 뒷받침해 준다.(김상봉, <성과 에로스에 대한 플라톤적 고찰>, 『감성의 철학』, 민음사, 1996. p. 274)

적 본능 안에는 어떤 형태로든 정신적인 것이 투사되기 마련이라는 것이다. 에로스는 정신적 계기로서의 육체적 본능일 수도 있고, 육체적 본능 속에 깃들어 있는 정신적 차원일 수도 있다. 그렇기 때문에 에로스는 정신적인 차원과 육체적인 차원이 상호교차하는 과정 속에서만 그 독자적 의미영역을 구축하게 된다.

확실히, 문학 속에 나타나는 에로스의 소재는 美에 대한 동경이라 할 수 있다[11]. 美란 인간이 추구하는 가장 이상적이고, 완전하고, 충족적인 것들이기 때문이다. 따라서, 美의 동경은 인간의 삶에 대한 가치를 묻는 일과 같은 것이다. 삶의 가치는 결핍에 대한 충족이며, 상실에 대한 회복이고, 억압에 대한 자유이며, 분리에 대한 통합, 그리고 불완전에 대한 완전이다. 이러한 관점에서 볼 때, 문학적 소재로서의 에로스는 작가가 현실의 충족, 회복, 자유, 통합, 완전의 의미를 어디다 두고 있느냐를 엿볼 수 있게 하는 해석적 텍스트가 된다. 또한 거꾸로, 현실의 결핍, 상실, 억압, 분리, 불완전이 무엇인가를 드러내는 일이기도 하다. 욕망이란 결핍과 더 밀착되어 있는[12] 무의식적 양태이기 때문이다.

---

11) 플라톤에 따르면, 에로스의 가장 직접적이고도 원초적인 정신적 계기는 아름다움에 대한 동경이다. 성욕은 지향적인 것으로서, 그것은 언제나 욕망의 대상이 되는 타인을 향하고 있으며, 될 수 있는대로 아름다운 것을 추구한다고 한다.(김상봉, 앞의 글, pp. 274-280) 에로스의 감정적 형태인 사랑도 아름다움을 추구한다는 사실은 이를 잘 입증하게 된다. 백기수에 따르면, 愛는 美에 대한 충동이며, 美는 인간의 자기완성에 이르는 근본원리이다.(백기수, 『미의 사색』, 서울대 출판부, 1996. pp.186-188, 205-208. 그리고, 미적인 형태의 창조 밑에는 성애에 대한 감정이 있다.(R. 베이커, F. 엘리스튼, 이일환 역, 『철학과 성』, 홍성사, 1982. p. 138)

12) 페니스란 눈에 띄게 부각될 수도 있고, 그와 동시에 시야에서 사라질 수도 있는 신체 기관이다. 발기와 가라앉음은 사내아이에게 거세에 대한 공포감을 불러 일으킨다. 그리고 여자아이에게는 이러한 성기가 없다는 사실이 공포감을 부채질한다고 한다. 라깡에 따르면, 페니스는 이러한 잠재적인 '부재'를 바탕으로 주체가 이전에 경험한 분리와 결핍에 대한 시련을 표현하게 되는 것이다. 출생, 구순기적, 결별, 항문적 분리 등이 그 예이다. 페니스는 더 이상 생리적인 기관이 아니라, 정신적인 경험을 통해 욕망의 남근상이 되는 것이다. 라캉이 말하는 '제거의 기표'는, 남근이 가시적으로 잘 없어지고 또한 이미 경험한 다른 제거들을 내포한다. 그래서 제거의 기표는 의미를 지닌 모든 것의 파라다임이 되는 것이다. 페니스에 대한 집착은 잃어버릴 수 있는 모든 것에 대한 집착이다. 이것은 신체적인 것뿐만이 아니라 표상의 영역, 없어져버린 것을 나타내는 사고의 영역에도 해당한다.(쥴리아 크리스테바, 유복렬 옮김, 『반항의 의미와

그렇다면, 문학에서 性의 문제가 끊임없이 논의되고 있는 현상도 이상한 일은 아니다. 성은 원심적으로 확장되어 있는 탄생과 죽음이라는 두 개의 축을 응집하는 구심적 원리이고, 그 양극 사이의 왕복 운동 속에서 인간의 근원적 의식을 구축하는 에로스의 영역으로 심화되기 때문이다. 바로 이와 같은 점에서, 에로스에 내재된 生死의 양극적 磁場 속에서 삶에 대한 인간의 근원적인 통찰을 엿볼 수 있다[13]. 이때 그 정제된 근원적 의식이 바로 에로티시즘이며, 문학의 원형적 의식인 것이다.

에로티시즘은, 인간이 추구해야 하는 삶의 가치들이 무엇인가를 탐구하면서 인간의 자기 완성을 궁극적 목적으로 삼는 문학의 기본 정신과 상통한다. 에로티시즘은 자기 완성의 아름다움을 이루고자 하는 의식을 그 밑거름으로 하는 정신 세계인 것이다. 性的 본능을 포함하고 있는 에로스를 통해 자연스럽게 인생의 의미와 가치를 묻게 되는 것도 이러한 데서 연유한다. 에로스적 소재나 이미지, 혹은 모티프에 대한 문학 연구의 중요성은 삶의 체험을 통한 인간의 내적 의식에 대한 접근이라는 사실만으로도 충분히 입증되는 것이다.

무의미』, 푸른숲, 1998. pp. 165-166)
이렇게, 펠루스는 욕망의 상징으로서, 여자와 남자 모두가 동일하게 태어나면서부터 가지게 되는 것이다.(Jane Gallop, *Thingking Through the Body*, New York:Columbia Univ. Press, 1988. pp. 58, 61)

13) Joseph Bristow, 앞의 책, pp. 8-9. 122.
性이 인간의 내적 의식을 함유하고 있음을 암시한 이론가는 프로이트이고, 그것을 더 세련된 이론으로 정립시킨 이론가는 바따이유이다.

제 2 장

에로티시즘의 문학적 의미

에로티시즘은 섹슈얼리티와 다르다[1]. 그 차이점은 바따이유의 에로티시즘 이론을 통해 잘 조명해 볼 수 있다. 그가 말하는 에로티시즘이란

---

1) 性과 관련된 대표적인 용어로는 에로티시즘, 섹슈얼리티, 포르노그라피 등이 있다. 그런데 이 세 용어는 무분별하게 쓰이거나 착종되고 있기 때문에, 먼저 그 용어들의 쓰임새를 정리하려고 한다. 먼저, 성행위를 지칭하는 용어로는 섹슈얼리티를 사용하고, 性에 내재한 인간의 내적 의식을 가리킬 때는 에로티시즘을 사용하기로 한다. 에로티시즘을 섹슈얼리티(성행위)를 포함하는 개념으로 보려고 한다. 즉 性행위 그 자체가 인간의 삶 속에서 갖는 기능과 그것을 통해 도출해 낸, 性에 깃든 인간의 내적 의식을 에로티시즘으로 규정하여 사용하려고 한다. 이 두 용어에 대한 구별은 에로티시즘이 무엇인가를 이해하기 위하여 필수적인 부분이라고 여겨지기 때문에, 그 관계와 차이를 점검하기로 한다. 포르노그라피가 객관적 반응을 자극(본질적으로, 관음증)한다면, 에로티시즘은 주체적인 반응을 자극한다. 그래서 포르노그라피가 숨김이 없는 것이라면, 에로티시즘은 신비를 찬양한다. 즉 독자 또는 관객과의 계약이 다른 것이다. 포르노그라피는 소비자를 오르가즘으로 이끌기 위해 성적 이미지를 사용한다. 반면에 에로티시즘은 그 또는 그녀가 성관계, 묘사되거나 암시되고 있는 성관계, 그리고 그나 그녀 자신의 성관계에 대해 생각하도록 만든다. 그것은, 인간 자신의 성적인 특성과 관계의 신비와 쾌락에 대한 생각이다.(Kenneth McLeish edited, *Key Ideas in Human Thought*, New York:Facts on File, 1993. pp. 244-245) 이처럼, 에로티시즘은 性 행위를 통하여 다른 의미를 도출해 내는 사유적 영역에 속한다. 그러나, 이러한 설명으로는 에로티시즘의 특질을 충분히 간파할 수 없다. 그 특질은 섹슈얼리티와의 변별성을 통하여 선명하게 드러날 것이다. 섹슈얼리티는 보통 ①성적인 욕구와 ②개인의 성이 있는 존재(sexed being)라는 의미로 쓰인다. 빅토리아 말기의 性과학(sexology)으로부터 20세기의 논쟁에 이르기까지 섹슈얼리티에 대한 다양한 이론적인 접근이 있었다. 섹슈얼리티란 용어는 性에 관한 인류학적, 과학적, 사회학적인 연구가 활성화되기 시작한 19세기 말, 유럽과 미국에서 보편적으로 유통되기 시작하였다. 연구의 초기에 과학적으로 사용된 섹슈얼리티는 인간의 에로티시즘을 의미하는 개념이었고, 그리고 'bi' 'hetero''homo'와 같은 접두사로 인식되었을 때 그 단어는 성적 욕망을 구현하는 다양한 인간의 유형을 기술하는 것으로 사용되게 되었다. (Joseph Bristow, 앞의 책, pp. 1-5. 참조) Bristow는 에로티시즘과 섹슈얼리티를 별다르게 구분하고 있지 않는 듯하다.

성행위에 내재된 인간의 보편적인 내적 정신이다. 요컨대, 다른 동물과 달리 性을 통해 인간은 내적 삶을 문제시한다는 것이다. 내적 삶이란, 인간이라는 각 객체가 불연속적인 상태로 존재하는 데서 오는 고립감이나 불안감을 뛰어 넘고자 하는 연속성의 희구가 성행위를 통해 비유적으로 드러나는 근원적인 의식을 말한다. 구체적으로 표현하자면 죽음을 뛰어 넘고자 하는 생명에의 희구인 셈이다.

바따이유와 함께 아방가르드 이론가로 꼽히는 들뢰즈나 가타리도 성행위를 통해 인간의 정신을 해명하려고 하였다. 이들은 성적 행위가 왜 삶과 죽음 사이에서 격렬하게 진동하는지에 관심을 가졌다. 이러한 계보들은 프로이트의 두 가지 본능설에 빚지고 있다. 리비도의 모순이 삶과 죽음의 투쟁으로 인해 형성되었다고 주장하는 프로이트의 신념은 섹슈얼리티와 차별화된 성 담론으로서의 에로티시즘에 대한 논의를 형성하는 실마리가 되었다[2].

프로이트의 후계자인 마르쿠제 또한 비록 에로티시즘이라는 용어를 쓰고 있지는 않지만, 섹슈얼리티와 에로스를 변별하고 있다. 그가 사용하는 에로스는 다분히 에로티시즘의 속성을 내포하고 있다. 즉 섹슈얼리티는 생식과 관련이 깊은 것으로, 에로스는 존재의 문제와 관련이 있는 것으로 구별하고 있다. 삶의 본능으로서의 에로스는 생물학적 본능의 확장으로서, 섹슈얼리티 그 자체의 의미를 확장한 개념이라 할 수 있다. 에로스는 섹슈얼리티의 양적이고 질적인 강화인 셈이다[3].

에로스는 이처럼 성행위라는 본능적인 차원에서 더 나아가 생물학적인 생존 본능이라는 존재의 영역으로 확장된다. 그리고 프로이트의 에로스/타나토스 이론은 에로스를 타나토스와의 역학적 관계에 초점을 맞춰 해석한 융의 에로스 이론을 통해 더 풍성해진다. 이러한 프로이트 이론에서 에로티시즘을 착안한 바따이유[4] 역시 융의 에로스 이론과 동

---

2) Joseph Bristow, 앞의 책, pp. 8-9.

3) H. Marcuse, <u>The Transformation of Sexuality into Eros</u>, *Eros and Civilization*, New York : Vintage Books, 1962. pp. 184, 187-188.

4) Joseph Bristow, 앞의 책, p. 122.

일한 선상에 놓을 수 있다.

인간성의 진정한 회복을 소망하는 것이 문학적 정신일 것이다. 인간성은 확고한 자기의 존재 기반을 통해 확립된다. 이때 자기의 존재 기반이란, 세계와 자아가 가장 조화롭게 연결되어 있는 상태를 말한다. 인간은 자기의 존재 기반을 상실하게 되면 자아 상실감을 느끼게 된다. 세계와 자아가 불협화음을 일으킬 때 자아 상실감이 발생하는 것이다. 따라서, 인간성의 회복은 상실한 자아를 회복하는 일이 된다. 이렇게 상실된 자아를 완전하게 회복하려는 근원적 의식에서 출발하는 세계가 에로티시즘이다. 즉 에로티시즘은 자기 발현이나 자기 앙양의 리얼리티[5]에 뿌리를 내리고 있는 정신 세계이다.

> 에로티시즘은 자기 아닌 것, 자신에게 결여된 것, 자기가 현재 소유하지 않고 있는 것, 자기가 자유대로 할 수 없는 것에의 갈망이다. (중략) 에로티시즘은 단순한 육체, 단순한 생리적 만족에의 추구가 아니다[6].

이처럼, 에로티시즘은 자아[7]의 완성을 이루려는 의식에서 출발한다. 즉 에로티시즘은 상실, 분리, 구속, 부조화 등의 타나토스에서 발아된 자아가 회복, 통합, 자유, 조화 등의 에로스로 자기를 충족시키려는 의식의 발로이다. 이렇게 에로티시즘은 결핍과 충족의 의미축 위에서 자아를 의미화시킨다. 이로써 우리는 에로티시즘이 궁극적으로 추구하는 세계가 어떠한 곳인지 짐작할 수 있다. 그곳은 조화와 질서와 생명으로 충일한 우주 합일의 세계이며, 원초적 질서를 상징하는 고향이다. 따라서, 에로티시즘은 모태로 회귀하려는 본능에 그 의식의 뿌리를 내리고 있다. 에로티시즘의 시 세계에서 고향은 모체의 상징적 공간으로서, 상

---

5) 전봉건, 「續 시와 에로스」, 『현대시학』, 73년 10월호.
6) 崔旼洪, 朴有鳳 공편, 『철학대사전』, 휘문출판사, 1985. pp. 240-241.
7) 원래 심리학의 용어인 자아(self)와 에고(ego)는 모두 주체성의 영역에 속한다.(Anthony Elliott, Psychoanalytic Theory:An Introduction, Oxford:Blackwell, 1994. p. 6)

실된 자아와 상실된 육체성과 상실된 생명을 모두 회복하는 원초적 질
서를 표상한다. 이러한 고향의 상징성은 에로티시즘이 근본적으로 자아
상실과 회복, 육체성 상실과 회복, 생명 상실과 회복에 관심을 두고 있
음을 보여 준다.

그리고, 이 세 개의 의미 층위는 에로티시즘에 있어서 상호적이고 긴
밀하게 관계 맺고 있는 특징적인 영역이다. 그것은 인간이 탄생 순간에
경험하는 다양한 심리를 통해 설명될 수 있다. 첫째, 모태 회귀는 생명
회복을 상징한다[8]. 인간은 누구나 태어나는 순간, 즉 어머니 몸에서 분
리되는 순간 죽음을 체험하게 된다. 따라서, 어머니 몸과의 통합은 생
명을 의미하게 된다. 인간은 죽음에 직면하게 되면 에로스의 본능이 우
세해진다. 에로티시즘의 정점에서 고향이나 어머니가 중요한 모티프로
등장하는 것은 바로 이 때문이다.

둘째, 모태 회귀는 자아 회복을 상징한다[9]. 어머니와 분리의 순간에
자아는 처음으로 상실감을 느끼게 된다. 즉 자아는 최초의 타자인 어머
니의 몸과 통합되어 있을 때가 가장 완전한 상태이기 때문이다. 최초의
타자와 분리된다는 것은 상실의 지표가 된다. 바따이유에 따르면, 자아
는 고립감에 비례하여 발생한다[10]. 자아의 결핍 심리를 조장하는 소외

---

8) 에릭 올슨 · 립튼 공저, 앞의 책. p. 44, 92.
　　어린아이가 삶과 죽음에 대해서 갖게 되는 최초의 심상은 다음과 같은 세 가지 반대
　　개념의 집합을 중심으로 형성되어 있다. 즉, 연결↔분리, 움직임↔정지, 완전↔분해이
　　다. 이처럼, 사람은 한 생명으로 이 세상에 나오는 순간에, 죽음의 흔적을 가지고 태
　　어난다. 모태가 연결, 조화, 움직임이라는 생명을 상징한다면, 태어나는 것은 분리, 정
　　지, 분해, 파괴라는 죽음을 상징한다.
9) Anthony Elliott, 앞의 책, pp. 19-26. 참조
　　후기 프로이트 학파인 에고 심리학자들의 입장에 따르면, 완전한 자아란 타자와의 정
　　서적 관계를 통해 이루어진다. 즉 자아는 언제나 타자를 통해서만 완전해질 수 있는
　　것이다. 자아의 최초의 타자는 어머니이고, 어머니와의 단일체 속에서 최초의 자아가
　　형성되었다는 주장이다. 그래서 자아는 언제나 타자와의 결합 속에서 완전한 존재가
　　되는 것이다. 이 자아는 인류가 탄생부터 보편적으로 지니고 있는 근원적 아이덴티티
　　의 의미가 강하다.
10) 조르쥬 바따이유, 앞의 책, pp. 108-143. 참조
　　타자의 부재가 자아에게는 죽음과 같은 상황이다. 바따이유는 성행위를 타자와의 불연
　　속성을 회복하는 것으로 보고 있다. 이때 불연속성은 죽음의 기호인 단절과 분리를

감이나 고립감은 타자의 부재 때문이다. 그래서 인간은 끊임없이 최초의 타자인 어머니를 대신할 다른 타자를 갈망하는 것이다. 따라서, 타자와의 결합은 상실된 자아의 회복을 상징하는 것이다. 이와 같이, 에로티시즘에서 타자가 지니는 의미는 특별하다. 타자는 자아의 낭만적 환상을 이루어 주는 존재가 되기 때문이다[11]. 에로티시즘 속에서의 타자와의 결합은, 그것이 육체적인 것이든 정서적인[12] 것이든 그 어느 것이든지 간에 언제나 자아 회복의 기제가 되는 것임에 틀림없다.

셋째, 모태 회귀는 육체성 회복을 상징한다. 인간은 태어나면서 자아 상실감을 느끼고 태어난다. 그리고, 그러한 자아 상실을 고지하는 곳은 몸이다. 모태와 분리되는 순간에 발생하는 자아 상실감은 몸과 밀접한 관련을 지닌다. 모태로부터 분리되어 나오는 것은 몸이기 때문이다. 따라서 자아 상실감은 몸의 결핍을 유도하고, 그 결과 자아는 완전한 몸을 욕망하게 된다. 이때 몸의 욕망은 성적 욕망으로 표출되어 나온다. 따라서, 에로티시즘에서 타자와의 성적 결합은 상실한 육체성의 회복을 의미하는 것이다.

이런 식으로 에로티시즘에서 생명 상실과 회복, 자아 상실과 회복, 그리고 육체 상실과 회복은 상호 침윤적 관계를 지닌다. 생명 회복, 자아 회복, 육체 회복은 동질적인 의미가 되는 셈이다. 또한 이러한 의미 관계는 에로티시즘이 몸을 그 의미 지평으로 삼고 있음을 보여 준다. '몸'은 에로티시즘의 해석적 상수인 '자아'와 '타자', 그리고 '욕망'을 한데 응축하고 있는 상징적 장소이기 때문이다. 그러면, 이제 에로티시즘에서

의미한다.

11) 竹田靑嗣, 『戀愛論』, 東京, 作品社, 1993. pp. 186-188.

12) 후기 프로이트 학파의 일원인 위니코트는 '진실한 자아'를 창조적 삶이 가능한 사람으로, '거짓된 자아'를 타자와의 정서적 관계를 세울 수 없는 사람으로 구획하고 있다. 왜냐하면 어머니는 외부 세계와의 관계를 후원해 주는 최초의 대상이 되고 있으며, 그 어머니와의 유대감은 타자와의 유대감으로 전이되어 자아를 형성하기 때문이다.(Anthony Elliott, 앞의 책, pp. 25-26. 참조)
에로티시즘의 자아는 이러한 심리적 삶에 뿌리를 내리고 있다. 이러한 자아성을 통하여 우리는 보편적인 아이덴티티를 통한 인간의 근원적 본질을 통찰할 수 있는 것이다.

몸과 욕망의 기능에 대해 좀더 구체적으로 살펴보기로 하자.

앞에서도 확인한 대로, 몸은 자아를 인식하게 하는 최초의 자리이다. 그래서 인식론적 충동은 자연스럽게 몸의 상상력을 동반하게 된다. 이것이 에로티시즘에서 몸이 중요한 상상적 근간을 이루게 되는 첫 번째 근거이다. 이렇게 하여 자아 인식에 거점을 둔 에로티시즘은 몸의 의미론을 형성하게 된다.

몸은 언제나 자아/타자, 하나의 성/또 다른 성, 이 종족/저 종족, 건강/비건강, 정상/비정상 등이 통합되거나 분리되는 가장자리, 즉 경계선상에 위치해 있다[13]. 몸은 자아의 위상과 그 정체성을 인식하게 하는 장소가 된다. 이렇게 몸은 자아가 주변부/중심부, 상실/회복, 분리/통합, 불완전/완전, 구속/자유, 부조화/조화 중의 어느 위치에 살고 있는지를 확인시키는 기호[14]로서 기능한다. 따라서, 몸은 '지금-여기'라는 시공간적 입지점을 알려주는 자기 인식의 상징적 장소인 것이다[15].

이처럼 에로티시즘에서의 몸은 단순히 생물학적인 것이 아니라, 세계에 대한 기호적 매개체(vehicle)이다[16]. 몸은 삶이 감추고 있는 비밀스러

---

13) Sidonie Smith, Subjectivity, Identity, And The Body:Women's Autobiographical Practices in the Twentieth Century, Bloomington :Indiana Univ. Press, 1993. pp. 10. 128.

14) 여기서의 기호(sign)는 Peirce가 나눈 시니피앙과 시니피에 간의 세 가지 관계 양식, 즉 도상(icon)과 지표(index), 상징(symbol) 중에서 지표에 가깝다. 연기는 불의 지표이며, 바람개비는 바람의 방향의 지표이다. 이처럼 지표는 그 대상과의 인과적 관련을 지니는 것이 특징이다.(테렌스·호옥스, 오원교 옮김, 『구조주의와 기호학』, 신아사, 1984. pp. 178-181)
  본고에서 기호화 된 몸은 주체와 타자의 몸을 모두 내포하게 된다. 그 기호는 주체가 타자를 통해 지향하고자 하는 내용을 함축하고 있는 것으로, 그 내용을 통해 역으로 자아 또는 주체의 위상이 드러나게 되는 것이다.

15) N. Frye, The Double Vision:Language and Meaning in Religion, Toronto:Toronto Univ Press, 1991. pp. 40-41 참조.

16) Peter Brooks, Body Work:Object of Disire in Modern Narrative,Cambriedge:Havard Univ. Press, 1993. pp. 20, 38, 54-56. 66. 참조.
  몸을 생물학적 실체, 죽을 운명, 일회적 존재로만 보던 지배적인 문학의 전통적 시각은 18세기 중반 이후부터 바뀌기 시작한다. 몸의 의미는 이제 더 이상 주어지는 것이 아니라, 스스로 그 의미를 획득하는 대상으로 변한다. 그래서 시대에 따라 몸의 의미도 달라지는 것이다. 이러한 몸에 대한 인식과 문학적 접근 및 수용 방식의 변화는 근대적인 의식의 편린을 보여주고 있다.

운 의미를 드러내는 자아 인식의 비유적, 상징적 장소이기 때문이다[17].
몸이 근대적 의미와 무관하지 않은 것도 이 때문이다. 우리 전통 속에
서도 몸은 자아를 지각하는 중추적 토대가 되어 왔다[18]. 자기 정체성에
관심을 두는 자전적 경향의 작품에서, 몸이 세계 속에서 자아가 거주하
는 지형학적 장소가 되는 것은[19] 이러한 점에서 시사하는 바가 크다.
이는 또한 몸을 지각력 있는 장소로 삼고 있는 에로티시즘이 자아 회복

Veronica Kelly and Dorothea Von Mücke, Body & Text in the Eighteenth Century,
Stanford:Stanford Univ. Press, 1994. pp. 7-9.
몸은 문화를 해석하는 중추적 기능을 한다. 인간의 몸은 문화의 의미를 생산하는 심
장부이며, 한계와 복합적이고 다층적인 관계를 유지하는 것이다. 그것은 기호이고, 징
후를 함축하는 기호적인 사건을 조직하는 모델의 객체가 된다.

17) 박철희, 앞의 책, pp. 10-13, 94-98.
20년대 한국 근대시는 자아의 발견과 강조를 토대로 하여, 잠재적 감정을 표출하는
것을 특징으로 한다. 현실조응이 민감하면 이러한 잠재적 경험을 낳게 되는데, 이것은
곧 에고의 노출을 가져오는 계기가 된다. 이때, 자아라는 욕망의 문제는 억압이나 금
기의 탈피와 직결되는 문제이며, 에로스는 그러한 시적 매체로서 중요하다. 또한 에로
스는 몸과 동떨어져서는 논의할 수 없는 영역이다. 고려가요의 속성은 본능적이며 육
체적이라는 점에서, 유학자들의 시조와 본질적으로 다르다. 유학자들의 시조가 관습에
따른 타설적 구조를 보인다면, 여요는 자기경험을 통한 리얼리티를 확보하게 된다. 자
기 경험의 초점화는 곧 자아 인식의 문제로서 에로스의 세계와 불가분의 관계를 보여
주게 된다. 우리 詩史에서는 사설시조가 그 전례에 해당된다.

18) 이재선, 앞의 책, pp. 158-159.
이승환, 「눈빛, 낯빛, 몸짓」, 『감성의 철학』, 민음사, 1996. pp. 132-169.
"동양적 전통에서 볼 때 <나>란 육체와 정신이 분리되지 않은 <몸> 그 자체이다.
중국에서 가장 오래된 사전인 『이아爾雅』, 『석고釋詁』에서는 <몸>은 곧 <나我>라
고 풀이하고 있으며, 『대학』에서는 도덕적 수양을 말하면서 <마음수양修心>대신 <몸
수양修身>을 이야기한다."(p. 132)
기호학에서 <기표> 없는 <기의>를 생각할 수 없듯이, <몸>을 경유하지 않은 <마
음>은 영원히 이해될 수 없는 것이다. 맹자에게서도 볼 수 있듯이, 유가 전통에서 몸
은 자아와 세계와의 교통방식이다.(p. 138) <나>는 곧 정신과 육체의 통합체로서의 <몸>
이다. 공동체의 상호주관적인 시선에 드러난 <몸>을 통하여 <나>는 밖으로 드러나
고 공동체의 구성원들에게 읽혀지게 된다. 따라서 <몸>은 <기호>의 운반체이며, 눈
빛과 낯빛은 곧 한 사람의 정신성(기의)이 밖으로 드러난 것(기표)이다. 이런 의미에서
유가 전통의 <몸>은 자아와 세계와의 <교통방식>이기도 하다.(p. 169)

19) Sidonie Smith, 앞의 책, 128-131. 참조
이러한 현상은 18세기 서구 소설의 근대적 특징이 사생활에 대한 관심과 그 결과 사
생활에서 가장 비밀스러운 몸이 이야기의 구심점이 된 배경과도 무관하지 않다.(Peter
Brooks, 앞의 책, pp. 28-47. 278. 참조)

의 문제와 깊이 연관되어 있는 세계임을 입증해 주는 것이기도 하다.

　에로스가 타나토스를 견제하는 의식이라는 점에서도 몸은 중요할 수밖에 없다. 죽음은 인간의 가장 극한적인 한계이며, 그런 인간의 한계를 직접적으로 노출하고 있는 장소가 몸이기 때문이다. 따라서 죽음과의 연관 속에서 삶의 확실한 중심점이 되는 몸[20]은 에로티시즘에서 긴요한 의미체임이 분명하다. 삶과 죽음에 대한 갈등은 언제나 몸에 대한 관심으로 집약될 수밖에 없으며 에로티시즘이 몸에 그 연원을 두는 것은 당연하다. 몸은 한계의 징표이면서 동시에 극복의 대상이 되는 것이다.

　에로티시즘에서 몸이 중요한 의미소가 되는 또 다른 이유는 性과 관련되는 문제에서 찾을 수 있다. 이미 언급하였듯이, 에로티시즘에서 자아 인식의 자리는 몸이다. 따라서, 에로티시즘에서 성적 욕망은 다른 문제들을 함축한다. 성적 욕망이 에로티시즘의 상수이며, 욕망의 의미 지평이 몸인 것은 사실이다. 그러나, 성적 욕망 속에는 자아 상실과 회복, 육체성 상실과 회복, 생명 상실과 회복 등의 다층적인 의식들이 투사되어 있다는 점을 주시해야 한다.

　역설적이게도 성은 언제나 금기를 통해서 자기 영역을 굳건히 한다는 인상을 지울 수가 없다. 바로 이 금기로 인해 性은 에로티시즘의 주요한 의미소가 되는 것이다. 여러 사회 문화적 금기 중에서도 가장 억압이 심한 대상이 性이다. 그러나 그 금기가 도리어 자아를 노출시키는 효과적인 기제가 된다. 금기는 억압을 그 본질로 하며, 억압에서 자아가 노출되기 때문이다. 이러한 측면에서, 금기어김의 정신을 드러내는 데 가장 적합한 방식이 에로틱한 상상력이라는 주장은 설득력을 얻게 된다[21]. 금기로 인한 자아의 억압이 크면 클수록 이에 비례하여 금기를 깨려는 욕구도 더 강하게 나타나게 될 것이다[22]. 이렇게 하여, 性과 몸

---

20) N. Frye, 앞의 책, p. 58.

21) Michel Beaujour, Eros and Nonsense:Georges Bataille, Modern French Criticism, Chicago: Chicago Univ. Press, 1972. pp. 149, 163. 욕망은 금기의 위반을 전제로 한다. 욕망의 성격을 나타내는 말로 에로스성이 가장 적합하다는 주장도 이와 같은 맥락에 놓인다.(다께다 세이지, 『현대사상의 모험』, 우석, 1996. p. 216)

은 대표적 금기(결핍)의 장소이며, 동시에 어김(욕망)을 소통시켜 줄 적절한 통로가 되는 것이다. 그리고, 그 금기와 욕망의 변증법적 관계 속에서 자아의 문제가 파생되어 나오는 것이다.

이렇게 에로티시즘에서의 性的 욕망은 궁극적으로 자기 보존의 문제로 환원된다. "몸의 문제에서 오는 것은 항상 존속하려는 의지로서, 이것은 욕망의 원동력이 되기"[23] 때문이다. 따라서, 자기를 고양시키고 자기를 완성시키고자 하는 욕망의 형태인 에로티시즘은 생을 지속하려는 욕망[24]으로 축소될 수 있는 문제이다. 에로티시즘에서 자아의 존속은 어머니와 단단히 결속되어 있던 최초의 자아를 획득하느냐의 여부에 달려 있다. 타자와의 결합을 통해서만이 자아는 완전한 존재를 얻게 되기 때문이다. 에로티시즘의 기저에 깔린 거세 콤플렉스[25]가 인간의 性에 생식성 이상의 의미를 부여하게 만드는 것도 에로티시즘에서의 性이 자기 존속의 문제와 밀착되어 있기 때문이다.

이제까지, 에로티시즘의 주요한 해석적 상수들인 자아와 몸, 그리고 욕망에 대해 알아 보았다. 자아, 몸, 그리고 욕망, 이 세 가지는 결속 관계에 놓여 있음이 분명하다. 그러면, 이제 몸에 기반을 둔 욕망의 생성과 발전 과정을 통해 에로티시즘의 의미가 생성되는 그 전개 양상을 유형별로 살펴 보자.

욕망은 억압의 심리에서 생겨나는 것이다. 이 억압은 프로이트에 따르면, 쾌락 원리와 현실 원리의 갈등에서 빚어지는 현상이다[26]. 현실

---

22) Chatherine Belsey, Disire:Love stories in Western culture, Oxford:UK:Blackwell, 1994. p. 52.
23) N. Frye, 앞의 책, p. 41.
24) 性을 중심으로 드러나는 욕망이 필요로 하는 것은, 섹스의 문제가 아니라 존속의 문제이다. 그래서 펠루스란 욕망의 상징적 기표로서 고유한 것이 된다.(Chatherine Belsey, 앞의 책, pp. 55-61)
25) Peter Brooks, 앞의 책, pp. 12-13.
거세 콤플렉스는 자신의 욕망과 관련되는 곳(장소)의 주변을 선회하는 구조로 이해해야 한다.
26) 마르쿠제, 김인환 역, 『에로스와 문명』, 대양서적, 1975. p. 35.
프로이트는 그의 초기이론에서, 억압이 금지와 처벌이라는 사회적 압력과 리비도적 충족의 욕구가 동시에 존재하는 곳에서 생겨난다고 보면서, 본능의 운명인 억압을 사회

원리는 자아를 억압하는 금기이며, 쾌락 원리는 그 금기에 맞서는 욕망이다. 현실 원리의 예로는 전통과 인습, 지배자, 지배 논리, 이성 등을 들 수 있다. 이러한 제도적 억압이 현실 원리로서의 규범이다. 이 규범이 자아를 쟁점화시키는 계기가 된다. 자아는 억압을 몸의 촉수로 느끼고, 자기를 보존하고자 한다. 즉 자아의 억압은 몸의 상실감을 유도하고 억압받는 자아에게 세계를 상실, 구속, 분리, 파괴, 부조화와 같은 죽음의 표상으로 인식하게 한다. 에로티시즘은 이 죽음의 심상과 반대되는 극점을 향해 가려는 정신이다. 그 지향점은 회복, 자유, 통합, 완전, 조화 등으로 표상되는 에로스의 세계이다[27]. 따라서 에로스의 본능은 규범에의 반항 심리가 되는 것이다.

이 규범에의 반항 의식이 내면적으로 더 심화되는 시점에서 제의 의식이 가미되는 것이다. 이때 반항은 위반으로 그 속성을 바꾸게 된다. 본고에서는 '반항(resistance)'과 '위반(transgression)'을 차별적으로 사용한다. 위반은 물론 반항의 한 형태로서, 현실A(죽음)와 반대 방향에 있는 B(생명)를 갈망하는 것이라는 점에서 둘은 동일하다. 그러나 반항이 죽음의 반대 방향을 향한 일방적 운동이라면, 이와 달리 위반은 B로 가기 위해 역설적으로 A라는 교량 역할을 필요로 하는 운동이다. 즉, 위반은 A(죽음)를 벗어나 B(생명)를 얻기 위하여 A(죽음, 희생)를 매개로 삼는다는 것이 특징이다. 이것은 재생제의에서 희생제물을 요구하는 것과

적인 것으로 돌리고 있다. 그러나 후기에 오면, 초기의 무의식을 이드로 대체한다. 즉 일차적으로 쾌락원리에 복종하는 이드와 외부세계와 본능을 매개하는 현실원리에 따르는 자아를 분류하면서, 이드를 비역사적인 인간학적 요소로 보는 입장을 취한다. 그 이후에, 마르쿠제는 쾌락원리와 현실원리를 그대로 수용하되, 프로이트의 후기 이론의 결점을 보완하여 에로스에 사회적인 문제를 첨가하고 있다. 그는 에로스를 본능만의 문제로 돌리지 않고, 사회성과의 상호성에 역점을 두고 있다. 그에 따르면, 인간의 본능구조는 생물학적 조건들에 의해서뿐 아니라, 사회적 지배를 유지하기 위한 특수한 조건들에 의해서도 규정되고 있다.(허창운 외, 『프로이트의 문학예술이론』, 민음사, 1997. pp. 108-119)

27) 마르쿠제, 앞의 책, p. 122.
마르쿠제는, 압박과 잔학과 고통의 세계인 인간의 세계는 해방되기를 기다리는데, 이러한 해방은 에로스에 의해 가능하다고 주장하였다.

같은 원리에 속한다.

바따이유에 따르면, 위반은 악(evil)과 과도(excess), 그리고 완성, 극치, 죽음(consummation)과 등가적인 것으로 쓰인다[28]. 그렇기 때문에 위반은 제의적 상황을 동반한다. 문명의 반항과 제의의 위반은 추구하는 대상에 있어 동일하나, 그것을 이루는 방식이 다른 것이다. 따라서 반항에 제의 적 의식을 동반하게 되면 '위반'이 성립되는 것이다. 위반은 굴광성 혹은 向性과 같은 성질[29]을 보이는 심미적인 의식 운동이라 할 수 있다.

에로스와 타나토스간의 역학적 의미 자장을 형성하는 위반은 바로 이 러한 음성적인 향성, 즉 굴광성과 같다. 에로스가 생명의 본능이면서도 죽음의 본능 쪽으로 기울어지는 모순적 행위, 그것이 바로 위반이다. 위반의 최고의 극치는 죽음인데[30], 그 죽음은 유한한 인간에게 있어서 가장 강력한 경계이며 폭력이다. 죽음이라는 폭력에 죽음이라는 폭력으로 맞서 역설적으로 생명을 구가하는 태도가 위반이다.

사랑이나 性이 擬似 죽음이라는 상징적 희생을 함축한다[31]는 점에서

---

28) Michel Beaujour, 앞의 책, p. 149.
29) 향성은 식물의 생장운동의 하나로, 가령 자극이 오는 방향(양성) 또는 반대 방향(음성) 으로 굽어져 자라나는 성질을 말한다. 즉, 줄기는 빛을 향하여 자라고 뿌리는 빛을 피 하는 쪽으로 자라는 성질을 말한다. 앞의 것을 양성, 뒤의 것을 음성이라 한다. 물리 학자에 따르면, 나방은 불에 의한 죽음을 걸면서까지 태양을 향해 정복해 간다고 하 는데, 그것이 屈光性이다. 그리스 철학자 엠페도클에서 연유한 엠페도클은 바슐라르가 『불의 정신분석』에서 제시한 네 개의 컴플렉스 중 하나인데, 이것은 프로이트류의 정 신분석학의 입장에서가 아니라, 심미적 세계에서 추출한 컴플렉스로 삶의 본능과 죽 음의 본능의 대립을 나타낸다. 철학자 엠페토클은 말년에 스스로 신이 되기 위하여 에트나 화산에 뛰어 들어 이 세상과 저 세상을 연결시키며 삶의 본능에서 자신을 파 괴, 다시 재생의 기회를 얻으려 했다고 한다. 이러한 컴플렉스는 인간 내면의 원초적 인 본성을 보여주는 것으로, 삐에르 장 주브의 뽈리나가 자신이 수녀처럼 순결하기를 바라면서, 동시에 모든 남자들의 주의를 끌고 싶어하는 것도 그런 예이다. 뽈리나는 순결한 불꽃이다. 그녀 자신의 아름다움이 바로 그녀를 유혹하는 불이다. 이것은 오류 속에서의 순결한 죽음의 드라마가 실행되는 것이다. 이것은 에로스와 타나토스의 종 합적 실현이다. 따라서, 대립적으로 보이는 에로스와 타나토스라는 두 개의 본능은 에 로티시즘 속에서 결코 반대적 속성이 아니다.(가스통 바슐라르, 『초의 불꽃』, 1991. pp. 74-77. 참조)
30) Michel Beaujour, 앞의 책, pp. 158.
31) 에로스는 아가페와 동일한 속성을 내재하고 있다.(H. Marcuse, 앞의 책, p. 192)

볼 때, 性을 상상력의 근간으로 삼고 있는 에로티시즘은 그 자체에 이미 제의의 속성을 지니고 있는 것이다. 생명과 죽음을 동시에 환기하는 성행위의 특질은[32] 에로티시즘의 제의적 속성을 입증해 주고 있다. 性이 수많은 해석적 여지를 지니게 된 것도 이러한 제의적 특질과 무관하지 않다. 에로스와 타나토스의 긴장 관계는 제의적 양식을 통해 가장 첨예화, 극대화되는 것이다.

죽음은 넘어섬, 즉 초월의 경험임에 틀림없다. 죽음은 신성하고 연속적인 세계로 넘어가는 문턱이기 때문이다[33]. 그래서, 에로티시즘은 이것과 저것, 여기와 저기, 이 세계와 저 세계의 사이에 위치하는 것으로, 이것에서 저것으로, 여기에서 저기로, 이 세계에서 저 세계로 건너가기 위해 필요한 제의[34]와 만난다. 그리고, 이 경계 위반은 불멸성을 갈망하는 생명욕의 표출이자 그 이면에는 최초의 완전한 삶과 통합하고자 하는 회귀 의식을 내포하고 있는 것이다.

제의에 내재된 죽음의 사유를 통해 인간의 근원적 의식이 무엇인지 발견할 수 있다. 죽음은 善/惡, 聖/俗, 도덕/비도덕 등의 가치 개념을 동반하고 있다. 이러한 가치 개념을 통해 에로티시즘이 추구하는 가장 완전하고 조화로운 세계에 대한 비전을 엿볼 수 있다.

에로티시즘에서 추구하는 완전한 세계란 연속적 원리가 지배하는 우주 합일의 세계이다. 이 세계는 분리나 분열은 그 그림자조차도 찾아

에로스가 타나토스와 절대적인 의미짝을 이루게 되는 것은, 사랑의 대표적인 두 가지 종류와 그 성격을 보면 잘 알 수 있다. 사랑은 항상 한 쪽이나 한 부분의 희생을 요구한다는 점을 상기하면 쉽게 이해될 것이다. 그리고 그 희생은 다른 쪽의 삶이나 생명을 살리는 재생이나 순환을 특징으로 한다. 자기 충족적인 사랑이 에로스의 직접적 투사라면, 희생적 사랑은 타나토스를 거쳐서 형성되는 에로스이기 때문이다.

32) 성적인 결합은 어느 의미에서 인간이 체험하는 황홀(恍惚, 엑스타시스, ekstasis)의 전형이다. 에스타시스란 말의 올바른 의미는 이 세상으로부터 밖에 나가(ex) 서 있는 상태(stasis), 즉 초출(超出)이란 것이므로, 성적 결합이 에스태틱(ecstatic)하다는 것은 곧 어느 의미에서 죽음을 상징한다고 해도 좋을 만하다. 죽음이야말로 생각해 보면 내적 자기가 완전히 육체와 이별해 버리는 것이기 때문이다.(今道友信, 앞의 책, p. 157)

33) 죠르주 바따이유(1997), 앞의 책, pp. 16-22, 49-50.

34) 반 게넵, 전경수 옮김, 『통과의례』, 을유문화사, 1985. p. 51.

볼 수 없는 가장 원초적인 세계이다. 주목할 만한 사실은, 이 우주 합일의 단계에서 몸은 새로운 의미 지평을 열게 된다는 점이다. 처음부터 자아의 욕망을 몸에 투영시켰던 에로티시즘은 몸을 통하여 완결될 수밖에 없다. 그 결과, 물리적인 몸에서 시작된 에로티시즘은 그 몸을 고향이라는 공간으로 확산하게 된다. 가장 완전한 몸은 죽음이 없는, 즉 분리나 분열이 없는 몸은 고향을 통하여 상징적으로 회복될 수밖에 없다. 고향은 母胎의 상징이기 때문이다. 그래서, 고향은 자아와 타자가 가장 완전하게 결합되어 있는 원초적 몸의 공간이 된다35). 이렇게 몸의 언어 위에 구축된 세계가 에로티시즘이다. 고향 회귀는 가장 근원적인 몸, 원초적인 몸과의 융합을 뜻한다.

> 헤시오도스는 에로스를 한편으로는 사랑의 신이라 하고, 또 한편으로는 가장 오래된 여러 신과 인간까지도 지배하는 위력을 가진 신, 우주 혼돈의 질서화의 원리 중의 하나라고 하였다. 이 사상은 파르메니데스 등의 철학자에게로 흘러가서 플라톤의 <<심포지온>>이 되고……36)

고향의 육체화를 통하여 에로티시즘은 인류 최초의 原像인 코스모스를 회복한다. 질서란 자기 동일성 회복과 등가적 의미를 지니며, 무질서, 혼란, 상실에서 벗어나고자 하는 질서에의 욕망은 원초적, 연속적 세계에 대한 갈망에 다름 아니다.

이러한 복낙원 의식은 에로티시즘을 다분히 종교적37)이게 한다. 인간의 근원적인 삶에 대한 물음에서 시작하여 인간의 내적 의식에 대하여 조명하는 것은 종교성의 기본적 태도이기 때문이다. 금기, 위반, 제의성,

---

35) 김형효, 「라깡과 무의식 언어학」,『구조주의의 사유체계와 사상』, 인간사랑, 1989. pp. 284-185.
   에릭 올슨·립튼 공저, 앞의 책, pp. 44, 92.
36)『철학대사전』, 학원사, 1973. p. 741.
37) 여기서 말하는 '종교적'이라는 용어는 어떤 종교의 형태를 지칭하는 것이 아니라, 인류가 유전으로 물려 받은 보편적 정신의 윤곽을 드러낸다는 의미로 사용하고 있다.

코스모스 등은 에로티시즘의 의미축을 이루는 요소이자 범인류적 정신 현상인 종교 형성의 기반이기도 하다. 낙원 사상이 언제나 인간의 근원과 존재양식의 문제로 환원되는 것도 이 때문이다[38]. 우주(태양과 달)를 지배하는 리듬에 동화함으로써 인간의 경험 전체를 우주화하기 시작하는 에로티시즘의 원리는 창조 이전의 원초의 통일성을 회복하는 것이며, 모든 형태가 미분화되어 있는 원형의 상태 그대로를 회복하는 문제로 통하게 된다[39]. 이러한 점을 볼 때, 에로티시즘의 시 세계가 삶의 구체적인 체험을 내면화하여 인간의 근원적 의식을 구현한다는 사실은 그 타당성을 입증받게 된다.

이제 생의 욕망과 밀착되어 있는 에로티시즘이 단지 성적인 욕망의 노출이 아님을 밝힌 셈이다. 性的인 데 근거를 둔 에로티시즘은 자기 완성이나 자기 고양과 단단히 결속되어 있는 인간의 본원적이며 내적인 정신의 세계이다. 에로티시즘의 정신을 통해 우리는 인류가 궁극적으로 추구하는 완전한 세계가 어떠한 것인지를 알게 된 것이다.

---

38) 성현경, 『한국소설의 구조와 실상』, 영남대학교 출판부, 1981. pp. 5-7.
39) 엘리아데, 이은봉 역, 『종교형태론』, 한길사, 1996. pp. 532-535.

제 3 장

한국 현대시에 나타난 에로티시즘의 세 가지 양상

-서정주, 오장환, 송 욱, 전봉건의 시를 대상으로-

에로티시즘은 性을 통하여 드러나는 삶과 죽음에 대한 인간의 보편적이고 근원적인 의식이다. 한국 현대시에서 에로티시즘을 시적 정신으로 구현한 대표적인 시인은 30년대의 시인부락파 동인이었던 서정주와 오장환, 그리고 50년대 시인인 송욱과 전봉건 등이다. 이들은 詩作의 출발부터 시적 창작의 모체를 에로스에 두고서 후기 시까지 일관되게 에로스의 상상력을 창출한 시인들이다. 따라서 본 장에서는 이 네 시인의 시에 자주 반복되는 이미지나 모티프를 토대로 에로티시즘의 유형을 통해 에로티시즘의 정신을 도출해내고자 한다. 이미지나 모티프는 이 연구[1]의 주요한 해석적 열쇠이다. 원형적 정신이 이미지나 모티프의 반복을 통해 확립되는 것이라면, 원형적 정신 위에서 구축된 에로티시즘의 연구에서 이미지와 모티프는 그만큼 중요해지는 것이다.

이러한 연구 방식은 시인이 저마다 표출하고 있는 다양한 층위의 상상력적 행보 속에서 동일한 정신적 현상을 투시하고 추출해 내려는 시도이다. 아울러, 시인들의 독자적인 시 세계를 드러내는 작업이기도 하다. 원래 에로티시즘은 동질적인 정신적 토대 위에서 구축되는 세계이지만, 시인의 고유한 체험에 따라 그 구체적인 양태는 다르게 나타난다[2]. 즉 에로티시즘이 보편적 정신 현상일지라도, 그것은 작가의 개인

---

1) 이재선, 앞의 책, pp. 27-31.

2) Renè Wellek, *A Map of Contemporary Criticism in Europe*, The Frontier of Literary Criticism,

적 체험망을 통하여 여과되어 나온 세계이기 때문에 에로티시즘의 공통된 양상 속에서도 개인의 고유한 의식[3]을 배제해서는 안될 것이다.

에로티시즘은 그 의식의 발단과 전개에 따라 <욕망의 기호로서의 몸과 규범에의 반항>, <위반의 기호로서의 몸과 제의의 기제>, 그리고 <연속의 기호로서의 몸과 우주와의 합일>이라는 세 가지 유형으로 구별할 수 있다.

그런데, 이 세 가지 유형은 통시성에 따른 단계적 속성을 띠면서도, 누적적 속성을 함께 지니고 있다는 점이 특징이다[4]. 다시 말해, 어떤 시는 한 가지 유형만을 보인다면, 어떤 시는 세 가지 유형이 혼융되어 있기도 하다. 초기 시는 첫 번째 양상이, 후기 시는 세 번째 양상이 더 지배적이긴 하지만, 어떤 시인의 경우에는 시기별로 그 양상이 뚜렷이 나누어지지 않기도 하다. 그러나 흥미롭게도, 세 번째 양상은 네 시인에게 있어서 동일하게 후기 시에 집중되어 있다. 이를 통해 에로티시즘이 궁극적으로 추구하는 세계가 우주와의 합일에 있음을 알 수 있다. 이는 에로티시즘이 근원적으로 모태 회귀의 본능에 그 의식의 뿌리를 내리고 있다는 주요한 근거가 되는 것이기도 하다.

요컨대, 에로티시즘의 세 가지 유형은 결국 같은 궤도를 밟고 있는 의식이다. 규범에의 반항은 제의성을 함축하고, 제의 기제는 우주와의 합일을 고지하게 된다. 그리고, 우주와의 합일은 앞의 두 양상을 모두 수렴하는 최종적인 단계라고 할 수 있다.

Los Angeles:Hennessey & Ingalls, 1974. p. 17.

3) 이것은 주제학적 방법과 상통하는 것이고, 정신적, 심리학적 방식을 수반하기 때문에 의식 비평과도 상통하게 된다.(Werner Sollors, *The themathic of Jean-Pierre Richard*, Themathic Criticism, London:Harvard Univ. Press, 1993. pp. 161-168)

4) 한편, 대상 작품의 시기를 한정하려고 한다. 송욱과 전봉건의 경우는 초기 시부터 후기 시까지 모두 포함시키려고 한다. 그러나, 서정주의 경우에는 『질마재 신화』까지, 오장환의 경우에는 『나사는 곳』까지만 한정해서 다루기로 하였다. 전봉건과 송욱의 통시적 시작 과정에서 볼 때, 에로티시즘의 마지막 양상인 '우주합일'의 단계는 이들의 후기 시에 해당되고 있다. 이렇게 보았을 때, 서정주와 오장환의 시작과정에서 이러한 단계를 보이는 시기가 이 시집이며, 여기서 두 시인이 에로티시즘의 정점을 확보하고 있다고 판단되기 때문이다.

제의성을 보이는 두 번째 유형은, 타나토스성이 상대적으로 더 강한 첫 번째 유형과 에로스성이 절대적으로 강한 세 번째 유형의 양극 사이에 걸쳐져 있다. 즉, 두 번째 유형을 대칭축으로 하여 첫 번째 유형과 세 번째 유형은 대칭 구조의 관계를 보이게 된다. 따라서, 결핍의 몸/충족의 몸, 생명 상실/생명 회복, 인간성 상실/인간성 회복, 불완전한 자아/완전한 자아, 타자의 부재/타자의 존재 등으로 구체화된 타나토스/에로스의 대칭적 의미짝이 두 번째 유형에서는 최고조의 갈등을 보인다. 요컨대, 제의적 성격을 강하게 보이는 두 번째 유형은 첫 번째 유형의 부정적, 하강적 자질을 세 번째 유형의 긍정적, 상승적 의미자질로 전환시켜주는 지점에 놓여 있는 것이다.

에로티시즘의 첫 번째 유형에 해당하는 ≪욕망의 기호로서의 몸과 규범에의 반항≫의 시편들에서 몸은 욕망과 반항의 장소가 된다. 자아 상실감은 이러한 억압의 심리에서 발생하게 된다. 그리고, 몸은 이러한 억압에 대해 가장 민감하게 반응하는 장소이다. 현실이 자아를 억압하는 규범으로 작용할 때, 자유에 대한 갈망은 그 어떤 때보다도 증대하게 되어 몸의 구속감에서 유발된 욕망이 몸을 자기 욕망의 통로로 삼게 되기 때문이다.

에로티시즘의 두 번째 유형에 해당하는 ≪위반의 기호로서의 몸과 제의의 기제≫의 시편들에서 몸은 위반과 제의의 장소가 된다. 죽음에 직면하면 인간은 죽음을 의식하지 않으려 하면서 우리가 당장 죽지 않는다는 것을 가정하려고 노력한다. 이것이 제의의 발생 근간이라고 할 수 있다. 제의는 죽음을 초월적 사건으로 제시함으로써, 죽음을 생명의 원리로 수용한다. 따라서, 죽음을 저지르는 최고의 위반은 생명을 구가하는 역설적 행위가 되는 것이다.

에로티시즘의 세 번째 유형에 해당하는 ≪연속의 기호로서의 몸과 우주와의 합일≫의 시편들에서 몸은 연속성과 우주적인 질서의 장소가 된다. 몸의 결핍감에서 출발한 에로티시즘의 시적 정신이 최종적으로 귀결되는 곳은 몸으로서의 고향이다. 에로티시즘이 육체성의 상실과 회복의 의미축에 놓여있다면, 고향은 자아와 통합을 이루게 되는 원초적인 몸의 상징이다. 그 고향은 생성과 생명력으로 충일한 공간이다. 그곳에서 상실된 자아가 완전히 회복되는 것이다.

이처럼, 에로티시즘의 정신의 정점이라 할 수 있는 우주와의 합일은 에로티시즘이 모태회귀 본능에 토대를 두고 있음을 보여 준다. 우주와의 합일을 보이는 시편들에서 상실된 자아와 상실된 육체성과 상실된 생명을 회복하는 원초적 질서를 지닌 곳으로 고향이 표상되는 것도 에로티시즘이 근본적으로 자아 상실과 회복, 육체성 상실과 회복, 생명 상실과 회복에 관심을 두고 있기 때문이다. 또한, 이 세 개의 의미 층위가 에로티시즘에서 상호적인 관계를 구축하고 있다는 특성은 에로티시즘이 단편적인 의식의 한 양상이 아니라, 인간의 근원적 의식이 언제나 여러 가지 의미망을 통해 파생되어 나가듯이, 복합적인 구도로 짜여진 다층적인 정신 세계라는 사실을 시사한다.

1. 욕망의 기호로서의 몸과 규범에의 반항

불가항력적인 현실 앞에서 패배한 인간은 결핍감이나 공허감, 그리고 패배감이라는 극한적 감정에 매몰되기 쉽다. 그리고, 그러한 상황은 타나토스의 영상을 극대화시킨다. 그런데, 그 부정적 영상이 극대화되면 될수록 그와 반대로 에로스의 본능은 우세해진다. 인간은 죽음에 관련된 여러 신호에 직면하여 자신의 생명이 위험하다는 의미를 해독하게 되고, 즉각적인 반사 작용을 일으키게 된다. 이렇게 죽음에 직면하여 일어나는 인간의 생물학적, 정신적인 반사 작용이 바로 에로스이다. 극한적인 상황이 일상적인 상황보다 더 도발적인 만큼 에로스가 원색적인 형태의 상상력을 산출하게 되는 것은 당연하다. 에로스의 상상력은 타나토스의 현실을 견제하여 생성되는 산물인 것이다.

식민지와 전쟁은 혼돈, 폐허, 암흑, 죽음으로 착색되어 있는 극한적 시기이다. 이러한 비일상적 상황은 여느 때와 달리 에로스의 본능을 한층더 극대화시킨다. 어떠한 형태로든지 자기 의지와 상관없이 외부의 힘에 의해 삶의 질서가 파괴되는 것을 존재의 거세 곧 죽음의 상황이라고 할 때5), 식민지와 전쟁이야말로 일상적인 삶의 기반을 위협하는 죽음의 상황이다. 삶의 기반을 파괴당하면 누구나 자기 상실감을 체험하게 된다. 그래서, 세계는 자아를 억압하는 부정적 대상으로 비치게 되고, 외부의 세력이 조정하고 있는 세계는 질서의 파괴 곧 혼돈을 의미하게 된다. 혼돈은 위기를 초래하는 것이고, 위기 앞에서 인간은 상실한 모든 것들을 회복하려는 욕망을 강하게 일으키게 된다. 욕망은 세계와 자아가 팽팽한 대립적 관계 속에서 배태되는 것인데, 세계는 자아의 욕망을 억압하는 규범으로 작용하고 있기 때문에, 욕망이 커지면 커질수록 자아와 세계의 갈등은 점점 첨예화되어 간다.

---

5) 프로이트는 타나토스를 파괴와 부조화의 속성으로, 에로스를 보존과 조화의 속성으로 차별화하고 있다. 이는 파괴와 부조화가 죽음과 같은 의미가를 지니게 됨을 설득력있게 입증하는 것이다.(C. G. Jung, 앞의 책, pp. 28-29. 참조)

에로티시즘은 이러한 현실의 규범에 도전하는 자아 탐색의 정신[6]이다. 규범은 억압의 메카니즘이자 에로스의 본능을 양성화하는 자극제로서의 금기이다. 요컨대, 시대의 규범은 자아를 억압하는 현실 원리이며, 에로틱한 것은 그 현실에 도전하여 자기의 주권을 탐색하는 반항적 정신이 되는 것이다.

서정주와 오장환에게 자아를 억압하는 규범은 전통과 유습의 가부장적 논리이며, 송욱과 전봉건에게 규범은 전쟁이라는 파괴의 논리이다. 전통과 유습, 그리고 전쟁은 자아의 근원적 상황을 원천적으로 침식해 들어오는 부정적 주체, 즉 폭력적 논리이며, 인간성 상실을 극명하게 노출시키는 규범이다. 자아 상실감이 서정주에게는 노예 의식으로, 오장환에게는 소외와 행려 의식으로, 송욱에게는 구속 의식으로, 전봉건에게는 단절 의식으로 각각 상이하게 나타난다.

에로티시즘은 자아의 범주에서 완전히 벗어나 있지 않다. 억압과 규범 앞에서 인간은 자기를 보존하기 위하여 자아의 근원을 탐색하게 되기 때문이다. 회복이나 충족은 그 결핍의 내용을 알아야 달성될 수 있다는 점에서 자아 회복은 자아 탐색을 통해 완성되는 것이다. 이렇게 자아 회복의 욕망에 토대를 둔 에로티시즘의 뿌리가 인식론적 충동에 내려져 있음은 지극히 자연스럽다. 앎은 소유의 힘이다. 소유욕과 인식론적 충동은 에로티시즘에서 서로 다른 것이 아님이 분명해진다. 알고자 하며, 보고자 하는 욕망 그 이면에는 언제나 소유하고자 하는 욕망이 자리잡고 있는 것도 이 때문이다[7].

인식론적 충동은 소유욕과 동궤에 놓이는 것에 상응하여 에로티시즘의 주된 상상력은 性에 놓인다. 性은 알고자, 보고자, 소유하고자 하는

---

6) Michel Beaujour, 앞의 책, p. 163.
7) Peter Brooks, 앞의 책, p. 9.
   피터 부룩스에 따르면, 이러한 관점에 있어서 프로이트와 바따이유, 그리고 라깡은 유사한 입장을 취하고 있다. 이들의 이론은 본고가 다루는 주제인 에로티시즘에 상당히 시사하는 바가 크다. 몸과 에로티시즘은 결핍과 욕망이라는 한 쌍의 의미생성 축에 놓여 있기 때문이다.

욕망을 응축하고 있는 자리이기 때문이다. 그리고, 그러한 性은 몸에 그 의미의 기원을 둔다. 그래서, 에로티시즘에서 몸은 인식론의 주요한 자리이며 욕망의 대상이 된다. 몸은 비밀을 벗기기에 가장 적절한 장소이며[8], 원초적 욕망의 대상이라 할 수 있다.

성적 호기심의 원동력은 비밀스럽고, 감춰져 있고, 가려져 있는 것을 보고 알고자 하는 욕망이다. 몸은 혈연을 확인시켜주는 상징적 수단으로 서사에서 몸이 지닌 상처나 생김새는 자기 정체성을 확인시키는 결정적 모멘트로 사용되기도 한다. 자기 정체성을 정확히 확인하는 그 지점에서 자아의 욕망이 구체화된다. 이렇게 하여, 에로티시즘에서 몸은 욕망의 요체가 된다.

그런데, 몸이 욕망의 대상이 된다는 것은 그 몸이 타자를 함축하게 되는 것과 같다. 몸에 대한 욕망이 타자에 대한 욕망으로 자연스럽게 전이되는 것이다. 그러나, 타자는 단순히 육체적 욕망의 대상임을 거부한다. 타자는 육체적 대상을 넘어서서 자아를 회복시켜 줄 심정적 대상으로 치환된다. 이처럼 타자를 통하여 자기의 낭만적 환상이나 욕망을 충족시키려는 정신을 보여주는 세계가 바로 에로티시즘이다.

앞에서도 밝혔듯이, 일상의 좌절은 에로스를 상승시키는 주동인이 된다[9]. 즉 자기가 단념하고 좌절할 수밖에 없었던 내적 욕망 즉 에로스적 대상의 가능성을 자기 환상 속에서 되찾고자 하는 심성에서 확립되는 것이 에로티시즘이다[10]. 거세의 지표를 강하게 지니는 현실 앞에서 인간은 생래적으로 에로틱한 대상을 촉구하게 된다. 따라서, 에로티시즘은 타자를 자아의 일부분으로 흡수 동화하려는 욕망을 작동시키는 인간의

---

8) Peter Brooks, 앞의 책, pp. 11, 15, 51.
　프로이트에 따르면, 시각과 욕망과 인식 충동은 몸의 묘사에서 한데 만나게 된다. 그리고 미셸푸코에 따르면, 현대사회의 거대한 성담론은 성을 숨겨지고 비밀스러운 것으로, 알고자 하는 욕망을 가장 강하게 불러 일으키는 것으로 만들고 있다. 그래서 성적인 몸의 담론은 비밀을 벗기는 장소를 위한 신성한 것으로서, 비밀에 대한 이론적 담론으로 대체된다.
9) 竹田靑嗣, 앞의 책, 1993. pp. 194-195.
10) 竹田靑嗣, 앞의 책, pp. 186-188.

내적 의식이다. 즉 타자를 통한 자아 회복의 욕망을 몸을 매개로 하여 성립하는 정신이다. 결국, 육체성 상실과 회복의 문제는 자아 상실과 회복을 그 의미축으로 삼게 되는 것이다.

30년대 말은 식민지의 체험을 내면화하고, 실존적으로 해석하는 단계로 접어드는 시기이다. 이때, 결핍이나 상실의 심리는 내적 의식으로 심화되기에 이른다. 범박하고 투박한 호소나 절규는 사라지고, 탄식의 감정을 날것 그대로 표현하던 상투적인 수식에서도 어느 정도 벗어난다. 이제, 인간의 근원에 대해 고민하고 자신이 처한 상황을 통해 삶의 의미를 캐묻는 형이상학적 차원으로 발전하는 시기가 도래한 것이다. 이러한 시 세계를 깊이 있게 보여 준 시인이 바로 서정주와 오장환이며, 그들의 내적 의식을 구축해 주는 원동력이 바로 에로티시즘이었다[11].

송욱과 전봉건은 전쟁을 체험하고 50년대 시단에서 활동한 시인으로서, 그 시대의 전형적인 정신적 특질을 보여주기에 충분한 시인들이다. 6·25전쟁은 그것을 겪은 세대에게는 근원적인 원체험[12]이 되고 있으며 60, 70년대 속에서도 그 체험은 지속적으로 창작적 모체가 된다. 전쟁이 에로스의 언어를 창출하게 하는 원동력이 된 셈이다[13]. 송욱과 전봉건은 바로 에로티시즘이 50년대 시적 정신의 주요한 줄기임을 확증해준 시인들이다. 이들의 시는 에로티시즘이 전후의 시 세계를 풀어나가는 해석적 실마리라는 점에서 주목할 만하다.

그런데, 어떠한 작품 세계도 작가 고유의 내면 세계와 무관하게 외부 세계에만 종속되어 성립될 수는 없다. 그러나 일상 생활의 체험은 항상 문학적 상상력의 방향을 움직일 만큼 주도적 계기가 되어 왔다는 점

---

11) 김학동, 「서정주 시에 미친 보들레르의 영향」, 『서정주』, 서강대 출판부, 1995. p. 204. 김안서, 황석우, 이상화, 박영희, 박종화, 이장희, 김동명 등 20년대 시인들의 초기 시에 나타난 에로스적 발상법이 표층적인 데 머물러 있었다면, 서정주와 오장환의 시에서는 내면화된 깊이를 보여주고 있다

12) 고 은, 『1950년대』, 민음사, 1973. p. 13.

13) Georges Bataille, Literature and Evil, ed Alastair Hamilton, New York:Urizen Books, 1973. pp. 4-5, 152.

또한 간과할 수 없는 사실이다[14]. 노예화의 상징인 식민지와 파괴의 상
징인 전쟁은 상실과 단절, 결핍, 억압, 구속, 금기, 경계의 기호를 강하
게 함축한다는 점에서 작가의 잠재적 욕망을 부추기고 언표화시키기에
충분하다.

특히, 지배의 논리에 속하는 규범은 남성적 속성으로 대표된다. 따라
서, 여성은 남성적 지배 논리가 가져온 파괴의 현실에 대한 역반응으로
서 주요한 해석소가 되는 것이다. 현실이 폭력적이고 파괴적일수록 남
성 작가들이 여성의 몸을 지향하게 되는 것도 이 때문이다. 서정주와
오장환, 송욱과 전봉건의 작품 속에서 남성의 시적 자아는 여성이라는
타자를 지향함으로써 자신의 아니마를 회복하려고 한다. 이는 물질 문
명이나 전쟁, 가부장적, 폭력적 논리체계에 대한 반작용이다. 이러한 반
작용의 결과 여성적, 감성적, 에로스적 속성은 자연스럽게 고조되기 마
련이다.

1) 추방된 몸과 야수적 동물성 희구
―서정주와 오장환의 경우

서정주와 오장환의 창작적 모체는 에로스의 상상력이다. 1936년 2월
에 간행된 두 시인의 동인지 『시인부락』에서 서정주가 최우선적인 시
의 과제로 제시한 생명의 탐구는 바로 에로스적 상상력과 다름 아니다.
이러한 문학적 동기는 카프 계열의 이데올로기, 시문학파의 감각적 기
교, 주지주의적 경향, 초현실주의의 시도에 대한 불만[15]에서 나온 대안
이었다.

그런데, 이 두 시인이 단순히 생명만을 예찬하거나 생명만을 강조한

---

14) 모든 예술적인 문학 작품은 작가의 마음에서 일어난 몇몇 동기와 자극으로 취급할 수
　는 없을 것이다.(프로이트, 『꿈의 해석』, 범우사, 1993. p. 289)
15) 김학동, 「서정주 시인론」, 『서정주 연구』, 동화출판공사, 1975. p. 117.

것은 아니다. 에로스의 이미지나 모티프가 인간의 삶에 대한 성찰과 맞물려서 전개되고 있기 때문이다. 이러한 시적 기류는 프랑스 상징주의 시인인 보들레르의 영향 아래서 형성된 것으로 보인다16). 생명을 통하여 인간의 삶을 끈질기게 탐색하고 있는 초기 시의 세계가 단순한 의미 구조를 보이지 않는 이유도 보들레르의 영향과 무관하지 않다. 이는 에로스의 상상력에 원죄의식이 혼융되어 들어가 있기 때문이라고 판단된다.

　서정주와 오장환의 시에서 개인사적인 문맥들은 그것을 포괄하는 더 큰 컨텍스트와 맞물려 있다. 전통, 유습의 가부장적 논리라는 개인사적인 규범과 식민지 논리라는 현실 규범이 맞물리면서 그 억압의 심리가 증폭되는 것이다. 개인적 상실감은 식민지라는 거대한 문맥과 분리시켜 생각할 수 없다. 구속과 생명 부재로 표상되는 식민지는 인간의 에로스의 본능을 한층 자극하기 쉬운 환경이다. 이러한 현상은 비교문학적 관점에서 조명할 때 더 분명해진다. 외래의 영향은 수용국의 토양이 그에 걸맞는 환경을 먼저 조성하고 있지 않으면 불가능하다. 이들의 시에 미친 보들레르의 영향은 식민지라는 특수한 수용 환경과 무관하지 않다.

　식민지는 뿌리의 상실이다. 이러한 정신적 토양은 실낙원 의식을 고무시키게 된다. 그리고, 실낙원은 종말론적 회의17)를 일으키는 계기가 된다. 실낙원은 삶의 기반 상실을 의미하고, 삶의 기반 상실은 곧 생명 상실감으로 이어지게 되어 있다. 실낙원은 예속, 소외, 그리고 죽음을 의미하는 타나토스의 상황으로 인식되는 것이다. 이러한 시적 자아의 지형학적 위상은 서정주에게서는 추방으로, 오장환에게서는 소외로 나타난다. 추방과 소외로 몸의 결핍이 표면화되고, 성적 욕망은 실낙원적 현실에 대한 반항이 되는 것이다. 그 욕망의 대상이 서정주에게는 '이브'로, 오장환에게는 '매음녀'로 선택되고 있다.

---

16) 김학동, 『오장환 연구』, 시문학사, 1990. p. 118.

17) Frederick J. Hoffman, Motal No:death and the modern imagination, Princeton Univ Press, 1964, p. 6.

‘이브’와 ‘매음녀’는 타락을 상징하는 인물이다. 이러한 타자의 선택은 속박에서 벗어나려는 반항적 의식이 얼마나 왜곡되어 있는가를 잘 보여 준다. 타자가 자아의 욕망이 투영되어 있는 대상이라고 할 때, 타자상은 곧 자아가 욕망하고 있는 내용이라 할 수 있다. 즉 이브와 매음녀의 타자상을 통하여 서정주와 오장환의 시에 등장하는 시적 자아의 욕망이 현실에 대한 반항임을 알 수 있는 것이다.

그러나, 생명을 추구하는 이들의 태도는 상당히 극단화되어 있다. 반항적 자아가 선택한 타자가 성적 타락의 전형적 인물인 ‘이브’와 ‘매음녀’라는 점만 보아도 알 수 있다. 이 타자들은 자아의 반항을 성공시켜 줄 매개적 인물들이다. 그 때문인지, 시적 자아에게 타자는 추구의 대상이면서 갈등의 원인이기도 하다. 타자를 추구하면 할수록 갈등은 더 극대화된다. 반항의 한 방편으로 선택된 인물의 부패와 타락상 앞에서 시적 자아는 주저하지 않을 수 없다. ‘이브’와 ‘매음녀’는 자아를 회복시켜 줄 긍정적인 타자상과는 거리가 멀기 때문이다. 오히려 죽음의 영상을 안겨 주는 부정적 타자상으로서의 기호성이 더 강하다. 비뚤어지고 왜곡된 방향을 향해 서있는 자아가 선택한 대상들이 긍정적일 리 만무하다.

이들의 자아가 추구하는 육체성은 야만적인 동물성을 특징으로 한다. 여기서 야만인이 되는 것은 다른 사람의 몸과 자신의 몸을 관계 맺는다는 사실을 의미한다. 즉 다른 사람의 몸이 원초적인 세계인 야만 상태에 접근하는 수단인 셈이다[18]. 그런데, 인간의 가장 순수한 상태라 할 수 있는 이 야만성이 서정주와 오장환의 시에서는 변질되어 나타난다. 원시적 육체성이 타락의 징후를 보이기 때문이다. 이러한 ‘부패’와 ‘타락’은 데카당 문학의 대표적 특질이다[19]. 여기서 데카당은 일탈과 밀착된 의식[20]에서 나온 문학적 조류임을 상기해야 한다. 퇴폐성은 규범

---

18) Peter Brooks, 앞의 책, p 182.

19) R. K. R. Thornton, The Decadent Dilema, London:Edward Arnold Ltd, 1983. pp. 32-33.

20) R. K. R. Thornton, 앞의 책, pp. 347-349. 참조.
　　Guy Michaud, *Message Poétique du Symbolisme*, Paris:Librairie Nizet, 1947. pp. 17-19.

일탈적 욕망과 깊이 관여되어 있는 반항적 정신의 일현상인 것이다. 요컨대, 이들의 시에서 생명을 구가하는 행위로 선택된 시적 자아의 반항은 퇴폐적인 데에 이르기까지 극단화되어 있는 것이 특징이다. 그리고 이 퇴폐성 때문에 생명의 기호로 선택된 性이 도리어 죽음의 기호로 변질되는 양상을 보인다.

性이 죽음의 기호로 작용하게 되는 또 하나의 이유가 있다. 바로 이 이유가 서정주와 오장환의 시를 해석하기 곤란하게 만든다. 그들의 시적 자아는 자기가 직면한 현실을 실낙원으로 수용하고 있다. 실낙원은 생명 상실의 지표이다. 그리고, 性은 현실 금기로 은유화되어 있다. 性이 억압에 대한 자유의 기제가 되는 것이다. 따라서, 성적 욕망은 자연스럽게 규범에 대한 반항을 의미하게 된다. 그렇다면, 반항은 자유의 기표화를 통해 궁극적으로 생명력을 회복하는 것이다. 그러나, 반항이 극단적으로 표출되는 지점에서 성은 타락의 형상으로 탈바꿈된다. 죄의식이 단단히 개입하고 있기 때문이다. 극단적 반항이 도리어 죄를 더 강하게 의식시키는 계기를 제공하는 셈이다. 그 죄의식이 성적 욕망에 혼재되어 들어가게 된 결과 성은 죽음의 심상을 드리우게 된다.

바로 이 죄의식이 서정주와 오장환의 시에 등장하는 욕망의 대상으로서의 '이브'나 '매음녀'가 양면성을 지니게 되는 이유에 대한 단서가 될 것이다. 성적 타락은 죽음의 영상을 촉발한다. 이처럼 에로틱한 대상이면서도 자아를 미궁에 빠뜨리는 '이브'와 '매음녀'는 천사/악마, 선/악이라는 보들레르의 정형화된 도식[21)]에 따라 형상화되어 있다. 성은 그 극한선을 넘게 되면 타락이라는 파국적 지경에 이른다. 따라서, 퇴폐성은 이중의 기호로 작용하는 셈이다. 생명을 얻기 위한 극단적 반항의 기호와 그 극단적인 반항에 따른 죄의식에 잠재한 죽음의 기호가 그것이다.

이처럼, 첫 번째 유형에 해당하는 서정주와 오장환의 시편들에서 性은 생명과 죽음의 기호를 동시에 내포하게 된다. 물론 性은 궁극적으로 생명성의 추구이지만 말이다.

---

21) Peter Brooks, 앞의 책, pp. 178-179.

가. '이브'의 천형과 환각에의 몰입

「자화상」은 서정주의 첫 시집 『화사집』에 첫 번째로 실려 있는 작품이다. 이 시는 자화상이라는 표제에 걸맞게 『화사집』 전체를 대표하는 시적 자아의 지형도가 되고 있다. 자화상은 민족이라는 거대한 반경을 중심으로 구성된 자아의 영상이다. 이렇게 자아 인식을 기점으로 하여 출발하고 있는 『화사집』의 상상력은 에로스에 그 원천을 두게 된다. 이것은 에로티시즘과 자아의 문제가 밀접한 연관을 지니고 있음을 짐작할 수 있게 하는 대목이다.

서정주의 처녀작인 「壁」은 「자화상」과 같은 계열에 속한다. "덧없이 바래보든 壁에 지치어/불과 시계를 나란이 죽이고"(1연)에서 시적 자아를 가두고 있는 '벽'은 자아의 억압을 상징한다. 역동성의 상징인 '불'과 '시계'를 죽여야 할 정도로 자아는 무기력하다. 그 상태는 자아를 생명이 없는 무생물에 가까운 존재로 만든다. 더욱이 "어제도 내일도 오늘도 아닌/여긔도 저긔도 거긔도 아닌"(2연)에 함축된 시공간적 감각의 상실은 시적 자아가 벽 속에 갇혀 있던 기간이 얼마나 오래되었는지를 엿보게 한다. 게다가, "꺼저드는 어둠속 반딧불처럼 까물거려/靜止한 <나>의/<나>의 서름은 벙어리처럼……", 시적 자아는 벙어리와 같은 존재로 제시되고 있다. 이처럼 '벽' '어둠' '벙어리' 등은 시적 자아의 신체적 결핍을 표상한다. 이 결핍의 기호를 통해 자화상의 윤곽을 잡을 수 있다.

囹圄의 몸은 현실에 대한 비유적, 해석적 장소이다. 이러한 몸의 상상력을 통하여 우리는 시적 자아가 세계를 어떻게 수용하고 있는가를 구체적으로 파악할 수 있다. 그런데, 세계를 어떻게 수용하고 있는가 하는 문제는 결국 자아를 어떻게 진단하고 있는가와 상통하는 문제이다. 몸은 자아의 현실적 위상을 직시하게 하는 장소이기 때문이다. 몸은 세계 앞에 자아가 어떻게 직면하고 있는지를 비춰주는 거울이다. 이러한 점에서 「壁」보다 「자화상」이 시적 자아의 현실을 훨씬 생생하게 형상화하고 있다.

「자화상」은 자신이 누구인가를 탐색하기 위해 몸을 해석학적 장소로 원용하고 있다. 자기 몸에 대한 정밀한 탐색을 통하여 자기 정체성을 확립하고 있는 것이다.

> 애비는 종이었다. 밤이기퍼도 오지않었다.
> 파뿌리같이 늙은할머니와 대추꽃이 한주 서 있을뿐이었다.
> 어매는 달을두고 풋살구가 꼭하나만 먹고 싶다하였으나…흙으로
> 바람벽한 호롱불밑에
> 손톱이 깜한 에미의 아들.
> 甲午年이라든가 바다에 나가서는 도라오지 않는다하는 外할아버지
> 의 숯많은 머리털과
> 그 크다란눈이 나는 닮었다한다.
> 스믈세햇동안 나를 키운건 八割이 바람이다.
> 세상은 가도가도 부끄럽기만 하드라
> 어떤이는 내눈에서 죄인을 읽고가고

―「自畵像」 중에서

'종'은 구속, 속박, 억압, 징역 등을 상징한다. '종'이라는 정보에 초점을 두어 아버지를 이해하는 시적 자아의 렌즈에서, 우리는 시적 자아가 자기 정체성을 종의 혈통 속에 두고 있음을 확인할 수 있다. "外할아버지의 숯많은 머리털과/그 크다란눈이 나는 닮었다한다"를 통하여, 시적 자아가 가계의 혈통에서 자유롭지 못함을 추정할 수 있다. 그런데, 이러한 노예 의식은 죄의식으로 심화되고 있음에 주목해야 한다.

"어떤이는 내눈에서 罪人을 읽고가고"도 그러한 맥락에서 이해해야 한다. 외할아버지와 닮은 나의 눈은 죄인의 눈이다. 그렇다면 나의 罪性은 선조에게서 물려받은 선천적인 현상이다. 결국 罪性을 통해 시적 화자는 자신의 혈통을 간파하고 있는 것이다. 이처럼 '손톱' '머리털' '눈' '입' 등은 시적 자아가 처한 종의 현실을 인식하게 하는 몸의 지체들로 제시되고 있다. 그 결과, 아버지 쪽으로는 '종'과, 어머니 쪽으로는

'죄'가 맞물려서 억압의 심리를 조성하게 된 것이다. 죄는 금기를 환기한다. 그리고, 이 종의식과 죄의식은 실낙원 의식과 다를 바 없다.

실낙원은 삶의 기반 상실을 의미한다. 삶의 기반 상실은 뿌리 상실이며 자아 상실이다. 그것은 곧 생명 상실, 즉 타나토스이다. 원죄의식으로 출발한 서정주의 시에서 에로스의 발상법은 이러한 원죄의식에서 자유롭지 못하다. 원죄로 인해 인간이 삶의 기반을 상실했다면, 에로스는 그 삶에 대한 끈질긴 욕망이라 할 수 있다.

찰란히 티워오는 어느아침에도
이마우에 언친 詩의 이슬에는
몇방울의 피가 언제나 서꺼있어
볓이거나 그늘이거나 혓바닥 느러트린
병든 숫개만양 헐덕어리며 나는 왔다.

−「自畫像」 중에서

'몇방울의 피', 즉 罪性을 완전히 청산할 수 없었던 '나'는 '혓바닥 느러트린 병든 숫개만양 헐덕어리며' 살아 왔다. 시적 자아는 '볓'이나 '그늘'이거나, 즉 언제 어느 곳에서나 변함없이 생명에 갈증을 느끼며 고통스럽게 살아온 것이다. 그 고통은 '병든 숫개마냥'이라는 생생한 비유를 통해 잘 드리나고 있다. 병든 것은 생빙력의 셜법이다. 그리고, 생명 상실의 원인은 시 전반부에 암시되어 있는 원죄에서 찾을 수 있다.

이러한 실낙원적 현실을 탈출하기 위한 그 통로를 모색하고 있는 시가 「花蛇」이다. 이 시에 등장하는 '이브'가 그러한 모색의 대안이라 할 수 있다. 벽 속의 간힌 몸(壁), 원죄의 몸(자화상)으로 형상화된 자아의 특성을 한데 집약하고 있는 인물이 '이브'이다.

실낙원 사건은 유혹의 의미 사슬로 구성되어 있다. 즉 뱀이 최초의 여성인 이브를 유혹하고, 이브가 다시 최초의 남성인 아담을 유혹하는 연쇄적인 사건으로 구성되어 있다. 뱀과 최초의 여성인 이브는 유혹이라는 동일한 지표를 함유하게 된다. 뱀이 남근의 상징으로[22] 자주 성적 문맥에 수용되고 있음은 이에 적절한 예증이 될 것이다. 유혹이 성적 표지라는 점에서 뱀이 이브를 유혹하는 모티프는 자연스럽게 성적 모티프와 겹쳐지게 된다. 뱀이 지닌 몸의 관능적 특징[23]은 곧 이브의 여성적 매력이기도 하다. 이 시가 패러디한 기독교 신화를 통해 볼 때, 뱀의 몸은 여성의 관능성과 많이 닮아있기 때문이다.

서정주의 시에서 관능성은 신에 대한 거역을 고무시키는 수단이다. 이 시에서도 역시 性은 금기를 깨는 수단이 되고 있다. 이러한 각도에서 볼 때, 이브는 실낙원 모티프와 에로스와의 상관성을 명징하게 보여줄 원형적 인물이 된다.

「花蛇」는 범인류적인 인간 始原에 관한 방대한 보고서라 할만큼 고도로 압축된 서사체의 구조를 지니고 있다. 좁게는 가계나 혈연을 기점으로 하여, 넓게는 인류까지 그 범위가 확산되고 있기 때문이다. 뿐만 아니라 반항을 주제로 인류의 시조에서부터 현재의 '나'까지 연결시키고 있는 서사시이기도 하다. 여기에서 性은 인류 최초의 금기를 어긴 반항의 기호로 설정되어 있다.

　　　麝香 薄荷의 뒤안길이다.
　　　아름다운 배암……
　　　을마나 크다란 슬픔으로 태여났기에, 저리도 징그라운 몸둥아리냐

　　　꽃다님 같다.
　　　너의할아버지가 이브를 꼬여내든 達辯의 혓바닥이
　　　소리잃은채 낼룽그리는 붉은 아가리로
　　　푸른 하늘이다. ……물어 뜯어라. 원통히무러뜯어
　　　다라나거라. 저놈의 대가리!

---

22) 프로이트, 민희식 역, 『정신분석입문』, 거암사, 1982. pp. 104-110.
23) Peter Brooks, 앞의 책, p. 12.
　　프로이트는 메두사의 머리칼인 뱀을 여성의 생식기나 남성의 수 많은 페니스로 해석한다. 이는 뱀이 성적인 상징적 상관물임을 말해 준다.

돌 팔매로 쏘면서, 쏘면서, 麝香 芳草ㅅ 길
저놈의 뒤를 따르는 것은
우리 할아버지의안해가 이브라서 그러는게 아니라
石油 먹은듯…石油 먹은듯…가쁜 숨결이야

-「花蛇」 중에서

"우리 할아버지의안해가 이브라서 그러는게 아니라"는 구절은 시적 화자가 이브의 후예라는 사실을 은근히 강조한다. '-라서 그러는게 아니라'는 오히려 '-라서 그러는 것이다'를 부각시키는 반증적 성격이 다분하다. '슬픔으로 태여났기에' '저리도 징그라운 몸둥아리'에는 자기 태생을 비루하게 만든 추방자로서의 부정적 시선이 투영되어 있다. 자기의 본체, 자기의 정체성, 그리고 자기 계보를 우회적으로 노출하고 있는 것이다. 이로써 금기를 범한 인류의 시조인 이브는 천형적 존재라는 자기 정체성을 고지하게 한다. 시적 자아의 이러한 고백은 반항아적 태도를 노출시키게 된다. '이브'는 반항적 자아가 가장 관심을 두는 타자에 대한 표상이기 때문이다.

자기 근본에 대한 원망과 한탄은 반항의 심리를 자극하게 된다. 이것은 시적 자아가 이브와 뱀과 동일시하는 계기를 제공한다. 그 동일시는 성적 매혹으로 이루어진다. 그런데 시적 자아는 그러한 성적 욕망을 혈연에 따른 관성의 법칙으로 돌리고 있다. 그럼으로써, 자기 반항에 더 확실한 설득력을 확보하려고 한 것이다. '이브'의 후예인 시적 자아가 '이브'와 동격으로 원용된 뱀과 한치의 간극도 없이 밀착되고 있음도 같은 이유라고 보인다.

'무러뜯어'의 행위 주체는 뱀이지만, 그것을 부추기는 것은 시적 자아이다. 아니, 그것은 동조를 넘어 뱀과의 동일시에 이른다. 이는 하늘(금기)에 반항하고 있는 뱀과 시적 자아가 심리적으로 일치되어 있음을 잘 말해 준다. 게다가 '저놈'(뱀)의 뒤를 따르는 것은 '가쁜 숨결' 때문이다. '가쁜 숨결'은 반항의 강도에 따른 욕망의 강도를 중층적으로 구사한 것이다. 즉 '가쁜 숨결'은 반항의 희열과 성적 흥분의 동시적 표현이다. 이러한 중의적 표현이 가능한 것은 시적 자아와 이브가 性的 욕망이라는 반항의 끈으로 단단히 결속되어 있기 때문이다. 즉 성적 욕망의 강도와 반항의 강도는 비례하고 있다.

性이 자아를 억압하는 금기의 내용이라면, 이 性의 쟁취는 숨겨져 있던 자아의 노출이다. 그래서, 관능적인 이브와 뱀은 에고이즘의 표상이 된다. 사탄은 에고의 표상이다[24]. 에브람스에 따르면, 밀턴의 실낙원에서 보이는 사탄은 인간의 열정과 욕망이며, 지배자와 이성은 메시야이다. 즉 사탄으로 그려진 악은 반항과 반란의 의미를 지니는 에고이즘으로서 이 시에서도 사탄의 변주적 이미지인 뱀, 이브 등은 에고의 강조로 나타난다. 자유를 의식하면서 드러나는 악은 관례적, 인습적인 사고 방식에 대한 저항이기 때문이다. 이때 악이란 자기 삶의 가치를 일깨우게 하는 깨어있는 의식 그것이다[25]. 서정주의 에로스적 상상력도 이러한 맥락에 놓여 있으며[26], 미/추, 선/악과 같은 모순된 의미가 花蛇에 동시에 투영된 것도 이런 이치다. 자유 의식 속에서 악은 기성화된 관념을 뛰어 넘는 자유 행위의 하나가 된다. 이처럼 서정주의 초기 시에서 성적 욕망은 자유와 악의 동시적 의미로 작용하고 있다. 이는 실낙원 모티프가 서정주의 시에서 독창적인 패러디로 재생산된 결과이다.

한편, 실낙원은 생명 상실을 의미하게 된다. 그 결과, 반항은 표면적으로 자유를 의미하지만, 궁극적으로는 생명에 대한 갈망을 함축하게 된다. '원통히 무러뜯어'라는 시 구절은 바로 현재의 처절하고 불행한 처지가 주는 갈증과 원망, 그리고 상실 이전의 삶을 회복하려는 욕망을 잘 드러내고 있다. 그 원망과 회복의 욕망이 육체와 성에 투사되고 있

---

24) M. H. Abrams, The Mirror and The Lamp:Romantic Theory and The Critical Tradition, New York:Oxford Univ. Press, 1953. pp. 250-253. 참조.

25) Georges Bataille, 앞의 책, pp. 168-169.

26) 서정주, 『서정주 전집』(2), 일지사, 1972, p. 135.
"사람의 기본적 가치의식, 그 권한 의식-이런 것 때문에 질주하고 猪突하고 향수하고 원시회귀하는 시인들의 한때가 왔다.(중략)1930년대 후반기의 日政治下가 민족의 최후 桎梏이 시작될 무렵, 나체로서 일어서 있었던 것이다"

는 것이다.

이처럼 서정주의 육체 옹호론은 질곡의 현실로부터의 탈각적 심리와
다르지 않다.

> 고대 그리이스적 육체성, -그것도 그리이스 신화적 육체성의 중시,
> 고대 그리이스 로마의 황제들이 혼히 느끼고 살았던 바의, 최고의 정
> 선된 사람들에게서 신을 보는 바로 그 인신주의적 육신현생의 중시.
> 아폴로적인, 디오니소스적인 에로스적인, 그리이스 신화적 존재의식,
> 또 그런 존재의식을 기초로 하는 르네상스 휴머니즘. -그러자니 자연
> 기독교적 신본주의와는 영 대립하는 그런 의미의 르네상스 휴머니즘.
> 여기에서 전재해서 저절로 도달한 니이체의 짜라투스트라의 영접회
> 귀자-초인. 온갖 압세와 회의와 균일품적인 저가치의 극복과 아폴로
> 적, 디오니소스적 신성에의 회귀는 이 당시에 내 가장 큰 지향이기도
> 했던 것이다.[27]

서정주 시인은 기독교 사상이 아폴로적인 것을 더 강조하면서 육체를
전면적으로 부정하고 있다는 판단하에 기독교의 부정적 육체관에 반발
한다. 사실 이러한 견해는 기독교의 육체관에 대한 잘못된 견해라고 보
인다. 생육과 번성을 강조한 창세기의 창조 원리 속에는 육체가 절대적
으로 부정해야 할 대상이 아님이 명시되어 있다. 어쨌든 서정주의 육체
옹호의 배후에는 디오니소스적인 것, 에로스적인 것을 긍정하고 있는
그리이스적 육체성이 놓여 있다. 이 그리이스적 육체성이 바로 그의 에
로스적 상상력에 지대한 영향을 미치게 된 계기가 된다.

인용문에서도 밝히고 있듯이, 니체가 말하는 그리이스적 육체성에서
건강하고 완전한 육체란 아폴로적인 것과 디오니소스적인 것이 모두 조
화롭게 균형을 이루고 있는 상태를 말한다[28]. 따라서, 시인은 디오니소

---

27) 서정주, 앞의 책, p. 266.
28) 니체, 김대경 옮김,『비극의 탄생』, 청하, 1993. p. 147.
　　"이 두 예술 충동은 영원한 형평의 원칙에 의거하여 엄격한 상호조화 속에서 자기의
　　힘을 발휘하게끔 되어 있다." 여기서 두 예술 충동이란 디오니소스적인 것과 아폴로적
　　인 것을 지칭한다.

스적인 것을 통하여 불완전한 육체를 완전하게 회복하려고 했던 것이다. 대담한 성적 묘사도 이러한 신념의 산물이다.

실제 서구의 보편적인 관점에서 여성의 몸은 부정적 의미만을 제공해 왔다[29]. 서정주의 「花蛇」도 근본적으로는 이브의 부정적 형상을 완전히 탈피하고 있지는 않다. 이브가 원죄의 시조로 상징되고 있기 때문이다. 하지만, 서정주는 획일화된 기성적 관점과 조금 다른 각도로 이브를 포착하고 있다는 점을 주목할 필요가 있다. 성이 반항의 요체라는 점과, 그 반항이 에고이즘의 표상으로서 긍정적으로 수용되고 있다는 점이다. 이브는 반항의 전형적 상징이라는 점만으로도 긍정적 자질을 얻게 된다. 이 때문에 그의 시 세계는 독자성을 확보할 수 있게 된 것이다.

한편, 이 '이브'는 꽃[30], 뱀, 고양이[31], 입술, 문둥이, 능금, 피, 붉음 (뜨거움)이라는 다양한 의미적 변주 속에서 이중적 기호를 노출하게 된다. 즉 이브의 관능성과 매혹성은 공격성, 살기성과 중첩되는 신기한 현상을 보이게 되는 것이다. 이는 성적 욕망을 충족시키려는 본능과 절제해야 하는 이브의 딜레마적 운명 때문이다. 시적 자아에게 성은 반항이며, 동시에 죄성이다. 따라서 그 반항이 최고조에 이르는 지점에서

---

29) 여성의 몸에 대한 부정적 이미지는, 최근 페미니즘 소설가들의 작품에서 수정·전복되고 있다. 프로이트가 여성의 생식기 및 여성 거세를 상징하면서 부정적 자질을 부여했던 메두사의 머리가 역전되는 현상이 그 예이다. 오히려 이브의 머리카락인 메두사의 머리는 아름다움이라는 긍정적 자질을 얻게 된다. 이는 여성의 몸을 부정적으로 해석한 남성적 입장을 버리고, 여성들의 입장에서 본 주체적이고 의식적인 해석이라고 보인다.(Susan Rubin Suleiman, (Re)Writing the Body:The Politics and Poetics of Female Eroticism, *Poetics Today*(Vol 6), 1985. p. 56)

30) 꽃의 성적 상징은 꽃이 식물의 생식기관을 대표하는 데서 기원한다. **흔히 연인끼리 주고 받는 꽃 선물도 이러한 무의식적 의미가 있을 것이다.**(프로이트, 앞의 책, p. 396) 꽃은 서정주 시에서는 물론, 오장환, 송욱, 전봉건의 시에서도 여성의 비유나 상징으로 쓰이고 있다.

31) Robert J. Stoller, 앞의 책, p. 16.
스톨러가 제시한 에로티카 즉 페스티쉬의 여러 항목 중에서 서정주와 오장환, 그리고 송욱과 전봉건의 시에 주로 나타나는 소재로는 다음과 같은 것들이 있다. 색칠된 손톱, 페니스, 거세된 페니스, 시체, 털있는 동물, 오줌, 똥, 비만, 장미, 처녀, 입, 창녀, 일몰, 피아노, 한쌍의 새, 돼지, 고양이 등이 그것이다. 그리고, 감촉이나 냄새, 색채, 움직임이나 고요함에 관련된 수식어구들도 이에 해당한다.

시적 자아의 죄의식은 자연스럽게 노출된다.

바눌에 꼬여 두를까부다. 꽃다님보단도 아름다운 빛…

크레오파투라의 피먹은양 붉게 타오르는 고흔 입설이다…슴여라! 베암.

우리순네는 스믈난 색시, 고양이같이 고흔 입설…슴여라! 베암.

-「花蛇」중에서

그래서, '이브'와 동일한 인물인 '순네'라는 타자 속에는 유혹과 멸망의 기호가 착종되어 있다. '아름다운 베암'이면서, 동시에 '징그라운 몸둥아리'로 모순되게 그려진 뱀이 이를 잘 입증하고 있다. 또, '다라나거라. 저놈의 대가리!'에서 천적처럼 묘사하다가도, '돌 팔매로 쏘면서…저놈의 뒤를 따르는 것은 石油 먹은듯…가쁜 숨결'에서는 그 매혹성을 강조하고 있다. 이러한 구절들을 통해 시적 자아의 반항 속에 쉬지 않고 죄의식이 개입하고 있음을 알 수 있다. 이 때문에 이브와 뱀과 순네는 매혹의 심상과 죽음의 심상이 교차하는 모순적 존재가 된다.

타자는 나를 갈등하게 한다. 그 이유는 자명하다. 관능을 중심축으로 '뱀'에 대한 매혹과 혐오의 이중적 감정이 교차하기 때문이다. '나'의 에로틱한 대상으로 선택된 '순네'가 '나'를 죽일지도 모르는 공격적 대상으로 비춰지는 것은, 금기를 깬 자에게 무의식적으로 파고드는 죄의식의 결과이다. 따라서, 매혹성과 살기성이라는 타자의 양면적 속성은 카멜레온적 변신이 아니라, 타자를 통해 금기를 깨려는 시적 자아의 반항과 죄의식이 혼융된 결과라 할 수 있다.

반항과 죄의식의 양면적 속성이 고도의 입체적 영상을 갖추고 있는 시구가 '크레오파투라의 피먹은양 붉게 타오르는 고흔 입설'이다. 입술을 설명하는 '붉게 타오르는'을 구체화시킨 양태어는 '피먹은 양'으로

서, 피는 관능성을 극대화시키는 이미지이다. '고혼 입설'의 주체인 뱀
은 클레오파트라의 죽음을 환기한다. 이때 '고혼 입설'이라는 관능적 장
치는 반어적 기제로서 죽음의 심상을 극대화시키게 된다. 아름다움과
죽음이 완전히 융해되어 버린 절정의 순간을 고도로 형상화시킨 예라고
하겠다. 거기에 '습여라'라는 명령어가 보태짐으로써 반항의 몸짓은 더
극단화된다.

　시적 자아와 타자의 양면적 속성은 반항의 수단으로써 금기를 깨는
자가 어쩔 수 없이 짊어져야 하는 딜레마적 상황을 잘 보여주고 있다.
서정주 시의 금기/반항은 죄의식의 의미축 위에 세워진 세계이다. 성적
금기의 파기를 실낙원의 원인으로 인식하면서 그 현실에 정면으로 반항
하려는 시적 자아에게 최전방에 놓여 있는 욕망이 바로 性일 것이다.
그러나, 그 성적 자유를 성취하면 할수록 자꾸 고개를 내미는 것이 얄
궂게도 또한 죄의식이다.

　서정주의 시에서 관능적 소재로 쓰이고 있는 불의 이미지가 하강/상
승, 熱氣/消盡의 이중적 운동을 하는 이유도 이러한 반항과 죄의식의
관계를 통해 드러나게 된다.

　　　　따서 먹으면 자는듯이 죽는다는
　　　　붉은 꽃밭새이 길이 있어

　　　　핫슈 먹은듯 취해 나자빠진
　　　　능구렝이같은 등어릿길로,
　　　　님은 다라나며 나를 부르고…

　　　　強한 향기로 흐르는 코피
　　　　두손에 받으며 나는 쫓느니

　　　　밤처럼 고요한 끌른 대낮에
　　　　우리 둘이는 웬몸이 달어…

　　　　　　　　　　　　　　　　　－「대낮」 전문

극도의 성적 욕망은 환각적 체험을 불러오게 한다. '핫슈 먹은 듯 취해 나자빠진 능구렝이같은 등어릿길'은 '나'를 유혹하는 님의 형상화이기도 하며, 달아나는 그 님을 쫓는 '나'의 환각적 상태의 비유이기도 하다. 또한, '능구렝이'는 관능적 뱀의 몸짓을 떠올리게 한다. 그런데, 이러한 신체적 접촉은 體感의 감각들을 우세하게 끌어 와 들끓음, 뜨거움과 같은 열기와 火氣의 상태를 환기한다. 그리고 그 열기의 강도는 '마구 자빠트려 노코' '타오르는' '몸서리친' '가쁜 숨결' '나자빠진' '코피' '땀흘린' '어지러운' '웬몸이 달어' 등의 성애 묘사를 통해 효과적으로 드러나고 있다. 그 열의 강렬함은 과도한 성적 소비에서 비롯된 소진이나 소모의 이미지와 대비되면서 더 선명해진다. 「화사」의 '물어 뜯어라' '쏜다' '가쁜 숨결' '석유먹은 듯' '스며라' 등에서 드러나는 남성적 톤이나 충동적, 선동적 이미지도 마찬가지로 불의 형태적 묘사이다. 불은 확실히 디오니소스적 열기에 가깝다. 그 열기는 반항의 강도를 말해 주는 것이다. 한편, 불의 소진적, 하강적 이미지는 열기에 반비례하여 몸이 닳거나 상실되는 것을 의미하기도 한다. 그것은 죽음의 심상으로 이어지는데 이는 시적 자아의 죄의식이 고개를 내민 결과이다.

熱氣와 消盡은 이처럼 한패의 짝이다. 熱은 상승과 하강의 역학적인 이미지 운동이기 때문이다. '타버리다'나 '상실하다'라는 시어는 성행위가 불의 속성을 지니고 있음을[32] 연상하게 한다. 상승하는 만큼 하강하는 것이다. 몸이 불이라는 열기에 사로잡히는 만큼 몸은 타버리고 상실되고 마는 것이다. 그래서, 불처럼 힘이 충만한 상승적 이미지는 소진이나 탈진의 하강적 이미지를 통해 입체화된다. 불은 단조로운 심상이 아니다. 불은 반항과 죄성의 역학적 운동 속에서 이미지화되고 있으며, 따라서 불의 열성이 극대화되면 갈수록 그 소진성도 배가된다. 열성이 반항의 강도라면, 그것에 비례하여 죽음에 대한 불안은 상승하게 되는 것이다. 요컨대, 불의 상승/하강에 대응하는 열기/소진의 대립쌍은 생명/죽음이라는 모순적 심상과 겹쳐진 것이다.

---

32) 가스통 바슐라르, 『불의 정신분석학』, 삼성출판사, 1990. p. 82.

시 「입맞춤」도 이러한 반항과 죄의식의 갈등을 첨예하게 드러내고 있는 시 중 하나이다. 이 시는 시적 형상화에서도 상당히 정교하다.

> 땅에 긴 긴 입마춤은 오오 몸서리친
> 쑥니풀 지근지근 니빨이 히허여케
> 즘생스런 우슴은 달드라 달드라 우름가치
> 달드라.

-「입맞춤」 중에서

이 시는 쑥을 뜯어먹는 행위를 성애적 행위에 빗대어 묘사함으로써 관능성의 극치를 보여준다. 쑥을 먹고 배고픔을 달랜 뒤 기쁨의 웃음 속에 드러난 이빨을 허옇다고 묘사한 것이나, 그 모습을 짐승에 빗대고 있는 표현이 그것이다. 이것은 불의 이미지에 다름 아니다. 땅과의 긴 긴 입맞춤은 불의 기운을 일으키기 위한 마찰, 불이 점화되어 솟아오르는 몸서리쳐지는 순간의 포착인 것이다. 이러한 불의 이미지는 히허연 이빨에 잘 응집되어 있다. 이빨의 히허연 색은 예리한 불의 표상으로 동물적인 공격성과 탐식성을 강하게 드러내면서 죄로 인해 죽을지도 모른다는 시적 자아의 불안감을 무의식적으로 노출시킨다.

불은 삼켜버릴 듯 덤벼드는 기세와 위로 솟아오르는 불길의 뾰족하고 예리한 윤곽을 특징으로 한다. 불의 이러한 공격성 이면에 숨겨진 타자의 살기성이 중요하다. 살기성은 '몸서리친'→'니빨'→'히허여케'→'즘생스런'→'달드라'로 진행되면서 점차 고조되고 있으며, 관능성이 극대화되면 될수록 죽음의 심상은 극대화되고 있다. 그 결과, '히허연 이빨'의 원색적이고 자극적인 시각 이미지는 야수적 분위기를 조성하게 된다. 몸서리쳐질 정도로 강렬한 입마춤과 히허연 자극적 빛깔을 지닌 이빨의 관능성, 그리고 미각적으로 표현된 '달다'는 도취적 이미지가 결합하면서 시는 독특한 문맥을 구성하게 된다. 웃음이 짐승과 같다는 표현은 관능의 극치 속에 숨어 있는 살기성을 날카롭게 묘파한 것이다.

날카롭거나 예리한 것은 성적인 자극제로 쓰인다33). 서정주 시에서
야수적 이미지가 관능적으로 느껴지는 것은 이러한 공격적 이미지 때문
이다. 관능적 이미지로 자주 등장하는 입술이나 붉은 색, 그리고 이빨
은 모두 예리함의 속성을 지니게 된다. 이러한 예리함과 뽀족함의 이미
지가 「가시내」에서는 '달' '박아지' '능금' 등의 둥근 여성적 이미지34)
와 결합하게 되면서 그 관능성은 한층 증폭된다. 이 시는 금기에 대한
반항의 심리를 훨씬 극명하게 드러내 준다.

> 눈물이 나서 눈물이 나서
> 머리깜어 느리여도 능금만 먹곺어서
> 어쩌나…하늬바람 울타리한 달밤에
> 한집웅 박아지꽃 허이여케 피었네
> (중략)
> 蓮順이는 어쩌나…입술이 붉어 온다.
>
> —「가시내」 중에서

히허연 색채와 붉어 오는 입술은 어딘지 모르게 음산하고 야생적인
분위기를 연출한다. 이러한 야생의 이미지는 살기성과 멀지 않다. 생명
력을 환기하는 야생적, 원초적인 심상 이면에 감추어진 죽음의 심상을
노출하고 있기 때문이다. 그래서 피와 능금의 붉은색뿐 아니라 박아지
꽃의 흰색도 불의 공격직 속성을 띠게 된다. 흰색은 원래 징직인 색채
지만 관능성을 획득하게 되면 여지없이 불의 날카로움을 획득하게 된
다. "쑥니풀 지근지근 니빨이 히허여케"(입맞춤)가 그 적절한 예이다.
달밤에 보이는 흰 꽃이 예리한 불의 속성에 의해 시각화됨으로써 「가

---

33) 칼 융, 유기룡·양선규 공역, 『콤플렉스, 원형, 상징』, 경북대출판부, 1986. pp. 157- 158.
들이받는 것과 삼키는 것은 공격성을 지니며, 두려움을 불러일으키는 형체들로서, 남
근적 의미를 가진다. 즉 뿔이나 불과 같은 속성에 가깝다.

34) Nothrop Frye, Seculer Scripture, Cambridge:Havard Univ. Press, 1976. p. 121.
창과 접시는 남성과 여성의 생식기관과 유사하게 쓰인다. 창의 뽀족함과 접시의 둥금
이 그렇다. 따라서 달과 능금, 그리고 박아지의 둥근 모양은 여성의 생식기관을 비유
하는 이미지 계열에 속한다.

시내」는 관능성을 띠게 된 것이다.

또한 이 시의 '능금'은 뱀이 이브를 유혹하던 금기의 상징물이다. 능금에 대한 식탐은 욕망으로서, 반항의 심리가 강하게 투사되어 있다. 이 식탐과 달밤, 그리고 붉은 입술은 야수적 관능성을 외표화시킨다. "좋게 푸른 하눌속에 내피는 익는가. 능금같이 익는가"(斷片)에서도 시적 자아의 몸 속에는 능금같은 피가 익고 있다. 반항의 피가 익고 있으며, 동시에 죄의식의 피가 익고 있는 것이다. '능금'은 에덴의 상징적 과일이면서 '피'라는 시어와 결합하여 원죄를 환기하기에 적절한 문맥을 조성하게 된 것이다.

서정주의 「화사집」이 단지 성적 본능에 대한 맹목적인 추구라고 곡해될 수는 없다. 이것은 성적 욕망에 대한 새로운 해석적 각도를 요구하는 것이다. 그것은 자아의 억압 심리가 몸으로 치환되어 형상화된 것이다. 즉 성적 욕망은 실낙원의 현실과 규범에 대한 반항적 산물이며, 시적 자아가 욕망하고 있는 것은 그가 선택한 '이브'라는 타자를 통해 구체적으로 드러난다. 그 욕망은 규범에의 반항인 것이다. 따라서, 성적 욕망은 몸의 속박으로부터의 일탈 심리이자 생명 상실의 지표를 지니고 있는 실낙원의 현실로부터의 탈출 심리이다. 이처럼 그러한 반항 속에는 궁극적으로 생명에 대한 욕망이 투사되어 있는 것이다.

이 극단적인 반항과 그에 따른 죄의식이 상승하게 되면, 반항의 심리는 속죄 의식으로 편입된다. 이러한 시편들에서 반항이 위반의 형태로 그 성격을 바꾸고, 그 위반 의식으로 인해 에로티시즘이 제의적 세계로 편승하게 되는 것도 그 때문이다. 제의성을 보이는 시편들에서는 생명/죽음의 관계가 더 복합적이고 심층적으로 형상화되어 있다.

나. '행려자'의 소외와 '매음녀'에의 동화

오장환의 결핍 심리나 상실의 심리는 개인의 가족사, 식민지 현실, 문명이라는 세 개의 컨텍스트와 밀접한 연관을 지닌다. 불합리한 신분 제

도가 초래한 비극적 개인사가 식민지라는 거대한 컨텍스트와 맞물리면
서 그러한 부정적 심리를 형성하게 된 것이다. 그의 그러한 불행한 내
면 세계는 퇴폐적인 도시 문명과 만나게 되면서 실낙원 의식으로 더
심화되고 구체화된다.

오장환은 서출 신분으로서 엄격한 신분제도에 의한 괴로움과 아픔을
어린 시절부터 겪어야 했다[35]. 「姓氏譜」, 「宗家」, 「旌門」 등의 시들이
함축하고 있는 전기적 사실들이 이 시인의 부정적인 자아상이 어디에서
싹트게 되었는지를 잘 보여주고 있다. "똑똑한 사람들은 항상 가계보를
창작하였고 매매하였다. 나는 역사를, 내 성을 믿지 않아도 좋다. 해변
가으로 밀려온 소라 속처럼 나도 껍데기가 무척은 무거웁고나. 수퉁하
고나."(姓氏譜)가 그러한 신분적 갈등을 잘 드러낸 예라 할 수 있다. 소
라 껍데기에 비유된 불합리한 가계보가 얼마나 시적 자아의 삶을 무겁
게 짓누르고 있는지는 짐작하고도 남는다. 불평등한 신분 제도가 바로
시적 자아를 억압한 것이다.

부두나 항구를 떠돌던 시인의 방랑기는 불우한 자기 태생과 깊이 연
관되어 있다. 이러한 그의 방황은 보들레르같은 프랑스 상징주의의 퇴
폐적 경향을 쉽게 수용할 수 있는 배경이 되기에 충분했다. 초기 시에
나타나는 시적 자아의 병적 관능성과 퇴폐적 경향은 집과 고향을 떠난
시인의 자화상에 다름 아니다.

"어머니는 무슨 必要가 있기에 나를 맨든 것이냐! 나는 異港에 살고
어메는 故鄕에 있어"(鄕愁)의 한탄과 애환이 보여주듯, 그는 집을 떠나
와도 맘이 편치 못하다. 고향에 계신 어머니 때문이다. 서출이라는 자
기 뿌리 자체가 견딜 수 없어서 집을 떠났기 때문에, 자기와 같이 주변
적 위치에 놓인 어머니에게 느끼는 동질감은 남다른 것이었다. 그런 심
리적 배후에는 이미 거대한 신분 제도의 압박이라는 반강제성이 내재되
어 있다. 이처럼 그의 결핍 의식은 불평등한 신분에서 발생한 것이다.

오장환의 초기 시를 일관되게 관통하는 시인의 의식들은 바로 이 시

---

35) 김학동, 『오장환 연구』, 시문학사, 1990. pp. 21-30. 참조

적 자아가 처한 위치를 통해 접근해 들어가야 한다. 부두라는 공간은 부랑과 떠돎을 통하여 상실감이나 분리감을 극대화시키게 하는 삶의 터전이다. 시인이 부랑하던 부두의 공간은 확장이나 개방의 공간이 아니라, 유폐되고 소외된 공간으로서의 의미가 강하다. 게다가 부두와 항구는 문명이 제일 빨리 수입되는 곳인 만큼 퇴폐와 향락으로 물들기 쉬운 곳이기도 하다. 퇴폐와 향락은 오장환의 초기 시에서 생명 상실의 징표를 띠는 실낙원의 장소로 묘사되고 있다. 문명의 퇴폐적 경향이 실낙원 의식과 결합함으로써, 성적 타락은 금기를 어긴 죄값을 상징하게 된 것이다.

오장환의 실낙원 의식은 서정주와 마찬가지로 그의 초기 시에서 창작의 주요한 동인이 원죄의식이었음을 말해 준다. 비극적인 개인사에서 빚어진 상실감이나 소외감, 그리고 부두의 퇴폐적인 삶의 현장이 실낙원 모티프라는 기독교적 문맥과 자연스럽게 접맥될 수 있었던 것이다. 항구와 부두의 퇴폐적 삶은 시적 자아의 자화상이기도 하고, 도시 문명의 자화상이기도 하다.

이러한 자화상적 인물이 매음녀와 紳士이다. 그가 문명과 관능성을 동일한 기호로 풀어내고 있는 작품 「首府」를 보자. "首府는 肥滿하였다. 紳士와 같이"의 부제에서 보이듯, 肥滿한 紳士는 도시 문명의 상징이다. 비만하여 기름기가 흐르는 紳士는 관능성을 환기하는 전형적인 인물이다. 紳士의 형용어로 쓰인 肥滿[36]은 관능적 이미지 전달에 효과적이다. 따라서, 비만은 타락과 퇴폐로 비대해진 도시의 몸에 대한 적절한 비유가 된다.

> 首府의 화장터는 번성하였다.
> 산마루턱에 드높은 굴뚝을 세우고
> 자그르르 기름이 튀는 소리
> 시체가 타오르는 타오르는 끄름은 맑은 하늘을 어지러놓는다.

---

36) Stoller, R, 앞의 책, p. 16.

시민들은 기계와 무감각을 가장 즐기어한다.

금빛 금빛 금빛 금빛 交錯되는 영구차.

호화로운 울음소리에 영구차는 몰리어오고 쫓겨간다.

번잡을 尊崇하는 수부의 생명

화장장이 앉은 황천고개와 같은 언덕 밑으로 市街圖는 나래를 펼
쳤다.

-「首府」(1)

이 시는 부두의 삶이 실낙원으로 전락하게 된 배경이 무엇인지를 묘
파함으로써, 도시 문명의 총화를 드러내고 있다. 도시 문명은 생명의
기호인 性이 부패와 타락으로 부두의 삶을 뒤덮고 있는 것이다. 성적
욕망의 비대화와 그에 따른 성적 타락상은 도시 문명의 세례를 받은 부
두의 삶이 생명을 완전히 상실한 죽음의 공간임을 잘 제시하고 있다.

화장터는 도시의 초상이다. 肥滿한 紳士의 이미지는 화장터, 시체, 기
름기, 금빛, 호화로운 울음소리까지 가세되면서 관능성을 한층 더 배가
시키게 된다. 시체도 기름기로 묘사되고 금빛이라는 화려한 색채, 그리
고 호화로운 울음소리와 만나게 되면서 관능적 이미지를 획득하게 되
고, 그러한 시체의 관능성은 도시의 화려함, 현란함에 대한 비유적 이
미지가 된다. 엄숙해져야 할 죽음의 공간이 죽음을 농락할 정도로 현란,
화려, 번잡, 번성의 장소로 변질되는 것이다. 이처럼 화려함과 강렬함의
이미지를 통하여 더 섬뜩하게 형상화되는 죽음은 문명의 무절제한 物
慾에 대한 비유인 관능성과 더불어 상당한 효과를 거두고 있는 셈이다.

일상의 단편적 삽화를 열거하고 있는 시 2부터 11까지도 모두 이러
한 문명의 타락상을 다루고 있다. 「首府」(1)은 도시 문명을 가장 잘 압
축하여 제시한 시 「首府」의 프롤로그에 해당한다. 이 시는 관능성과 문
명을 죽음의 기호로 풀어내고 있다. 관능성과 문명은 인과관계 속에 놓
여 있다. 이 肥滿한 紳士는 문명에 병든 현실의 자화상이면서 동시에
시적 화자의 자화상이기도 하다. "뚱뚱한 계집은 부연 배때기를 헐떡어
리고/나는 무겁다"(海獸)가 이를 잘 보여 준다. '뚱뚱한 계집'은 향락으

로 비대해진 도시 문명의 몸을 비유하고 있다. 몸으로만 비만해진 도시의 역겨운 모습인 것이다. 시적 자아인 나는 그 몸 아래 숨막히도록 깔려 있다. 생명이 위협받고 있는 죽음의 순간이다. 문명은 이렇게 전일적인 삶의 형태를 파괴하는 무서운 적이다.

도시의 초상화인 비만한 신사를 더 입체적으로 묘사하고 있는 시가 「毒草」이다. 이 시는 타락한 도시 문명의 양면적 초상을 긴장감과 긴박감까지 동원하여 밀도 있게 그리고 있다. 비만한 신사의 퇴폐성은 독초를 통해 살기성의 본질을 확연히 드러내게 된다. 독초는 매혹의 심상과 죽음의 심상을 미묘하게 중층화시키는 식물이다. 「毒草」는 이러한 이중성을 아름다움과 화려함을 지닌 여성이 동시에 뿜어내는 毒性의 하락과 타락상을 통해 생동감 있게 그리는 데 성공하고 있다. 더욱이 긴장과 절정의 구성까지 겸비하여 작품의 완결미까지 더하고 있어서 주목된다.

> 썩어 문드러진 나무뿌리에서는 버섯들이 생겨난다. 썩은 나무뿌리의 냄새는 훗훗한 땅속에 묻히어 붉은 흙을 거멓게 살지워놓는다. 버섯은 밤내어 이상한 빛깔을 내었다. 어두운 밤을 독한 색채는 성좌를 향하여 쏘아오른다. 혼란한 삿갓을 뒤집어 쓴 가녈핀 버섯은 한자리에 무성히 솟아올라서 사념을 모르는 들쥐의 식욕을 쏘을게 한다. 진한 병균의 독기를 빨어들이어 자주빛 빳빳하게 싸늘해지는 小동물들의 인광! 밤내어 밤내어 안개가 끼이고 찬 이슬 나려올 때면, 독한 풀에서는 요기의 광채가 피직, 피직 다 타버리랴는 기름불처럼 튀어나오고. 어둠 속에 시신만이 경충 서 있는 썩은 나무는 이상한 내음새를 몹시는 풍기며, 딱다구리는, 딱다구리는, 불길한 가마귀처럼 밤눈을 밝혀가지고 병든 나무의 뇌수를 쪼웃고 있다. 쪼우고 있다.

—「毒草」 전문

毒草가 여성의 매혹성을 강하게 촉발하면 할수록 죽음의 영상은 더 증폭된다. 썩어 문드러진 나무의 뿌리는 '붉은 흙'을 '거멓게' 변질시킬 정도로 강력한 부패성을 갖고 있다. 그런데, 붉은 생명성이 검은 죽음으로 퇴행되어 가는 형상은 '살지워 놓는다'로 표현되어 있다. 퇴폐성의 왕성한 식욕을 예리하게 그려내고 있는 것이다. 이러한 肥大함은 버섯의 왕성한 생명력을 함축하고 있는 것이기도 하다. 따라서, 버섯의 현란한 생명력은 살기성이나 공격성을 분출하는 원동력이 된다. 버섯의 독한 색채와 식욕은 그만큼 小동식물들에게 치명적이다. '썩은 나무→딱다구리' '썩은 나무→버섯→들쥐→小동물→풀'로 구성되어 있는 유혹의 먹이 사슬이 그러한 예이다.

이처럼 肥大함의 심상은 매혹성을 미끼로 생명에 치명타를 가하게 하는 요체들이다. 이러한 형상성은 불의 상징성에 기인한다. '빛깔' '색채'나 '쏘아오른다' '광채' '타버리랴' '기름불처럼 튀어나오고' 등의 시어들은 불의 속성을 지닌 것들이다. 불이 애무하고 아까워하고 사랑한 것은 의식할 사이도 없이 순식간에 사라지게 된다. 毒草의 火氣性에의 비유는 탁월한 발상법이다. 독초는 여성의 매혹성과 불의 성적 상징성을 교묘하게 접합시켜 시각적 효과를 거두는 데 성공하고 있는 것이다. 이 시에서 불이 지니는 충동적, 자극적, 유혹적인 이미지는 독초를 식물성보다는 동물성으로 치환시키게 된다. 열기에 비례하여 생명은 점점 소모되고 있다는 점에서 이러한 불의 야수성은 서정주의 시에서의 불의 속성과 완전히 일치하게 된다.

오장환의 초기 시에서 시적 자아의 지형학적 위상을 보여 주는 또 하나가 매음녀의 봄이다. 매음녀는 비만한 신사나 독초와 같은 계보에 속한다. 서정주가 이브의 몸을 직접 재현했다면, 오장환은 이브의 몸을 매음녀의 몸으로 옮겨 비유하고 있다. 매음녀 또한 이브가 지닌 유혹과 유사한 기호를 지니고 있기는 마찬가지이다. 매음녀는 애초부터 인물 자체의 속성상 에로틱한 이미지를 노출하게 되어 있다. 그리고 이 매음녀의 이미지는 꽃, 젖가슴, 항구, 계집, 사탄, 배암, 버섯, 차가움 등과 등가적으로 쓰이면서 다양한 의미의 변주를 낳고 있다.

꽃 같은 계집(溫泉水)

顯花植物과 같은 계집(賣淫婦)
매음녀는 파충류처럼 포복한다.(賣淫婦)
유독식물과같은 매음녀는(海獸)
습진과 최악의 꽃이 盛華하는 港市의 하수구(海獸)
차디찬 배암이 흘러……사탄이 흘러……/눈이 따갑도록 빨간 장미
가 흘러……(할렐루야)

   열거된 시구에서 드러나듯, '꽃' '식물' '장미' 등의 의미소는 '습진' '유독' '최악' '하수구' '배암' '사탄' 등의 의미소와 대칭을 이루고 있다. 즉 아름다움, 순결, 생명 등의 긍정적 의미소에 퇴폐, 타락, 병적 관능, 죽음 등의 부정적 의미소를 대비시킴으로써 몸의 病性을 강렬하게 환기하고 있다. 아름다움의 기표인 '꽃' '현화식물' '盛華' '빨간 장미' 등의 화려함은 여성의 유혹적 지표이며, 반대로 퇴폐의 기표인 '유독성' '습진' '최악' '하수구' '배암' '사탄' 등의 추악함은 소멸의 지표이다. 타락을 전제한 유혹은, 그 유혹의 대상이 美化되면 될수록 치명적일 수밖에 없다. 매음녀의 몸이 꽃과 뱀의 양면성을 지니게 되는 것도 이 때문이다. 꽃은 아름다움의 상징체이며, 뱀은 죽음의 상징체이다.

   이러한 딜레마적인 실존적 장소가 현실의 지형도이다. 몸에 반영된 이 현실의 지형도를 통해 시적 자아의 위상을 파악하기는 어려운 일이 아니다. 시적 자아는 생명을 상실한 자로서 그가 대면하고 있는 세계도 서정주와 마찬가지로 실낙원인 것이다. 생명의 산실이어야 할 여성의 몸이 죽음을 낳는 장소로, 가장 따스해야 할 젖가슴이 싸늘하고 차가운 곳으로, 붉고 열기가 있어야 할 입술이 푸르게 식어있는 곳으로 부정적 의미자질을 띠는 것도 이 때문이다. 그 몸은 병들어 있거나, 벗어버리고 싶을 정도로 치욕스러운, 즉 罪性으로 가득 찬 추악한 장소이다.

   이러한 몸은 시인 자신이 사는 현실이 반영되어 있는 현실의 비유적 매개체이다. 그래서, 그 몸은 거부하고 싶어도 결코 거부할 수 없는 실존적 장소가 된다.

푸른 입술(賣淫婦)
젖가슴이 이미 싸늘한 매음녀는 파충류처럼 포복한다.(賣淫婦)
이미 하반신이 썩어가는 기녀들이(古典)
나의 싸늘한 언 체온기를 겨드랑 속에 지니었도다.(湖水)
유독식물 같은 매음녀는(海獸)

이렇게 시인은 생명의 근원인 여성의 몸을 빌려서 싸늘하고, 차갑고, 습기차 있는 장소로 하락시킴으로써, 비극적 시대상을 전달하는 데 성공하고 있다. 뿐만 아니라, 시적 화자를 비롯한 모든 몸들도 시체와 같이 싸늘하고 썩어 있는 이미지를 연상시킨다. 체온이 느껴지지 않는다는 것은 곧 죽어 있음을 의미한다. '싸늘한' '썩어가는' '유독식물 같은' '차디찬' 등으로 수식되는 몸은 생명을 잉태할 수 없는 죽음의 상징이기 때문이다.

세계에의 깊은 좌절은 시적 자아로 하여금 오히려 타락한 현실에 더 깊이 함몰해 들어가는 계기로 작용하게 된다. 시적 자아는 性을 자기파멸의 수단으로 선택하고 있다. 실낙원적 현실에 대한 반항을 성적 타락으로 실현하고 있는 것이다. 성적으로 타락한 여성상의 비유인 '꽃'과 '뱀'의 상징적 결합이 이를 명료하게 보여 준다. 특히 뱀은 원죄를 강하게 환기시키는 시적 상관물로서, 오장환의 초기 시에서 원죄의식이 생명 상실감에 강하게 개입하고 있음을 증명해 주는 것이다.

반항의 수단으로 선택된 성적 타락은 죽음에 대한 불안 심리를 강하게 투영하기 마련이다. 따라서, 잉태의 상징인 여성의 몸이 불임의 몸과 생명을 위협하는 몸으로 표상되는 것은 자연스러운 결과이다. 성적 타락을 죄로 인식하면서도 반항의 제스쳐로 선택하였기 때문에 성적 타락은 죄의식에서 자유로울 수 없다. 그 결과 성은 생명이 아니라 죽음이라는 부정적 기호를 더 강하게 환기하는 결과를 낳게 된다.

"홍등녀의 嬌笑, 간드러지기야. 생명수! 생명수! 과연 너는 아편을 가졌다. 항시의 청년들은 연기를 한숨처럼 품으며 억세인 손을 들어 타락을 스스로이 술처럼 마신다."(海港圖)에서, '청년'은 시적 자아이다. 그리고 '홍등녀'는 생명수를 독약으로 변질시키는 환락가의 여인이다. 그리고 시적 자아는 생명수/아편의 모순성 위에 존재하는 홍등녀에게 '스스로이' 현혹되는 인물이다. 여기서 타락은 타의에 의한 것이 아니라 자의적 선택이다. 타락은 곧 반항의 극단적 방식인 것이다.

> 유독식물과 같은 매음녀는
> 나의 소매에 달리어 있다.
> 그년은, 마음까지 나의 마음까지 앓어놓아서
> 이유없이 웃는다. 나는
> 도박과
> 싸움,
> 흐르는 코피!
> 나의 등가죽으로는 뼛가죽으로는
> 자폭한 뽀헤미안의 고집이 시루죽은 빈대와 같이 쓸 쓸 쓸 기어다
> 닌다.
>
> —「海獸」중에서

유독식물과 같은 매음녀는 나의 소매에 매달려 나의 마음까지 빼앗아 버린 상태이다. 그래서 방랑기라는 퇴폐적 속성은 시적 화자의 등가죽과 뼛가죽을 타고 떠날 줄을 모른다. '나'는 자폭의 상태다. 매음녀에게 꼼짝없이 사로잡히고 만 것이다. 이제 '매음녀'는 '나'와 다른 몸을 지닌 타자가 아니라, 바로 '나' 자신이 된 것이다. 매음녀는 현실의 육체적 비유이며, 매음녀에게 동화된 '나'는 그 현실에 반항한다. 성의 금기를 어긴 대가로 죽음에 처했음에도 그 현실에 같은 방식으로 다시 매몰되는 것도 일종의 반항인 것이다.

그러나, 시적 자아는 매음녀에게 동화되면 될수록 자기에 대한 환멸감에서 자유로울 수 없다. 「海獸」에서 시적 자아가 노출하는 모순적 태도는 바로 여기에서 나온다. 반항으로서 선택된 성적 타락은 죄의식을 환기하는 악순환의 연속일 수밖에 없다.

어둠의 가로수여!
바다의 方向,
오 한없이 흉측맞은 구렁이의 살결과 같이
늠실거리는 검은 바다여
미지의 세계,
미지로의 동경,
나는 그처럼 물 위를 떠다니어도 바다와 동화치는 못하여왔다.
家屋 안 김승은 오즉 사람뿐
나도 그처럼 완고하도다.

―「海獸」 중에서

이 시에서 海獸는 바로 시인 자신의, 현실의 자화상이다. 동물성을 강하게 내포하고 있는 이 바다의 공간은 비전이나 소망이 없이 철저히 자기 몰락으로만 하락하고 있는 혼돈의 삶에 대한 비유이다. 바다는 미래를 펼치는 동경의 공간이 아니다. 바다는 구렁이 살결과 같이 징그럽고 추하게 자기를 위협하는 존재일 뿐이다. 여기서 어둠이라는 부정적 가치가 개입된 이미지는 짐승의 속성을 지닌 사람들의 모습으로 나타난다. 또 짐승이란 죄성을 노출하는 부두의 존재들이기도 하다. 그래서 짐승과 어둠은 구렁이의 이미지로 응축될 수 있다. '흉측맞은 구렁이의 살결과 같이 늠실거리는 검은 바다'에서 볼 수 있듯이 바닷물의 형용이 뱀의 형상을 연상시키게 되는데, 이때 뱀은 성적 타락과 원죄 의식을 동시에 환기하는 시적 상관물이 된다. 그것은 실낙원의 심리를 부추기는 촉매제이다.

반항아적 태도 다른 한켠에서 작용하고 있는 자기 모멸감이나 환멸감은 시적 자아가 궁극적으로 추구하는 세계를 짐작케 한다. 그것은 생명력이 충일한 세계이다. 타락의 최극점을 향한 이러한 반항적 태도 뒤에는 철저한 자기 부정의 논리가 개입하고 있는 것이다. 자기 부정은 세계 앞에서 좌절할 수밖에 없는 비극적 자아가 자기를 긍정하려는 몸짓이 반어화된 것이나 다름없다. 자기 부정과 반항의 이면에는 오히려 철저한 자기 긍정이 숨겨져 있는 것이며 생명력으로 충일한 세계가 꿈틀거리고 있는 것이다.

쾌락에의 함몰은 시인의 소외 의식이 직접적 영향을 미친 것으로
서[37], 소외에 처한 인간이 선택할 수 있는 두 가지 태도 가운데 하나이
다. 더 적극적으로 세계와 조화를 꾀하려는 태도와 극단적으로 자기에
게 함몰하려는 태도 가운데, 시인은 후자를 선택한 것이다. 이는 가족
으로부터 소외된 시적 자아가 부두와 항구를 떠돌며 자기 외로움을 달
래기 위해 선택한 대상이 '매음녀'라는 데서도 알 수 있다. 賣淫女는
그 명칭에서도 성적 타락의 정도를 드러내는 인물이다. 이 매음녀는 결
코 세계와 조화를 도모하기 위해 선택된 대상이 아니다. 그녀는 자기
함몰의 수단일 뿐이다. 이 자아는 현실과의 대응에서 극단적인 반항의
길을 선택한 것이다. 행려자는 '매음녀'의 퇴폐성에 극단적으로 몰입함
으로써 그녀와 동일시되고자 한다. 그것은 자기 부정을 통한 자기 肉聲
의 발산이며, 죽음 앞에서 도리어 죽음에 이르는 병인 성적 타락을 선
택하는 것이다. 따라서, 금기의 기호인 性을 택함으로써 성적 타락은
죽음의 현실에 대한 강력한 반항의 징표가 된다.

오장환에게 소외는, 부두에서의 행려병이 함축하듯이, 상실감을 부추
기는 심리적 기제가 된다. 가족이라는 삶의 기반을 상실당한 자가 살아
가는 장소는 실낙원을 상징하는 부두이다. 그러한 부정적 현실에 매몰
될 수밖에 없는 시적 자아가 자학적으로 보이기도 하지만, 그것은 극한
적인 상황에 내몰린 한 인간의 마지막 절규라 할 수 있다. 생명의 온상
지이며 가장 신성해야 할 성의 타락상을 적나라하게 노출함으로써, 건
강한 육체성과 생명성을 더 역설적으로 조명한 것이다. 반항의 극단적
표출 방식으로서 선택된 성적 타락에 초점을 둠으로써, 생명력에 대한
욕망은 역설적으로 배가된다.

오장환이 건강한 육체 옹호론자임은 그가 활동하던 시인부락파가 추
구하던 생명 탐구의 정신을 통하여 유추할 수 있다. 그가 지향하던 에
로스의 세계는 후기에 가서 명료하게 자기 실체를 드러내게 된다. 시적

---

37) H. Marcuse, 앞의 책, p. 208.

자아는 어머니라는 긍정적 타자상을 확보하면서 소외감을 극복하고 세계와 조화로운 관계를 회복하게 되는 것이다. 긍정적 타자의 선택은 그가 세계와의 조화를 원하고 있음을 말해 준다. 초기 시에 등장하는 매음녀라는 타자상은 시적 자아와 세계가 대립과 긴장의 관계에 서있음을 의미한다. 매음녀는 시적 자아와 똑같이 생명을 결여하고 있는 존재이기 때문이다. 타자로서의 매음녀를 선택한 것에는 시적 자아가 무엇을 욕망하는 지가 투사되어 있다. 자학적이고 극단적인 반항은 오히려 생명에의 열렬한 희구를 강하게 노출시키는 반어적 태도인 것이다.

2) 부자유한 몸과 수직적 식물성 희구
  ―송욱과 전봉건의 경우

50년대는 이 시대의 정신적 근원을 단적으로 드러내는 공황기라는 말로 표현할 수 있다. 전쟁만큼 인간의 정신과 육체를 황폐화시키는 시기도 없다. 자기 외부의 세계가 거대하게 존재를 위협해 오는 시기는 삶에 대한 비전보다는 죽음에 대한 강박증을 더 강하게 작동시키게 된다. 그 결과 위기감, 두려움, 불안, 허무 등의 이상 심리가 과포화되어 나타게 된다. 육체의 죽음을 체험하고 난 뒤에 일어나는 정신적 후유증이다. 전쟁이 안겨 준 충격이나 외상은 강박적인 불안 심리를 자극하는 것이 상례이다. 이러한 극한적인 상황에서 인간은 자기 존재성과 존재의 근원에 대해 고민하게 된다. 그래서 전쟁은 삶을 실존적으로 바라보게 하는 속성이 있다.

50년대는 이처럼 죽음과 폐허로 상징되는 결핍의 시대였다. 앞서 서정주와 오장환의 경우에서 살펴보았듯이, 결핍 심리는 결핍의 반대극, 즉 충족의 방향으로 움직여 가는 경향이 있다. 50년대의 결핍은 곧 장애로 대변되는데, 황폐화된 현실은 모든 장애를 노출하게 된다. 그 중에서도 삶에 가장 근본적인 장애로 등장하는 것이 바로 죽음이다. 그리고 그러한 삶의 장애를 극복하려는 심리가 에로스의 상상력 안으로 **흡**수되는 것은 너무나 자연스러운 모습이다. 그래서인지 에로스적 상상력에의 동화는 50년대 시단에서 지배적이고도 기이한 조류를 형성하게 된다. 정한모, 조향, 김수돈과 더불어 송욱과 전봉건은 이러한 지배적 기류 조성에 일조한 시인들이다. 그러나 초기 시부터 후기 시까지 지속적으로 에로스적 상상력에 몰입함으로써, 그 속에서 독자적인 자기만의 시 세계를 구축한 대표적인 시인으로는 송욱과 전봉건을 꼽을 수 있을 뿐이다.

송욱과 전봉건의 시는, 性이 긍정적 자질을 더 많이 확보하고 있다는 점에서, 서정주와 오장환의 시와 다르다. 송욱과 전봉건은 성에 어떠한 가치 개념을 부여하지 않고, 다만 성 그 자체로 원용하고 있기 때문이다. 이들에게 性은 상실되고 파괴된 자아를 가장 활성화시키는 행위이자 새 생명을 공급하는 생산적 행위 그것이다. 특히 전봉건의 경우는 직접 전쟁에 참전하였을 뿐만 아니라, 그의 친형인 전봉래 시인의 자살까지[38] 겪어야 했다. 이러한 사실을 통해 죽음의 外傷이 이 시인에게 유달리 심각한 것이었음을 짐작할 수 있다. 그 여정이 타나토스와 에로스의 두 축 속에서 시작되고 종결되었다고 해도 될 정도로, 전봉건 시인에게 에로티시즘은 체험의 결정체였던 것이다.

한편, 이 두 시인과 앞의 두 시인이 보이는 또 다른 차이점은 바로 타자가 지닌 양면성의 유무이다. 양면적 타자성은 원죄와 깊이 연관되어 있는 문제로서, 원죄와 관련된 의식은 송욱의 경우에만 경미하게 나타날 뿐, 전봉건의 시에서는 전혀 나타나지 않는다. 더군다나, 송욱의 경우 그 원죄 의식이라는 것도 자기만의 고유한 의식으로 정제되거나 육화되지 않고 있다. 에로티시즘에서 원죄 의식은 타자를 어떻게 의식하느냐를 결정해 주는 매체이다. 性이 원죄의 문맥 속에 들어오게 되면 그것은 타자와 罪性을 동시에 환기시키게 된다. 원죄 의식은 타자에게

---

38) 고은, 앞의 책, p. 23.

선/악이라는 양면적 속성을 부여하게 되고, 그에 따라 에로티시즘은 타자를 추구하면서도 쉽게 타자와 결합하지 못하는 갈등의 요인이 되기도 한다. 원죄에 발상법을 둔 서정주와 오장환의 타자가 선/악, 생명/죽음이라는 양면적 속성을 내포하고 있다면, 원죄의 문맥과 전혀 상관이 없는 송욱과 전봉건에게 타자는 선과 생명이라는 절대적 타자상만을 한결같이 보여주게 된다.

한편, 송욱과 전봉건의 에로티시즘은 폭력 논리의 규범을 지닌 전쟁에 대한 혐오감과 반항 심리를 기반으로 원시적 육체성을 옹호하고 있다는 점에서 서정주나 오장환과 동질적이다. 벌거숭이나 알몸, 그리고 자연의 야생성을 물씬 풍기는 몸의 이미져리가 그러한 예증이 된다. 그러나, 서정주와 오장환의 육체성이 동물성에 가깝다면, 송욱과 전봉건의 경우는 수직으로 비상하는 식물성의 성향이 강하다. 그래서, 공격성이나 탐식성의 속성은 거의 나타나지 않는 대신 원시의 순결함과 정갈함을 환기하는 야생성에 가까운 육체성을 보여주게 된다. 따라서 전쟁이 육체성의 소멸을 의미한다면, 원시적 육체성은 생명성을 의미하는 것이 된다.

특히, 이들의 에로스적 상상력이 함유하고 있는 욕망과 규범에의 반항적 태도는 시적 수사법에서도 그대로 드러나고 있어서 주목된다. 송욱과 전봉건의 언어 표현 방식들은 현실에 대한 한계 인식과 무관하지 않다. 한계는 일상적 논리의 일탈을 유도하는데, 그것은 욕망과 밀접하게 관계되어 있다. 송욱의 시에서는 메타포의 불균형이나 언어 유희가, 전봉건에게서는 자동기술이 그 전형적 양식들이다. 이러한 양식들은 모두 규범에 대한 일탈과 억압된 자아의 노출을 효과적으로 드러내는 수사적 장치들이다.

이러한 언어적 양식은 금기와 억압에서 벗어나고자 하는 욕망과 규범에의 반항을 견고히 해주는 주요한 수사적 원리라 할 수 있다[39]. 표현

---

[39] 초현실주의자들이 에로티시즘에 심취했던 것은 다분히 프로이트의 영향 때문이었다. 결국 프로이트가 인간사에 있어서 性이 중심역할을 한다고 주장한 것은 그것 자체가

의 형태(forms)로 나타나는 구문적, 수사적, 운율론적인 것과 표현하고 구체화시키는 깊은 경험의 형태(shapes)로 나타나는 주제적, 이데올로기적인 것은 밀착되어 있기 때문이다[40]. 일탈적 언어 논리는 자아를 억압하는 규범에 대한 양식적인 대응이라고 해석된다. 이것은 시인의 현실 부정 안이 우회적이고 형식적으로 포장된 결과이기도 하다.

가. '로미오'의 속박에서 비상으로

송욱의 초기 시에 해당되는 『유혹』이나 『하여지향』은 비극적 주조를 띠는 것이 특징이다. 이러한 특징은 '로미오' '햄릿' '맥베드' 'Rip Van Winkle' '아담' '왕소군' 등 비극적 인물로 점철되어 있는 데서 잘 드러난다. 이 인물들은 시인의 감정이 이입된 시적 상관물로서 초기 시의 시적 자아와 심리적으로 일치하고 있기 때문에 시적 자화상이라 해도 무방한 인물들이다.

한편, 이 자화상들은 실존적 색채를 강하게 띠고 있다. 실존적이라 함은 극한적 상황에 처하여 있는 존재가 자기 삶을 근원적으로 성찰함을 뜻한다. 열거한 인물들은 그러한 삶을 대표하는 실존적 군상들이라 할 만하다. 예컨대, 로미오는 원수된 집안의 딸 줄리엣과의 운명적인 사랑 때문에 고통받는 인물이며, 햄릿은 근친상간의 죄 때문에, 그리고 맥베드는 질투 과잉으로 파멸해 가는 인물이다. 립 반 빙클은 세상이 변하는 빠른 속도에 적응하지 못하는 인물이며, 아담은 이브의 유혹에 넘어가 존재 기반을 상실한 희생적 인물이며, 왕소군은 흉노의 화친 정책에 따라 정략 결혼을 당한 불행한 기생이다. '로미오'로 대표되는 이들의

그 이전 세기들의 합리주의적인 제반 가정들에 대해서 직접적으로 도전한 것으로 간주될 수 있었다.(『다다와 초현실주의』, p. 97) 초현실주의는 문명의 속박에서 인간을 해방시키고, 이성의 횡포로 억압되어 왔던 무의식의 세계를 밝힘으로써 인간에 대한 총체적 인식을 추구하고자 한 것이다.(『초현실주의』, p. 18)
40) René Wellek, 앞의 책, p. 18.

공통된 특징은 불가피한 운명에 처해 있거나 현실에 적응하지 못하는 딜레마적 인간이라는 데에 있다. 이들은 하나같이 자아를 억압하고 구속하는 금기의 세계와 대면하고 있는 존재들임이 분명하다. 그렇기 때문에 이 인물들은 패배적이고 상실적인 시적 자아를 그대로 반영하고 있다.

"내가 시를 쓰기 시작할 무렵, 시는 나에게 있어 정신적 죽음을 겪은 다음에 부활을 얻는 거의 외줄기 길이었으며, 그처럼 심각하고 중요한 것이었다."[41]라고 밝히고 있듯이, 송욱이 시를 쓰기 시작할 무렵인 1950년대에 그는 거의 죽음에 가까운 심리적 상태에 놓여 있었음을 확인할 수 있다. 그에게 정신적 죽음은, 전쟁이 몰고 온 육체적 죽음을 간접적으로 겪고 난 다음 단계에 오는 허무 의식의 한 표현일 것이다. 전쟁을 겪고 난 이후에 육체적, 물질적 측면에서 오는 상실감으로 인한 정신적인 피로와 좌절이 오히려 더 심각한 것이다.

이렇게 죽음과 창작 동기가 맞물려 있지만, 송욱의 시에서 시적 자아는 비극적인 상황에 단순히 매몰되지 않는다. 이 결핍의 현실에서 탈출하여 보다 완전한 삶의 방향을 모색하려는 태도를 강하게 띠기 때문이다. 이러한 긍정적 태도는 비극적 인식이 자기 성찰의 표지를 강하게 띤 데 연유한 것이다. 자기 성찰은 자기가 결핍하고 있거나 상실하고 있는 것을 다시 회복하고자 하는 적극적인 삶의 태도 속에서만 나올 수 있는 실천적 행동의 발판이다. 따라서 자아 성찰은 자기가 무엇이고, 누구이며, 어디에 처해 있느냐 하는 자기를 알고자 하는 인식론적 충동과 맞물려 오히려 적극적인 태도를 요구하기 마련이다.

자기를 부자유하고 불완전한 존재로 인식하고 있는 송욱의 시적 자아는 인식의 초점이 몸에 맞춰져 있다. 그리고, 몸은 결핍의 기호를 특징으로 한다. 이때 몸의 결핍은 규범과 금기를 상기시키는데, 송욱의 시에서 규범은 전쟁의 논리로 나타난다. 전쟁은 타자와 자유에 일정한 경계선을 그음으로써 자아를 억압하는 금기의 세계로 부상한다. 즉 전쟁

---

41) 송욱,「『詩學評傳』의 原序文」,『문물의 타작』, 문학과 지성사, 1978. p. 52.

은 타자와의 단절을 경험하게 하고, 몸의 부자유를 체험하게 하는 폭력적 논리이다. 그래서 죽음으로 인한, 또는 분단이나 이데올로기로 인한 타자와의 단절 체험은 타자 지향적 태도를 부추겼을 것이다.

　송욱의 시에서 타자 지향은 자유로운 몸 지향과 동질적 의미를 지닌다. 송욱이 詩作 출발에서부터 창작의 주요한 소재로 삼았던 몸은 이러한 맥락에서 검토해야 할 것이다. 그의 시에서 몸은 좁게는 자아의 실존적 장소요, 넓게는 현실의 해석적 장소이다. 몸의 이미지군은 결국 시인 자신이나 현실에 대한 인식적 磁場 안에서 진동을 일으키는 의미들의 변주이다. 그 몸의 변주적 이미지들은 결핍의 기호로 수렴되고 있다. 다음에 인용한 시들이 그 예에 속한다.

　　그대는 내 가슴에/하늘이기에/쫓기면 저승이라,/끝내 두 발이 차꼬를 낀다 (쥬리엣트에게)

　　날름대는 불길이여,/끈끈이에 붙은 넋을/이 몸을 아아 받어나다오. (햄릿트의 노래)

　　<샌드윗치>처럼 사이에 끼어, 입이며 콧구멍을 들여다 본다. (義로운 靈魂 앞에서)

　　목숨도 아닌 죽음도 아닌/頭痛과 齒痛 사일 오락가락하면서 (하여지향 2)

　　몸서리를 안개처럼/몸에 두르고/두 팔을 한 一字로/추켜 올리듯/문패가 달린/무덤 속을 꿈꾸는가. (拓植 殖産 生殖을)

　　돌아온 사람이/내가 아니라/몸이 걸친 세상이다/바지 저고리 (Rip Van Winkle)

　　온 몸이 不隨意筋처럼/不足症을 느끼며는, (어느 十字架)

솜덩이 같은 몸뚱아리에/쇠덩이처럼 무거운 집을/달팽이처럼 지고,
(중략) 그 방에서 배만 있는 남자들이/그 방에서는 목이 없는 여자들이
(何如之鄕 2)

인용한 시들의 현실적 상관물은 몸이다. 그런데 이 몸들은 부자유하고 불완전한 현실을 함축하고 있다. 이 몸은 두 발이 차꼬에 매여 있거나, 끈끈이에 붙어 있거나, 사이에 끼어 요동을 잘 하지 못하거나 하는 부자유한 몸이다. 또는, 통증에 시달리며 몸서리를 쳐야 하거나 신체 일부가 절단되어 있는 장애의 몸이다. 아니면, 쇠덩이에 짓눌려 있는 무거운 몸이다. 이는 모두 죽음의 기호를 지닌 몸들이다. 전쟁으로 인해 모든 것이 黃廢化된 상황은 죽음과 다를 바 없다. 이러한 극한적인 상황에서는 목숨이 붙어 있다고 해도 무기력하고, 생기를 잃을 수밖에 없다. 이러한 실상을 몸이 선명하게 詩化하고 있는 것이다.

이러한 계열의 시를 통해, 송욱의 시에서 몸은 삶의 촉수이며, 현실에 대해 무의식적 반응을 일으키는 심리적 장소임을 알 수 있다. 몸은 몸의 주체가 처한 상황에 따라 변화한다. 그래서 시에 묘사된 몸은 시적 퍼스나가 현실을 어떻게 수용하고 있는가를 잘 보여주게 된다.

자아성찰의 단계로서의 구속과 억압의 심리는 그 다음 단계인 규범에 대한 도전으로 발전하게 된다. 송욱의 시에서 이러한 반항의 심리는 시적 어법이나 수사적 장치로 전경화되어 있어서 특이하다. 동음이의어의 과도한 사용, 지나친 말의 유희, 의도적인 비문, 자유 연상법 등은 이러한 규범에 대한 전복의 징후를 보이는 수사적 장치들이다. 이런 시적 표현방식은 현실 부정의 정신으로, 새로운 질서를 꿈꾸는 욕망이 낳은 의미화된 형식이다. 기존의 질서를 해체하여, 결핍되었던 내용을 충족시키려는 의식 밑에는 욕망의 에너지가 있게 마련이다.

특히 욕망이 인식론적 충동 위에서 성립한다고 할 때, 동음이의어는 시의 수수께끼적 속성을 드러내는 수사적 장치이자 인식론적 충동의 산물이다. 수수께끼는 알고자 하는 의식에서 출발하며, 그 본질은 퍼즐적,

패러독스적 성질을 통해 잘 드러내기 때문이다[42]. 퍼즐과 패로독스는 언제나 인식론적 영역을 떠나지 않는 것이다. "머릿골에 붉은 해가 뜰 수 있으랴?" "말똥구리가 이름을 굴릴줄야?"(詩人), "龍이 용쓰랴?"(슬픈 새벽)가 그러한 예들이다.

이러한 시적 특질들은 어수선하고 불투명한 현실을 정확하게 진단하고자 하는 욕망의 징조라 할 수 있다. 이러한 맥락에서, 욕망의 말[43]에 속하는 자동 기술은 송욱의 시에서 중요한 입지를 얻게 된다. 자동기술은 무의식의 근원을 의식의 차원으로 끌어 올려서 욕망의 정체를 확인하려는 것이기 때문이다.

서슬과 서슬 사이
무자맥질하다가
껴안은 팔 사이를,
어제 내일 모레가
종종걸음으로
「티끌로 가자」
「티끌로 가자」
염통이 갈비뼈를
두드리는데,
손이 함을 눈이여
눈 감어다오.
손이여 눈이 봄을
빼어 내다오.

—「<맥크베스>의 노래」 중에서

---

42) Andrew Welsh, *Roots of Lyric*, Princeton:Princeton Univ. Press, 1978. pp. 26, 38-40. 참조. 패러독스나 퍼즐은 서정시가 갖는 수수께끼적 속성이다. 그런데, 이러한 속성은 숨김을 곧 드러냄의 수단이자 목적으로 사용하는 것이다. 그래서 가장 이질적인 생각들이 왜곡되어 어울리는 동음이의어적 언어유희는 숨기기보다는 드러내는 데 주안점을 두는 인식론적 욕망의 태도라고 해석된다.

43) 모리스 블랑쇼, 박혜영 역, 『문학의 공간』, 책세상, 1990. p. 258.

이 시에서 시적 주체에 대한 정보는 어디에도 없다. 없다기 보다는 그 주체는 임의대로 자맥질하다가, 금새 '어제 내일 모레'로 바뀌고 있기 때문이다. 이처럼 '어제' '내일' '모레'라는 시간 지칭어가 인격화되는 어색함은 물론, 티끌이 되고자 하는 절실한 마음이 돌연 손과 눈을 이용한 말장난으로 전환되는 것도 의미 해체의 요인이라 할 수 있다. 또한, 앞의 시행과 뒤의 시행이 하나의 의미나 논리로 지속되지 않고, 지연되거나 차단되고 있음을 알 수 있다. 그 결과, 시행이 전개됨에 따라 하나의 의미로 묶일 수 있는 주된 정보는 점점 해체되고 만다. 필연적인 매개 고리도 없이 기표에서 기표로의 전환만이 있을 뿐 하나의 기의로 수렴시킬 수 없다.

> 뉘우침이 가는 길을/뿌리 뽑힌 마음을,/눈을 부릅뜬/허깨비가/車가/棺이 빈탕,/뎅그랑/팔인가, 목덜민가./꼬꼬대 꼬옥 꼬고,/티끌로 눈을 부빈 닭이/세번 세번 울었다./꽃이 저 구비를 돌아 서면,/샘이 저 고비를 넘어 서면,/잠꼬대가/게거품이/설레는 바다라면,/꿈,/龍이 용쓰랴?

-「슬픈 새벽」 중에서

이 시 또한 이질적인 사물을 억지로 껴맞춰 놓은 듯한 인상을 주고 있다. 마치 무질서하게 배열된 모자이크를 대하는 것 같다. 그만큼 자동 기술이 극단적으로 행해진 경우에 속한다.

이러한 수사적 장치의 결과, 송욱의 전기 시들은 대개 비논리적이거나 비이성적인 꿈의 논리에 가까운 진술들이다. 이질적인 이미지를 어떤 매개 고리도 없이 중첩시키거나, 전혀 어울리지 않는 시어를 병치시키는 이러한 장치들은 일상적 논리, 즉 규범에 대한 양식적 거부이다.

이렇게 철저히 무의식의 심연을 언표화시키려는 창작 심리는 욕망을 배제한 채 설명될 수 없는 문제이다. 욕망은 결핍에 그 뿌리를 두고 있으며, 결핍의 심리가 강하면 강할수록 억압 심리도 상승하게 되어 있다. 또한 무의식은 억압에 기초한다. 그러므로, 무의식의 논리에 기대고 있는 자유 연상이나 자동 기술은 억압의 심리적 산물이며 그 이면에는 자유에의 갈망이 함축되어 있는 것이다. 자동기술은 일상에서 소통되는 대표적인 언어방식을 전복시킴으로써 현실을 보는 새로운 눈을 제공한다. 그 새로운 눈은 지금-여기의 현실을 낯선 대상으로 바꿈으로써, 현실을 의심스러운 각도에서 바라보게 할 것이다.

요컨대, 현실을 낯선 대상으로 만드는 것은 현실 해방의 욕망이 개입한 결과이다. 이것은 현실이 얼마나 결핍을 주는 상대인가를 인식하게 하고, 그럼으로써 다른 세계에 대한 갈망을 함축적으로 표출하는 것이다. 다른 세계에의 갈망은 욕망의 소통방식이라 할 수 있다. 여기서 다른 세계란 자유롭고, 생기가 넘치며, 건강하고, 가볍고, 역동적인 세계이다. 그러한 갈망이 구체적 형상을 갖추고 나타나는 것이 몸의 상상력이다. 몸은 죽음과 생명의 경계선을 확실히 드러내는 장소이기 때문이다.

잠을
죽음을 깨고
움트고, 꽃이 피듯
눈물이 솟듯
손 발이 묶인 대로
壽衣를 두른 대로
내 말을 물을 켜라
눈 뜨고 일어나라
티끌이 떨면,

풀어달라 풀어달라
뼈와 가죽을
넝쿨처럼 힘줄이
뻗게 하여라,
포도송이 젖가슴을
핏줄로 묶지마라

－「라사로」 중에서

'라사로'는 성경에서 죽었다가 다시 살아나는 기적을 보여 준 사람으로 등장한다. 시에서 '잠'과 '죽음'은 삶과 생명을 대변하는 '꽃'과 대립적 의미를 지닌다. 그런데, '꽃'의 기관은 신체 기관의 비유로 쓰이고 있다. 넝쿨은 힘줄, 뼈, 가죽이며, 포도송이는 젖가슴에 해당한다. 지상이라는 꽃의 공간적 위치를 고려한다면, 잠과 죽음은 당연히 어둠의 공간인 지하에 속하게 된다. 꽃이 땅 위로 올라오는 동작 형용어인 '움트다' '깨다' '솟다' '켜다' '일어나라' 등의 역동적인 이미지군들은 역으로 잠과 죽음의 停滯性을 한층 부각시키게 된다. 이 시에서 꽃은 살아 있는 몸의 비유로서 꿈틀거리며 일어서는 수직적, 상승적 이미지를 낳게 된다. "가위눌린 꽃송이여/깨여나다오"(햄릿트의 노래)에서도, 꽃은 죽음이나 무덤과 대립되는 삶과 생명성을 응축하는 상징적 이미지로 사용되고 있다.

송욱의 시에서 구속의 몸은 전쟁이라는 폭력적 논리를 떠나서 논의될 수 없다. 전쟁은 문명의 최고 정점에서 발생하는 사건으로, 문명의 구속과 파괴의 속성을 강하게 드러내기 때문이다[44]. 따라서, 자유로운 몸의 희구는, 역으로 전쟁이라는 문명에 대한 거부인 셈이다. 전쟁이 가져온 현실은 문명에 대해 허망함을 느끼게 했으며, 그 결과 문명과 반대항에 속하는 원초적이고 원시적인 삶에 대한 집착을 고조시켰다고 하겠다. 전쟁이 타나토스의 기호라면, 그것을 에로스로 변하게 하는 길은 원초적인 삶이다. 그리고 그 원초적인 삶에의 욕망이 에로스적 상상력의 근간이 된다. 원초적 삶만이 생명력을 공급할 수 있는 삶의 에너지가 되는 것이다.

---

44) 마르쿠제, 앞의 책, p. 33.
　　강제수용소, 대량살인, 세계 전쟁, 특히 원자폭탄은 <야만에의 후퇴>가 아니고, 현대의 과학, 기술 및 지배의 성과를 무제한으로 응용한 결과라 하겠다. 그리하여 인류의 물질적, 정신적인 진보가 참으로 자유로운 세계를 만들어 낼 수가 있을 듯이 보이는 문명의 정점에서 인간의 인간에 의한 가장 효과적인 노예화와 파괴가 행해지고 있는 것이다.

벗어라 안개를
부신 네 몸이
떨리는 잎새마다
빛을 배알게.

-「숲」 중에서

송욱의 시에서 자주 등장하는 시어 중 하나인 '알몸'과 '벌거숭이'는 원시적 육체성의 희구라는 맥락에서 살펴야 한다. 인용시의 제목인 숲은 원래 에로티카의 전형적 소재이다. 숲과 감추어진 여자의 몸 사이에 동질성이 있다면, 그것은 성적인 것에서 찾을 수 있다[45]. 이 시에서 숲은 감추어진 여인의 몸에 대한 비유이다. 안개에 싸여 있는 숲의 몸이 '떨리는 잎새마다 빛을 배알'는다는 표현은 곧 생명의 탄생을 비유한 것이다. 숲을 '흰빛의 눈부신 알몸'으로 묘사한 것은 에로틱한 감각을 극대화시키게 된다. 숲은 원래 자연의 자궁으로서 모든 생물이 움트고 자라나는 모체의 상징이다. 이러한 숲의 생명성에다 관능성을 첨가함으로써, 숲은 여체의 심상으로 변형되는 것이다. 따라서 여체는 문명의 옷을 걸치지 않은 순수한 원시적, 원초적인 몸을 연상시키게 된다. 불투명하고 답답한 옷을 표상하고 있는 안개가 바로 문명의 비유로 쓰이고 있다. 안개 때문에 가려져서 빛을 품고 있으나 발산할 수 없었던 몸은 눈부시도록 빛을 배알을 수 있게 되었다.

그러한 에로스적 본능이 더 강렬하게 형상화되면 몸은 춤으로 승화된다. 무거운 몸을 벗어나고 싶어하는 시인의 욕망이 절정에 이르러 표출된 이미지가 '춤'이다. 춤의 상상력 속에서 에로스는 역동적 파동을 일으키게 된다. 춤은 꽃의 이미지와 중첩되어 가벼움과 상승을 한층 고조시키게 된다. 더욱이 춤은 불의 상징성[46]을 지닌다는 점에서도 주목된다.

---

45) Nothrop Frye(1976), 앞의 책, pp. 104-105.
   사냥은 남성적인 性愛의 이미지이며, 사냥감에는 성적인 의미가 함축되어 있다. 그리고, 숲은 그 성적인 추적의 대상이 되기도 한다. 숲은 무엇엔가 감싸여진 여인의 몸과 유사한 성적 이미지를 갖기 때문이다.

하늘을 땅을
소매가 쓸면
둥둥 蓮꽃이
이 몸이 진다.

팔다리가 바람결
몸체가 물결.
겹고 트는 그림자가
바다를 먹고.

-「僧侶의 춤」 중에서

「僧侶의 춤」은 몸이 가장 자유롭게 움직일 수 있는 상태를 바람결과 물결에 비유하고 있다. 바람결과 물결은 몸의 구속과 대치되는 자유의 극점을 효과적으로 전달하는 비유어이다. 바람결과 물결의 '결'은 자유로운 파상적 곡선을 연상시킨다. 게다가 '겹고 튼다'는 동작은 상당히 에로스적이다. 즉 겹고 튼다는 행위는 팔, 다리, 몸체를 파상적인 곡선으로 만드는 행위로서 주로 관능적 분위기를 연출하는 형용어로 쓰이기 때문이다. 더구나 크고 힘있는 대상인 바다를 삼켜버리는 '몸체'의 열정적 동작은 역동적 불을 환기시킨다. 이 시의 전체적인 정조가 정적이면서도 생동감이 느껴지는 것은 춤이 내재하고 있는 불의 심상 때문이다.

이렇게 지상의 무거운 몸을 가볍게 상승시키고자 하는 시인의 의식이 춤으로 형상화되고 있다. 더불어 가벼운 거미줄과 그 거미줄에 가볍게 달려 있는 이슬에 춤을 대비시킴으로써, 이 시는 가벼운 춤의 이미지를 한층 더 효과적이게 한다. 그리고, 이슬보다 더 가벼운 춤은 무거운 속박을 벗어나 몸이 자유롭게 상승할 수 있는 최정점을 마련하기에 이르

---

46) 가스통 바슐라르(1990), 앞의 책, p. 76.
　　바슐라르에 따르면, 불은 성적 상징체이다. 그는 불은 신체가 아니라 여성적 물질에 생기를 주는 남성적 원리라고 주장하고 있다. 무수한 불꽃은 여러 남성에 비유할 수 있으며, 그 불은 생식에 관련된 모든 뉘앙스를 포함하고 있다.

는 것이다.

> 거미줄 타는
> 이슬보다 가벼워라.
> 가락에 뜬 발이
> 춤에 겨운데,

-「쥬리엣트에게」 중에서

　몸의 자유는 타자와의 결합을 금지하던 구속을 벗어버리는 일이기도 하다. 타자와 결합하기 위하여, 시적 화자는 자신의 몸을 묶고 있는 모든 것을 떨쳐 버려야 한다. 가벼운 몸에 대한 갈망 속에는 자유로운 타자와 결합하려는 욕망이 깔려 있는 것이다. 「쥬리엣트에게」는 이러한 자유로운 몸과 타자와의 관련성을 생생하게 그려내고 있는 시이다. 로미오의 이루지 못한 사랑의 열정은 춤에 비유되어 있다. 그의 몸은 산적꿰어져 있는 구속의 몸이다. 그래서 그 몸은 무거움을 벗고 가볍게 상승하고자 욕망한다. 그 수직 상승에의 욕망이 춤에 응집된 것이다. 그런데, 여기서 로미오가 현실에서 결핍을 느끼는 내용은 불가능한 사랑이다. 즉 이 사랑의 열정은 불과 같은 춤이다. 위로 솟구치고자 하는 춤은 사랑을 불태우고자 하는 열정이다. 이 시에서도 몸은 에로스적 욕망과 합치되어 있다.

　이렇게, 송욱의 초기 시에서는 춤과 꽃의 수직적 이미지들이 지배적이다. 무겁고 부자유한 몸의 속박을 벗어나 자유와 가벼움을 획득하고자 하는 욕망은 모두 에로스적 본능이다. 50년대 戰後 상황에서 정신적 허무감과 상실감을 채우기 위해 송욱이 찾은 유일한 돌파구는 시 쓰는 일이었다. 그에게 있어 문학적 상상력의 세계는 현실 세계가 주지 못하는 것을 채워주는 영역, 즉 현실 세계가 충족시켜주지 못하는 정신적인 구원을 가져다주는 양식이다. 여기서 중요한 사실은, 그의 정신적 죽음을 구원할 대상이 시였으며, 에로스가 그 주된 상상력이었다는 점이다.

나. '춘향이'의 유폐에서 잉태로

전봉건은 詩作 출발선상에서부터 그 세계관적 특질을 예견하게 한다. 개인 시집은 아니지만 그의 첫 시집이라 할 수 있는『전쟁과 음악과 희망과』(김종삼, 김광림, 전봉건 三人 공동시집)의 주된 상상력적 토대를 이루는 에로스가 그것이다. 이 시집의 제목인 '전쟁과 평화'라는 대립적 의미축에서부터 세 시인들의 상상력적 세계를 짐작할 수 있다. 전쟁과 희망이라는 이원적 갈등 구조 속에서 삶에 대한 애착을 엿볼 수 있기 때문이다.

三人 시집에 실린 전봉건의 시들은 인간의 삶을 해석하고 이해하는 준거를 에로스에 두면서 삶에 대한 끈기 있는 희망을 보여주고 있다. 이러한 시인의 희망이 집중적으로 투사된 시적 상관물이 '꽃'과 '새'이다. '꽃'과 '새'에 투사된 시인의 시선은 항상 하늘을 향하고 있다. 가벼움의 상징인 '꽃'과 '새'의 수직성에는 지상의 무거움을 탈피하고자 하는 시인의 욕망이 함축되어 있다. '꽃'은 특히 이 시인의 초기 시에서 후기 시까지 나타나는 지배적인 심상이며 에로스의 대표적인 상징물이다.

> 一五五 <마일>의 鐵條網 속에서도/새들의 노래와 꽃송이의 中心이/바라는 하늘과 (江물이 흐르는 너의 곁에서)

> 태양이 <오파알>색 氣流와 葡萄와 벼의 豊饒를 계획하며 뿌리는 새 빛을/따라/이러 서는 薔薇들을/(중략)비둘기가 紺靑의 나래깃으로 투명한/圓舞를 그리는 하늘 (銀河을 주제로한 <봐리아시옹> 1)

> 꿈처럼 銀河처럼 하나 핀 진달래로/하여 더 가가히 太陽을 느낀/새처럼 (銀河을 주제로한 <봐리아시옹> 2)

'새들의 노래'와 '꽃송이의 중심'은 등가적 관계이다. 수평적인 대지와 반대 방향에 위치한 수직적인 하늘을 지향한다는 점에서 새와 꽃은 그 지향하는 바가 동일하다. 시적 자아는 하늘이라는 수직적 축을 향해 뻗어나가는 이러한 새와 꽃에 동화되고 있다. 또한 '태양'은 '포도'와 '벼'의 풍요를 위해 '빛'을 뿌리고 있으며, 장미들은 그 빛을 따라 자동으로 일어서는 관성화된 움직임을 보여주고 있다. 그리고, '진달래로/하여~새처럼'에서 진달래는 결국 새와 태양을 접촉하게 하는 매개물이면서 태양의 원심을 향해 움직인다는 점에서 새와 동격이 되는 것이다.

인용한 시들을 종합해 보면, 시인에게 새와 꽃은 에로스의 상징물들임을 알 수 있다. 꽃의 여성성에 새의 수직적 이미지가 가세함으로써 에로스의 상상력이 심화된 것이다[47]. 새와 꽃의 중층적 결합을 통해 수직성과 비상성, 그리고 개화성을 에로스라는 하나의 줄기로 엮어내는 데 성공하고 있다. 새는 그 시공간적 위상에서도 억압과 금기로부터 해방을 함축하고 있는 대상이어서, 새의 비상성과 에로스성의 결합은 낯선 것이 아니다.

> 인간의 피방울을 떨치며/이러서는 한 잎/반짝인 풀잎사귀의/綠色을
> (薔薇의 意味)

> 어느 곳 薔薇의 이파리와 같은 눈시울로 사랑하는 수 없이 많은 너와/나의 너와 나의/너와 나의/旗빨이다/작은 그러나 목숨을 걸어 太陽을 향한/아름다운 旗빨이다. (지금 아름다운 꽃들의 意味)

인용한 두 편의 시에 형상화된 꽃은 앞에서 살펴 본 꽃보다 훨씬 역동적이다. '피방울을 떨치며 이러서는' 꽃이나 '깃발'에 비유된 꽃은 에로스의 본능이 생명을 지탱하는 힘임을 보여 준다. 필사적이라 할만큼 삶을 쟁취하려는 태도가 '핏방울'과 '旗빨'을 통해 강하게 표출되고 있다. 이러한 공격적 분위기는 식물의 심상이 불의 질료적 속성을 띠고 있기 때문이다. 이러한 불의 심상은 '피' '태양' '장미'의 붉은 색채와

---

47) 프로이트(1982), 앞의 책, pp. 15. 106.
   새는 성행위나 성적인 무의식성의 상징으로 해석되고 있으며, 프로이트는 꿈속에서의 비행을 관능적인 것으로 본다.

'일어서는' '깃발'이 내재하고 있는 수직성에서 찾을 수 있다. 위로 올라가는 것은 모두 불꽃의 역학성을 지닌다[48]. 꽃의 생식기적 특징에 불의 수직성이 가미하게 되면 꽃의 에로스성은 한층 더 강화될 수밖에 없다. 예시한 시에서 불의 질료로서의 '꽃'은, 에로스의 두 속성인 性的 본능과 생명 본능을 조화롭게 융해시키는 데 효과적이라 할 수 있다.

이렇게 시적 화자의 시선이 꽃이나 새를 통해 수직선상에 위치해 있음은 단순히 시인의 자연친화적인 태도만으로 돌릴 수 없는 문제이다. 이러한 태도는 각도를 달리해서 보아야 해석의 실마리가 잡힐 것이다. 수직적 상승에 대한 갈망 뒤에는 하강적 현실로부터의 이탈에의 욕망이 함축되어 있다. 이러한 상승/하강의 갈등 구조는 '철조망'이라는 전쟁 상징물에 잘 집약되어 있다.

> 무수한 失意와 失念이 가시
> 돋힌 鐵條網은 드리운 이 거리 밤
> 하늘에 추렁추렁 딸기같은 별들을
> 보았으면

－「銀河를 주제로 한 <봐리아시옹>」 중에서

이 시가 지시적으로 묘사하고 있는 것처럼, '철조망'으로 상징되고 있는 전쟁은 실의에 차있는 어둡고 무거운 하강적 현실이다. 철조망은 장애와 분리와 경계를 상징한다. 그러한 전쟁의 참혹하고 무거운 현실을 떨치고 일어나게 할 수 있는 에너지는 비상의 힘이다. 전쟁의 파괴적 상징물이 철조망이라면, 평화의 조화적 상징물은 꽃이다. 철조망이 폭력적, 하강적, 남성적이라면, 꽃은 평화적, 상승적, 여성적이다. 이렇게, 전봉건의 시에서 철조망은 총과 함께 파괴와 죽음의 의미 층위에, 꽃은 여자와 함께 조화와 생명의 의미 층위에 놓이게 된다.

---

48) 가스통 바슐라르, 이가림 역, 『초의 불꽃』, 문예출판사, 1991. p. 89.

지금 전쟁의 <베트나므>의 불붙는
다릿목에서 뿌려진 人間의 피방울을 떨치며
이러서는 한 잎
반짝인 풀잎사귀의
녹색을.

–「薔薇의 의미」 중에서

전쟁은 죽음의 기호이다. 이 시에서 인간의 핏방울이란 죽음을 의미한다. 그리고 풀잎사귀와 녹색은 생명을 함축한다. 지상의 무거움을 떨치며 일어서는 녹색 풀잎은 생명력을 촉발하는 평화의 심상이다. 녹색 풀잎의 가벼움과 비상이 지니는 질료적 심상은 생명과 평화의 기호를 동시에 내재하고 있는 셈이다.

고은은 전봉건을 50년대의 아들이며 주인공으로, 그리고 6. 25의 장남이라고 지적한 바 있다. 그에게 전쟁의 外傷이 얼마나 심각한 것이었는지는 그의 시작과정을 통해 잘 드러난다. 전쟁시라는 하위 장르로 설정해도 될 만큼, 그의 초기 시에서부터 후기 시에 이르기까지 그의 전 작품은 전쟁이나 죽음에 관련된 소재나 모티프로 착색되어 있기 때문이다. 이러한 사실은 그가 인간의 생명에 대해 남다른 관심을 보이고 있음을 시사하는 것이며, 에로스적 상상력이 그의 창작적 원천이 되고 있음을 확증하는 것이다.

시인의 이러한 환부가 현실에 대해 희망이라는 응전력을 갖출 수 있었던 것은 인식론적 충동을 수반했기에 가능했던 것이다. 현실을 긍정적이고 에로스적으로 승화시키기 위해서는 그 전제가 자기 직시와 성찰이 되어야 한다. 그의 시에서는 시각적 충동을 내포하는 '보다'의 계열어가 자기 성찰의 일면임을 확인할 수 있다. 『사랑의 되풀이』와 『춘향연가』에서 되풀이되고 있는 '보다'의 시각적 심상은 욕망의 노출이다. 보고자 하는 충동의 한 쪽에는 자신의 처지를 정확히 인식하고자 하는 자기성찰적 면모가 있고, 다른 한쪽에는 에로스적 대상을 소유하고자 하는 욕망이 있는 것이다.

> 아 토끼로 하여금
> 썩은 피걸레처럼
> 깜깜한 바다 속에 갇힌 스스로를
> 똑똑히 보는 슬기를 가지게 하고
>
> ─「사랑을 위한 되풀이」 중에서

> 하지만 어머니 나는 보아요
> 나는 이 곳에 앉아 있어도
> 나는 獄中에 갇혀 있어도
> 나는 廣寒樓에 앉아 있는 것
> 육천 매디로 맺힌 마음인 것을
> 육천 매디로 얽힌 사랑인 것을
> 보세요 저만치에 섰는 그이
> 환하게 섰는 그이
> 어머니!
>
> ─「春香戀歌」 중에서

캄캄한 바다에 갇혀 있는 '토끼'는 감옥에 갇혀 있는 '춘향'과 유사한 존재이다. '토끼'와 '춘향'은 전봉건의 시에서 동격으로 쓰인다. 앞의 시에서 '토끼'는 자기가 지금 어디에 어떻게 존재하고 있는지를 정확히 통찰하고 있다. 토끼의 시선은 현재 자기의 것이다. 그런데, 다음 시에서 '춘향'의 시선은 이중적으로 분열된다. 지금 자신이 옥중에 갇혀 있음을 보고 알면서도, 그 반대로 자신이 원하는 이도령도 동시에 보고 있기 때문이다. 욕망의 기대치와 현실의 좌절이 만들어 낸 간극 속에서만큼 자신의 처지를 명쾌하게 드러내는 것도 없다.

에로스의 원동력인 인식론적 충동은 몸의 상상력에 기대기 마련이다. 『사랑을 위한 되풀이』는 몸의 이미지군을 통해 시적 자아의 현실적 위상을 더 확실하게 보여주고 있다. 시적 자화상은 주로 상처난 '손'과 묶여있는 '토끼', 혹은 갇혀 있거나 절단된 '춘향'이의 몸에 비유되고 있다. 다음에 제시된 인용구절들은 그처럼 상처가 나 있거나, 파편화되어 있거나, 갇혀 있는 몸을 잘 형상화하고 있다.

손아/銃알 맞아/손금 산산히 부서진/손아 (사랑을 위한 되풀이)

이 몸이 꺾이고 찢기고 갈라지고 부러지나요/모가지는 꺾이고 팔다리는 찢기고/어머니 어머니 어머니 젖가슴은 갈라지고/허리는 부러지나요 (春香戀歌)

매디 매디 다 부러진 두 손의 열 손가락./채찍 내리쳐/.../내 두 눈도 깨지고 鳳尾草의 속 눈도 부서졌네. (春香戀歌)

하지만 나는 손 묶이고/입 막히고 발도 묶인 몸/진달래 함박꽃 꺾지 못해요 (春香戀歌)

지금은 살 터진 엉덩이 난장판/지금은 살 찢긴 사타구니 난장판 (春香戀歌)

여기서 신체의 절단이나 파편화는 타자의 상실을 의미한다. 타자의 상실은 자기 정체성의 상실이며, 자아의 상실은 죽음과 같다. 타자와 철저히 격리된 장소인 감옥은 '철조망'과 같이 분리와 죽음의 상징적 공간이다. 또한 감옥 속에 갇혀 있는 춘향이의 몸은 결핍과 상실의 기호를 지닌 현실에 대한 장소적 비유이다. 전봉건의 초기 시에서 춘향은 시적 자아의 정체성을 드러내는 규격화된 인물이라 할 수 있다. 여성의 정체성이 에로스에 있다고 한다면, 춘향은 에로스의 자격 요건을 상실한 여자이다. 불임이 그 원인이다. 에로스의 원천이라 할 수 있는 잉태성의 결여는 에로스 결핍을 의미한다. 그러한 불임의 주요인은 타자, 즉 이도령과의 단절에서 찾을 수 있다. 사랑이 생명의 원천이라면, 이도령과 단절되어 있는 춘향은 죽은 몸에 지나지 않는다.

> 女子예요/그래요 나는 女子예요/(중략)/그런데 나는 獄에 갇혀 있어
> 요./나도 낳는다면 구슬을 낳고 싶어/구슬 같은 아기를/(중략)/나는/텅
> 빈 달이예요/금 간 거울이예요/(중략)/나는 다시 꽃이 되어야 해/나는
> 다시 꽃잎 속에서 뽑아 낸 꽃술이 되어야 해/뽑아 낸 꽃술 같은 벌
> 거숭이 알몸이 되어야 해/(중략)/아아 당신이 없어 내 살과 넋의 가장
> 속 깊은 중심에서/터지는 것이 없는데 넘치는 것이 없는데/(중략)/오
> 오 나 혼자 흘리는 虛妄한 피여/오오 나 혼자 흘리는 虛無한 피여

이도령은 상실된 육체와 불완전한 자아를 회복시켜 줄 유일한 타자이
다. 그래서 이도령이 없는 춘향이는 '텅 빈 달'에 비유되고 있다. 生生
力을 상징하는 달이 텅 비어 있음은 여성의 정체성 상실이며, 모성성의
결핍이다. 이 결핍은 구속에서 연유한다. 잉태하고자 하는 춘향의 꿈에
장애가 되는 요인은 감옥이다. 감옥은 구속과 속박의 상징적 공간으로
서 외부와의 완벽한 차단과 경계를 암시하는 곳이다. 이러한 견지에서
볼 때, 여성의 환유적 심상인 거울이 금이 간 채 있는 것도 마찬가지로
여성성의 결핍을 의미하게 된다.

그리고, 이 시에서 꽃은 바로 모성성과 여성성의 회복을 상징하고 있
다. 그래서 시적 화자인 춘향이는 다시 꽃이 되고 싶은 것이다. 그리고
그 꽃은 벌거숭이 및 알몸과 동격으로 쓰이고 있다. 혼자 흘리는 피는
비생산적이며, 그것은 곧 생명의 결핍을 의미한다. 따라서 춘향이의 절
규와 갈망은 생명에의 욕망에 있음을 확인할 수 있다[49]. 이러한 욕망은

---

49) "하지만 춘향은 그 피를 흘리고 있고 그 피에 젖어 있습니다. 즉 나는 그 피로 해서
에로스가 이제는 더없는 학대를 문명에게서 받고 있다는 것을 말하려고 했던 것입니
다만 그와 함께 이러한 것도 말하려 했었지요 멘스란 잉태의 가능성을 약속하는 그
것입니다. 그렇다면 그것은, 춘향이 옥속에서 흘리는 피는 그녀가 옥에 갇혀서도 변함
없이 꿈꾸는 꿈, 이도령을 만남으로써 이루어지는 우주와의 일체화를 꿈꾸는 신선하
고 강력한 꿈이 되는 것입니다. 사실 그 피에 젖은 춘향이 지니는 것은 좌절도 절망
도 자포자기도 아닙니다. 이도령에 대한 불같은 갈망이요 願望입니다."(전봉건, 「시와
에로스」, 『현대시학』(73년 9월호))

감옥에서의 해방으로 가능한 일이기 때문에 이 연작시에서 춘향의 욕망은 '새'에게 기투되기도 한다. '새'는 그의 초기 시에서부터 '꽃'의 분신이라 할 정도로 '꽃'과 의미론적 유대관계를 보이는 대상이기도 하다.

요컨대, '철조망'은 이러한 감옥과 장애에, '꽃'과 '새'는 자유와 잉태에 각각 대응한다. 그래서, 꽃이 함축하고 있는 생명과 잉태는 감옥 속의 춘향이가 지향하는 세계이기도 하다. "나는 가고 말아요 당신에게로/나는 다시 꽃이 되어야 해/꽃잎 속의 꽃술이 되어야 해"(춘향연가)에서처럼, 전봉건의 시에서 '춘향'의 몸과 꽃은 대립적 몸의 속성을 보여 준다. 즉 춘향이가 불구와 장애의 몸을 기호화하고 있다면, 꽃은 자기 몸을 맘대로 열 수도 피울 수도 있는 완전성의 기호가 된다. 「춘향연가」에서 꽃과 새가 되려는 춘향의 욕망은 결국 시인의 욕망과 일치하는 것이다. 춘향이가 꽃에 비유되고 있을 때에도, 연약하고 부드러운 식물의 이미지보다는 불의 강한 열기에 더 가깝게 표현되는 것은 춘향의 이도령에 대한 사랑의 열정 때문이다. 모든 것을 다 태워버릴 듯한 강렬한 사랑의 힘은 꽃에서 불의 에너지를 느끼게 하는 것이다.

따라서, 獄 속에 갇혀 있는 춘향이는 에로스의 영역을 벗어나지 못한다. 「춘향연가」에서의 呪文이나 주술같은 어법들도 이러한 각도에서 살펴야 한다. 동일한 단어나 구절의 반복적 진술은 욕망의 과잉적 산물이다. 춘향이라는 시적 화자가 내뱉는 말들은 무질서하게 배열된 무의식적, 의식적 흐름에 가깝다. 「춘향연가」는 현실/꿈, 현실세계/원하는 세계, 결핍/충족 등이 반복적으로 교차되고 있는 대립적 구조를 토대로 삼고 있다. 이것은 결핍과 욕망의 이원적 구조이다. 이러한 구조 속에서 시적 화자의 말들은 욕망의 어법을 띨 수밖에 없다. 몽환적 시공간과 같은 시적 상황은 어디까지가 꿈의 세계이고 어디까지가 의식의 세계인지조차 불명료하게 만들고 있다.

이렇게 꿈의 말과 의식적 말의 혼용 현상은 자유 연상법의 특징이다[50]. 자유 연상이 욕망을 原形質로 삼는 기법임은 이미 송욱의 시에서

---

50) C. W. E. Bigsby, 박희진 역, 『다다와 초현실주의』, 서울대 출판부, 1987. pp. 97-98.

확인하였다. 이는 송욱에게서 보다도 전봉건의 시에서 더 지배적으로
나타나고 있으며, 더 세련되게 구사되고 있다. 자동기술은 잃어버린 것,
결핍된 것을 회복하기 위하여 무의식을 드러내는 욕망의 말이다. 그렇
다면 전봉건의 시에서 쓰이는 자동기술 역시 끊임없이 욕망이 포화 상
태에 이르렀을 때 나오는 욕망의 기법이 된다.

> 떨어지지 않는 핏자국이었다
> 살아 있는 꽃잎 같았다
> 이윽고 움직이고 있는 것 같은 그것은 유리가 된다
>
> 유리에서 떨어지지 않는 꽃잎 같은 핏자국은
> 마침내 살아 있는 핏덩이가 되고
> 움직이는 유리는 창이 되고
> 가장 약하고 질긴 짐승의 몸부림을
> 몸부림치는 핏덩이는 창에서 뒤친다
> 가장 사나운 짐승의 소리 없는 울음을
> 우는 핏덩이의 울음은 창에서 뒤치고 또 뒤친다
> 살아 있는 그것은 한 여자의 입술이다.
> 철교의 못이 흔들이는 소리
>
> 그리고 햇살 가득하니
> 비어서
> 번쩍이는 창

-「속의 바다 3」 전문

이 작품은 창에 붙어서 죽어가는 사람의 비참한 모습을 묘사한 시이
다. 시인은 죽어가는 자의 모습을 보면서 머리 속에 즉각적으로 떠오르

자유연상 기법을 즐겨쓰는 초현실주의자들이 에로티시즘에 심취했던 것은 프로이트의
영향이었으며, 그들은 성을 욕망의 표현 수단으로 삼았다. 그래서 욕망은 성적인 열정
뿐만 아니라, 인식세계를 확장시키는 것이기도 하다.

는 생각의 단면들을 하나 하나 무질서하게 배열하고 있다. 그 단편적 조각들이 개별적으로 나열되기도 하고 조합되기도 하면서 시는 마치 퍼즐놀이를 연출하는 듯 보인다.

이렇게 기억의 편린을 연상의 순서대로 무질서하게 배열하는 자유 연상의 기술은 자연 비논리적인 결과를 보여줄 수밖에 없다. 비논리성은 욕망을 극대화하는 데 효과적이다. 이러한 어법은 전봉건의 초기 시부터 후기 시까지 지속된 현상으로서, 시인의 독자적인 양식으로 굳혀진 것이다. 이는 욕망의 언어인 에로스적 상상력에 걸맞는 어법이라고 판단된다. 구체적인 욕망의 내용은 비논리적 시적 문체의 중심 원리인 반복 속에 자연스럽게 스며있기 때문이다.

시 구절마다 번호를 매겨 먼저 1연을 살펴 보자. 1연은 마치 중심 악상에 해당되는 서장과 같으며, 2연과 3연은 1연의 반복적 변주에 불과하다. 떨어지지 않는(1) 핏자국(2) 살아 있는(3) 꽃잎 같다(4) 움직이고 있다(5) 유리가 된다(6). 그런데, 2연의 1행에서부터 3행까지를 보면, '6-1-4-2-3-핏덩이-5-6-창'처럼 부분적으로 다른 시어들을 삽입시키면서 그 순서를 교체반복하고 있다. 사이사이에 새롭게 첨가된 의미로 인하여 시적 문맥은 새로운 문맥을 생성하게 된다. 2연 4행에서도 다시 일련의 번호는 다른 내용의 첨가에 맞춰 순서만 바꿔 새롭게 조합되고 있다. 반복이긴 하나 단순 반복이 아니라, 겹치기와 중첩에 의해 새로운 문맥을 구성하게 되는 변형 반복이라 할 수 있다. 그리고 그 반복되는 기표는 무의식적 욕망의 내용을 제공하게 된다. 이 욕망의 내용은 '핏덩이' '꽃잎' '짐승의 몸부림' '햇살' 등 일련의 반복되는 시어를 통해 드러나는 기의가 될 것이다. 바로 생명이라는 기의이다.

시적 자아의 무의식 속에는 생명력으로 충만한 평화의 세계가 강하게 자리잡고 있었던 것이다. 그리고, 그 세계는 사랑으로서만이 가능한 세계이다. 전쟁이라는 파괴의 타나토스적 현실 속에서 사랑에 대한 간절한 노래의 형식을 띠고 있는 연작시 「사랑을 위한 되풀이」는 모든 생명의 원천을 사랑으로 해석하고 있다. 그 사랑은 생명의 근원지인 것이다.

꽃이파리처럼 안긴 저 어린 것들은 무엇인가

(중략)

오 大砲소리보다도 사납게 힘차게 터지고 터진
사랑의 證據가 아니고 무엇이겠는가
破片 무수히 맞은 바람보다 더 많이 떨려난 四肢. 破片 무수히 맞
은 바람 핏물 들인 피보다 더욱 진하고 뜨거운 땀에 절은 진달래 빛
고운 젖 꽃판

―「사랑을 위한 되풀이」 중에서

생명의 탯줄은 사랑으로, 생명은 대포 소리보다도 더 힘있는 것이다.
그리고, 그 생명은 사랑의 확증이다. 이 시는 삶을 온통 분절시키고 분
해시키는 전쟁 앞에서도 '진달래 빛 고운 꽃판'으로 상징되는 '어린' 생
명들은 사랑의 힘이 없었으면 불가능하다는 점을 강조하고 있다. 전봉
건의 시에서 남녀간의 만남과 사랑은 생명의 원천이 된다. 그가 초기
시에서부터 '나'와 '너'라는 인칭어를 많이 사용하는 것도 사랑에 대한
집요한 의미 탐색의 결과이다. 시인에게 사랑은 에로스의 밑거름이기
때문이다. 전봉건의 시에서 생명은 사랑과 동등한 의미를 구축하게 된
다. 나(자아)는 너(타자)의 사랑을 갈구하는 주체이다. 그리고, 남녀의 결
합은 촉각적 심상으로 구체화된다. 체온은 전쟁의 황량함과 대비를 이
루는 심상이자 온기로서 생명을 환기하는 심상이기도 하다. 전쟁으로
인해 분리되고 단절되고 상실된 것들을 회복시켜 줄 수 있는 돌파구는
온전한 만남이다. 생명 상실은 사랑에 의해 극복될 수밖에 없다는 상상
적 논리가 개입한 것이다. 그의 초기 시에 부드러운 촉감이나 따스한
체감을 느끼게 하는 촉각적 이미지가 우세한 것도 이런 이유 때문이다.

鐵條網의 밤과 검은 나의 裸身과
가슴을 曙光처럼 물드리며
뜨거운 당신의

볼의 理由를.-祈禱인가 감겨진 당신의 속눈섭은 떨리이고, 그때
　그렇다. 無限한 奇籍같이 푸른 하늘과 바다를 닮아 둥근 당신의 가
슴의
　흰 부드러움속에서 나의 두 손은
　綠色의 사랑
　綠色의 희망이었다.

-「薔薇의 意味」 중에서

‘뜨거운 볼’ ‘가슴의 흰 부드러움’ ‘두 손은 녹색의 사랑’ 등의 촉각적 심상은 남녀의 사랑을 환기시킨다. ‘철조망의 밤과 검은 나의 **裸身**’에서 시적 자아 ‘나’는 철조망으로 상징되는 타나토스의 상황에 놓여 있다. 여기서 裸身은 아무 것도 없는 생명 상실을 의미한다. 그래서 나는 상실된 몸을 회복시켜 줄 타자(당신)를 갈망한다. 그 타자는 ‘……나의 裸身과/가슴을 曙光처럼 물들이’는 ‘뜨거운 당신’으로서 춥고 어두운 나의 몸에 생명을 불어 넣어줄 대상이다. 그 당신으로 인해 이 시의 자아는 ‘綠色의 사랑 綠色의 희망’으로 생명을 얻게 되는 것이다. 이러한 에로티시즘은 「춘향연가」에서도 입체적으로 형상화되어 있다. 춘향이가 감옥 속에서 이도령과 떨어져 혼자 있을 때는 조각나고 찢기고 헤쳐진 몸을 지닐 수밖에 없으며, 그때 몸은 죽음의 장소이다. 따라서, 이도령에 대한 갈망은 온전한 몸을 회복하기 위한 욕망으로서, 그 만남만이 생명을 가능하게 하는 것으로 잉태의 갈망인 것이다. 이때, 상실된 육체의 회복은 곧 상실된 자아의 회복을 의미한다.

　사랑의 완성은 잉태라고 하는 명제로, 곧 성과 죽음의 소재를 통하여 시인이 보여주고자 했던 에로스의 세계가 무엇인지를 명징하게 드러내준다. 철저하게 생명을 결핍하고 있는 전쟁 직후의 현실에서 그가 왜 그토록 에로스의 세계에 몰입했는지는 그의 생명욕에 있었던 것이다. 전쟁이라는 당시의 현실 규범에 대한 반항의 한 양식이라 할 수 있다.

2. 위반의 기호로서의 몸과 祭儀의 기제

에로티시즘의 첫 번째 양상인 <욕망의 기호로서의 몸과 문명에의 반항>은 에로티시즘의 기본형에 해당한다. 에로티시즘은 현실을 부조화, 단절, 분리, 죽음으로 인식하면서 촉발된 에로스의 본능 그것을 통하여 도출된 인간의 내적 의식이다. 분리, 단절, 부조화 등으로 비유되는 죽음은 자아 상실을 의미하며, 에로스의 상상력 속에서 육체성 상실로 기표화된다. 따라서, 죽음을 의미하는 육체성 상실과 자아 상실은 의미상 등가적이다. 그리고, 자아를 억압하는 폭력적 주체는 시대의 규범으로 제시되고 있다. 따라서, 에로티시즘이 표방하는 문명 반항적 정신에서 문명이란 금기로서의 시대의 규범 그것이다.

이제 시대의 규범에 대한 반항이 한 단계 더 진전하면 제의의 메카니즘이 강하게 작용하게 된다. 제의의 기제는 두 번째 양상에서 다룰 시편들을 지배하는 의미 생성의 공식이라 할 수 있다. 제의의 기제를 통하여 에로티시즘은 비로소 생명과 죽음의 역학적 관계성을 생생하게 드러내게 될 것이다. 에로티시즘 속에서 생명과 죽음은, 아니 에로스와 타나토스 이 둘은 너무 단단히 결속되어 있어 그 의미 경계를 명확하게 잘라 내는 일이 불가능할 정도이다. 이러한 상보적 관계에서 생성되는 파장으로 인해 시들은 다양한 의미를 파생시킨다. 제의가 양면적이고, 다층적인 의식이 융합된 산물임을 상기한다면, 제의의 공식에 흡수된 에로스 또한 복합적인 의미를 생성하는 것은 지극히 당연하다. 이러한 제의의 기제를 통해 에로스의 독창적인 상상적 계보를 간파해 낼 수 있을 것이다.

제의는 갈등을 해소하고 변화를 촉구하는 일종의 비유적 행위이다. 인간이 위기를 맞아 그 위기를 딛고 일어서서 새로운 질서와 안정을 회복하고자 하는 소망이 신성 원리에 따라 표현되는 세계가 제의이다.51) 미성년에서 성년, 生에서 死, 파종에서 결실, 겨울에서 봄으로의 변화가 제의에서 큰 의의를 지니는 것도 이 때문이다. 제의에서 위기는 갈등의 과정을 거쳐 변화를 통해 완성된다. 제의는 갈등이 최고조에 이르게 되는 절정의 시점을 주요 배경으로 삼는다. 이 시점은 위기가 회복의 방향으로 전환되는 지점이기 때문이다. 제의를 기제로 삼고 있는 에로티시즘에서는 이 전환점을 중심축으로 에로스와 타나토스의 양극적인 의미 운동을 일으키고 있다.

첫 번째 양상의 반항 의식이 죽음과 생명의 대립적 구조 위에서 전개되었다면, 두 번째 양상에서 반항은 위반[52]으로 심화되는 것이 특징이다. 그리고 이 위반 의식을 통하여 에로티시즘은 그 본질을 더 생생하고 밀도있게 그려낸다. 에로스와 타나토스의 역설적 모순 관계와 그 역학적 의미망을 통하여 형성되는 정신이 에로티시즘이기 때문이다. 위반 의식 속에서 죽음과 생명은 단조로운 대립적 관계를 탈피하여 역설적인 대응 관계로 탈바꿈한다. 이 단계에서 생명과 죽음은 팽팽한 긴장 관계를 연출하게 된다. 따라서, 타나토스와 에로스는 보다 입체적인 상상력의 장을 펼치게 된다. 물론, 에로스와 타나토스의 이러한 긴장 관계는 첫 번째 양상을 보이는 시편들에서도 잠재하고 있던 성질이었으나, 그것이 독자적인 시적 구조를 갖추게 되는 것은 두 번째 양상인 제의의 시편들이다.

인간이라면 누구도 겪을 수 없는 유일한 체험이 하나 있는데, 그것이 바로 죽음이다. 죽음은 누구나 겪어야 하는 일이지만 살아서는 결코 아무도 경험할 수 없는 사건이다. 그러한 죽음의 비가시적이고 비현실적인 성격으로 인해, 죽음은 인류사에서 언제나 초월적이고 신성한 대상으로 다루어져 왔다. 이런 의미에서 볼 때, 제의적 문맥 속에서 희생제물은 다분히 위반의 표지를 갖게 된다. 죽음은 초월적 세계에 속하는 사건이기 때문에 살인의 행위는 초월적 세계를 범하는 의미를 내포하게 되는 것이다. 제의는 초월적 세계를 범함으로써 초월적 세계를 체험하려는 모순적 행위에 기반하는 의식이다. 이것은 의도적 범법 행위로서

---

51) 김열규, 『한국신화와 무속연구』, 일조각, 1982. 126-127.
52) 반항과 위반의 변별적 개념에 대해서는 2장의 각주 28) 참조.

위반의 의미를 갖는다. 요컨대, 이러한 위반 충동 밑에는 언제나 초월적 세계나 연속성에 대한 욕구가 숨겨져 있는 것이다[53]. 연속성이란 영속성을 뜻한다. 위반이 종교적 성향을 띠게 되는 것도 이런 연유에서이다. 생명을 위해 생명을 취하는 행위, 즉 희생은 최고의 위반으로서 종교적 성격을 강하게 지닌다[54]. 제의에서 희생적 사건인 죽음은 생명의 영속성을 위한 상징적인 역설적 사건이 되고 있기 때문이다.

따라서, 위반은 한계와 밀착된 의식[55]으로, 궁극적으로는 연속성을 추구하는 정신임을 알 수 있다. 여기서 연속성이란 죽음과 삶이 더 이상 모순된 관계로 받아들여지지 않는 세계이다[56]. 그 세계는 죽음으로써 삶의 적대자인 죽음을 극복하는 제의의 역설적 원리에 의해 움직이는 세계이다. 다시 말해, 그 세계는 생명의 원리만이 지배하는 곳이다. 한계선의 징표인 시간을 유한한 것으로 인식하는 데서 촉발되는 삶에의 욕망은 의도적으로 죽음을 피해가려 하고, 우리가 당장 죽지 않는다는 것을 가정하려고 한다. 그래서 시간 안에서의 삶은 무한을 위하여 유한한 것과 대항하게 된다. 시작과 끝을 가지고 있는 삶이 끊임없이 그 둘 사이에서 상승과 하강이라는 왕복 운동을 하게 되는 것도 죽음이라는 한계선 때문이다. 그리고, 죽음을 극복하기 위하여 시작과 끝 사이에서 역학적 행위를 조성하는 것이 제의이다[57]. 제의는 결국 삶의 시작(생명)과 끝(죽음)이 대칭을 이루는 포물선 구조라고 할 수 있다. 에로티시즘은 삶과 죽음 즉 생명의 시작과 끝 사이를 오가면서 형성되는 의식 운동이다. 이러한 견지에서 볼 때, 에로틱한 것은 애초부터 제의적 속성

---

53) 바따이유, 앞의 책, p. 129.

54) Michel Beaujour, 앞의 책, p. 162.

55) 미셸 푸코, 김현 역, 「위반에 대한 선언」, 『미셸푸코 문학비평』, 문학과 지성사, p. 92. 푸코에 따르면, 현대의 성을 특징짓는 것은 성을 해방이 아니라, 한계-우리 의식의 한계(그것이 결국에는 우리의 의식을 위해 무의식 읽기의 유일한 가능성을 암시하므로), 법의 한계(그것이 금지의 그야말로 보편적인 단 하나의 내용으로 보이므로)에 이르게 한 것이다.

56) Georges Bataille, 앞의 책, pp. 201, 174.

57) N. Frye, *The Double Vision:Language and Meaning in Religion*, Toronto Univ Press, 1991. 41-45.

을 내재하고 있는 것이다.

따라서, 에로스가 제의를 구성하는 데는 타나토스가 필수적인 요소가 된다. 타나토스와 에로스의 동전양면과 같은 관계 속에서 제의의 단서를 찾을 수 있다. 그리고 제의의 에로스를 통해 에로스가 인류의 보편적 의식을 내재하고 있음을 알 수 있다. 에로스를 생물학적인 관점에서만 다루고 있는 프로이트의 결함을 메꾸면서, 바따이유는 인간의 에로스가 동물과 달리 정신적인 특성을 지니고 있다는 사실을 성행위를 통해 역설한 바 있다[58]. 性 속에는 죽음의 기호가 도사리고 있다. 왜냐하면, 성은 과도와 소비의 행위이기 때문이다. 과도와 소비의 최종점은 죽음이며, 죽음은 세속과 신성의 경계를 넘는 행위이다[59]. 性에 대한 그의 이러한 정신적 해석은 에로스가 타나토스와 어떻게 탄력있는 상상력적 그물망을 조직할 수 있었는가 하는 의문을 풀어 줄 수 있는 중요한 단서를 제공해 주었다.

에로스의 소재가 제의적 상상력으로 들어서게 되면, 조화의 에로스는 파괴의 타나토스와 필연적으로 결합할 수밖에 없다. 죽음과 양극적 위치에 있는 에로스가 오히려 죽음을 거쳐서 자기 완성을 실현하는 것이다. 에로스와 타나토스[60]의 역학적 의미 운동 속에서 生과 死는 상보적인 관계로 전환된다. 타나토스와 에로스는 양극에 위치해 있으면서 한 쪽이 다른 한 쪽을 불러들일 때 완전한 모습을 갖추게 되는 모순 관계

---

58) 竹田靑嗣, 앞의 책, pp. 175-177.
   바따이유는 에로티시즘을 서로 다른 세 영역이 지닌 유사성 속에서 살피고 있다. 즉 전쟁의 폭력과 종교의 희생 및 성행위가 그것이다. 성행위에서 금지되는 것은 여성의 美이며, 종교에서 금지되는 것은 성스러운 것이며, 전쟁에서 금지되는 것은 살인 행위이다. 그런데 이들은 동일한 의미를 지닌다. 즉 美는 성스러운 것이며, 성스러운 것은 죽음과 관계를 맺는데 죽음은 인간에게 주어진 최고의 금기라는 점에서 그러하다. 그러면 왜 美는 성스러운 것인가. 성행위에서 美는 침범하고 더럽혀지기 위해 존재하는 욕망의 대상이며, 침범이란 곧 의태적으로 죽음의 의미를 지니기 때문이다.
59) Peter Brooks, 앞의 책, p 275.
60) 미셸푸코에 따르면, 성은 죽음과 맞먹는다. 오늘날의 성 안에 죽음의 본능이 들어 있는 것은 바로 이 때문이다.(미셸 푸코, 박정자 역, 『성은 억압되었는가』, 인간, 1979. pp. 188-189)

로서 완성되는 것이다. 에로스는 타나토스를 통과하여야만 자신의 본질적 세계를 이룩할 수 있다. 생명과 죽음이라는 상반된 속성을 융해시키고 있는 性的 결합은 에로스의 제의성에서 중요한 모티프가 되고 있다.

이러한 시편들은 네 시인의 전기 시에 편재해 있다. 물론 문학 작품이 수학처럼 공식에 맞춰질 수 없듯이, 두 부류의 시인들은 미세한 발상법적 차이를 보이게 된다. 바따이유에 따르면, 죽음이라는 불연속성 앞에서 인간은 두 가지 방식으로 대응한다. 하나는 존재의 본질이라고 느껴지는 잃어버린 연속성을 되찾으려는 몸부림이고, 다른 하나는 불연속적 존재의 불멸성을 믿는 태도이다.[61] 전자가 서정주와 오장환의 경우에 해당하는 태도라면, 후자의 경우는 송욱과 전봉건에 해당하는 것이다. 이들의 차이는 단지 죽음을 실낙원의 사건과 연결시키고 있느냐의 여부에 달려 있을 뿐이다. 서정주와 오장환의 경우에는 죽음이 실낙원 의식과 연결되어 있다. 그러나, 죽음이 다른 것을 획득하기 위한 대체 행위이고, 근본적으로 연속적 세계에 대한 갈망이라는 점에서 두 태도는 일치하고 있다. 이처럼 생에 대한 우리의 욕망은 지속하려는 욕망으로 축약 해석할 수 있다[62]. 다만, 전자의 시인들이 속죄를 통한 불멸성의 획득을 추구하고 있다면, 후자의 시인들은 불멸성을 강하게 언표화하고 있다는 차이를 보일 뿐이다.

요컨대, 서정주와 오장환의 경우에는 제의성이 속죄 의식에, 송욱과 진봉건의 경우에는 새생 의식에 기초하고 있다는 점에서 다르다. 하지만, 중요한 것은 속죄가 생명 회복을 함축한다는 점에서 볼 때, 속죄 제의와 재생 제의는 동궤에 속한다는 점이다. 다만, 송욱과 전봉건의 경우 죄의식을 관류하지 않음으로써 죽음과 생명에 선/악이라는 개념이 전혀 개입되지 않고 있을 뿐이다. 이러한 가치 개념으로 인해 서정주와 오장환의 시는 다층적인 의미망을 조성하게 된다. 그러나, 그 두 부류의 제의적 에로티시즘은 궁극적인 지점에서 합치하게 된다. 그 최종적

---

61) 바따이유, 앞의 책, p. 130.
62) Georges Bataille, 앞의 책, p. 48.

인 도달점은 생명이나 영속성이기 때문이다.

제의에서 죽음은 갈등의 지대이기도 하지만 갈등을 해소해 주는 완충 지대이기도 하다. 우리는 에로스의 원형질이라 할 수 있는 죽음의 상징을 통하여 에로스의 상상력이 연속적 세계관에 근거하고 있음을 확인할 수 있다. 그리고, 제의적 양상에서 보이는 연속성의 희구는 세 번째 양상에서 다룰 에로티시즘의 궁극적 단계인 우주 합일을 고지하게 한다. 연속성은 죽음이 존재하지 않는 영속성의 세계를 의미한다. 따라서, 분리도 파괴도 없는 모태의 원초적 질서를 상징하는 우주(cosmos)는 조화와 생명으로 충일한 세계가 되는 것이다.

1) 세속적 몸을 통한 성스러움의 역설적 희구
– 서정주와 오장환의 경우

서정주에게서는 '이브'와 '문둥이'가, 오장환에게서는 '매음녀'와 '行旅病者'가 시적 자아의 자화상들이다. 타락과 부패의 상징적 인물들인 이 자화상과 함께 욕망의 기호인 性도 부정적으로 변질되고 있다. 그리고, 이 극단적인 타락은 죄의식을 환기시키는 주요한 동기로 작용하게 된다. 시적 자아에게 性은 금기의 기호이기 때문에 성적 타락은 죄의식을 야기시키기에 충분 조건이 된다. 그리고, 이 죄의식은 곧 실낙원 의식과 맞물리게 된다. 죄는 흔히 존재론적 기반을 상실하게 하는 요인[63]이기 때문이다. 실낙원은 금기를 어긴 자에게 주어지는 가장 큰 형벌로서, 그것은 죽음과 동질적인 사건이라 할 수 있다. 이처럼 죄가 의식화되면 죽음에의 불안은 증폭된다. 두 시인의 속죄 제의가 형성되는 단서는 이러한 문맥에서 찾을 수 있다. 그러나, 제의의 죽음은 생명 회복을 함축하고 있다는 점에서 본질적으로는 긍정적인 자질이라 할 수 있다.

---

63) 폴 리꾀르, 『악의 상징』, 문학과 지성사, pp. 81-82.

죽음에의 두려움이 상승하게 되면서 견고한 의식적 틀을 조성하게 되는 것이 속죄 제의이다. 속죄 의식이 심화되면 그것은 제의적 지평을 열게 된다. 제의는 죄로 인해 죽음 앞에 놓인 생명을 회복하려는 의식이 허구적으로 표현된 양식으로서 희생적 죽음을 매개체로 삼는다.[64] 이러한 죽음의 메타포적 수용 속에는 종교적 태도가 숨겨져 있다. 속죄 제의에서 죽음은 정화의 수단으로 쓰이고 있기 때문이다. 따라서, 죄성은 필멸성의 기호[65]이며, 속죄를 위한 세속성의 정화는 곧 생명 회복의 방편이 되는 셈이다. 세계를 금기로서 수용하는 데서 출발하는 태도는 종교적인 착상이다.

따라서, 서정주와 오장환의 초기 시에 지속적으로 관류하고 있는 죄의식은 주요한 해석적 常數가 된다. 그리고, 이 죄의식이 속죄 제의로 수용될 때, 시적 문맥은 복잡하게 된다. 속죄 제의에서 죽음은 이중적 의미를 내재하기 때문에 죽음은 그 현상적 의미에 머물지 않고 생명이라는 반대항을 더 강하게 함축하게 되는 것이다. 즉 죽음과 생명이 혼재되어 있는 것이 속죄 제의의 특질이다. 서정주에게서 나타나는 성스러움과 죄성의 착종이나 오장환에게서 있어서의 순결과 불결의 착종도 이러한 속죄 제의의 구체적인 결과라고 할 수 있다. 요컨대, 두 시인의 시에서 聖/俗과 순결/불결의 의미짝은 生/死의 의미 층위로 환원되고 있다.

이러한 싱/속이나 순결/불결, 그리고 생/사의 모순적 관계를 더 정확히 파악하기 위해서는 그것들을 포괄하는 가치 개념인 선/악의 범주 속에서 살펴보아야 한다. 에로티시즘에서의 이 선/악의 의미짝이 생성하는 가치 개념은 도덕에 대한 일종의 도전으로서의 의미를 갖게 된다. 이것은 기존의 도덕적 개념을 떠나서 논의되어야 하는 문제이다. 요컨대, 에로티시즘에서의 선/악의 관계는 선과 악의 확실한 대립적 속성에

---

64) 폴 리꾀르, 앞의 책, p. 104.
　　악의 상징속죄 제의는 돌아옴이나 용서같은 중심 주제와 통합되는 것으로, 제의의 세계와 회개의 세계가 분리되어 있지 않다.
65) Frederick J. Hoffman, 앞의 책, p. 9.

기대어서는 그 의미를 제대로 파악할 수가 없다. 에로티시즘에서 선/악은 일정한 지점에서 그 이원적 경계를 넘어서고 있다. 이러한 특질 때문에 선/악은 하이퍼모랄적 속성[66]을 지닌다고 말할 수 있다. 이 역시 제의의 역설적 원리와 관계있는 특질이다. 악을 통하여 선을 이루려는 의도적인 악은 선의 범주에 들어가게 되는 것이다. 악이 선일 수 있는 유일한 통로는 그것이 자유 의식과 얽혀 있을 때이다.

카인이 미리 예정된 악이라면 시적 자아는 그 악의 희생자가 된다. 이와 달리, 시적 자아가 카인을 직접 선택한 것이라면 그것은 죄가 된다. 이들의 시에서 카인의 의미는 존재와 행위라는 이 두 가지 변증법적 관계 속에서 살펴보아야 그 의미가 정확히 드러난다[67]. 카인은 시적 자아의 존재이자 시적 자아가 자유롭게 선택할 수 있는 대상이기도 하다. 그리고 카인이 실존적 존재 '나'일 때 '나'는 희생자가 되고, 그가 나의 선택적 대상일 때 '나'는 죄인이 된다. 그러나, 이 두 상황은 상호 혼융되어 있다. 실존과 자유의 변증법적 관계 속에서 악과 자유는 등가적 의미를 얻게 된다. 악을 통한 자유의 실현은 건강한 육체성에 대한 열망이 역설화된 몸짓이다. 이들의 시에서 위악적이라고 느껴지는 극단적, 모독적 태도들은 결국 신성성을 갈망하는 반어적 태도들인 것이다. 세속성이 죽음의 지표라면, 성스러움은 생명의 지표가 된다. 따라서, 속죄 제의에서 생명 회복이 생명 희생과 동질적인 것처럼, 신성성과 신성성 모독도 동질적인 의미를 획득하게 되는 것이다.

이처럼, 이들의 시에서 속죄 제의는 신성성 획득을 그 본질로 삼는다. 따라서, 희생적 죽음은 세속성을 벗어나는 출구를 상징하게 된다. 즉 죽음은 연속적이고 신성한 세계로의 진입을 의미하게 된다[68]. 인간은

---

66) 조르쥬 바따이유, 최윤정 옮김, 『문학과 악』, 민음사, 1995. p. 25.
   Michel Beaujour, 앞의 책, p. 161.

67) Robert Detweiler, Story, Sign, and Self, Philadelphia:Fortress Press, 1978. p. 82.
   사르트르의 분석에 따르면, 만약 악이 미리 예정되어 있었던 것이라면 쥬네의 범죄는 자신을 순교자와 聖者로 만들겠지만, 만일 그가 스스로 범죄를 선택하였다면 죄의 왕자가 되는 것이다. 존재와 행위의 변증법은 성자와 죄인이라는 두 가지 상응하는 역할을 부여하게 한다.

늘 연속성을 찾으려고 하지만 그것은 구체적인 모양을 갖추지 않고 있다. 그래서 인간은 그 은유적 대상을 찾게 되는 것이다. 그 은유화가 제의의 희생인데[69], 이러한 문맥에서야 죽음은 신성한 사건이 되기 때문이다. 희생적 죽음은 세속성과 죄성의 정화를 통한 성스러움의 회복을 의미하게 된다.

서정주와 오장환은 원죄라는 필터를 통해 현실을 부정적으로 재단하고 있다. 그러한 각도에서 현실은 세속적 위상을 띨 수밖에 없다. 그 결과, 신성성의 획득만이 생명을 회복시킬 수 있다는 제의적 공식이 성립하게 되는 것이다.

가. '카인'의 罪性과 '막달레에나'의 희생

앞장에서 다루었던 『화사집』의 디오니소스적 육체의 희구는 억압 심리에서 파생되어 나온 결과이다. 그것은 규범에 대한 반항이다. 그러나, 억압으로부터 해방은 억압의 기억으로부터 완전히 자유롭지 못하다. 규범의 궤도에서 이탈하려는 모색이 패배로 끝난 경우에는 더더욱 그렇다. '이브'를 통해 드러난 욕망의 실패는 오히려 금기에 대한 기억을 더 강하게 연루시킨다.

이처럼 끊임없이 자용하는 억압에 대한 기억온 죄의식으로 진환된다. 시 「부흥이」에서 "저놈은 대체 무슨심술로 한밤중만되면/차저와서는 꿍꿍앓고 있는것일까/(중략)/무엇보단도 나의 詩를, 그다음에는 나의表情을, 흐터진머리털 한가닥까지, …낮에도 저놈은 엿보고있었기에"에서도 두려움의 심리가 무엇 때문인지는 밝혀져 있지 않지만, 분명한 사실은 시적 자아는 죄의식에 심하게 시달리고 있다는 점이다.

---

68) 바따이유, 앞의 책, p. 113.
　　성적 행위의 절정은 일종의 擬似죽음과 같은 상황인데, 그 죽음은 연속성을 확보할 수 있는 매체가 된다. 이것은 성행위를 통하여 죽음을 비유적으로 해석한 것이다.
69) 다께다 쎄이지, 앞의 책, p. 218.

시 「水帶洞詩」는 그 죄책감이 어디에서 연유하였는지 그 윤곽을 잘 드러내 준다. 죄책감은 바로 금기를 깬 데서 비롯되었음과 서정주 시인에게 욕망의 기호였던 性은 금기의 기호였음을 잘 보여 준다. 그러므로, 그 욕망이 좌초되었을 때 죄의식은 욕망에 비례하여 자신을 더 괴롭힐 것이다.

> 오랫동안 나는 잘못 살었구나.
> 샤알 ＼보오드레-르처럼 설ㅅ고 괴로운 서울 女子를
> 아조 아조 인제는 잊어버려

-「水帶洞詩」 중에서

이 시에서 주목해야 할 구절은 '서럽고 괴로운'이다. 서러워하고 괴로워하는 주체는 과연 누구인가. 어법상 이 수식어구 바로 뒤에 위치한 '서울 여자'가 주체가 된다. 시적 문맥을 세심히 따져보기 전에는 그렇게 보이는 것이 당연하다. 그러나 서럽고 괴로워 하는 주체를 단순히 서울 여자에 대응시킬 수는 없다. 문맥을 자세히 살펴보면 서럽고 괴로운 주체는 시적 자아라는 점을 알 수 있다.

시적 자아에게 서울 여자는 떠올릴수록 서럽고 괴로운 대상임이 분명하다. 이 구절의 앞뒤의 놓여진 "오랫동안 나는 잘못 살었구나"와 "아조 아조 인제는 잊어버려"의 두 구절이 이 판단을 받쳐주고 있다. 잘못 살았음을 인정하지만 쉽게 잊혀지지 않아서 머리속에 떠올리면 떠올릴수록 괴로운 대상이 '서울 여자'이다. 그러므로 서럽고 괴로워하는 주체는 시적 자아이다. 괴로우면서도 서러운 이유는, 잊고 싶지 않으나 어쩔 수 없이 잊어야 하는 딜레마적 국면을 보여주게 된다. '아조 아조'의 반복은 자기 최면이다. 이렇게 최면을 걸 정도로 단호한 어조를 구사하는 것은, 역으로 그 여자를 잊는 일이 얼마나 어려운 지를 암시하는 것이다. 시적 자아는 性을 금기로 인식하고 있는 것이다.

罪性으로서의 性은 "罪 있을듯 보리 누른 더위-/날카론 왜낫(鎌) 시렁

우에 거러노코/오매는 몰래 어듸로 갔나"(麥夏)를 통하여 훨씬 선명하게 드러난다. 서정주의 시에서 보리밭은 남녀가 만나 성애를 나누는 공간적 배경으로 주로 사용된다. 그러므로, 누렇게 익어서 키가 큰 보리밭은 성적인 것을 연상하게 하는 공간이다. 그러한 공간적 특성으로 인해 보리밭은 죄를 각성시키는 시적 상관물이 되고 있다.

이러한 금기와 징계의 두려움은 이미 「花蛇」에서 그 단초를 제공하고 있다. 뱀은 클레오파트라와 관능적 분위기를 조성하면서 동시에 죽음을 환기시키는 양면적 존재이다. 클레오파트라는 뱀에게 자기의 젖가슴을 물게 하여 자살한 인물로 전설화되어 있다. 이 시에서 뱀의 관능성은 죽음과 등가적으로 쓰이고 있다. 이처럼 관능성을 살기성으로 해독할 수 있는 독법은 이 시의 모티프에서 찾을 수 있다. 즉 이 시는 유혹의 사슬을 중심으로 구성된 뱀과 이브의 신화적 사건을 시적 모티프로 삼고 있다. 실낙원 신화에서 뱀과 이브, 그리고 아담이 추방된 근본 원인은 유혹에 있었다. 그리고, 서정주의 시에서는 그 유혹이 성적 관능성의 의미 자질로 변형되어 수용된 것이다. 그래서, 성은 원죄의 상관물이 된다. 아름다운 여성의 몸이 죄의 유혹성 그 자체인 뱀과 동격화되고, 그 결과 여성의 관능성에는 죄라는 꼬리표가 붙는다.

이러한 역설적인 시적 구조를 전제할 때에만, 서정주의 시에서 탐닉과 탐미를 불러일으키는 입술이나, 입술과 관련된 붉은색, 이빨과 흰색 등 관능적 극치를 보이는 이미지들이 왜 살기성을 내포한 공격적 이미지와 겹쳐지는지 그 이유를 정확히 알 수 있다.

예리하고 날카로운 대상은 흔히 성적인 분위기를 고조시키는 기능을 한다. 성적인 감각을 효과적으로 이미지화한 것이다. 그러나, 관능성 속에 감추어진 날카롭고 예리한 이미지는 살기를 느끼게 만든다. "石壁 野生의 石榴꽃열매 알알/입설이 저…잇발이 저…"(高乙那의 딸)에 담겨 있는 원색적인 공격성도 이와 같은 맥락에 속한다. 야생적 이미지나 석류 열매가 입술로, 그 알알이 잇발로 비유된 이미지는 모두 죽음을 환기시킨다. 이런 원색적 공격성 속에서 꽃의 에로스성과 타나토스성을 동시에 투시할 수 있다.

「高乙那의 딸」도 이처럼 관능성과 살기성이 공존하고 있다는 점에서 독특한 시적 독법을 요구하게 한다. 이는 性이 함축하고 있는 생명/죽음의 이중적 기호와 性의 금기성이 결합된 결과이다. 性 행위는 육체의 에너지를 소모한다는 점에서 擬似 죽음의 체험이라 할 수 있다. 이러한 심상 위에 금기 위반에서 오는 죽음에의 불안 심리가 혼재되어 들어간 것이다. 이 시에서 '딸'이 시적 자아의 에로틱한 대상이기도 하지만, 반대로 나를 살인하려는 대상이기도 한 것은 이 때문이다.

「雄鷄(下)」는 제의의 에로티시즘을 하나의 완결된 작품으로 형상화하는 데 성공하고 있는 시이다. 이 시는 속죄 행위로서의 희생적 죽음을 성적 상상력을 빌어 밀도있게 다루고 있다는 점에서도 과히 성공적이다. 더욱이 그 시적 형상화 면에서도 탁월한 작품이라고 판단된다. 이 시에서 성 행위가 함축하고 있는 두 가지 기호인 에로스와 타나토스의 관계는 고도의 제의적 장치에 의해 엮어져 있다. 즉 성행위의 擬似的 죽음의 비유화와 性의 금기성에 따른 속죄 의식이 '십자가'의 부활 상징으로 응집됨으로써 그 해석층이 다층화되고 있다.

어찌하야 나는 사랑하는자의 피가 먹고싶습니까
「雲母石棺속에 막다아레에나!

닭의벼슬은 心臟우에 피인꽃이라
구름이 왼통 젖어 흐르나
막다아레에나의 薔薇 꽃다발

傲慢히 휘둘러본 닭아 네눈에
蒼生 初年의 林檎이 瀟洒한가

임우 다다른 이 節頂에서
사랑이 어떻게 兩立하느냐

해바래기 줄거리로 十字架를 엮어
죽이리로다. 고요히 침묵하는 내닭을 죽여…
카인의 새빨간 囚衣를 입고
내 이제 호을로 열손까락이 오도도떤다.

愛鷄그의生肝으로 매워오는 頭蓋骨에
맨드람이만한 벼슬이 하나 그윽히 솟아올라…

1연에서 사랑의 고백이 '먹고 싶다'는 탐식적 표현으로 행해짐으로써 관능성은 처음부터 살기성을 동반하게 된다. 그래서, '피'는 생명과 죽음이라는 이중적 소재로서 기능하게 된다. 또한, 관능성은 살기적 이미지가 파생하는 원색적 태도로 인하여 더 선명해질 수 있다. 즉 살기성은 관능성이 극대화된 표현으로서, 이는 성 행위의 擬似 죽음에 대한 뛰어난 비유라 할 수 있다. 이 시의 시적 자아인 '나'는 雄鷄 즉 수닭으로, 내가 사랑하는 막달라라는 여인은 愛鷄로 설정되어 있다. 그런데, 이 여인은 성경에 등장하는 막달라마리아라는 창녀이다. 이러한 설정 자체만으로도 이 시는 성적 모티프를 확보하게 된다. 게다가 두 인물의 비유적 묘사인 '닭벼슬'과 '심장', '꽃다발'과 '장미'는 모두 붉은색으로 채색됨으로써 관능적 속성은 배가하게 된다.

3연에서 '나'인 수닭의 눈에 능금이 가득차 있는 것도 그 때문이다. 선악과인 능금은 죄를 인식하게 하는 자기 성찰의 매체이다. "네 눈에~한가"는 시적 자아인 雄鷄가 스스로에게 던지는 질문이다. 그리고 이러한 반문적 형태는 자기를 시인하는 데 효과적인 어법 장치이다. 시적 자아는 자신의 죄를 인정한 것이다.

그렇다면, 이것은 무슨 죄목에 적용되는가. 사랑의 원리로만 따져보아도 그 해법은 간단하다. 사랑은 언제나 다른 한쪽의 희생 위에서 완성되는 희생의 원리를 내재하고 있기 때문이다. 희생은 범죄적 행위이다.

사랑과 희생의 이 양가성 때문에 시인은 '사랑이 어떻게 兩立하느냐'라고 자기를 향한 비판과 원망을 하고 있는 것이다.

5연에서 '카인'이 등장하는 이유가 드러난 셈이다. 카인은 시적 자아와 동일시됨으로써 속죄의 문맥을 형성하게 된다. 속죄 의식은 죽음을 극복하기 위한 것이다. 그런데, 다시 막달레에나가 그 속죄 제물로 쓰이고 있다. 시적 전개 과정에서, '사랑하는 자=막다아레에나=내닭=愛鷄=희생물'은 등가적이다. 막달레에나를 사랑(희생)한 죄를 속죄하기 위하여 막달레에나를 다시 희생하는 사건은 이 시의 해석을 복잡하게 만든다.

막달레에나의 희생은 두 종류로 이루어져 있다. 하나는 사랑의 희생이며, 또 하나는 속죄의 희생이다. 그러나, 막달레에나의 두 희생 모두 '십자가'로 귀결됨으로써 동일한 의미로 수렴된다. 즉 그녀의 희생은 부활과 재생을 위한 수단이 되는 것이다.

사랑은 한쪽을 희생하여 한쪽은 살리게 하는 아이러니적인 속성을 지닌다. 따라서, 사랑이 가지는 희생의 원리는 제의의 정신과 기본적으로 통하게 된다. 제의에서 희생적 죽음은 생명을 회복하는 것이기 때문이다. 이러한 사랑과 희생의 모순적 사건은 '십자가'의 상징을 통해 잘 드러날 것이다. 그리고, 속죄 제의는 죄로 인하여 죽음에 이른 자가 자기 생명을 살리기 위하여 희생적 죽음을 저지르게 되는 것이다. 죽음으로써 죽음을 극복하는 것이다. '십자가'와 '카인'이 이러한 이중성을 견고히 해주는 소재들이다. 카인이 죄악의 상징적 인물이라면, '십자가'는 속죄의 상징물이다.

그런데, '나=雄鷄=카인'의 관계로부터 막달레에나의 희생은 의도적 악임을 알 수 있다. 우선 '카인'과 시적 자아의 관계를 살펴보면, 시적 자아는 죄인 '카인'과 등가적이다. 이는 시적 자아의 세속적 위상을 말해 주는 것이다. 그러나, 이 시에서 시적 자아는 카인의 죄악적 행위를 스스로 선택하고, 그 결과 의도적으로 악을 저지른 것이 된다. 의도적인 악이란 신성성의 위반이며, 신성성의 위반은 생명의 역설적 회복을 의미한다. 신성성은 생명의 지표이기 때문이다. 이러한 해석적 단서는 '닭의 벼슬'이 지닌 부활의 상징성에서 찾을 수 있다.

'닭의 벼슬'70)은 생명과 죽음을 동시에 표상하는 부활의 상징체로서 십자가와 동류의 것이다. 愛鷄가 죽음을 당하고, 愛鷄의 生肝이 두개골에 매워올라 '맨드램이만한 벼슬'이 솟아오르게 된다. 그것은 희생, 곧 속죄의 대가를 상징하는 생명이다. 그래서 마지막 연의 닭의 벼슬은 2연의 '心臟우에 피인꽃'과 다르다. 2연의 닭의 벼슬은 열정과 뜨거운 성적 상징성이 강하다. 이 시에서 피홀림과 카니발리즘의 儀式으로 쓰인 십자가는 죄성과 신성성을 절묘하게 연결71)시키고 있다. 과도한 성행위와 경건함의 극치가 연속성의 추구라는 점에서 같은 문맥 속에 놓이는 것이다.

따라서, '사랑하는 자의 피가 먹고 싶다'는 욕망은 사랑하는 여자를 요구하는 것이 아니라, 본질적으로 죽음을 요구하는 것이 된다72). 이때의 죽음은 정화와 속죄 제의의 문맥으로 흡수되는 것이다. 이처럼 惡과 醜, 그리고 死와 같은 부정적 기호를 지닌 여성에게 매료되는 것은 규범을 위반하는 것이며, 그 위반은 신성한 것에 대한 침범으로서 강력한 효력을 발휘하게 된다. 관능성과 살기성의 교집합적 자리에 신성성이 놓이게 되는 것이다. 죄인 줄 알면서도 의도적으로 악을 저지르는 것은 위반이다. 따라서 위반은 신성한 세계를 획득하기 위한 역설적 침범이며, 이때의 신성성은 생명의 지표이다.

한편, 불의 상징적 이미지를 주시해야 한다. 이 '닭의 벼슬' '꽃' '장미' '瀟酒' '絶頂' '새빩간' '맨드램이' '솟아올라' 등에 응축되어 있는 불의 질료적 성질로 인해 이 시는 역동적 이미지를 획득하고 있다. 불은 성적 상징체일 뿐만 아니라 벌거벗은 동물성과 탐식성73)을 노출하

---

70) 닭 벼슬은 민간 요법으로 쓰이던 약재였다. 쓰러진 자에게 닭 벼슬의 피를 먹이면 정상적으로 숨을 회복하였다고 한다. 붉은 색채가 환기하는 이미지에서부터 닭 벼슬은 생명을 상징하기에 충분하다.

71) Joseph Bristow, 앞의 책, pp. 125-126.

72) Joseph Bristow, 앞의 책, p. 127.

는 생경하고 원색적인 속성을 보여 준다. 바로 이와 같은 동물성, 공격성, 카니발성을 통해 불은 절정이나 극점의 순간을 잘 포착하여 제시하고 있다. 절정이나 극점은 변화를 예고하는 지점으로, 그것은 넘어감, 초월, 뛰어넘음과 같은 극단적이고 초극적인 행위를 암시하게 된다.

또한 이 시에서 불은 위반의 매개물이다. 불은 여기서 저기로, 자기 자신을 뛰어 넘고자 하는 최고의 비약적 행위이며 생명의 원점이자 생명의 발생원인 것이다74). 이처럼 불은 죽음의 하향 곡선과 생명의 상향 곡선의 접점인 포물선의 꼭지점 즉 반환점을 암시한다. 이 시에서의 죽음은 바로 생명성과 밀착되어 있는 상징이다. 이것은 바따이유가 말하는 바, 죽음이라는 금기를 넘어섬으로써 죽음을 초극하게 되는 것이다. 죽음의 초극은 삶의 영속성을 의태적으로 획득하는 것으로, 에로스의 강렬한 본능의 산물이라고 설명할 수 있다. 죽음이 지니는 소진성이나 소비성이 창조적이고 생산적인 촉매제 역할을 하는 것이다75). 그것은 해묵은 존재의 갱신이며 부활의 고지이다.

금기는 금기를 주도하는 주체와 동일시된다. 서정주에게 그 금기는 聖域이다. 그래서, 위반에는 초월을 맛봄으로써 제의적 효과를 얻고자 하는 정신적인 가치가 개입하게 된다. 반항이 위반으로 발진하게 되면 속죄라는 새로운 화두가 떠오르게 된다. 그리고 이것은 생명과 삶에 대한 긍정적인 천착으로 해석된다. 즉 자기 갱신이라는 새로운 문제로의 전환이다. 위반이 최대치에 이르는 극점에서 속죄로 그 의미가 전이되는 것도 이러한 문맥 속에서 이해해야 한다.

---

73) 가스통 바슐라르(1991), 앞의 책, p. 90.

74) 가스통 바슐라르(1991), 앞의 책, p. 92.

75) 노발리스는 verzehren이라는 동사의 두 가지 의미인 '소비하다'와 '성취하다'를 사용하여 불꽃의 행위를 존재의 문제에 접합시켜 설명하고 있다. 존재는 자기를 갱신하기 위해 소비하고―불꽃의 생명을 스스로에게 주며, 더욱 그 끝을 넘어서까지 빛나게 되는 超불꽃의 운명을 받아들여 자유롭게 되는 것이다.(바슐라르(1991), 앞의 책, p. 93) 이러한 노발리스의 생각은 바따이유의 위반의 의미와 상통한다. 노발리스의 소비성과 성취성은 바따이유가 말하는 에로티시즘의 핵심이다. 에로스 행위의 발가벗기는 곧 죽음이 소비와 과도의 상태임에도 불구하고, 죽음에 이르기까지 삶을 긍정하는 것으로서 삶의 촉진제가 된다는 것을 함의한다.(Peter Brooks, 앞의 책, p. 275)

본래 에로스는 죽음과 깊은 관계를 지니고 있으며[76], 그때의 擬似 죽음은 희생 제의적 성격을 보인다. 서정주의 『화사집』에 나타난 성적 이미지들이 탈진과 소모와 소진의 이미지와 혼융되는 것도 이 때문이다.

> 그 어디 보리밭에 자빠졌다가/눈도 코도 相思夢도 다 없어진후//燒酒와같이 燒酒와같이/나도 또한 나라나서 공중에 푸를리라
>
> −「멈둘레꽃」 중에서

보리밭은 이 시에서도 여전히 罪性의 상징적 공간으로 차용되고 있다. 그 보리밭에의 함몰은 눈과 코와 그 모든 것을 상실하는 죽음으로 이어진다는 것이다. 그러나 그 죽음은 소주처럼 가볍게 공중으로 날아가서 푸른색으로 변하게 된다. 푸른색은 『귀촉도』의 시편에서 주로 생명의 상징적 색채로 쓰이고 있다. 그리고 이 시에서도 푸른색은 죽음 이후의 소생을 의미하는 색채이다. 죽음은 곧 새로운 생명을 가져다주는 제의적 매체가 되고 있다. 이 시에서의 죽음과 생명은 단순히 대립적 관계를 보여주지 않는다. 죽음이 생명으로 완결되는 생명의 원리로 나타나고 있기 때문이다.

타나토스와 에로스가 펼치는 다층적인 의미 생성의 과정에서 서정주의 시가 구가하고 있는 성적 욕망의 원천이 생명욕에 있다. 性은 아름다운 육체의 근원이며, 생명력을 산출하는 에너지원이라고 할 때, 시 「正午의 언덕」은 그 좋은 예증이 된다. 이 시의 창작적 모체는 「雅歌書」이다. 雅歌書는 성경에서 유일하게 육체적인 관능미를 다루고 있는 곳이다. 아가서의 모티프를 패러디한 이 시는 육체의 아름다움을 성적인 이미지로 표현하면서, 생명욕을 강렬한 원시적 상징과 비유로 묘사하고 있다.

---

76) 죠르쥬 바따이유(1997), 앞의 책, p. 113.

보지마라 너 눈물어린 눈으로는…
소란한 哄笑의 正午 天心에
다붙은 내입설의 피묻은 입마춤과
無限 慾望의 그윽한 이戰慄을…

아-어찌 참을 것이냐!
슬픈이는 모다 巴蜀으로 갔어도,
윙윙그리는 불벌의 떼를
꿀과함께 나는 가슴으로 먹었노라.

시약시야 나는 아름답구나

내 살결은 樹皮의 검은빛
黃金 太陽을 머리에 달고

沒藥 麝香의 薰薰한 이꽃자리
내 숫사슴의 춤추며 뛰여 가자

우슴웃는 짐생, 짐생 속으로.

-「正午의 언덕에서」 중에서

　시적 자아는 무한한 욕망을 잠재울 수 없다고 토로하고 있다. 그 욕망의 구사가 상당히 충동적이다. 입맞춤에는 피가 묻어 있고 욕망은 전율에 빠져 있다는 식의 촉각과 시각의 공감각적 심상을 통해 우리는 극도로 흥분되어 있는 시적 자아의 내면 풍경을 보게 된다. 이러한 무절제한 충동은 시적 자아의 심정을 직설적으로 토로하고 있는 "아-어찌 참을 것이냐!"에서 잘 드러난다. 이는 욕망이 과포화 상태에 이르렀음을 말해 준다. 이러한 과포화 상태는 파행적 국면을 야기한다. 욕망이 무한하다는 것은 극한의 파괴를 예기하는 것이다. 이러한 극한의 파괴는 입맞춤과 피의 결합으로 드러나고 있다. 피는 죽음을 환기한다.
　이렇게 성과 죽음이 중층화됨으로써 이 시는 「雄鷄」와 같은 맥락에 놓이게 된다. 죽음의 심상이 드리운 성적 행위는 생명 회복을 위한 제의적 상황을 파생시키게 된다. 즉 성적 욕망의 기표 '입맞춤'이 '피'라는 매개체에 의해 죽음/생명의 기의를 드러내게 된 것이다. 이는 입맞춤이라는 성적 행위가 희생적 죽음으로 변용된 결과이다.

따라서, 이 시의 관능적 열정은 생명욕의 기표화가 된다. 이 시에서 '巴蜀'은 그 방향성이 멸망과 죽음으로 향해 있다. 결과적으로, 파촉으로 간 '슬픈이'들과 대비적 자리에 위치한 시적 자아는 기쁜 이가 된다. 시적 자아의 기쁨은 삶과 생명의 충일에서 비롯된다. 들끓는 정열을 비유한 불벌의 떼를 꿀과 함께 먹었다는 고백이나, 검은빛 살결과 황금 태양의 조합, 원초적 환상성을 환기하는 몰약이나 사향과 훈훈한 꽃자리가 연출하는 환각적 분위기, 그리고 그런 공간을 숫사슴처럼 춤추며 뛰어 가자고 하는 선동적 어조는 생명력의 분출과 다르지 않다. 시적 호흡에 가속도가 붙게 되는 것도 남성적이고 충동적인 어조 때문이다. 그리고, '전율' '윙윙그리는 불벌떼' '황금 태양' '춤추며 뛰여가는 숫사슴' '짐생 속으로' 등의 역동적 심상도 그에 한몫을 한다. 특히 숫사슴은 남성적인 성애의 이미지를 구현하는 동물로서[77], 성적 분위기를 주도하는 시적 요체가 되고 있다. 하지만, 이러한 관능적 심상은 충일한 생명력의 구사라는 점이 중요하다.

시적 자아는 몸을 위장하고 있는 것을 모두 벌거벗고 동물의 상태로 돌아가고자 한다. '내 살결은 樹皮의 검은빛'은 원초적 육체성의 세계를 함축한다. 그리고 이 세계는 '시악시야 나는 아름답구나'라는 자기 도취의 국면을 창출하기에 이른다. 에로스를 억압하는 금기는 육체성을 추한 것으로 폄하시키지만, 시적 자아는 에로스의 자유로운 표출이 얼마나 육체를 아름답게 만드는가를 力說하고 있는 것이다. 그의 시에서 성은 육체의 아름다움이다. 그리고 육체의 아름다움은 생명력이다. 따라서, 충동적, 도전적, 선동적인 이미지에서 파생된 야수성은 생명력을 추구하는 그 열망의 강도를 말해 주는 것이다.

---

77) Nothrop Frye, *Seculer Scripture*, Havard Univ Press, 1976. pp. 104-105.

이러한 각도에서, 「문둥이」는 새로운 해석적 지평을 열게 된다. 이 시는 성적 욕망이 생명욕의 연장선상에 놓여 있음을 명료하게 드러낸다.

해와 하늘 빛이
문둥이는 서러워

보리밭에 다 뜨면
애기 하나 먹고

꽃처럼 붉은 우름을 밤새 우렀다

'문둥이'는 예속과 천형과 죽음을 함축하는 복합적 인물이다. 그의 육체는 파편화되고 해체되고 썩기까지 하여, 결국에는 생명 상실을 상징하게 된다. 그렇기 때문에 그는 "보리밭에 달 뜨면/애기 하나 먹"(문둥이)어야 하는 야수성을 드러내게 된다. 野獸性은 공격성을 내포하는 것이다. 天刑은 죄의식을 일으키고, 그것은 위반을 자행하게 한다. 여기서 죄는 생명 상실의 기표이다. 그렇다면, 애기는 문둥이의 생명을 회복하게 하는 희생 제물이 된다. 생명을 희생하여 생명을 취하는 것은 위반이다. 따라서, 이 시의 카니발적 행위는 살인이 아니라, 왕성한 생명욕의 반어적 표출이다.

그런데, '달밤'과 '붉은 울음'을 배경으로 하여 식인육적 행위는 관능성을 환기하게 된다. 그것은 원색적 살기성을 동반한다. 생명이 성적 욕망과 겹쳐지게 되는 것도 이 때문이다. 이렇게 문둥이의 생명욕 속에는 저항의 몸짓이 내재해 있는 것이다. 즉 생명욕 자체가 위반을 의미하는 것이다. 따라서, 서정주의 시에서 에로틱한 절정의 순간 강렬하게 일어나는 타나토스의 충동은 새롭게 조명되어야 한다. 서정주의 에로스적 소재가 유난히 타나토스와 중첩되는 것은 성이 제의의 기제로 쓰이고 있기 때문이다. 위반은 생명력에 대한 역설적 회구가 되는 셈이다.

서정주의 시에는 외부 세계가 자아를 억압하면 할수록 리비도는 더 격렬하게 분출되고, 그 욕망의 실패에 비례하여 죄의식은 상승하는 양상을 보인다. 이로 인하여, 성적 욕망과 원죄 의식은 서로에게 상승적 작용을 하게 된다. 그러나, 서정주의 시에서 두 가지는 모두 생명욕의 연장선에 있다는 점을 간과해서는 안 된다. 성적 욕망이 상실과 불완전의 징표인 실낙원적 자기 존재에 대한 이탈 심리에서 나온 생명욕이라면, 원죄 의식은 금기의 징벌에 속하는 죽음에의 불안 심리가 낳은 생명욕이다. 첫 번째 양상(규범에의 반항)의 시편들이 전자에 해당하는 생명욕으로서 육체적 욕망을 단선적으로 표출하고 있다면, 반면 두 번째 양상(제의의 기제)의 시편들은 육체적 욕망이 실패한 데서 온 죽음의 불안을 극복하기 위해 더 강도 높게 위반을 가함으로써 생명욕을 역설적으로 표출하고 있는 것이다.

나. '매음녀'의 불결성과 '마리아'의 모독

오장환의 시에서 문명은 실낙원의 상징이다. 도시나 문명은 유혹과 타락의 이중적 속성을 지니고 있다. 문명의 그러한 양면적 의미를 생성하는 소재가 바로 性이다. 그리고, 그 성으로 타락하고 몰락해 가는 현실을 시인은 실낙원적 공간으로 수용하고 있다. 이러한 실낙원적 인식 속에는 금기가 강하게 작용하게 마련이다. 도시 문명의 타락이 성에 의한 것이라면, 성은 자연스럽게 금기의 기호가 된다.

따라서, 도시 문명이 타나토스의 상황에 처한 것은 성의 금기를 어긴 대가라고 해석할 수 있다. 성의 금기를 깬 향락과 환락의 육체는 죽음으로 그 종말을 맞게 된다. 실낙원은 생명 상실을 명시하는 국면이기 때문이다. 이렇게 실낙원이 성의 타락을 상징하게 됨으로써, 생명 상실은 자연스럽게 불결함과 세속성의 지표를 함축하게 되는 것이다. 이는 곧 신성함과 순결함이 생명의 징표가 되고 있음을 고지한다. 결국, 오장환에게 죽음의 극복은 순결하고 성스러운 신성성의 회복을 의미하게 된다.

첫 번째 양상을 보이는 시편들에서 시적 자아는 그러한 실낙원적 현
실에 스스로 함몰함으로써 반항아적 모습을 보이고 있다. 그러나, 그
반항이 극단화되는 지점에서 육체는 타락하게 되고 죄의식이 부상하게
된다. 반항은 금기로부터 완전히 자유로울 수 없는 것이 특징이다. 그
증거가 죄의식이다. 죄의식은 죽음에 대한 불안감을 노출시킨다. 관능성
와 살기성의 양면적 이미지는 그러한 죄의식의 투영이라고 보인다. 살
기성이 관능성으로 융해되어 들어가면서, 죽음에의 불안은 오히려 더 상
승하게 된다.

> 빨간 손톱을 날카로이 숨겨두는 손,
> 코카인과 한숨을 즐기어 상습하는 썩은 살뎅이
>
> (중략)
>
> 바람이 끈적끈적한 妖氣의 저녁,
> 너는 바다 변두리를 돌어가 보라.
> 오 이럴 때이면 이빨이 무딘 찔레나무도
> 아스러지게 나를 찍어누르려 하지 않더냐
>
> -「海獸」 중에서

이 시에서 여성의 관능성은 동시에 '썩은 살뎅이'에서 보이듯 죽음을
환기시키고 있다. 타락을 뒤에 감추고 있는 문명은 '빨간 손톱'과 '妖
氣'의 매혹성으로 포장되어 있다. 따라서 타락한 문명은 유혹 속에 공
격성을 숨기고 있는 셈이다. 이처럼 문명은 아름다움과 살기성의 양면
적 심상을 지니게 된다. '빨간 손톱' '妖氣' '찔레나무'가 그 외형적 아
름다움이라면, 그 속성은 '날카로이' '이빨' '찍어누르려'에서 잘 드러나
있다. 그래서 손톱의 아름다운 색채가 날카로운 공격성으로, 찔레나무의
무딘 이빨이 살기성으로 느껴지는 것이다. 이러한 아름다움과 죽음의
양면적 속성의 중층적인 구조 속에서 에로스보다 타나토스의 농도가 더
강하게 나타난다. 시적 자아를 유혹하는 타자는 동시에 자기를 죽일지

도 모르는 공격적 대상이 되는 것이다. 이것은 시적 자아의 심리적 영
상이다. 즉 성적 타락에 따른 죽음에의 불안이 투영된 결과라 할 수 있
다. 죽음에의 불안 심리는 반항의 강도에 비례하는 것이다.

죽음에의 불안감은 죄의식의 한 현상이다. 그리고, 죄의식은 언제나
갈등을 동반하게 마련이다. 오장환의 시에서는 '카인'이 그 갈등의 요체
로 투사되고 있다. '카인'은 죄의 원형적 인물이며, 시적 자아의 자아상
이기도 하다. 이것은 자기 정체성을 간접적으로 시인하는 것이다. 이 카
인을 겨냥한 울음에서 시적 자아의 죄의식이 명료하게 드러나게 된다.

　　　나는 이곳에서 카인을 만나면
　　　목놓아 울리라.

-「The Last Train」 중에서

여기서 울음은 자기의 시조이며 원류인 카인에 대한 원망이 섞인 울
음이다. 이는 죄성이 자기 실존적 기반임을 인정하는 것으로, 자기의
실존을 완강히 거부하고 싶은 부정적 자아의 내면 풍경을 잘 그려주고
있다. 즉 자기 존재 기반을 벗어날 수 없는 딜레마적 인물을 형상화한
것이다. 이러한 각도에서 보면, 시적 자아는 유전에 따른 희생자일
뿐이다.

이제, 이러한 죄의식은 속죄 의식을 유도하기에 이른다. 그런데, 속죄
의식이 형성되는 바로 그 지점 가까이에서 갈등은 더 극단화되기에 이
른다. 속죄 제의가 바로 그 변화의 기점이다. 포물선으로 따지면 하강
과 상승이 맞물려 있는 꼭지점에 해당한다. 에로티시즘에서 포물선의
꼭지점은 에로스와 타나토스가 팽팽하게 대립하는 접점의 의미 지대이
며, 반항과 죄의식이 제일 첨예해지는 순간이다. 따라서 그 시점에서
갈등은 최고조의 절정을 이루게 된다.

「不吉한 노래」는 그 갈등의 정도와 형태를 아주 생생하게 전달하고
있는 텍스트로서, 딜레마에 빠진 죄인의 마지막 몸부림을 잘 묘파하고

있다. 독기로 가득 차 있는 시적 자아의 태도는 자학적이기조차 하다.
이것은 죄성을 사이에 둔 '당신'과 '나' 사이의 팽팽한 줄다리기를 통해
잘 드러난다. 이는 또한 '당신'과 '내'가 공유하던 죄의 거부와 죄의 인
정 사이의 갈등이다. 이 시가 처음부터 끝까지 '이다'의 긍정과 '아니
다'의 부정 혹은 의심의 반복 구조로 전개되면서, 자기 환멸과 죄의식
이 무질서하게 교차하는 것도 그러한 갈등에 기인하고 있다.

> 나요 오장환이요. 나의 곁을 스치는 것은, 그대가 아니요. 검은 먹
> 구렁이요. 당신이요.
> 외양조차 날 닮았드면 얼마나 기쁘고 또한 신용하리요.
> 이야기를 들리요. 이야길 들리요.
> 비명조차 숨기는 이는 그대요. 그대의 동족뿐이요.
> 그대의 피는 거멓다지요. 붉지를 않고 거멓다지요.
> 음부 마리아 모양. 집시의 계집애 모양
>
> 당신이요. 충충한 아구리에 까만 열매를 물고 이브의 뒤를 따른 것
> 은 그대 사탄이요.
> 차디찬 몸으로 날 친친이 감아주시오. 나요. 카인의 末裔요.
> 병든 시인이요. 罰이요, 아버지도 어머니도 능금을 따먹고 날 낳었소
>
> 기생충이요, 추억이요, 독한 버섯들이요.
> 다릿한 꿈이요. 번뇌요, 아름다운 뉘우침이요.
> 손발조차 가는 몸에 숨기고, 내 뒤를 쫓는 것은 그대 아니요. 두엄
> 자리에 半死한 占星師, 나의 예감이요, 당신이요
>
> 견딜 수 없는 것은 낼룽대는 혓바닥이요. 서릿발 같은 면도날이요.

-「不吉한 노래」 중에서

'날 친친이 감아주시오'에서처럼, 사탄은 시적 자아에게 일체감을 유
발시키는 대상이다. 또한 사탄은 당신이지만 나의 내면이기도 하다. "손
발조차 가는 몸에 숨기고, 내 뒤를 쫓는 것은 그대 아니요. 두엄자리에

半死한 占星師, 나의 예감이요, 당신이요”가 이를 잘 드러내고 있다. 내 뒤를 쫓아오는 사탄은 나의 예감이라는 말은 곧 나의 무의식을 드러내 준다. 이때 당신은 시적 자아의 부정적인 그림자에 해당한다. 시적 자아가 처한 딜레마적 상황은 “견딜 수 없는 것은 낼룽대는 헛바닥이요 서릿발 같은 면도날이요”에서 그 실체를 알 수 있다. 여기에서 견딜 수 없이 시적 자아를 괴롭히는 것은 상반된 두 가지이다. 즉 ‘낼룽대는 헛바닥’의 유혹성과 ‘서릿발 같은 면도날’의 불안감이 그것이다. 동격의 의미를 지니는 유혹과 죽음은 매혹적이면서도 위협적이다. 그러한 숙명적 현실이 나를 갈등하게 한다. 이 갈등은 죄의식을 떨쳐버릴 수 없기 때문에 오는 것이다.

그러나, 이 시를 면밀히 관찰해 보면, 시적 자아는 처음부터 카인이나 뱀과 아예 동일시되어 있다. 카인은 ‘나’와 객관적인 거리를 전혀 확보하고 있지 않다. 그래서 시적 자아는 갈등하는 것이다. 그의 반항은 이미 위반에 이르고 있다. 1연의 ‘음부 마리아’가 그 예증이다. 가장 신성한 대상인 마리아를 가장 천한 존재로 하락시키는 것은 가장 강력한 죄성의 발현이다. 시적 자아의 존재적 기반이 ‘카인의 후예’라면, 그는 단지 원죄의 희생자가 될 뿐이다. 그러나, 시적 자아가 ‘카인’을 의도적으로 선택하게 되면, 그는 죄인이 되는 것이다. 2연의 ‘차디찬 몸으로 친친이 날 감어주시요’라고 하는 ‘사탄’을 향한 제의에서 그러한 위반의 기미가 엿보인다. 따라서 ‘나’는 의도적인 악을 저지르는 위반의 주체가 된다. 이 시를 통하여 죄의식은 속죄 의식을 불거져 나오게 하는 동기가 되며 제의를 형성하는 계기가 되고 있음을 알 수 있다.

흥미로운 사실은, 이 의도적인 악 속에 속죄 의식이 내포되어 있다는 점이다. 서정주에게서와 같이, 오장환의 속죄 의식도 단선적이지 않다. 이미 이 시의 ‘음부 마리아’에서 그 단초를 찾을 수 있는 것처럼, 생명의 징표인 신성성을 격하시키는 모독의 원리를 통하여 생명을 회복하려고 하기 때문이다.

어떻게 위악적인 죄성이 속죄 행위로 수렴될 수 있는가. 이는 속죄하고자 하는 욕망이 죄를 극대화시키는 역설적 논리 속에서만 가능한 일이다. 이처럼, 속죄 의식과 위반 행위가 겹쳐지게 되면 죄는 더 이상 죄일 수 없다. 속죄 의식을 동반한 위반 행위는 神性이나 영원성에 대한 강한 욕망의 또 다른 표출일 뿐이다. 실제로, 서정주와 오장환의 시에서는 죄를 의식하면서도 죄성에 극단적으로 함몰하는 경향을 우세하게 보인다. 그럼에도 불구하고, 죄악이 최고조로 극단화되는 지점은 그 죄가 속죄의 국면으로 접어들 수 있는 방향전환의 조짐을 예고하고 있다는 것이 특징이다. 이는 죄와 속죄는 하나의 짝이 되어 죄는 속죄를, 속죄는 죄를 전제하기 때문이다.[78] 그래서 죽음은 위반적 행위이며, 위반은 신성성의 체험이며, 신성성의 체험은 영속성을 보장하는 연속적 세계로의 진입이기도 한 것이다.

위악성은 신성함에 대한 역설적 추구이다. 왜냐하면, 야수적 행위는 약한자의 편에서는 범죄적이나, 신의 쪽에서는 보다 모독적인 것이 되기 때문이다.[79] 이러한 위악적 태도는 죄를 죄로 인식해야만 가능한 일이다. 죄의식은 때로 죄를 인식하기 이전보다 더 반항적이고 극단적인 행동을 자극할 수도 있다. 이렇게 위반적 국면을 강하게 보여주는 시에서는 아주 위험스럽고 과격한 시적 설정이 행해진다. 그러나 죄의식을 원류로 한 위반은 그 기저에 속죄 의식을 잠재하고 있는 것이다. 그래서, 의도적인 악의 속성을 띠는 위악성은 악과 선을 같은 것으로 융해시켜 버린다. 이로써, 악과 선은 동일한 가치를 산출하게 된다. 오장환의 시에서 선/악의 의미짝이 순결함/불결함으로 치환되고 있는 것도 이 때문이다.

이러한 모순적이고도 양가적인 태도가 나오게 된 배경은 「마리아」를 통해 확인할 수 있다. 마리아는 "음부 마리아 모양, 집시의 계집애 모

---

78) Frederick J. Hoffman, 앞의 책, p. 5.
　　불멸성의 보장이 종종 죄를 더 생생하게 만든다. 우리는 절망에서가 아니라 은총을 구하려는 기대에서 죄를 짓는다. 그것은 또한 죄의 질에 영향을 미친다. 그리고 어떤 사건에서든 범죄와 속죄 둘 다를 더욱 특정하고 구체적이며 생생한 행동으로 만든다.
79) 가스통 바슐라르, 『로트레아몽』, 청하, 1992. p. 65.

양"(不吉의 노래)에서처럼 타락의 인물로 묘사되고 있다. 매음녀라는 인물은 그 자체만으로도 충분히 관능성을 지니는 데다가, 성스러운 마리아와 결합되고 있는 「마리아」라는 시에 오면 위반은 자기 모습을 확실하게 드러내기 시작한다. 이러한 발상법의 전신으로는 이상화의 「나의 침실로」를 들 수 있다. 하지만 이상화의 경우, 마돈나라는 聖女의 인물을 단지 관능화시키는 데 그쳤다면, 오장환의 경우는 마리아를 매음녀와 중첩시키고 있다는 점에서 보다 과감하고도 파격적인 시도라고 보인다.

성적 타락을 극명하게 제시할 수 있는 대상은 여자이고, 동정녀이다. 그것은 여성의 상징인 꽃의 존재 근거인 꽃밭을 왜 타락의 공간으로 변질시키는가 하는 이유에 대한 해답도 될 것이다. 오장환의 시에서 꽃은 여성, 특히 마리아의 순결한 몸을 함축하는 상징물이다. 퇴폐성과 불결성은 그들이 내재한 순결성과 대조를 이룸으로써 상대적으로 더 극명해지게 되는 것이다.

마리아의 순결한 몸과 매음녀의 불결한 몸이 겹쳐지면서 관능성은 퇴폐적 속성을 동반하고, 그러면서 시 세계는 점차 타락의 극점에 이르게 된다. 순결한 마리아를 매음녀로 하락시키는 것보다 더한 성스러운 것에의 모독이 있을 수 있을까. 이것만큼 원색적 관능성을 유발하는 상상력도 없을 것이다. 여기서 모독은 위반이다.

> 탱자나무 울타리 안에 있는 별장에는 노란 꽃송이가 망울 때에서부터 푸른 열매가 커질 때까지 素服한 마리아, 마리아는 노상 침상에 누워 있었다. 누정하고나. 쓸쓸한 하로하로, 그의 화장은 아모도 보는 사람이 없다.
>
> (중략)
>
> 바람 한점 불지 않건만 뒤란의 오동잎은 한 잎, 한 잎, 힘없이 떨어진다. 마리아는 조용헌 툇마루에 藤의자를 내어다 놓고 오라지 않어 생산하려는 어린아이의 토테보선에 수를 놓는다.
>
> (중략)
>
> 이곳과는 멀리 급행차가 하로에도 오륙차 쉬고 가는 정거장 앞에 가널핀 마리아 어디로 갔는지도 모르는 나어린 마리아가 다시 슬픈

사치의 길로 돌아오기를 그의 동무, 여러 동무들은 나즉한 이층 밑에
서 밤마다 손님과 노래 부르며 기다리었다.

-「마리아」 중에서

더군다나, 마리아는 잉태한 몸이다. 그의 시에서 불임의 몸으로 제시
되고 있는 매음녀를 잉태시킨 것은 위반의 극한선을 넘는 것이다. 이처
럼 향락으로 인한 잉태는 긍정적인 생명의 지표가 될 수 없다. 이것은
타락과 불결의 잉태를 의미한다. 따라서, 그 잉태는 오히려 생명 상실
을 의미하게 된다. 그러한 죽음의 심상은 마리아가 '素服'하고 노상 침
대에 누워있다는 묘사 속에 내포되어 있다. 신성한 잉태를 불결하게 만
들고 있는 것은 생명에 대한 모독으로써 생명을 희구하는 위반 행위가
된다.

그러나, 우리는 이러한 상상력의 기저에 깔려 있는 시인의 의식을 놓
쳐선 안 될 것이다. 이러한 극단적이고 모독적인 시적 발상은, 신성성
을 갈망하나 그것을 실현할 수 없는 현실에 대한 불만족스러움을 반증
적으로 표현하고 있다는 점이 중요하다. 오장환이 본질적으로 추구하는
세계는 성스러움, 순결, 생명의 에로스이지만, 문명에 대한 부정적 해석
이 거기에 가미됨에 따라 역으로 타락과 퇴폐라는 속스러움을 더 선호
하는 경향이 되어버린다.

그렇지만 이러한 태도는 성스러움에 대한 반감이 아니라, 성스러움에
대한 갈망이 역설적으로 투사된 경우이다. 이는 결코 세속과 신성의 등
치나 병치로 이해되어선 안 된다. 세속성과 신성성이 그만큼 멀다는 기
본적인 인식이 깔려있는 것이다. 여기서, 불결은 죽음의 징표를, 그리고
순결은 생명의 징표를 지니고 있음이 분명하다. 그래서 그는 매음녀를
마리아와 중첩시킴으로써 불결과 순결을 하나로 융해시켜 버리는 의도
적인 악을 저지르는 것이다. 이를 통하여 시인이 원하는 현실은 에로스
의 진정성에 있음을 알 수 있다. 그 진정성이란 신성성을 통하여 획득
할 수 있는 것이다.

이렇게 신성성을 회복할 수 없는 상황에서는 그것을 모독함으로써만 그 세계를 맛볼 수 있다. 이는 결핍 심리에서 유발된 비유적인 보상 심리라고 보인다. 낯설고 파격적인 내용을 대입시켜 지금 여기의 현실을 풀어가는 것은 현실을 의문의 대상으로 돌리는 것이다. 현실을 의심스러운 대상으로 변형시키는 이면에는 현실을 벗어나고 싶은 심리가 작용하고 있는 것이다. 다른 세계에 대한 희구는 종종 현실을 낯선 것으로 왜곡시켜 대상화하게 한다. 그 왜곡된 자리에 결핍의 내용이 들어 있는 것이다. 그리고 이렇게 결핍의 내용을 상기시킴으로써 작가는 새로운 세계에 대한 비전을 제시하게 되는 것이다. 시적 자아가 희구하는 그 세계는 신성성과 생명이 있는 곳이다. 이러한 해석의 근거는 그의 위반적, 위악적 행위가 토로나 한탄의 어조 속에서 전개되고 있다는 데서 찾을 수 있다.

여기서 한 가지 중요한 점은, 마리아와 매음녀가 지닌 聖俗의 의미가 몸이라는 장소에 새겨진 기호라는 점이다. 성스러움과 속된 것의 차이를 몸을 통해 설정한 의식 속에는 聖俗이 곧 생명과 죽음의 기호와 등가적으로 쓰이고 있음을 말해주는 것이다.

이렇게 죽음의 기호인 불결함을 벗어나 생(성스러움)을 회복시키려는 열망은 속죄 제의로 귀착하게 된다. 본질적으로 오장환은 몸을 부정한 것으로 보고 있다. 부정한 몸은 정화를 거쳐야 속죄를 이룰 수 있다. 이러한 정화와 속죄의 의식은 다음의 시가 압축적으로 재현하고 있다.

> 싸늘한 祭壇이로다
> 젖은 풀잎이로다
> 해가 天明에 다다렀을 때
> 뉘 회한의 한숨을 들이키느뇨
>
> 김승들의 울음이노라
> 잠결에서야
> 저도 모르게 느끼는 울음이노라

반추하는 위장과 같이
질긴 풍습이 있어
내 이 한밤을 잠들지 못하였노라

석유불을 마시라
등잔 아울러 생켜버리라
미사 종소리
보슬비 모양 허트러진다

죄그만 어둠을 터는 수탉의 날개
싸느란 제단이로다
기온이 얕은 풀섶이로다

언제나 쇠창살 밖으론
떠가는 구름이 있어
野獸들의 회상과 함께 자유롭도다

-「싸느란 花壇」 중에서

이 시가 속죄 제의적 성격을 지니고 있음은 1연에서의 '祭壇'에 암시되어 있다. 그리고, '회한의 한숨' '김승들의 울음' '野獸들의 회상'의 구절들을 통하여 제의적 문맥이 더 확실해지고 있다. 특히 '天明'에 다다른 회한은 이것이 속죄 제의임을 확연히 보여주는 것이다. 하늘은 '환하게 밝히다'를 의미하는 '明'과 결합됨으로써 죄를 각성시키는 대상이 되고 있다. 이러한 자기 반성적 성찰은 '불'의 속성과 접맥됨으로써 속죄 의식을 강하게 표명하게 된다.

불은 정화의 속성을 지닌다. 淨化의 이미지는 석유불과 등잔에 투영되어 있다. 그것을 마시고 삼켜버림으로써 수탉은 어둠을 털고 깨끗한 몸으로 소생하는 것이다. 마시고 삼킨다는 행위는 상당히 본격적인 태도이다. 이렇게 정화의 의지가 강력한 것은 무엇때문일까. 그 이유는 모든 것을 씻어내고 싶어도 자꾸 방해가 되는 '질긴 풍습' 때문이다. 관성의 법칙에 따라 자꾸 죄를 저지르는 옛습성을 과감히 벗어버리려는 속죄 의식의 강렬한 노출인 셈이다.

그런데, 자기 죄를 뉘우치고 있는 '김숭'과 속죄를 위한 희생 제물인 '수탉', 그리고 '野獸'는 등가적인 존재임을 알 수 있다. 이 수탉이 어둠을 터는 것은 불의 정화를 통해서이다. 따라서, 어둠은 무거움, 구속, 죄, 생명 상실의 기표이다. 그리고, 밝음은 가벼워짐, 자유, 속죄, 생명 회복의 기표이다. 이러한 의미망은 '쇠창살'을 중심축으로 하여 도출되고 있다. '쇠창살'은 '떠가는 구름'과 대비를 이룸으로써 구속/자유, 죄/속죄의 의미짝을 구성하게 되는 것이다. "쇠창살을 붙들고 우는 계집아"(海獸)에서도 타락한 계집은 쇠창살에 갇혀 있다. 이렇듯 타락은 예속의 상징으로 쓰이고 있다. 이는 실낙원적 발상이다.

오장환의 시에서 꽃밭(花壇)은 타락의 상징적 공간으로 쓰이고 있다. 불결함과 죄성으로서의 꽃의 심상은 오장환의 초기 시에서 주요한 상징적 기능을 하고 있다. 즉 꽃은 금기를 어긴 문명의 타락을 상징한다.

> 꽃밭은 번창하였다. 날로 날로 거미집들은 술막처럼 번지었다. 꽃밭을 허황하게 만드는 문명. 거미줄은 새어나가는 향그러운 바람결. 바람결은 머리카락처럼 간지러워……부끄럼을 갓 배운 시악시는 젖통이가 능금처럼 익는다.
>
> —「花園」 중에서

꽃밭은 문명에 의해 죄악의 원흉지로 변해가고 있는 공간이다. 꽃의 원관념인 시악시의 젖통이는 죄악의 상징인 능금처럼 익어가고 있는 것이다. 이 시에서 꽃밭은 「싸늘한 花壇」의 시적 배경인 花壇의 前像으로 보인다. 오장환의 시에서 꽃은 매음녀의 육체를 비유하고 있으며, 그러한 꽃의 집단적 이미지가 바로 「싸늘한 花壇」에서 죄의 온상지로 형상화되고 있다. 화단과 화원은 같은 의미를 지닌 시적 표상으로 성스러움의 기호를 완전히 결여하고 있는 도시 문명이 된다. 도시 문명은 그 불결함을 정화하여야 생명의 징표인 신성함을 회복할 수 있다. 한편 꽃은 선/악과 미/추의 역학적 관계를 구도화하고 있다는 점에서, 이브의 양면성을 상징하고 있는 서정주의 '꽃'의 기능과 흡사하다.

「싸늘한 花壇」에서도 꽃은 문명과 매음녀의 상징이 되고 있다. 희생 제물로서의 짐승은 타락한 꽃과 동일한 존재가 된다. 유혹한 자와 유혹에 희생된 자는 타락했다는 점에서 등가적이다. 따라서, 꽃밭에 의해 타락한 짐승은 매음녀와 동일한 존재가 된다. "어두운 해면에 어른거리는 검은 그림자/김승과 같이 추악한 모습"(海獸)에서도 짐승은 타락을 표상하고 있다. 꽃의 식물성은 순결함을 상징하고 있으며, 꽃의 또 다른 속성인 야수성은 불결함과 죽음을 상징하는 것이다. 따라서 수탉의 희생에는 야수성을 정화하여 순결한 꽃의 식물성을 되찾고자 하는 의식이 내재되어 있는 것이다. 오장환의 시에서 동물성은 흔히 금기를 어긴 형벌로 대지에 붙어 무겁게 살아가는 파충류와 같은 존재로 묘사되어 있다. 이것은 꽃의 가벼운 몸과 대조를 이루게 된다. 이 시에서도 수탉이 어둠을 털고 가볍게 날아가는 형상은 꽃의 식물적 비상을 함축하는 것이다.

요컨대, 이 시는 花壇과 祭壇의 대칭적 구도를 통해 구성되어 있다. 그러므로, 꽃밭이 祭壇으로 변형되는 아이러니칼한 시적 장치를 주목해야 한다. 이것은 아름다운 꽃밭이 그 안에 죄성을 가득 품고 있음을 역설적으로 제시하는 것이다. 꽃밭의 외면적인 아름다움 이면의 어둡고 추한 본질을 예리한 시선으로 담아내고 있다. 그 결과 생명성의 상징인 꽃들은 죽음의 대상으로 부각되는 효과를 낳는다. 꽃밭을 죽음의 기호로 작동시키는 시적 근거는 '싸늘한 花壇'과 '젖은 풀잎', 그리고 '기온이 얕은 풀섶'에서 찾을 수 있다. 형용어로 쓰인 '싸늘한' '젖은' '기온이 얕은'은 冷氣의 이미지들이다. 오장환의 초기 시에서 冷氣의 이미지는 죽음을 함축하고 있다. 그가 실낙원으로 화한 도시 문명을 비유하던 육체는 한결같이 차디차고 싸늘한 불임의 몸들이었다. 이러한 맥락으로 볼 때, 이 시에서 花壇은 금기를 어긴 문명의 육체에 대한 비유이다. 그러므로, 이 시에서 花壇과 祭壇은 위반/속죄, 불결/순결의 의미 층위를 조성하는 것이다.

이제 花壇이 왜 온화하게 묘사되지 못하고 싸늘하고 차갑게 묘사되어 있는지를 알 수 있다. 화단은 죽음의 공간이며, 죽음의 원인은 죄성에 있다. 그렇다면, 죄성의 花壇은 이미 祭壇을 함축하고 있는 것이다. 제목의 花壇이 시 도입부에서 갑자기 祭壇으로 전이되는 것도 이 때문이다.

요컨대, 오장환의 속죄 의식은 문명의 타락에서 비롯된 것이다. 그리고 문명은 죽음의 상징이며, 죽음의 대표적인 기호로 제시된 것이 병적 관능성이다. 관능성은 성적인 것으로 생명성의 근원이어야 하는데, 그것이 병들어 있다는 것은 생명이 병들어 있다는 것을 의미한다. 결과적으로, 속죄의 제의는 생명욕의 산물이다. 제의의 에로스적 상상력의 배면에 생명력의 희구가 박동하고 있는 것이다.

2) 유한한 몸의 부정과 영생 희구
―송욱과 전봉건의 경우

50년대의 정신 세계는 죽음과 삶이라는 두 가지의 근원에서 출발하고 있다[80]. 식민지가 정신적인 죽음을 겪어야 했던 시기라면, 전후 시기는 육체의 물리적인 죽음을 직접적으로 체험한 시기이다. 그러나 죽음을 강하게 환기한다는 점에서 두 시기는 일치한다. 전후 시에 나타나는 허무 의식이나 불안감은 죽음에 대한 심리적 공포와 무관하지 않다.

전후 시대의 정신을 집중적으로 형상화하고 있는 송욱과 전봉건의 시에서도 결국 죽음이 어떻게 묘사되고 있으며 죽음에 대응하는 방식들이 어떠한 지가 시 해석의 주요한 관건이 될 것이다. 이는 결국 이 두 시인의 시에서 죽음은 어떠한 재해석의 과정을 거쳐 수용되고 있는가, 죄

---

80) 고은, 앞의 책, p. 22.

성과 신성성의 변증법적 관계를 통하여 죽음을 극복하려는 의지가 보이지 않는 경우에는 죽음이 어떠한 경로를 밟아 극복을 이루게 되는가, 그리고 과연 종교적 의식을 여과하지 않고서 죽음은 인간이 지닌 최고의 한계를 극복할 수 있는가 하는 문제 의식으로 환원될 수 있다.

어떠한 형태로든 영원한 순환적 모델이 죽음 극복의 방식이 될 것이다. 가능한 한 육체적 소멸의 증거를 제거하고서, 그 대안을 제시하는 이러한 상상력은 영원성의 각도에서 모든 삶을 수용하는 태도를 낳는다. 그리고, 송욱과 전봉건의 시에서도 그 초월의 징표는 역설적이게도 죽음으로 수용되고 있다는 점에서 서정주와 오장환의 경우와 동일하다. 죽음이 초월적 세계의 징표가 되면 자연히 육체는 그 소멸의 지표를 제거하게 된다. 제의의 기제화를 통해 에로티시즘은 죽음을 초월하는 방안을 비유적으로 찾았다고 볼 수 있다. 이러한 시편들에서 죽음의 극복은 상징적으로 이루어진다. 그래서 죽음은 생명의 박탈이기보다 도리어 생명 창조의 원동력이라는 의미를 띠게 된다.

이러한 영속성의 모형은 종교적인 성향과 전혀 무관하지 않다. 죽음이 생명과 다르지 않고, 오히려 생명과 강한 친족 관계를 지닌다는 생각은 종교적 의식이 그 기저에 작용하고 있다. 여기서 종교적이라는 말은 인간이 근원적으로 지니고 있는 내적 의식을 일컫는다[81]. 이러한 종교적 힘은 육체적인 힘의 쇠퇴에 반비례하여 강렬해지는 성향을 띠는 것이 특징이다.

내적 의식이란 태어나면서부터 누구나 가지는 본능에서 유발되는 의식이다. 즉 죽음에 직면하는 인간에게 우세해 지는 에로스의 본능같은 것이 대표적인 예이다. 그러한 본능을 통해 인간이 죽음을 삶 속에서 어떻게 수용하고 있는가 하는 태도를 엿볼 수 있다. 따라서, 기독교의 실낙원 의식을 창작적 근간으로 삼고 있는 서정주와 오장환의 경우에도 그들의 시가 종교적이라고 할 수는 있지만 종교라고 얘기해서는 안 된다. 이러한 측면에서, 제의성을 보이는 에로티시즘은 종교적 의식에 그

---

81) 박이문, 『老莊思想』, 문학과 지성사, 1996. pp. 66-67.

뿌리를 깊이 내리고 있는 것이다.

송욱과 전봉건의 시에서 역시 죽음은 생명 회복의 기제로서 사용되고 있다. 즉 죽음이 생명의 영역으로 수용되는 것이다. 이처럼 삶이 죽음과 생명의 순환적이고도 역학적 관계 속에서 전개되는 것은 삶의 본질을 영속성에 두는 것과 마찬가지이다. 삶에 대한 이러한 해석 방식은 재생 제의적 국면을 형성하게 된다. 이들의 제의는 죄의식과 무관하다는 점에서, 생명의 순환과 재생에 관심을 둘 뿐이다. 이것이 서정주와 오장환의 제의가 속죄를 통하여 생명을 보존하려는 것과 변별되는 점이다. 하지만, 두 경우의 제의가 모두 생명성에 대한 강한 집착을 내포하고 있다는 점에서는 일치하게 된다.

송욱의 경우에 죽음은 사회의 혼돈을 상징하는 기호이다. 타나토스가 파괴와 부조화와 균열의 속성을 지닌다는 점을 상기한다면, 혼돈은 죽음을 의미하게 되는 것이다. 따라서, 황폐화된 무질서의 현실을 질서화시키는 것은 곧 생명력의 의미를 부여하는 것이 된다. 제의적 원리를 지녔다는 점에서 카니발리즘은 적절한 기제가 된다. 카니발리즘은 성적 방종을 통해 질서 회복을 상징적으로 시도하는 의식이다. 혼돈의 현실에 더 혼돈을 가함으로써 질서를 획득하려는 역설적 기능을 지니기 때문이다. 그 질서가 생명을 상징한다는 점에서 그것은 에로티시즘의 두 번째 양상의 전형적 모형이 될 수 있다.

한편, 전봉건의 시에서 죽음은 실제적인 육체의 죽음을 재현하는 특징적인 면모를 드러내게 된다. 거세의 순간을 관능적인 이미지와 병치시키거나 중첩시키는 것이 그 방식이다. 생명이라는 반대극과의 교묘한 조합에 의해 죽음의 기호는 생명성에 침식되고 있다. 거세 모티프는 역설적 장치이다. 그래서, 생명과 죽음은 탄력적인 긴장의 관계로 그려지게 된다. 거세가 생명력의 근원이 됨으로써 죽음은 부활과 재생의 모티프로 변형되는 것이다. 이처럼, 性은 죽음을 극복할 수 있는 가장 적극적인 삶의 양식이라 할 수 있다82).

---

82) 장례식 의례에서 性이 생명 상징으로 쓰이고 있다는 사실은 이에 적절한 예증이 될

서정주와 오장환은 죄짓고 불결한 몸을 정화하여 신성함을 획득하기 위하여 제의를 치루고 있다. 이때, 몸은 세속적 위상을 드러낸다. 세속성은 실낙원과 죽음의 징표이다. 따라서, 속죄 제의는 생명성까지 내포하게 된다. 이와 달리, 송욱과 전봉건은 유한한 몸을 영원히 보존하기 위하여 재생의 제의를 치루게 된다. 이들에게 몸은 유한의 위상을 드러내며, 유한성은 죽음의 경계선을 의미한다. 이처럼 송욱과 전봉건의 죽음 의식이 단층적이라면, 서정주와 오장환의 죽음 의식은 다층적이라 할 수 있다. 그 차이는 단지 원죄의 개입 여부에 있다. 그러나, 두 경우는 속죄를 죄로써, 생명을 죽음으로써 극복하려한다는 면에서 동일하다. 반어적이고 위반적이라는 점에서 동질적이라 할 수 있다. 그리고 그 위반성이 에로티시즘을 제의화시키는 토대가 되는 것이다.

송욱과 전봉건의 재생 제의는 죽음을 생명의 한계선으로 인식하는 데서 출발한다. 불멸성이나 영원성에 대한 상상력은 죽음에 대한 두려움에서 벗어나려는 심리가 투영된 것이다. 이들의 제의 속에는 생명이 한 번 죽으면 끝나는 일회적인 것이 아니라, 계속해서 순환하고 영속한다는 믿음이 투사되어 있다. 영원성을 기대하고 믿는 인간은 자신의 일시적인 경험들보다는 영원성을 향해 나아가는 경험에 더 관심을 기울이기 마련이다. 이처럼 극한적 현실의 한계를 영속성의 모형을 제시함으로써 극복하려는 태도는 다분히 종교적이다.

가. '문명'의 살기성에 맞선 성적 카니발

첫 번째 양상에서 다룬 시편들은 전쟁이라는 문명의 규범과 정반대극에 놓인 원시적 자연의 세계를 통해 에로스를 실현하려고 하였다. 춤이나 숲으로 상징되고 있는 그 세계는 생명으로 충만한 원시적 육체성을

것이다.(임재해, 「장례관련 놀이의 반의례적 성격과 성의 생명상징」, 『민속놀이와 민중의식』, 집문당, p. 156)

그대로 간직하고 있는 곳이다. 이러한 육체성의 갈망 속에는 황폐화된 현실에 대해 느끼는 시적 자아의 구속 심리가 그대로 투영되어 있는 것이다. 이러한 구속감에서 유발한 본능이 건강한 육체성의 추구로 나타난 세계가 에로티시즘이다.

이제 이러한 에로스의 회구가 현실에 대한 응전력을 더 확실히 갖추게 되면 카니발로 발전하게 된다. 현실 비판적 견지에서 출발한 에로티시즘이 이러한 상상력의 궤적을 보이는 것은 지극히 자연스러운 현상이다. 전쟁을 겪고 난 뒤의 사회가 노출하는 전형적 특징은 혼돈이다. 그리고, 혼돈은 위기이다. 이러한 위기를 탈출하고자 하는 의식이 역반응적으로 나타난 것이 제의적 에로티즘으로서의 카니발이다. 이 시편들은 이제 반항에서 더 발전된 위반 의식을 드러낸다. 즉 혼돈을 극복하기 위해 그 반대극인 질서로 그 방향을 바로 전환하는 단선적인 태도를 보이기 보다, 혼돈을 혼돈으로 대처함으로써 질서를 꾀하려는 역설적 태도를 보이게 된다.

제의적 상황은 위기나 경계가 극도에 달했을 때 그 위기를 전환적 국면으로 돌리려는 시점에서 출현하게 된다. 송욱의 시에 자주 등장하는 '사이'라는 시어가 이러한 제의적 상황을 역력히 드러내 주고 있다. 이 '사이'라는 말은 경계를 지칭하는 말로서, 어디와 어디 사이에 끼어있는 아노미적 시공간을 뜻한다. 이러한 아노미적인 '사이'성은 주로 삶과 죽음의 경계를 내포하고 있나.

> 하늘이 뚫리다가 땅이 꺼지는/사고 팔고 하는 사이,/(중략)/서슬과 꽃 사이를
>
> —「時體圖」 중에서

하늘/땅, 뚫리다가/꺼지는, 사고/팔고, 꽃/서슬의 의미짝은 현실의 '사이'적 상태를 명료하게 보여주고 있다. '하늘' '뚫리다' '사고' 등의 의미소는 '꽃'에 와서 생명을 응축하게 되고, '땅' '꺼지는' '팔고' 등의

의미소는 '서슬'에 와서 죽음을 응축하게 된다. 그런데 생명과 죽음은 '사이'에 위치해 있다. 즉 '사이'는 생명과 죽음의 경계를 와해시키는 공간적 기능을 하는 것이다. 따라서 '사이'는 삶이 죽음에 노출되어 있는 혼돈과 위기의 상황에 대한 상징이다. 다음 시에서도 생명이나 삶은 죽음과 확실하게 구별되는 경계 지표를 지니고 있지 않다.

> 아닌 것과 아닌 것 그 사이에서,/줄타기하듯 矛盾이 꿈틀대는/뱀을 밟고 섰다./눈 앞에서 또렷한 아기가 웃고,/뒤통수가 온통 피 먹은 白丁이라,/아우성치는 子宮에서 씨가 웃으면/亡種이 펼쳐 가는 萬物相이여! (하여지향 1)

> 목숨도 죽음도 아닌/頭痛과 腹痛사일 오락가락하면서 (하여지향 2)

> 통곡과 <아멘>과 술잔 사이서 (하여지향 6)

> 밝은 듯 어두운 그대 사이어! (하여지향 6)

> 산송장과 송장 사이 (하여지향 7)

> 콧등이 이승/발가락이 저승/天堂과 地獄 사일/秒針이 어지럽게 흔들릴 때에, (해인연가 10)

시적 공간은 오로지 혼돈으로 착색되어 있다. 그래서, 모든 인물과 사물들이 무질서하게 배열되고 있다. 모순되는 것들이 나란히 양립되어 있는 기이한 상황이 연출되는 것이다. 현실은 밝음/어둠, 사랑/미움, 아기(생명)/백정(죽음), 자궁의 씨/亡種, 목숨/죽음, 아멘(聖)/술잔(俗), 산송장/송장, 이승/저승, 천당/지옥 등의 '사이'에서 딜레마를 겪고 있다. 죽음도 아니고 생명도 아닌 카오스적 시공간에서 사회를 지탱해 주던 질서들이 와해되기에 이르면 사회는 혼돈과 혼란을 겪게 된다. 이는 곧 죽음과 맞먹는 상황이라고 할 수 있다. 열거된 의미짝들은 생명과 죽음의 의미 층위로 환원되는 문제들이다. 즉 '사이'를 발생시키는 혼돈은 생명 상실을 의미하게 된다.

그런데, 송욱의 시에서 지배적 심상인 '사이'성은 시적 자아가 대면하고 있는 세계에 대한 리얼리티적 반영이다. 아울러 이러한 '사이'성은 현실에 대응하는 시적 자아의 한 방식이기도 하다. 이러한 대응 방식에서 제의적 징후를 발견할 수 있다. '사이'라는 경계의 양극에 불투명하게 걸쳐져 있는 혼돈의 상황은 제의적 문맥을 형성하기에 적절한 조건이다. 특히, 이 시는 혼돈에 처해 있는 현실을 더 확실한 혼돈의 상황으로 몰고 가고 있다. 이러한 태도를 통해 제의 의식이 노출되는 것이다.

원래 혼돈과 위기는 停滯性의 상태이다. 그런데, 혼돈과 위기가 제의의 문맥 속으로 영입되면 위기는 變化의 기미를 보이기 시작한다. '사이'를 중심축으로 양극에 위치한 대립짝은 긴장감을 일으키게 되고, 제의적인 '사이'성은 상승과 하강의 두 극이 만나는 접점인 포물선의 꼭지점에서 팽팽하게 맞서게 된다. 이러한 구도 속에 위치한 '사이'성은 혼돈을 질서로, 위기를 안정으로 전환시키게 된다. 혼돈과 위기는 부정적 자질이지만 제의 속에서는 긍정적 의미 자질로 완전히 탈바꿈하게 된다. 즉 그것은 삶의 원동력으로서 그 기능을 변질시키게 되는 것이다. '사이'성의 혼돈이 제의의 기제가 되면서 오히려 새로운 세계로의 지향을 위한 충분 조건이 되는 것이다.

특히, 송욱의 시는 카니발의 한 장치로써 성적 방종을 빈번하게 사용하고 있다. 농경 사회에서 성적인 방종은 다가오는 풍성한 추수를 위한 주술적인 행위의 일종이다. 그러나 그 속에서 모든 형상을 마구 용해시켜 버리려는, 다시 말해 창조 이전의 카오스를 재현하려는 경향의 흔적을 찾아볼 수 있다.[83] 따라서, 제의에서 행하는 문란한 성적 방종은 그에 비례하여 질서와 생명에 대한 역설적 희구를 표현하는 것이다. 성적 방종에 집중하고 있는 카니발은 강한 생명욕을 암시하는 것이다. 이것은 위반이다. 그래서, 그것은 일탈과 위반을 야기시키게 되고, 일상의

---

83) 엘리아데, 정진홍 역, 『우주와 역사』, 현대사상사, 1976, p. 102.

가치를 전도시키게 된다. 에로티시즘이 일탈성이나 가치 전도로서의 주요한 기능을 지니고 있는 것은 서정주와 오장환의 시에서도 이미 그 단초를 보인 바 있다.

　　아아 自由여! 自由여!/肉感的일 수도 있는 그대여!/(중략)/世上은/陸上/海上/腹上死- (하여지향 11)

　　암만해도 작은 시민들이어!/居間 같은 酌婦 같은 中庸이라 (하여지향 2)

　　强姦 姦通 輪姦하는 사람 사이를/鐘路를 물결처럼/<自然>이 啞然하게 밟고 오소서./아아 사랑이여 修羅場이여!/할렐루야 할렐루야. (하여지향 5)

　　賣淫 手淫하다/超脫 脫臼하다/少女를 꿈꾸다가,/아아 새로운 不平은 해묵은 不穩!/皮相을 對自를 愛撫하다/實相에 卽自를 射精한다. (해인연가 9)

　　슬기로운 無花果나뭇 잎/치마를 벗고,/하늘이 물구나무/선 땅이라,/銀河가 흐르는 넓적다리며,/骨髓에서 솟아 오는/붉은 太陽이여! 부끄럼이여! (하여지향 2)

　　노란 저고리/다홍치마가/머리 위서 굿을/生殖器처럼 해서 깨면/(중략)/세계가 뒤볼 땐/肉體가 뒤집히어/실밥이 난 靈魂이며 (하여지향 9)

　　카니발리즘은 억압된 본능의 분출로서, 성적 방종과 체제 전복적 행위들이 주축을 이루는 축제이다. 이런 류의 시들은 경전의 문구나 격언 등에 언어 유희를 가함으로써 기존의 가치를 하락시키거나, 신성한 것들을 격하시키는 특징이 있다.

　　가치 개념인 '자유', '對自', '卽自' 등이 性을 환기하는 '肉感的' '賣淫' '手淫' '愛撫' '射精' 등처럼 방종하게 사용되거나, 中庸을 酌婦에 비유하는 것, 성스러운 용어인 할렐루야를 강간에 비유하는 것은 신성한 것들에 대한 모독이다. 치마를 벗고 물구나무 서 있는 하늘이나, 銀河가 넓적다리의 시어와 밀착되면서 하늘을 천박하게 묘사하거나, 굿의 행위를 생식기에 비유하거나 하는 것도 동일한 효과를 보이는 예들이다. '世上' '陸上' '海上' '腹上死'를 어떠한 매개 고리도 없이 끝말잇기 놀이를 통해 열거하고 있는 표현도 성적인 언어 유희의 일종으로서 위반에 속한다.

이러한 가치 전도의 시도는 세상에서 인정받는 가치와 기준을 웃음거리나 조롱거리로 격하시키려 한다는 점에서 다분히 위반이다. 이러한 카니발은 기존의 현실을 모조리 혼돈스럽게 해석함으로써 생명의 질서를 회복하려는 제의의 수사적 장치이다. 이렇게 신성성과 세속성, 정신과 육체, 가치/무가치, 인정/무시 등의 대립적 짝을 의도적으로 위치시킬 때 시적 공간은 '사이'적 상황을 마련하게 된다. 이러한 의도적인 '사이'성 연출은 '사이'에 존재하는 혼돈의 현실을 더 무질서하게 만든다. 무질서에 대한 무질서적 대응은 제의적 기제이다. 즉 양극적 의미 짝들은 그 '사이'성으로 인해 서로를 융해시키면서 새로운 변화의 국면을 조성하게 된다. 이렇게 '사이'가 변화의 기능을 하고 있다는 점에서, 송욱의 시에서 '사이'는 단순히 불명료와 무질서와 혼돈의 지점은 아니다. 그것은 갈등의 최고조에 해당하며 변화의 가능성을 안고 있는 포물선의 꼭대기 지점과 동질적이라 할 수 있다. 따라서, '사이'성에의 시적 집중은 변화에 대한 갈망을 강하게 함유하는 것이다.

새로운 세계에 대한 갈망을 효과적으로 표현하기에는 카니발리즘의 장치가 안성맞춤이다84). 죽은 자의 영혼이 세상에 들어오는 것은 俗의 시간의 정지, 즉 과거와 현재의 공존이 역설적으로 실현되었다고 할 수 있다. 이러한 역설적인 공존이 가장 완전하게 이루어지는 것은 모든 양태가 동일한 것으로 합치되어 버리는 카오스의 기간 동안이다.85) 즉 카

---

84) 김욱동, 『대화적 상상력』, pp. 250-258.
85) 엘리아데(1976), 앞의 책, p. 101.

니발은 의도적인 카오스의 연출을 통해 반대와 반대는 같아지는 원리에 기대고 있다. 부정적 현실에서 부정적 의미소와 긍정적 의미소가 같은 자리에 놓이게 되면, 그 현실은 긍정적으로 변화하게 되는 것이다. 송 욱의 시에서 현실의 혼돈은 죽음을 상징하고 있다. 그래서, 그의 시에 서 카니발적 제의는 죽음과 생명의 경계를 와해시킴으로써 역으로 생명 을 회복하려는 발상법 위에 성립한다. 혼돈에 더 확실한 혼돈의 요소를 가함으로써 죽음을 생명의 원리로 교체시키는 역설적 원리는 카니발에 다름 아니다.

카니발리즘은 마치 꿈과 같아서 일상의 논리성들이 허물어지는 시적 세계를 형성한다. 생과 사, 생물과 무생물 등의 구별이 모호해지는 공 간이다. 이러한 양식들은 현실을 부정하는 데 있어서는 더없이 좋은 효 과를 낳게 될 것이다. 부정은 새로운 것의 갈망이다. 그래서, 카니발리 즘에는 으레 성적인 갈망과 변형의 갈망이 뒤섞여 나타나기 마련이 다[86]. 변형의 갈망은 에너지의 분출이며, 삶의 모든 에너지는 에로스적 인 것이기 때문에 변형의 갈망에 기반을 둔 카니발리즘은 그 출발에서 부터 에로스적 상상력이 된다. 에너지의 생성으로서의 성적 방종에는 디오니소스적인 속성이 내재하고 있기 마련이다. 성적 방종은 변형을 갈망하는 의식이기 때문에 열기로 충만할 수밖에 없으며 디오니소스적 인 것은 생명력으로 충일하게 된다.

따라서, 성적인 것을 타락이나 무질서의 도구로써 난삽하게 표현하고 있다고 해서 성 자체에 대한 단순한 가치 부정이 될 수는 없다. 신체의 하위 부분에 편중되어 있는 그로테스크한 묘사는 육체의 하위 층위를 부각시킴으로써 생성 과정에 있는 신체의 긍정적 자질을 강조하는 역설 적 장치가 되는 것이다[87]. "보지 않고 만지면/고무공 같은/젖가슴을/민

---

86) 신현숙, 앞의 책, p. 38.
　　바슐라르(1990), 앞의 책, p. 77.
　　연금술사들이 사용하는 화덕과 증류기는 남녀의 생식기 모양을 본딴 것이라고 한다.
　　변형이 에로스적 속성을 띨 수 있는 근거는 연금술의 용기 모양이 지닌 이치에서 찾
　　을 수 있다.

고,/이/이/서캣 이,/흰 옷 입고 스르죽이 우리들이/목욕못한 祖上들 사타
구니로-"(해인연가 5)처럼 현실을 생명 결여의 대상으로 인식하는 데서
형성된 카니발리즘은 생명을 회복하려는 제의적 장치임이 틀림없다. 그
래서 사타구니는 종말이나 닫힘이 아니라 열림과 구멍을 통한 새로운
갱생의 의미를 확보하게 하는 제의적 소재가 되는 것이다.

  카니발리즘이 재생의 제의적 속성을 보여주고 있는 것도 이 때문이
다. 질서화는 불순물이나 이물질의 제거를 의미화한다는[88] 점에서, 혼
돈을 질서화하는 것도 일종의 정화 행위가 된다. 따라서 정화의 의미는
생명의 소생과 동일한 의미를 지닌다. 불순물의 제거인 정화는 곧 생명
의 상징적 대체물인 것이다.

  송욱의 시에서 제의성은 성적 카니발과 다른 또 하나의 양식을 통해
전개된다. 생명 희생을 통한 생명 회복이 그것이다. 이 시편들에서 죽
음은 생명의 원리로 편입되고 있다. "관 속에서 감깐 머물다가 불꽃 속
으로 뛰어들겠어요"(서방님께), "피 흐르는 목덜미에/연달아 기어 드는/
갓난이여,"(<맥크베스>의 노래), "겨울에 꽃이 온다/죽음처럼 내린다(겨
울에 꽃이 온다) 등이 그러한 예에 속한다. 관(죽음)/불꽃(생명), 피(죽
음)/갓난이(생명), 꽃(생명)/죽음 등의 관계에서 죽음과 생명은 다른 속성
이 아니다. 유한한 생명을 피해 가려는 의식이 투영된 것이다.

  이러한 생명욕에 실낙원 모티프를 도입하게 되면 그것은 제의의 보다
완선한 형상을 획득하게 된다. 실낙원 모티프는 상징주의의 영향으로
인해[89] 형성된 것이다. 하지만 송욱의 실낙원 모티프는 서정주와 오장

---

87) 김욱동, 『대화적 상상력』, p. 249.
  Veronica Kelly and Dorothea Von Mücke, 앞의 책, p. 6.
88) 쥴리아 크리스테바, 유복렬 옮김, 『반항의 의미와 무의미』, 푸른숲, 1998. pp. 58-59.
  음식물에 대한 금기사항이나 종교가 지닌 정화에 대한 열망은, 두 가지 요소 혹은 두
  정체 사이의 경계가 확실히 지켜지지 않고 이 요소나 정체가 뒤섞여 있을 때 발생하
  는 것이라고 한다.
89) 비록, 서정주와 오장환처럼 내면화되어 있지는 않지만, 송욱의 시에 단편적으로 보이
  는 죄의식은 보들레르의 영향이다. 그가 프랑스 문학에 심취하였으며, 특히 보들레르
  에게 경도되어 있었다는 사실은 다음과 같은 고백에서 밝혀질 것이다. "이러한 내면적
  요구를 느낀 다음에 내가 맞서야 하는 과제는 나의 內心이 지닌 욕망을 충족시켜 주

환의 경우처럼 육화되어 있지 않다. 따라서, 현실의 내면적 고통을 표출하는 여러 시편들에서 죄의식의 편린이 자주 엿보이고는 있으나 시적 주제를 주도해 나가는 모티프로서의 기능은 약하다. 그런 점에서 실낙원 모티프가 다른 시들에 비해 성공하고 있는 「<아담>의 노래」는 주목할 만하다. 이 시는 원죄 의식이나 상실감을 통하여 제의성을 뚜렷히 보이고 있기 때문이다. 더욱이, 원죄의 모티프가 주제적 발판이 되고 있으면서, 작품성에서도 완결성을 보이고 있다.

> 몸이 움직이면/마디마다 「네」「네」./살 속에 살이/뼈 속에 뼈가/神인가 서슬인가/휘휘도는 불꽃인가./아내여 아내여/꽃다발처럼/뱀을 두루루 머리에 이고/이 몸으로 더불어 한 몸이 되려는가./목숨을 주는/얼씬못할 나무여,/땅도 배앝을 피가/잠짜리에 싹트면/善이 죽이고/惡이 장사지내고/神이 부르면/배를 깔고 기다가/흙으로 요기하고-/다만 염통을 도려내어/해에 바칠 뿐,/해처럼 뛰놀며/반짝이라고./땀이 흐르면/방울마다 「네」「네」
>
> -「<아담>의 노래」 전문

  이 시는 인류의 시조이면서, 원죄의 공범자인 아담을 시적 자아로 삼고 있다. 낙원을 상실한 아담은 자신의 처지를 뱀을 통해 묘사하고 있다. 여기서 뱀은 아담과 동격의 존재이다. 천형의 상징인 아담의 몸은 '神'과 '서슬'과 '불꽃' 그 어느 것으로 이루어져 있는지 알 수가 없다. 아담의 몸은 신과 서슬과 불꽃으로 착종되어 있는 상태이다. 그런데 신은 생명과 죽음을 결정하는 주권자이다. 따라서, 신에게 소속된 아담은 神과 서슬(죽음)과 불꽃(생명)을 운명적으로 짊어지고 살아갈 수밖에 없는 피조물이다. 그래서, 아담의 몸은 신/이브, 금기/위반, 선/악, 생명/죽음을 동시에 지니고 있다. 이러한 이중성의 몸은 제의적 상황이 출현시

는 내용을 지닌 동시에 훌륭한 작품을 쓰는 데 도움이 될 수 있는 모범을 찾아서 공부하는 것이었다. 나는 이것을 외국 문학에서 상당히 많이 얻어 볼 수 있는 것처럼 느꼈다. 나는 보들레에르나 T.S. 엘리어트와 함께 杜甫를 애독하였다."(송욱, 앞의 책, p. 52)

키는 충분 조건이 된다. 이러한 아담의 몸이 이브에게 유혹 당하면 낙원에서 쫓김을 당하는 것이다. 실낙원은 '이브' '위반' '악' '죽음'이다. 시적 자아가 '염통'을 도려내어 '해'에게 바치는 행위는 상실한 한 쪽의 '神' '순종' '선' '생명'을 되찾기 위한 제의이다.

이러한 제의의 상상력을 밀도있게 담아내고 있는 시가 「薔薇」로서 송욱의 첫 시집에 실린 그의 대표작이라 할 수 있다. 「薔薇」는 그의 전기에 해당하는 『誘惑』과 『何如之鄕』에 실린 시의식을 총체적이고도 압축적으로 보여 주는 텍스트이자 제의적 에로티시즘의 형상화에서 성공하고 있다는 점에서 더욱 주목된다.

제의적인 시적 문맥 속에서 우리는 생명에 대한 시인의 강한 애착을 엿볼 수 있다. 죽음을 연속적 세계의 매개체로서 원용함으로써 죽음을 극복하고 승화시키려고 한다. 생명은 다른 죽음을 필요로 하고, 다시 그 죽음은 다른 생명을 낳음으로써 연속적 순환관계를 보이는 재생의 원리가 작용하는 것이다.

> 薔薇밭이다
> 붉은 꽃닢 바로 옆에
> 푸른 잎이 우거져
> 가시도 햇살 받고
> 서슬이 푸르렀다.
> 벌거숭이 그대로
> 춤을 추리라.
> 눈물에 찢기운
> 발을 벗고서
> 붉은 해가 지도록
> 춤을 추리라.
>
> 薔薇밭이다
> 핏방울 지면
> 꽃닢을 먹고
> 푸른 잎을 두르고

기진하며는
가시마다 살이 묻은
꽃이 피리라.
-「薔薇」 전문

　먼저 1연은 죽음에 직면해 있는 현실의 반영이다. 생명을 상징하는 '붉은 꽃잎' 바로 옆에 푸른 잎이 둘러쳐져 있다. 꽃이 져야 잎이 나온다. 잎은 죽음을 암시한다. 이 푸른 잎은 다음 행의 가시와 서슬로 단계적으로 결합됨으로써 그 살기성을 훨씬 선명하게 부각시키게 된다. 푸른색은 공격성의 가시와 만나 차갑고 섬뜩한 색채로 돌변하게 된다. 이렇게 '푸른' '가시' '서슬'은 3행, 4행, 5행으로 전개됨에 따라 점차로 등장한다. 따라서, 세 개가 융합하고 있는 죽음의 심상은 단계적이고 소급적으로 이루어지고 있다 하겠다. 1행과 2행의 붉은 색채는 죽음의 심상에 침식당하게 됨으로서 장미꽃은 죽음에 노출되어 있는 생명, 혹은 서슬과 가시에서 자유롭지 못한 몸을 상징하게 된다.

　2연은, 그래서 춤으로써 죽음을 극복하려는 확고한 의지를 표명하게 된다. '춤'은 '벌거숭이'와 결합하여 원초적이고 강인한 생명력을 상징하게 된다. '붉은 해가 지도록' 춤을 추는 것은 강렬한 생명욕을 느끼게 하는 역동적 이미지이다. 그 춤은 푸른 잎으로 둘러 싸여진 죽음의 현실을 이탈하려는 욕망의 상징이 된다. 푸른 잎과 가시와 서슬을 다 벗어버린 몸이 벌거숭이이다. 따라서, 이 시에서도 가벼움은 에로스의 기호가 되는 것이다.

　이제 3연에 오면 제의의 의식이 본격적으로 외표화된다. 이 시가 일종의 재생 제의인 이유, 그리고 표제와 발단에서 제시된 붉은 색채가 푸른 색채에 잠식되었던 이유가 드러나는 것이다. 장미의 붉은색은 푸른색을 위한 것이고, 푸른색은 다시 붉은색을 위한 것이 되는 순환의 원리가 작동하는 것이다. 장미의 핏방울이 지면, 즉 생명이 다하면 꽃잎을 먹는다. 그 꽃잎을 먹는 주체는 푸른 잎이다. 그 꽃잎을 먹고 나면 푸른 잎이 둘러지면서 푸른 잎은 자기 삶의 터전을 잡게 된다. 그리

고, 다시 푸른 잎이 기진해지면, 즉 죽음에 이르게 되면 꽃이 피게 된
다. 그런데, 그 꽃은 살이 묻은 가시를 지니고 있다. 가시에 살이 묻어
야 장미가 핀다. 이때 살이 묻었다는 것은 희생을 의미한다. 가시는 살
기성을 그 속성으로 취한다. 그렇다면, 장미는 가시를 통하여 다른 생
명을 희생함으로써 피게 되는 것이다. 이러한 일련의 관계를 생생하게
형상화함으로써 이 시는 생명과 죽음의 영원한 순환적 모형을 그리는
데 성공하고 있다.

그런데, '살이 묻은 꽃'은 '가시마다 살이 묻은'으로 인해서 오히려
생명이 강렬하게 환기되고 있다. 결국, 죽음을 통해서 생명이 그 에너
지를 더 확실히 분출하게 된 것이다. '살이 묻은'의 앞뒤에 가시(죽음)
와 꽃(생명)이 배치됨으로써 탄력적 기능을 하는 것이다. 이 마지막 연
에 와서야 '붉은' '핏방울' '햇살'의 생명의 이미지가 '푸른' '서슬' '가
시' '살이 묻은'의 죽음의 이미지와 만나면서 그 생명력은 배가된다. 이
렇게 이 시는 에로스와 타나토스의 역학적 관계망 위에서 구축된 재생
제의의 세계가 되는 것이다.

장미꽃의 피고 짐을 통하여 생명과 죽음의 순환과정을 상징적으로 재
현하고 있는 이 시는 결국 삶과 죽음은 상호소통한다는 믿음에 근거해
있다. 죽음은 삶의 밑거름이라는 모형을 통하여 죽음의 극복을 성공적
으로 그려내고 있다. 특히, 이 시는 세련된 표현은 물론 이미지도 정제
되어 있고, 감정 또한 절제되어 있으며 작품의 완결미까지 겸비하고 있
어서 송욱의 전기 시에서 단연 돋보이는 시이다.

죽음은 일종의 경계 지표이다. 그리고 그 경계를 극복하고자 하는 의
식이 강하면 강할수록, 그 반응은 생명을 희구하는 양상을 띠게 된다.
송욱의 시집 『유혹』과 『하여지향』에 걸쳐 편재해 있는 에로티시즘은
바로 죽음에 대한 강박적 의식을 토대로 형성된 세계이다.

나. '총'의 거세성에 맞선 생식에의 집념

전봉건은 초기 시부터 후기 시까지 에로티시즘에 철저하게 몰입했던 시인이라고 해도 과언이 아니다. 그러한 시 세계의 극치를 보여 주는 작품들이 이 장에서 다룰 시편에 해당한다. 그는 성과 죽음의 한가운데 생명의 중심축을 놓고 있다. 생명에의 갈망이 성과 죽음의 시적 소재의 배후에 자리잡고 있는 것이다[90].

이 장에서 다룰 시들에서 에로스는 타나토스의 磁場 위에서 형성된다. 그런데, 그러한 구조는 매우 다양하여 한 가지 원리로 풀어낼 수 없다. 이렇게 다양한 제의적 에로티시즘은 에로스에 대한 깊이 있는 천착이 없이는 이루어질 수 없다.

따라서 전봉건의 경우는 편의상 세 가지 유형으로 나누어 살펴보아야 한다. 첫 번째 유형은, 죽음에 임박하는 순간에 반사적으로 노출되는 에로스의 본능이다. 두 번째 유형은, 공격성과 殺氣를 통해 관능성과 원색성이 배가되는 경우이다. 세 번째 유형은, 죽음이 생명의 근원이라는 순환적 논리를 드러내는 경우이다. 첫 번째 유형은 제의의 징조만을 보이는 유형이고, 두 번째와 세 번째 유형은 본격적으로 제의의 기제를 형성하는 유형이다. 이렇게 죽음을 관능적 이미지로 승화시키는 배후에는 죽음을 생명의 매개체나 계기로 해석하려는 시인의 의식이 관여하고 있다.

---

90) "생명을 축으로 하여 양극에 성과 죽음이 놓여있는 것이다. 그러니까 생명은 성과 죽음이 인식되는 자리에서 빠질 수 없는 의미론적 요소이다. 죽음 속에서 광채를 발하는 생명성은 바로 이러한 맥락으로 이해해야 할 것이다....불란서의 어떤 사람은 에로티시즘이란 죽음에 이르기까지 지속되는 생의 찬가라고 했는데요 간단히 말해서 그건 생명의 리듬인 것입니다. 다른 사람의 경우는 몰라도 적어도 내게 있어서는 그렇습니다. …인간의 생명이란 성적인 것만도 아니고 플라톤류로 영혼적인 것이요 영혼적인 것만큼 동시에 성적인 것입니다."(전봉건, 앞의 글.)
이 글에서 전봉건이 가리키는 불란서의 어떤 사람이란 조르쥬바따이유를 지칭하는 듯하다. 전봉건이 생각하는 에로티시즘과 바따이유가 『에로티시즘』에서 주장한 에로티시즘의 내용은 일치하고 있다. 에로스에 관한 전봉건의 논의에서 알 수 있는 것은, 심미적인 에로스에 대한 고민을 통하여 자신의 창작적 詩觀에 대한 이론적 입장까지 겸비하고 있었다는 점이다.

먼저 첫 번째 유형을 고찰해 보자. 전봉건의 시에서 性은 생명의 기호만을 띤다. 이것은 초기 시부터 후기 시까지 예외없이 모든 시에 적용되고 있다. 모든 생명체의 성적 욕망은 죽음에 임박하면서 본능적으로 증가한다.[91] 그는 바로 이러한 본능을 시 속에 그대로 투영하고 있다. 그의 시에서 거세성을 환기하는 총이 죽음과 전쟁의 상징이라면, 꽃은 생명과 평화의 상징으로 쓰이고 있다.

총에 맞아 죽음이 임박한 상황에서 시적 자아는 여자나 여자의 비유인 꽃을 죽음과 병치시키거나 중첩시킨다. 죽어 가는 자의 시선을 사로잡는 여성이나 그 비유로 쓰인 꽃의 이미지들은 거세와 대조를 이룸으로써, 삶과 생명에의 강한 욕구를 더 자극적으로 그리게 되는 것이다.

－「꽃과 下降」 중에서

‘아랫도리’의 ‘액체’는 중의직이다. 죽어가며 홀리는 피이기도 하고, 남성의 정액이기도 하다. 따라서 이것은 시적 자아가 죽어가면서 노출하는 성적 본능으로서 생명욕에서 나온 것이다. 여성인 꽃잎을 헤치고 꽃잎 속에 들어가 꽃과 일체화을 이룸은 꽃이 지닌 향기와 소리와 빛의 탐닉 그것이다. 여성을 대상으로 한 시적 자아의 탐식적 행위는 꽃의 본질이며 생명의 징표인 소리, 향기, 빛에의 참여하고자 하는 욕망이다. 신체의 각 지체인 가슴과 무릎과 등허리를 꽃잎 속에 하나씩 넣는 역동적인 몸 동작은 성행위에 대한 비유적 묘사이다. 몸의 이러한

---

91) 임재해, 앞의 책, pp. 141-145.

심상 속에서 시적 자아의 필사적인 생명욕을 느낄 수 있다.

요컨대, '아랫도리'는 생명의 근원지이며, '액체'는 '피'이다. 이렇게 죽음에 임박한 순간에 시적 자아의 시선이 포착하는 대상은 꽃에 비유되어 있는 여자로서 관능적이며 원색적으로 묘사되어 있다. 전쟁은 남성의 폭력적 논리이며 그래서 총은 언제나 남성을 죽이는 무기가 된다. 특히 남성의 '사타구니'나 '아랫도리'를 겨냥한다는 점에서 총은 거세성의 상징이다. 이러한 시적 설정은 반대로 '꽃'과 '여성'을 생명의 상징적 존재로 만들어 전쟁과 반대의 원리를 지닌 잉태를 의미하게 한다. 남성의 아랫도리를 죽일 때, 여성과 생명이 살게 되기 때문이다.

> 하늘은 푸르고/무릎을 꺾으면서/사슴은 날리는/피와 털 속에서/눈을 감고 그리고/사슴의 냄새를 맡았다
>
> —「속의 바다 4」 중에서

이 시에서 사슴은 피와 털을 날리며 죽어가는 순간에 생명욕을 강하게 느끼고 있다. 사슴으로서의 육신이 조각조각 부서지는 가운데 풍기는 사슴의 냄새는 건강한 육체와 삶에 대한 열망을 자극하게 한다. 후각적 감각이 살아 있다는 것은 아직 생명이 붙어 있음을 의미하게 된다. 그런데, 죽어가면서 자극받는 그 냄새는 얼마나 더 강렬하겠는가. 즉 냄새는 에로스의 촉매제가 되는 것이다.

> 저 걸레 같은 屍體를 덮친 그 유난히 크고 둥근 궁둥이었다/그런데 자세히 보니 사진 속의 궁둥이는/움직일 까닭 없는 그 궁둥이는 分明 살아 숨쉬면서/실하고 벅찬 律動 挑發的이기도 한 律動을 하지 않는가/이것은 그가 첨 보는 風景이었다/그는 전에 없이 아랫도리가 불타는 珊瑚처럼 단단해지는 것을 느꼈다/그에게는 그것이 막 터질 듯한 生命의 噴水/간신히 안으로 싸안고서 눈보라 치는 검은 어둠 한가운데/환하게 떠 있는 크고 둥근 꽃 한 송이처럼 여겨지는 것이었다
>
> —「속의 바다 18」 중에서

이미 죽어서 전혀 요동도 하지 않는 시체 더미에서 사진 기자인 화자의 시선에 잡힌 것은 커다랗고 둥근 '궁둥이'이다. 궁둥이는 관능적인 신체 부위에 해당된다. 그런데 죽은 사람의 궁둥이에서 '벅찬 律動' '挑發的 律動'을 느끼는 것은 화자의 幻覺이다. 그러한 환각은 인간에게 가장 충격적인 사건인 죽음에 직면하여 본능적으로 솟구치는 에로스적 욕구 때문에 일어난 것이다. 시체 앞에서 시적 화자의 아랫도리가 단단해지는 것은 이성적인 반응이 아니다. 그것은 본능적 반응이다. 그러한 성적 본능의 출처는 '막 터질 듯한 生命의 噴水'에서 표현되고 있듯 생명욕에 있다. '검은 어둠 한가운데'의 그 죽은 자의 궁둥이가 '크고 둥근 한 송이 꽃'으로 환각적 느낌을 갖는 것은, 모두 충격과 본능으로서 순간적 충돌에서 기인한다.

이제, 두 번째 유형을 살펴 보자. 이 유형에 속하는 시들은 이중성을 노출한다. 에로틱하고 공격적인 본능이 함께 작용하는 로트레아몽적 특성을 발견할 수 있는 것이다.[92] 이러한 특징을 보이는 시편에서 몸은 사랑을 촉발하기도 하고, 살기를 일으키기도 하는 이중적 대상이다. 관능성과 살기성의 두 속성을 겸비하고 있는 착종된 몸은 '이빨' '잇몸' '사납게' '낭자한' '시퍼런' '칼날' 등의 시어가 잘 보여주고 있다. 즉 관능적 이미지가 殺氣를 일으키는 이미지로 돌연 전환하고 있는 측면이 그것이다. 살기성은 죽음을 환기시키기보다는 오히려 생명성을 더 부각시키는 기능을 하는 것이다. 살기성이 생명성을 더 강렬하게 환기시키는 역설성, 이것은 위반이다. 이러한 시편에서 관능성과 살기성은 서로 상승 작용을 일으키는 모순된 의미짝이 된다.

> 그리고 豪華로운 네 허리. 神의 눈도 太陽의 눈도 눈부신 비길 데 없이 豪華로운 네 허리.

> 그리고 내 이빨과 잇몸도.

---

92) 가스통 바슐라르, 『로트레아몽』, p. 38.

즉 연한 분홍빛 또는 젖빛 살찐 꽃잎 씹기 신들린 이빨.
즉 갖가지 꽃들 무지개처럼 일제히 만발하는 잇몸.

-「사랑을 위한 되풀이」 중에서

이 시에서 살기성은 관능화의 기제이다. 따라서, 관능성이 증폭되면
될수록 그에 비례하여 살기성도 고조된다. 꽃잎을 향한 내 '이빨'의 살
기성은 타나토스보다는 에로스를 극대화시키고 있다. 이러한 형상화에
서 가장 에로틱한 것 속에 숨겨져 있는 타나토스의 힘을 엿볼 수 있다.
호화로운 허리, 연한 분홍빛의 꽃잎, 젖빛으로 살찐 꽃잎, 무지개같은
꽃들로 묘사된 여성은 매혹성과 관능성의 극치를 이루게 된다.
　이제 다른 각도에서 접근해 들어가 보자. 꽃과 꽃잎의 관능성은 이빨
과 잇몸의 공격성을 효과적으로 드러내기 위한 장치에 불과하다. 과연
꽃잎의 관능성이 이빨과 잇몸의 공격성을 강렬하게 드러내기 위한 장치
로서도 적합한가. 다시 뒤집어 보자. 오히려 꽃잎과 꽃의 관능성이 이
빨과 잇몸으로 더 원색적 효과를 얻게 되는 것을 아닐까. 사실 어느 각
도에서 보아도 그것은 합당한 해석이 된다. 이러한 해석적 결과는 에로
스와 타나토스가 반대이면서도 철저하게 상보적 관계로 엮어져 있음을
밝혀주는 좋은 예가 된다.
　서정주의 「雄鷄 下」에서 잠시 비쳤듯이, 에로스의 절정에서 촉발되는
죽음의 본능이 전봉건의 시에서도 그대로 나타나고 있다. 에로스적 상
상력은 이렇게 인간의 원초적인 충동이자 본능을 의식의 내용으로 구체
화한 것이다. 인간은 유한한 목숨에 대해 항상 갈등하고 있다. 이러한
사실은 죽음의 부인이 인간을 가장 평화롭게 한다는 반증임에 틀림없
다. 그래서, 인간들은 의식적으로 죽음과 생명을 동일한 원리로 수용하
고자 하는 것이다.
　전봉건의 시가 정적이지 않고 리드미컬한 이미지의 파동을 보여주는
것도 이러한 제의성의 에로티시즘에 기인한 결과라고 할 수 있다.

마침내/당신은 볼 것이다/가장 깊고 큰 눈 덮인 곳에/어지럽게 사납
게 헤쳐진 한 여자를/낭자한 꽃잎처럼 펼쳐져 흐트러진 한 여자를

-「겨울 野獸」 중에서

이 시에서도 꽃잎은 현기증이 날 정도로 눈부시게 낭자한 모습으로
형상화되어 있다. 그리고, 그 꽃잎은 눈의 흰색과 대비를 이루면서 그
강렬한 색채성은 더 증폭하게 된다. 꽃잎은 여자이다. 그 꽃잎이 '사납
게 헤쳐진' 것은 찢기고 더럽혀진 여성의 몸을 전경화하기 보다는 파괴
적이고 공격적인 심상을 통해 오히려 여성의 아름다운 극치를 전달하는
데 효과를 발휘하게 된다. 이렇게 어지럽고 사납게 헤쳐지고 흐트러진
여자의 모습은 살기성와 공격성을 환기한다는 측면에서 보면 反에로스
적임이 분명하다. 그러나, 그것은 죽음의 심상이라는 반대의 자장에 기
대어 상대적으로 생명의 심상을 더 생생하게 전달하는 데 성공한다.

피아노에 앉은/여자의 두 손에는/끊임없이/열 마리씩/스무 마리씩/신
선한 물고기가/튀는 빛의 꼬리를 물고/쏟아진다//나는 바다로 가서/가
장 신나게 시퍼런/파도의 칼날 하나를/집어 들었다.

-「피아노」 전문

피아노는 페스티쉬의 이비시이나. 「피아노」에서, 물고기는 여자가 잉
태한 존재이지만, 여자와 동일한 존재이기도 하다. 그러나, 물고기가 생
명력으로 충만하여 싱싱하게 노니는 바다에 시적 자아가 가는 목적은
殺氣가 번득이는 파도의 칼날을 집어들기 위한 것이다.

물고기는 공기와 수면이 만나 숨쉬는 파도를 타고 바다에서 노닐고
있다. 그런데 자기 삶의 터전인 그 바다의 파도가 순식간에 칼날로 변
한다. 이것은 물고기의 창조주인 내가 물고기를 살생하는 이중성을 노
출하는 것이다. 생명이 가장 충일한 그 극점에서 죽음으로 하강하려는
이 순간은 포물선의 꼭대기에 해당한다. 그 지점에서 타나토스와 에로

스는 단단한 결속을 이루게 된다. 그런데, 그 결속은 팽팽한 긴장 위에
서 가능하다. 따라서, 물고기의 신선함은 파도의 칼날 위에서만 가능한
것이다. 파도의 칼날은 물고기의 생명력 없이는 자기 에너지를 발산할
수가 없기 때문이다.

이처럼, 로트레아몽적 에로스는 타나토스라는 반대의 자장을 형성하
는 굴광성을 그 특징으로 한다. 죽음의 관능적인 승화나 생명의 살기성
분출은 죽음과 생명이 동일한 속성이라는 전제에서 성립한 인식이다.
이러한 인식 태도는 죽음 앞에서 유한한 인간이 취할 수 있는 필멸성,
불멸성의 추구로서 종교적 속성을 은근히 함축하고 있는 것이다.

세 번째 유형은 죽음과 삶이 순환적 질서를 보이는 시편들이다. 그런
데, 이러한 특성은 『춘향연가』에서 그 징후를 보인 바 있다. 감옥은 여
성인 춘향이의 몸을 불임화시키는 상징적 공간인 동시에 이미 동굴을
상징하는 공간으로서 재생을 고지하는 장소이기도 했다. 즉 감옥은 죽
음을 재생으로 이끌기 위한 중요한 장소로서 이러한 재생 의식은 초기
에서부터 이미 그 전초가 마련되고 있다고 하겠다.

> 내가 비틀어 죽일 나무
> 내가 죽으면서 죽여야 하는 나무
> 죽으면서 푸른 것을 쏟는 나무
> 그걸 산양이 마셔야겠는데
> 죽기 전에 그걸 마시고 산양은 죽으면서
> 핏빛 피를 토해야 할 텐데

> ─「속의 바다 1」 중에서

이 시는 假想의 사건으로 구성되어 있다. 나(죽음)는 산양(생명)과 싸
운다. 그리고 나서, 둘 다 죽는다. 그런데 산양은 죽음의 상징인 검은
피를 토하면서 죽는다. 그래서 나는 산양이 생명의 상징인 피빛 피를
쏟게 하기 위하여 나무를 죽인다. 산양(생명)을 위하여 나무를 죽인다는

것은 나무를 희생 제물로 취하려는 것이다. 그러나, 그것은 시적 자아
의 갈망일 뿐이다. 하늘에는 해가 있지만 땅에는 생명의 상징인 해가
없고, 또 생명을 소생케할 나무도 없는 것이 시적 화자의 현실이다.

이 시에서 검은 피는 죽음을, 피빛 피는 생명을 나타낸다. 시의 화자
인 '나'는 '산양'이 검은 피 즉 죽음이 아니라, 피빛 피를 토하면서 죽
기를 원한다. 어차피 죽기는 매 한 가지지만, 검은 피와 달리 피빛 피
를 쏟으면서 죽는 죽음은 단지 죽음으로 끝나는 것이 아니라, 생명의
가능성을 보여주기 때문이다. 즉 피빛 피는 생명을 함축하는 것이다.
그래서 나는 나무를 죽여서 희생의 제물로 삼으려 한다. 그러면 왜 나
는 나무를 죽이면서까지 산양이 나무의 푸른 것을 마시고 피빛 피를
토하면서 죽기를 바라는 것일까. 나는 산양과 동일시되고 있기 때문이
다. 내가 싸우는 대상은 산양으로 설정되어 있지만, 산양은 생명력의
상징이다. 그렇다면 산양과의 싸움은 생명을 얻기 위한 싸움인 셈이다.
그래서 산양의 피빛 피를 보아야 내가 두 눈을 감을 수 있다. 나는 생
명을 얻기 위해 산양과 싸우고 있는 것이며, 산양의 피빛 피는 곧 나의
생명이기도 한 것이다.

죽음을 생명의 한 요소로 설정하고 있는 상상력적 토대는 제의적 의
식 위에서 구축되는 것이다.

> 꽃이/아니다/天上의 칼이/가장 밝고 맑은 바람의//고운 자락에서 찍
> 어낸/살점이다./그/살점이/뿜은 핏방울이다.

-「꽃은」 전문

「꽃은」에서 꽃은 불의 상징성을 지니고 있다[93]. 정화와 부활, 그리고
상승과 생명을 상징하는 불은 에로스 그 자체이다. 꽃은 '핏방울'의 붉

---

93) 전봉건의 시의 이러한 굴광적 속성은 불의 심상과도 깊은 관련을 지닌다.(박민영,「전
  봉건 시에 나타난 불 이미지의 변용 연구」, 이화여대 석사논문, 1989. pp. 39-51. 참
  조) 박민영이 비록 에로스 연구를 시도한 것은 아닐지라도, 불의 속성이 갖는 에로스
  성을 고려한다면, 이러한 불의 심상 연구는 에로스 연구와 동궤에 놓이게 되는 것이다.

은 색채와 '뿜는'의 수직으로 인해 불의 속성을 띠게 된다. 꽃은 불의 강렬한 생명력에 힘입어 생명의 불꽃이 되는 것이다. 전봉건의 시에서 꽃은 이렇게 불의 상징적 매개체로 쓰이고 있다.

1950年/6月의 어느 날/동틀 때 날아온 銃알 맞아죽은/한 어린아기/
나는 이름없는 그 아기의/썩은 살/썩은 피/먹고/핀/꽃인 것이다.

　　　　　　　　　　　　　　　　　－「古典的인 속삭임 속의 꽃 11」 중에서

破片 무수히 맞은 바람보다 더 많이 떨려난 四肢. 破片 무수히 맞은 바람 핏물 들인 피보다 더욱 진하고 뜨거운 땀에 절은 진달래 빛 고운 젓 꽃판.//(중략)//너는 가지런히 모은 발끝에서 녹슨 銃알의 破片을 뽑아 낸다./그러면 마치 요술처럼 그 자리에 돋아나서 얼굴 드는 작은 꽃 한 송이.

　　　　　　　　　　　　　　　　　　　　　－「사랑을 위한 되풀이」 중에서

「古典的인…」에서의 꽃은 부활과 재생을 상징한다. 이 시는 죽음과 삶이 다른 것이 아님을 보여주고 있다. 죽음이 삶의 원리로 수렴되면서, 삶이 죽음을 통하여 완성되는 것이다. 꽃은 아기의 썩은 살, 썩은 피를 거름으로 삼아 피어있지만, 사실 그 꽃은 아기의 죽음에서 비롯된 생명이다. 또한 銃알의 파편이 박힌 자리는 죽음의 장소이며, 파편을 뽑아내면 바로 자리에서 꽃이 피는 생명의 장소이기도 하다.

「사랑을…」에서 꽃은 '피'의 심상과 결합하고 있다. '핏물 물들인 피보다 더욱 진하고 뜨거운'에서 파생되는 붉은 색채와 열기로 인해 꽃은 불의 질료로 변형되고 있음을 알 수 있다. 특히, 'A보다 B'의 구문 반복과 시어의 쉴 새 없는 교차로 인해 호흡을 긴박하게 만드는 어법은 상승하는 불에서 열기를 점층적으로 느끼게 하는 효과를 낳는다. '진달래 빛 고운 젓 꽃판'이 그런 열기의 절정이며, 이것은 남녀가 결합하는 사랑의 열기를 함축하는 것이기도 하다. 꽃은 총의 파편이 없이는 존재할 수 없으며, 총과 만나서 자기 열기를 내뿜을 수 있다는 점에서 생명의 재생을 암시하는 것이기도 하다.

이 두 편의 시는 죽음과 삶의 순환적, 변증법적 관계를 보여주고 있다. 여기에서 꽃은 죽음을 통한 재생의 원리를 구현하는 원형적 상징이 되고 있다. 전봉건의 시에서 예외없이 여성과 생명과 잉태의 상징으로 쓰이는 꽃은 「꽃과 下降」에서 남자/여자가 죽음/생명의 의미 층위에 각각 대응하고 있음으로 명징하게 보여 준다.

「말 4」는 이러한 상징적 설정을 제의적 문맥으로 발전시키고 있다. 이 작품에서 남자의 죽음은 여자의 생명을 보장하는 희생 제물이 되고 있다. 이 시는 남자와 여자의 삽화를 교차시켜 묘사하고 있다. 남자는 서서히 죽음으로 몰락하는 단계를, 여자는 생명을 피우고 있는 단계를 대비시키고 있는 것이다. 재생의 제의에서 죽음의 하강선은 생명의 상승선으로 전환점을 생성하게 된다. 따라서, 재생의 제의는 생명과 죽음이 상승선과 하강선으로 정확한 대칭 관계를 형성하게 된다. 이런 재생 모티프를 통해 이 시는 완벽한 제의의 포물선을 형상화하는 것이다.

> 남자가 밝은 곳에서 총을/맞아 피 쏟는 몸을 땅에서/떼어 낼 때 아니 푸들거리는/손을 들어 죽는 제 눈을/제가 감길 때 여자는 어둔/곳에서 하얀 알몸서 흐르는/달 찬 피에 손을 담근다/그대로 둘 수밖에 없는 일이다/남자가 밝은 곳에서 자취도/없이 사라진 뒤 그 밝음/만이 땅에 남아 서 있을 때/여자는 핏속에서 손을 건져/아무것도 잡지 못한 손가락/새빨간 것을 편다 하나 펴고/둘 펴고 셋 펴고 넷 편다……/그대로 둘 수밖에 없는 일이다/그것이 어둔 곳에 돋아/나는 꽃 같기도 하다/그대로 둘 수밖에 없는 일이다
>
> ―「말 4」 중에서

죽음을 상징하는 '銃'은 생명을 상징하는 '꽃'과 대칭적인 관계에 있다. 총의 상징인 남자(밝은 곳→총→피→죽은 제 눈 감김)와 꽃의 상징인 여자(어둔 곳→하얀 알몸→피→손담금), 그리고 남자(밝은 곳→사라짐), 여자(피 속→손 건짐→새빨간 것 폄→꽃같음)로의 전개가 이 시의

구조이다. 남자는 밝은 곳에서 어둔 곳으로, 여자는 어둔 곳에서 밝은 곳으로 그 방향을 전환하면서 서로의 입지가 교체되고 있다. 따라서, 남자의 죽음은 여자의 생명을 상기시키는 역할을 한다.

　그래서, '총'과 결합된 남성의 거세는 '꽃'과 결합된 여성의 부활을 고지하게 된다. '총'과 '꽃' 사이에서 부활을 매개하는 것이 '피'이다. 총에 맞아 남자가 흘리는 '피' 속에서 여자는 손을 건진다. 그리고, 그 손은 새빨간 것을 편다. 그 새빨간 것이 '꽃'같은 것으로 돋아나는 것이다. 또 한가지 부활을 고지하는 것은 '어둠'이다. 이 시에서 여자는 어둔 곳에 위치해 있다. '어둔 곳에서 하얀 알몸서 흐르는 달 찬 피에 손을 담그는' 여자는 잉태의 존재가 된다. 따라서 동굴과 유사한 어둔 곳은 잉태를 암시하는 장소이다. 그리고, 하얀 여인의 알몸은 滿月에 비유됨으로써 생명력을 상징하게 되는 것이다. 이 두 가지 탄생 모티프가 '피'와 연결됨으로써 생명성이 도리어 죽음을 압도하는 상황으로 연출된다.

　여기서 남자는 총의 상징체로 여자는 꽃의 상징체로 쓰이고 있기 때문에, 죽음은 곧 재생을 의미하게 된다. 사실 "내가 불붙는 불이 되기 위해서/봄은 어둠 속으로 오라"(말 3)에 잠재된 역설적인 논리는 재생의 징후를 간직하고 있는 것이다. 그러나, 결국 이것도 재생 의식에 기초하고 있음에는 틀림이 없다. 봄은 어둠 속에서만이 생명의 불을 태울 수 있는 것이다. 생명은 죽음 없이는 불가능하다는 재생의 모형을 제시하는 태도 속에서 우리는 죽음을 극복하려는 인간의 내적 의식을 접하게 된다. 삶과 죽음의 순환적 관계를 통한 에로스의 성취는 에로티시즘의 극치라 할 수 있다.

> 죽어 돌아온 병사에게서/쏟아지는 피는/이상하게도 사타구니 한 곳
> 을 향해/흘러내리더니 찬 陰毛에 엉기고 엉겨
>
> 　　　　　　　　　　　　　　　　　　　　　　　-「말 5」중에서

이 시에서도 '피'는 이중적 의미를 지닌다. 피는 원래 죽음의 기호이면서 동시에 생명의 기호로 쓰인다. 죽은 병사와 연결되는 '피'는 죽음의 기호이지만, 사타구니를 향해 흘러 陰毛에 엉기는 '피'는 생명의 기호이다. 죽음의 피는 사타구니라는 생명의 근원이 되는 신체 부위로 흘러듦으로써, 그리고 陰毛에서 엉김으로써 생명력에 대한 강렬한 욕망을 표출하는 것이다. 죽음을 관능적으로 승화시키는 것만큼 생명에의 에로스적 본능을 강하게 환기시키는 장치도 없을 것이다. 전봉건이 죽음을 관능적으로 승화시키는 대개의 시편들에서 죽음은 생명의 연장적 의미이자, 재생의 원리로서 풀이할 수 있다.

이제 재생 제의의 극치를 이루는 작품이라 할 수 있는 「속의 바다 13」을 보자. 이 시에서 총이 노리는 장소는 거의 예외없이 남성의 사타구니나 그와 유사한 의미를 지니는 생명의 근원지로 설정되어 있다. 이것은 남성이 전쟁의 상징적 인물이라는 발상에서 비롯된 것이다. 따라서, 그러한 해석적 상수를 통하여 남성의 죽음을 이해해야 할 것이다. 이러한 독창적인 발상법으로 인해 시적 공식은 매우 복잡하게 된다. 그 의미를 도출해 내는 과정이 만만하지 않은 것도 이러한 연유에서이다. 따라서, 이 시는 보다 치밀한 분석을 요구하게 된다.

> 흠뻑 빗물 젖은
> 내 사타구니에서도 銃소리였다
>
> (중략)
>
> 그 女子를 안고 구르고 펄럭이고 잦히고 솟구치는
> 나였다
> 그리고 갑자기 銃소리가 나더니
> 공중에 못박힌 구멍 뚫린 새였다
> 그 새가 된 나였다
> 그 새의 쳐진 두 다리 사이로 떨어지는 精液이었다.
> 그리고 저만치 내려다보이는 축축한 풀숲에

自動小銃을 들고 서 있는 女子였다.
꽃가루 묻은 알몸 꽃잎처럼 펄럭이는 女子였다

-「속의 바다 13」 중에서

　이 시에서 '내 사타구니'는 총에 의해 거세된다. 그런데, 두 번째의 총소리에 의해 구멍난 새의 두 다리 사이에는 정액이 떨어진다. 그런데, 그 새는 나의 분신이다. 그러나, 총에 맞은 '나'는 죽는 것이 아니다. 그러면 어떻게 총에 맞은 '나'가 죽지 않은 것일까. 전봉건의 시에서 총의 과녁은 삶을 황폐화시키는 전쟁이며 죽음 그 자체이다. 그런데, 총은 언제나 남성을 향하고 있다. 전쟁은 남성의 논리이기 때문이다. 따라서, 총이 겨누는 것은 단지 남자가 아니다. 죽음의 상징적 존재로서의 남자 '나'를 죽이는 것이다. 남자는 희생 제물이 되는 셈이다. 따라서 총은 생명을 살리는 매개체가 되면서, 성적인 행위를 상징화시키는 생식기를 함축하게 된다. 이러한 관점에서 볼 때, 이 시에서 정액은 생명성이 있는 정액이다. 그래서, 그 정액은 아래쪽을 향해 떨어지게 된다. 아랫쪽은 꽃잎처럼 펄럭이는 알몸의 여자가 서있는 곳이다. 정액이 '알몸 꽃잎처럼 펄럭이는' 여자를 향해 있다는 것은 생명 잉태를 암시하게 된다. 전봉건의 시에서 관능적이고 원색적인 이미지는 언제나 생명성을 환기하는 속성을 띠고 있기 때문이다.

　그런데, 그 여자는 小銃을 들고 있다. 그렇다면, 나는 그 여자가 쏜 소총에 맞아 구멍 뚫린 새인 것이다. 자동 소총을 들고 있는 여자는 '꽃잎'에 비유되고 있다. 결국 생명을 상징하는 여자가 죽음을 상징하는 새를 향해 총을 겨눈 것이다. 그로 인해서 생명을 상징하는 정액이 생성된다. 원래 남녀의 생식기는 볼록과 오목을 그 특징으로 한다. 그런데, 이 시에서는 거꾸로 '총'을 쥐고 있는 여자가 남자에게 구멍을 낸다. 볼록의 '총'을 여자가 쥐고 있으며, 남자는 그 볼록의 대상인 '구멍'의 존재가 되고 있다. '여자-생명-총', '남자-죽음-구멍'이라는 독특한 의미 체계로 인해 남자는 총을 맞고서도 정액을 만들어낼 수 있는 것이다. 이것은 남녀의 역할을 전도시키고 있는 성행위의 비유적 묘사이다.

이러한 의미 관계가 형성되는 것은 남자가 죽음을 상징하는 존재로 설정되어 있기 때문이다. 죽음을 상징하는 남자를 죽이는 것은 생명을 취하는 것이다. 이렇게 하여 이 시에서 정액은 죽음에 직면한 마지막 순간에 등장하지만, 결정적으로는 생명을 생성시키는 기능을 하게 된다. 이처럼 겉보기에는 남자의 죽음만을 다루고 있는 듯하지만, 다층적인 의미망을 통해서 드러나는 것은 재생성을 내재하고 있는 죽음임을 알 수 있다.

한편, 거세된 페니스와 정액의 결합은 관능적인 효과를 배가시키게 된다. 성적인 상징을 지니는 소재를 통해 죽음을 환기시키려는 시적 발상법 밑에는 성적인 말초 신경을 자극하여 생명에의 욕망을 고조시키려는 상상력의 의도가 엿보이고 있다. 이 시에서 죽음의 대상이 되고 있는 새와 '사타구니'가 그 단서이다. 전봉건의 시에서 새는 에로스의 상징물이다. 이러한 죽음의 관능적 승화는 시적 구성에 생명의 끈질긴 영속성을 강조하는 에로스의 욕망이 투영됨으로써 가능했던 것이다. 이 안에는 죽음과 생명을 다른 차원에 속한 것으로 보지 않으려는 제의적 의식이 가미되어 있는 것이다.

3. 연속의 기호로서의 몸과 우주(cosmos)와의 합일

유한한 생명을 지닌 인간은 세계의 일반적인 질서와는 다른 방식으로 죽음을 극복할 수밖에 없다. 제의는 그러한 의식에 기반을 둔 상상적 산물이다. 그리고, 에로티시즘이 궁극적으로 추구하는 세계는 두 번째 양상에서 다룬 제의적 상상력을 통하여 충분히 짐작할 수 있었다. 조화, 생명, 질서의 총화라 할 수 있는 우주 합일의 세계가 그것이다. 영속적 생명의 원리를 제시하려 한 제의 속에는 연속적 세계에 대한 꿈이 이미 투사된 것이다. 그리고 세 번째 양상인 우주 합일의 시편들에서는 타나토스의 그림자가 완전히 사라진 순수한 에로스의 세계를 추구하고 있는 것이 특징이다.

흥미롭게도 서정주, 오장환, 송욱, 전봉건의 시들 모두 후기에 이르러서야 우주 합일의 에로티시즘을 집중적으로 형상화하기 시작한다. 인간의 본질적인 문제에 대한 관심에서 출발한 에로스의 상상력이 우주 합일로 귀결하게 되는 것은 자연스러운 이치이다. 우주 합일은 인간의 원초적 질서를 상징하는 세계이기 때문에 인간의 본질적인 문제에 대한 관심은 언제나 인간의 원초적인 삶으로 환원되는 것이다.

> 헤라클리투스(BC 6세기 말)와 엠페도클레스, 이들은 서구철학의 아버지들인데, 이들에게는 사랑은 감정이 아니라 우주(universe)의 물리적원리이고 그것을 통합하는 동인이다.(우리는 "physical"이라는 말을 현대의 과학적 의미로서 이해해야지 순수하게 성적인 이끌림, 육체적이라는 평범한 의미로 이해해서는 안된다.) 우주(cosmos)에는 두가지 힘이 있다. 즉 끌어당기는 힘(attraction)과 내치는 힘(repulsion)이다. 헤라클리투스는 사랑에 대한 그의 명사, 하모니아는 상대물의 긴장에서 기인한다고 생각했다. 그는 "반대되는 것, 협동하는 것, 그리고 가장 아름다운 조화는 갈등으로부터 나온다. 모든 것은 불화를 통해 완성된다."라고 했다. 대조적으로 엠페도클레스는 비슷한 것이 비슷한 것을 이끌지만 이끄는 과정의 결과는 같다고 생각했다.[94]

우주 합일은 원초적인 삶과 개체의 근원적 통일을 의미한다. 그 세계
는 바로 조화와 질서의 상징적 공간인 낙원으로 실현된다. 에로티시즘
은 이러한 면에서 일원적[95] 태도를 노출하게 된다. 낙원은 모든 것을
하나의 원리로 합일시키는 곳이기 때문이다.

> 인간의 창조는 우주의 창조와 대등한 것이다. 따라서 인간의 창조
> 도 우주의 창조와 마찬가지로 중심점, 곧 세계의 중심에서 일어났다
> 고 한다. 예를 들어, 메소포타미아의 전승에 의하면, 인간은 "지구의
> 배꼽"에서 우주(肉), 사르(뼈), 키(땅)로 형성되었다고 하는데, 그 "지구
> 의 배꼽"은 "하늘과 땅의 결속"이 자리잡은 곳. …아담이 진흙으로
> 만들어진 그 낙원도, 말할 필요도 없이 우주의 중심에 위치하고 있
> 다. 낙원은 지구의 배꼽이기 때문이다[96].

인용문에서 보듯, 낙원은 우주의 중심이다. 그리고 중심은 언제나 창
조적 장소가 된다. 요컨대, 낙원은 생명의 근원지가 되는 것이다. 우주
신화가 결혼식의 경우 뿐 아니라, 전체성의 회복을 목적으로 삼는 경우
에도 모범적 모델이 되고 있듯이,[97] 낙원은 질서와 조화와 생명의 의미
를 내포하는 곳이 된다. 그렇다면 이와 반대로 실낙원은 부조화, 파괴,
단절, 상실 등의 죽음을 내포하는 곳이 될 것이다. 낙원이 죽음의 불안
의식과 맞물려 나오게 되는 장소인 것도[98] 이 때문이다. 실낙원이 관계
의 상실이니 존재론적 기반의 상실을 의미하고 있음을 상기해 보자. 인

---

94) Philip P. Wiener, Dictionary of the History of Ideas(Ⅲ), New   York:Charles Scribner's Sons
    Publishers, 1979. p. 94.

95) 이원론과 일원론을 구분하는 기준은 다음과 같다. 예를 들어, 기독교의 기본 설정인
    신과 인간의 관계처럼 단지 두 개의 세계를 상정하는 것만 가지고는 이원론이라 판단
    할 수 없다. 신과 인간의 양자를 영원히 합치시킬 수 없다는 전제 하에 이분법적 관
    계를 절대적으로 주장하는 경우에 이원론인 것이다. 그러나 신과 인간의 두 개의 세
    계를 토대로 하되 그것을 합일시키고 통일시키려는 방향을 보이는 경우에는 일원성
    내지 일원론적 세계라 할 수 있는 것이다.(김붕구, 『상징주의 문학론』, 민음사, 1982.
    pp. 247-255 참조)

96) 엘리아데(1976), 앞의 책 , p. 33.

97) 엘리아데(1976), 앞의 책, p. 45.

98) Frederick J. Hoffman, 앞의 책, p. 317.

간의 삶에서 타자와의 관계의 상실만큼 죽음을 환기하는 사건도 없다. 따라서, 죽음에 역반응하여 생성된 에로티시즘이 낙원을 지향하게 되는 것은 자연스러운 현상이다[99].

그런데, 낙원은 원형의 자아를 처음 상태 그대로 간직하고 있는 장소이다. 따라서, 낙원 지향은 원초적인 자아상을 회복하려는 나르시시즘의 일환이라 할 수 있다. 이러한 나르시시즘적 속성을 통하여 인간이 왜 타자를 끊임없이 필요로 하는지 그 이유를 알 수 있다. 에로티시즘에서의 나르시시즘이란 자기애에 몰입하는 경우만을 의미하지 않는다. 인간의 원형적 자아는 타자를 전제로 성립하기 때문이다[100]. 타자와의 진정한 만남의 순간에 나는 주객 분리 이전의 근원적인 나를 만나게 된다. 여기서 주객이란, '나'와 최초의 타자인 '어머니'를 가리킨다.

프로이트도 사랑의 상태를 나르시시즘에 연결하고 있다.[101] 그런데, '너'라는 타자와의 만남을 통하여 일체감이나 통일감을 추구하려는 인간의 무의식에는 잃어버린 낙원이나 떨어져 나온 모태의 원초적 상태를 회복하려는 본능이 숨겨져 있다. 그래서 모성이나 모체, 그리고 낙원은 자기를 가장 완전하게 실현하게 하는 상징적 장소가 되는 것이다[102].

이제, 에로티시즘의 궁극적 세계를 형상화하는 우주 합일의 시편에서 고향이나 낙원의 공간이 왜 육체화되는지 그 이유를 알 수 있다. 인간의 근원적인 자아는 모체로부터 자신의 육체가 떨어져 나오는 순간 확립되지만, 그 순간 인간은 최초로 자아 상실감을 느끼기도 한다. 따라서 육체는 자아 상실과 회복의 상징적 자리가 되고, 에로티시즘에서 자아 상실과 회복은 육체 상실과 회복과 동일한 의미가를 갖게 된다.

---

99) 엘리아데, 앞의 책, p. 108.
100) 마틴 부버, 『나와 너』, 대한기독서회, 1998. p. 45.
101) 쥴리아 크리스테바, 『사랑의 역사』, 민음사, p. 38.
　　마르쿠제 또한 『에로스와 문명』(pp. 123-125)에서, 나르시시즘을 우주와의 일체화로서 포착하는 이것이 프로이트의 놀라운 역설이라고 주장하고 있다. 오르페와 나르키의 이미지는 위대한 거부의 이미지인데, 이 거부는 해방, 다시 말하면, 분리되어 온 것의 재결합을 바라는 것이다.
102) Jane Gallop, 앞의 책, pp. 56-68. 참조.

이처럼, 에로티시즘은 처음부터 완전한 육체를 회복하려는 욕망에 그 원천을 두고 시작되는 세계이다. 불완전한 육체를 의식하면 할수록 인간은 타자의 몸을 필요로 하게 된다. 이러한 세계를 가장 명징하게 그리고 있는 시인이 전봉건이다. 이 완전한 육체는 모태로의 회귀 및 모체와의 일치로써 가능하다. 그 모체의 인류적 상징이 낙원이다. 이러한 현상은 육체가 내포한 공간적 속성, 더 명확하게 표현하자면 집의 형상성에서 기인한다103). 그래서 에로티시즘은 육체가 지닌 최초의 질서를 상징적 고향으로서 실현하는 것이다.

요컨대, 에로티시즘은 여성이나 고향을 매개체로 하여 완결된다. 인류사 속에서 인간의 낙원이 모태나 자궁을 통해 상징적으로 재현되어 온 것도 이 때문이다. 인간은 어머니의 몸에서 분리되어 나오는 순간 죽음의 심상을 가지고 태어난다104). 그래서, 모태로의 회귀 본능 속에는 영속적인 생명욕이 내재하게 되고105), 이러한 단계에서 에로티시즘은 더 이상 갈등을 보이지 않고 세계와 조화로운 관계로 돌아서게 된다. 이 세계는 아니마106)의 세계와 일치한다.

---

103) Jane Gallop, 앞의 책, p. 2.
　　 Sidonie Smith, 앞의 책, p. 128.
104) 어린아이가 삶과 죽음에 대해서 갖게 되는 최초의 심상은 다음과 같은 세 가지 반대 개념의 집합을 중심으로 형성되어 있다. 즉, 연결↔분리, 움직임↔정지, 완전↔분해이다.(립튼, 앞의 책, p. 44)
105) 에릭 올슨·립튼 공저, 앞의 책, p. 48.
　　 정신분석학가 오토 랭크는, 인생노정의 일체 불안은 모두 그 인생이 최초로 겪은 충격, 즉 '태어남'의 트로머(trauma:인간의 정신에 영구적 영향 또는 결과를 남기는 쇼크를 가리킴)라고 믿는다. 인간은 탄생하는 순간 어머니의 자궁 속에서 누릴 수 있었던 완벽한 안정 상태가 이 세상의 예측 불가능한 자극으로 뒤 바뀌는 대전환을 맞이한다. '태어나는 것'이 죽음의 심상에 대한 어린 아이의 천부적 잠재 가능성을 활성화시키는 최초의 체험이라고 하는 것이 좋을 것이다.
106) 바슐라르는 아니마를 혼, 상상력, 여성적인 것으로, 아니무스를 정신, 이성, 남성적인 것으로 구분한다. 융은 남성 속에 있는 여성 심상을 아니마로 보고, 여성 속에 있는 남성 심상을 아니무스로 구분하고 있다.(바슐라르, 이가림 역, 『물과 꿈』, 문예출판사, 1992. p. 7, 야코비, 『융 심리학』, 교육과학사, 1985. pp. 139-145)
　　 이것은 아니마가 여성적이고, 모성적인 심상임을 말해 준다. 따라서 母性의 세계는 분리 이전의 모든 것이 조화를 이루고 있는 원초적인 심상이 된다.

이처럼, 고향이나 그러한 계열의 공간은 과거를 환기시키는 시간화된 유토피아적인 장소로 등장하기도 한다. 그곳은 처음을 환기시키는 매체이다. 우리의 삶이 시작과 끝이 맞물리는 포물선의 형상을 그린다고 할 때, 인간이 늙어감에 따라 점차 어린 시절의 경험으로 생생해지고, 언어 또한 어린시절의 기억으로 충만해지는 것도 이 때문이다[107]. 이처럼 고향은 인간의 원초적인 몸의 비유적 공간이며 아니마의 세계이다. 아니마는 모든 것이 분리되기 이전의 조화와 질서의 세계를 향한다. 분리에 처한 인간에게 고향은 나르시즘의 훌륭한 도구가 되는 것이다[108].

하지만, 이 상징적 고향의 형상이 다른 양상에서도 그랬듯이 네 시인에게서 획일적인 모습을 띠지는 않는다. 문학은 개인의 구체적인 체험에 따라 각자 상이한 형상을 지닐 수밖에 없기 때문이다. 서정주에게 '질마재'는 파편화된 몸을 치유해주고 원초적 몸을 회복해 주는 고향이며, 오장환에게 '어머니'는 소외되고 병든 몸을 품어주고 치유해 주는 고향이다. 또한 송욱에게 '우주(universe)' 공간은 전쟁이 상징하는 불임의 현실을 극복하게 하는 생명 탄생의 태고적 고향이며, 전봉건에게 '항아리'는 陽氣를 발산함으로써 생명을 잉태하는 자궁으로서의 고향이다. 이처럼, 네 시인에게 고향의 형상은 서로 다르지만 '질마재' '우주' '어머니' '항아리'는 일관되게 모태나 모체를 상징한다.

시인들에게 이 고향은 초월적 성향을 강하게 내포하는 공간이다. 여기서 초월이라 함은 '뛰어넘음'을 의미하는 것이다. 즉 범상한 일상 생활의 한계나 제약으로부터 벗어나 자유로운 느낌을 갖게 되는 것을 가리킨다.[109] 이렇게 에로티시즘은 초시간적인 초월 세계를 통해서 구축되는 세계이다[110].

---

107) N. Frye(1991), 앞의 책, p. 44.
108) 물이 꽃에 대해서 나르시시즘의 훌륭한 도구가 되는 것과 같은 이치이다.(가스통 바슐라르,『물과 꿈』, p. 42)
109) 에릭 올슨 · 립튼 공저, 앞의 책, p. 91.
110) 죠셉 켐벨, 이윤기 역,『신화의 힘』, 고려원, 1996. pp. 106-107.
    켐벨은, 對極 즉 이원성은 남녀 뿐만이 아니라, 인간과 하느님과의 관계에서도 이루어진다고 보았다. 동일성만을 인식하는 차원에서 이원성에 참여하는 의식으로의 변화가 바로 초시간적인 융합의 낙원에서 쫓겨나는 실낙원의 사건이라고 한다.

1) 실재의 '고향－몸'으로의 재인식적 회귀
－서정주와 오장환의 경우

속죄 제의의 에로티시즘을 통해 서정주와 오장환의 시편들은 궁극적으로 우주 합일의 지점을 고지한다. 속죄 제의의 죄성은 세속성과 등가를 이루는데, 이것은 죽음에 가까운 현실 인식에 원죄 의식이 개입된 결과라 할 수 있다. 죄의식은 신성한 세계를 가치 기준으로 삼기 때문에, 그와 같은 각도에서 죄성은 곧 세속성의 징표를 끌고 다닐 수밖에 없다. 그 결과, 병든 몸이나 불결한 몸은 신성한 세계로부터의 분리를 의미하는 실낙원적 위상을 반영해 주는 상징적 장소가 된다.

그렇다면, 이 두 시인은 신성성을 구체적으로 어떻게 실현하고 있는가. 세 번째 양상인 우주와의 합일을 시도하는 시편들에서 에로스는 더 이상 타나토스와 긴장 관계를 이루지 않는다. 생명성의 지대로서 충만해 있는 세계를 표상할 뿐이다. 그래서, 죽음으로 인한 불안이나 두려움의 정서는 그 흔적조차 보이지 않는다. 오로지 안정되고 평온한 정서가 주조를 이루는 것이 특징이다.

우주 합일은 이제 실재적인 시공간과 인물들을 통한 비유로 형상화된다. 서정주에게는 유년의 시공간인 '질마재'가, 오장환에게는 고향에 계신 '어머니'가 낙원의 상징적 존재들이다. 이때 질마재와 어머니는 심리적 투사체라 할 수 있다. 먼저 질마재는 과거라는 시공간대로의 회귀이다. 유년의 시공간과의 이러한 통합은 시적 자아가 세계와 조화로운 관계를 회복하였음을 의미한다. 서정주의 전기 시에 등장하는 시적 자아가 뿌리 상실감에 근거하고 있다면 고향과의 재통합은 상실된 자아의 회복을 의미하게 된다. 한편 오장환의 경우 실재하는 어머니를 통하여 낙원을 실현한다는 점에서 남다르다. 그는 어머니를 통해 고향 회귀를 실현하고 있다.

실제적으로 존재했거나 존재하는 인물일지라도 시적 자아가 낙원에 상당하는 어떤 체험에 유독 몰입해 있거나, 그 인물을 향해 낙원 지향의 심리를 투사하는 것은 초월적 태도로 해석할 수 있다. 이러한 태도는 낭만성이나 환상성의 추구를 특질로 하는 에로스적 상상력에 속한다. 이는 또한 소외감이나 상실감으로 받은 상처를 비유적으로 극복하는 심미적 대응 방식의 일종이기도 하다. 고향 회귀는 어머니 몸과의 상징적 통합이며, 고향 회귀를 이루는 다양한 방식 중에서도 과거와 유년으로의 회귀는 전형적인 경우에 속한다. 고향이나 유년은 현실에서 낙원에 필적할 만한 체험을 할 수 있는 가장 적절한 곳이기 때문이다. 현실과 조화를 이루지 못할 때, 고향과 어머니라는 인물과 과거의 시간대를 지향하는 것은 이들이 자기의 정체성을 확고히 드러내고, 자기를 수렴해 주는 구심적 대상들이기 때문이다.

이 장에서 다룰 시편들에서 여성이나 여성의 상징물들은 더 이상 갈등을 부르는 요인이 아니다. 제의의 에로티시즘에서 에로스와 타나토스 간의 긴장 관계에서 초래된 여성에 대한 갈등은 이제 낙원이라는 연속적인 세계에서는 사라지고 여성은 생명과 육체성을 회복시켜 주는 긍정적 의미소만을 지닌 인물이 된다. 이러한 여성의 이미지는 시적 자아와 세계가 조화로운 관계로 돌아서게 되었음을 유추해 내는 해석적 근거가 된다. 세계와의 조화로운 관계는 상실된 자아의 회복을 의미하는 것이다. 이것은 이원론적 갈등에서 완전히 벗어나 일원성의 세계로 진입하는 에로티시즘의 정점을 보여주는 것이기도 하다.

서정주는 여인으로 비유된 꽃을 통하여 병든 몸을 치유받게 된다. 이 여인은 물론 질마재를 상징하는 인물이다. 이제 그 치유의 과정을 거쳐 시적 자아는 고향인 질마재로 완전 회귀하게 된다. 『화사집』(41년)의 세계에서 벗어나 『귀촉도』에서 그 전환점을 마련하여, 『질마재 신화』(75년)에 와서 그 정점에 이르는 과정이 그것이다.

오장환의 창작 기간은 『성벽』(37년)에서부터 『나 사는 곳』(48년)까지 겨우 10여년밖에 되지 않는다. 게다가 생명감이 충일한 에로스의 세계로 진입하려는 시점에서 이념적인 데로 돌아서게 된다. 이렇게 그가 에로티시즘의 정점에 완전히 이르지도 못하고 관념적인 경향을 노정하였다는 점은 아쉬운 일이 아닐 수 없다. 이념성은 관념적이어서, 감성적인 에로스의 세계와는 거리가 멀다. 그러나 우주 합일의 징후적 요소들은 초기 시부터 지속적으로 나타나고 있었으며, 고향에 계신 '어머니'에 대한 그리움 및 지향 동기를 통해 그 양상을 살펴볼 수 있다. 따라서, 후기 시에서 욕망의 대상으로 나타나는 '어머니'만이 유일하게 자기 회귀를 이루게 해 주는 대상이며, 에덴을 대체하는 인물이 된다.

이처럼, 서정주에게는 고향인 '질마재'가, 오장환에게는 고향의 '어머니'가 현실과의 부단한 갈등으로 지친 정신을 쉬게 하는 에덴이며, 정체성을 통하여 안정감을 이루게 하는 거울과 같은 존재들이 된다. 그 거울은 분열된 자아를 회복시키는 유일한 통로이다. '질마재'로의 회귀는 원초적인 몸의 회복을 의미하며, '어머니'로의 회귀는 추방되고 소외된 몸의 귀속을 통한 새로운 몸의 소생을 의미한다. '질마재'와 '어머니'는 삶의 의욕, 즉 생명욕을 고무시키는 촉매적 대상으로 원용되었다는 점에서 에로스적 대상이 되기에 충분하다.

가. '질마재'-치유와 회생의 원초적 공간화

『화사집』과 『귀촉도』의 몇몇 시편에서 보여 준 디오니소스적 몸에의 도취와 속죄 제의적 의식 속에는 건강한 몸과 생명 회복에 대한 욕망이 투영되어 있다. 이러한 에로스의 실현이 서서히 그 징후를 드러내는 시기는 『귀촉도』와 그 이후의 시편들에서이다. 그리고 본격적인 에로스의 세계가 실현되는 시기는 고향 '질마재'라는 우주와의 합일을 이루는 『질마재 신화』에 와서이다. 『귀촉도』에서도 말끔히 가시지 않고 나타나는 갈등의 복합적인 심리적 양상이 질마재라는 공간에 와서는 말끔히 해소되고 있는 것이다. 『귀촉도』의 첫 번째에 실린 "저,/가슴같이 따뜻한 삼월의 하늘ㅅ 가에/인제 바로 숨 쉬는 꽃봉오릴 보아라(密語)"에서처럼, 초기에 흥분과 격정에 사로잡혀 무질서한 양태를 보이던 에로스는 이제 호흡이 안정되기에 이른다. 꽃봉오리가 이제 정상적인 숨을 회복한 것이다.

서정주 시인이 추구하던 육욕을 통한 건강한 육체성의 추구는 『귀촉
도』를 분기점으로 변화한다. 단지 욕정을 자유롭게 분출함으로써 건강
한 몸을 획득하는 것이 아니라, 현실에 시달리고 찌든 몸을 淨化시켜
주는 사랑의 긍정적 힘을 통하여 건강을 회복하는 것이다. 사랑 또한
더 이상 육체의 에너지를 소진시키는 매체가 아니라 육체에 생명력을
불어넣어 주는 긍정적 의미소로 전환되고 있다. 이러한 변화는 금기 어
김에 몰입해 있던 『화사집』의 몸에서 탈피한 것이다. 그래서, 에로스는
생명의 근원으로서의 긍정적인 자질만을 허용하게 된다. 몸은 더 이상
갈등의 장소가 아니라, 생명의 세계로 확장해 나갈 수 있는 중심축이
된다.

반항과 죄의식의 갈등 지대였던 몸이 에로스의 상승 곡선으로 전환되
면서, 관능적이거나 원색적인 몸은 더 이상 갈등을 일으키지 않는다.
오히려 관능의 상징인 여인이나 꽃을 통해 자기 동일성을 이루고자 하
는 양상을 비친다. 꽃으로 비유된 이 여인은 질마재의 원초적인 몸을
지닌 에로스적 몸의 소유자이기 때문이다. 이 여인은 『화사집』의 「水帶
洞詩」에서의 '서울 여자'가 주는 죽음의 심상과 완연 다르다. 이제 시
인은 길등을 일으키는 '서울 여자'라는 부정적 여인을 벗어나 '금女'를
통해 자기 동일성을 이루려는 것이다. 이것은 어머니 몸과의 통합을 이
루려는 시적 자아의 내면을 엿보게 한다.

이제 고향의 여인은 몸을 소진시키지도 탈진시키지도 않는다. 오히려
몸에 생기를 불어넣어 건강하게 해주는 대상으로 변해 있다. 이렇게 고
향의 몸을 상징하는 여인들과 결합함으로써 시적 자아는 병든 몸을 치
유 받고 상실한 육체성을 회복하게 된다.

눈물로 적시고 또 적시여도
속절없이 식어가는 네 흰 가슴이
저 꽃으로문지르면 더워 오리라

아홉밤 아홉낮을 빌고 빌어도

덧없이 스러지는 푸른 숨ㅅ 결이
저꽃으로 문지르면 도라 오리야
-「門열어라 鄭道令아」 중에서

이 시에서 '너'는 이도령의 비유이고, '꽃'은 춘향이의 비유이다. 이도령의 '식어가는 가슴'이나 '스러지는 푸른 숨결'은 곧 생명력의 상실을 의미한다. 식어가는 가슴을 더워오게 하고 스러지는 숨결을 돌아오게 하는 꽃, 즉 춘향이는 생명력을 불어 넣어주는 대상이다. '문지른다는' 것은 사랑의 행위와 치유의 행위를 중첩시킨 묘사이다. '눈물로 적시고 적셔도'와 '아홉밤 아홉낮을 빌고 빌어도'에는 외로움과 인고의 그 힘겨운 세월이 느껴진다. 그럼에도 불구하고, 이도령은 '속절없이'나 '덧없이'만을 겪어야만 했다. 그러한 세계는 '식어가는'이나 '스러지는'에 함축되어 있듯이, 죽음에 점점 가까워지는 상황이다. 이 시에서 흰색과 푸른색은 생기가 없는 이미지로, '문지르면'에 함축된 꽃의 열기와 대조적으로 쓰이고 있다. 그러한 흰색과 푸른색은 꽃의 열기로 인해서 다시 숨을 돌리게 되고 생명력을 얻게 된다.

또한 '문지른다'는 남녀간의 사랑이 얼마나 큰 에로스의 위력을 발휘하는지를 집약적으로 제시하는 핵심적 이미지이다. 이는 열기를 일으키는 기초적 행위로 불의 운동성을 내재하는데, 불은 앞서도 보았듯이, 생명력의 상징물이기 때문이다. 공기가 불을 숨쉴 수 있게 하는 요소이라면 꽃의 열기는 가슴을 뚫어주는 공기와 같다. 숨결은 곧 생명의 호흡인 것이다. "가신이들의 헐덕이든 숨결로/곱게 곱게 씻기운 꽃이 피었다"(꽃)도 이러한 맥락으로 해석될 수 있다. 숨결이 거친 것은 강한 생명력의 환기이다. 따라서 숨결이 거칠면 거칠수록 생명체인 꽃은 더 아름답게 피어난다. 이는 『귀촉도』에서 '숨결'이 자주 등장하는 이유를 보여주는 것이다. 숨결은 생명체의 필수적인 운동이며, 그것의 원동력은 사랑이다.

그리움으로 여기 섰노라

湖水와 같은 그리움으로.

이 싸늘한 돌과 돌 새이
얼크러지는 칙넌출 밑에
푸른 숨결은 내것이로다.

-「石窟庵觀世音의 노래」 중에서

"이 싸늘한 바위ㅅ 속에서"도 날이면 날마다 푸른 숨결을 내쉴 수 있는 것은 바로 그리움의 힘이다. 또한 이 시에서 꽃에 비유되는 생명의 상징으로서 숨결을 유지시키는 대상이기도 하다. 이처럼, 『화사집』 이후부터는 서정주의 시에서 여성의 비유적 상징인 꽃111)이 부정적 육체성을 보이는 초기 시와 달리, 긍정적 육체성의 양상으로 변모해 간다. 그래서 여성은 이제 더 이상 유혹의 부정성이나 희생의 요인이 아닌, 오히려 나와 세계를 조화롭게 연결시켜 주는 통로가 되고 있다. 이러한 여성의 긍정적인 자질은 곧 시적 자아인 나의 회복을 의미한다. 긍정적 여성성의 회복 속에는 시적 자아가 자기의 근원적 자아로 회귀하려는 태도가 투영되어 있는 것이다.

다음 시에서도 꽃은 여성의 비유적 매체이고, 가슴을 문지른다는 것은 남녀가 만나 사랑을 나누는 행위를 비유한다. 시적 자아는 여성의 몸에 의해 죽는 것이 아니라, 반대로 살아나게 되는 것이다. 서정주는 이미 『화사집』에서 그 부정의 몸을 속죄의 의미로 희생시킨 바 있다. 그러나 이 시편들에서 사랑이나 여인은 낭만적이고 환상적 배경을 조성하게 될 것이다. 그리고 아름답고 긍정적인 색채는 물론 자아의 어조가 차분히 가라앉아 있는 것도 격정적이고 동물적이던 몸의 거친 호흡을 식히는 데 일조하고 있다. 이러한 시적 장치들과 함께 꽃과 여인의 이미지 또한 공격적 대상이 아니라, 시적 자아를 품어 주고 어루만져 주는 대상들로 표현된다. 「門열어라 鄭道令아」에서 문지른다는 행위가 무슨 의미를 지니는가 하는 점은 다음 시가 정확하게 제시해 준다.

---

111) 유혜숙, 『서정주 시의 이미지 연구』, 시문학사, 1996. p. 228.

손까락 끝에 나의 어린 피ㅅ 방울을 적시우며, 한名의少女가 걱정을
하면 세名의少女도 걱정을허며, 그 노오란 꽃송이로 문지르고는, 하
연 꽃송이로 문지르고, 빩안 꽃송이로 문지르고는 하든 나의像처기
는 어찌면 그리도 잘 낫는것이였든가.

(중략)

少女여. 비가 개인날은 하늘이 왜 이리도 푸른가. 어데서 쉬는 숨
ㅅ 소리기에 이리도 똑똑히 들리이는가.
무슨 꽃으로 문지르는 가슴이기에 나는 이리도 살고 싶은가.

　　　　　　-「무슨 꽃으로 문지르는 가슴이기에 나는 이리도 살고 싶은가」
　　　　　　　　　　　　　　　　　　　　　　　　　　중에서

　노랗고 하얗고 빨간 꽃송이로 문지르는 행위의 주체는 「門열어라 鄭
道슈아」에서와 마찬가지로 여성이다. 세 명의 소녀가 나의 손가락에 난
상처에 대고 꽃송이로 문지르면, 나의 생채기는 어느새 낫게 된다. 꽃
은 신기한 묘약과 치유제로서 주술적인 속성을 띠기까지 한다. 시적 자
아가 비가 개이어 하늘이 짙푸른 날 소녀를 간절히 갈망하는 이유도
꽃과 소녀가 생명의 자극제가 되기 때문이다. 그래서 삶에 대한 열정으
로 주체할 수 없을 때, 소녀가 그리운 것이다. 그 역도 가능하다.
　소녀의 숨소리가 들릴 때, 시적 사아는 살고 싶다는 욕망이 일어나게
된다. 그리고 살고 싶다는 욕망은 이면에 성적인 욕망을 감추고 있다.
소녀의 숨소리는 병든 시적 자아의 가슴을 문지르는 관능적인 행위와
맞물려 있다. 결과적으로, 소녀의 숨소리가 시적 자아의 귀에 똑똑히
들리는 선명도는 생명에 대한 강한 욕구와 비례하게 된다. 이처럼, 소
녀=성=꽃=생명이 등가적 관계로 형상화되고 있는 이 시에서 성과 생
명은 상보적 관계를 형성하고 있다.
　또 하나 주목할 만한 점은, "어서 病이 낫기만을, 그 옛날의 보리밭
길 우에서 언제나 언제나 기대리고 있었던 것이다."에서처럼, 시적 자아

가 소녀를 기다리는 보리밭 길은 초기 시에서 의미하던 罪性이 완전히 배제된 철저히 에로스만을 환기하는 공간이라는 점이다. 이는, 소녀와 에로스적 공간인 보리밭 길이 생명을 회복하는 기제로서 작용하고 있기 때문에 가능하다.

이러한 상상력은 자아와 세계와의 조화로운 관계를 토대로 구축되어 있다고 할 수 있다. 그러한 조화의 조짐은 낭만적인 시 세계를 통해 선명하게 드러나고 있다. 이러한 시편들은 주로 만물이 소생하는 봄의 계절적 배경을 통해 꽃과 식물의 생명성을 구가하고 있다.

> 봄이 와 햇빛속에 꽃피는 것 기특해라./꽃나무에 붉고 흰 꽃 피는 것 기특해라
>
> －「꽃피는 것 기특해라」 중에서

> 오늘 제일 기쁜 것은 古木나무에 푸르므레 봄빛이 드는거와, 걸어가는 발뿌리에 풀잎사귀들이 희한하게도 돋아나오는일이다.
>
> －「無題」 중에서

어떻게 보면, 하나도 신기로울 것이 없는 너무나 흔한 봄의 정경이다. 봄이 되어서 꽃이 피어 있는 경치를 보고 감탄하고 있는 단조로운 구성을 보이고 있다. 풀잎사귀가 봄의 정취를 물씬 풍기며 돋아나오는 모습을 예사롭게 넘기지 못하고 있는 시적 자아의 감탄적 어조에는 생명에 대한 강한 애착이 드러나 있다. 봄과 햇빛, 꽃, 푸름, 풀잎사귀 등으로 나열된 이미지는 오직 생명의 의미론적 변주일 뿐이다. 따라서 이러한 소박한 봄의 율동을 기특해 하고, 기뻐하고, 희한해 하는 시적 자아는 그러한 생명의 분신이라고 할 수 있다. 이러한 정경 속에서는 자아의 결핍이나 상실을 전혀 느낄 수 없다. 오로지 생명에 충일한 정서에서 표출되는 우주 합일의 징후만이 보일 뿐이다.

그러면, 서정주에게 우주 합일은 어떠한 경로를 통해 실현되는가. 그에게 낙원을 회복하려는 의식이 점진적으로 향하는 곳은 유년 시절과

고향이다. 생명의 원천이 고향인 셈이다. 그는 유년과 고향의 시공간
속에서 생명욕을 분출한다.

> 아조 할수없이 되면 고향을 생각한다./이제는 다시 도라올수없는
> 옛날의 모습들. 안개와 같이 스러진것들의 形象을 불러 이르킨다.//
> (중략)//다만 느끼는건 너이들의 숨ㅅ 소리. 少女여, 어디에들 安在하는
> 지, 너이들의 呼吸의 훈짐으로써 다시금 도라오는 내靑春을 느낄따름
> 인것이다.//少女여 뭐라고 내게 말하였든가?/오히려 처음과 같은 하눌
> 우에선 한마리의 종다리가 가느다란 피ㅅ 줄을 그리며 구름에 무처
> 흐를뿐, 오늘도 굳이 다친 내 前程의 石門앞에서 마음대로는 處理할
> 수없는 내 生命의 歡喜를 理解할 따름인것이다.

–「무슨꽃으로 문지르는 가슴이기에 나는 이리도 살고 싶은가」
중에서

극한적인 상황에서 마지막으로 지향하는 곳이 바로 고향이다. 그 곳
에는 숨소리와 호흡의 훈짐으로 청춘을 회복시키는 소녀들이 있으며,
생명이 가장 가열되는 청춘의 시기와 맞물려 있다. 청춘이 다시 돌아오
는 것을 생명의 환희로 표현하고 있음이 그 예가 될 것이다. 게다가 한
마리의 종다리가 가느다란 핏줄을 그리고 있는 그 하늘은 '처음'과 같
다. 여기서 '처음'과 '핏줄'은 동일한 의미소로 쓰이고 있다. 처음은 모
든 것의 고향이며 생명의 근원지이다. 즉 처음과 같은 하늘과 그 하늘을
날고 있는 종다리의 핏줄이 내포하는 飛翔線은 생명력의 환기 그 자체
이다. 원초성이 서정주에게 생명성과 동일하게 쓰이고 있기 때문이다.

> 샛길로 샛길로만 쪼껴 가다가/한바탕 가시밭을 취젓고 나서면/다리
> 는 훑처 肉膾 처노흔듯,/피ㅅ 방울이 내려져 바윗돌을 적시고……//아
> 무도 없는 곳이기에 고이는 눈물이면/손아귀에 닷는대로 떱고 씨거운
> 山열매를 따먹으며/나는 함부로 줄다름질 친다//山새 우는 세월속에
> 붉게 물든 山열매는,/먹고 가며 해 보면/눈이 금시 밝어 오드라.//(중
> 략)나의 소망은 熱赤의 砂漠저편에 불타오르는 바다!//가리라 가리로

다 꽃다운 이年輪을 天心에 던져/옮기는 발ㅅ길마닥 毒蛇의눈깔이 별
처럼 총총히 무처있다는 모래언덕 넘어……모래언덕 넘어……

-「逆旅」 중에서

이 시에서 '가시밭'은 육신을 소멸시키는 현실이며, 그러한 소멸 이후
의 세계는 현실을 초월한 '아무도 없는 곳'이다. 시적 자아는 거기에서
붉은 열매를 따먹으며, 원초적 자연과 친화를 누리고 있다. 그 열매는
시적 자아의 눈을 밝게 해준다. 눈이 밝아오는 것은 새로운 세계로의
눈뜸을 의미한다. 開明은 불타오르는 바다, 즉 생명의 세계로 향하게
하는 동기가 된다. 그 세계는 毒蛇로 대체되어 있는 가시밭 길을 탈피
하여 도달하는 생명이 충일한 원초적인 곳이다.

『귀촉도』 이후의 시편들에서 꽃과 여성은 더 이상 현실에 속하는 존
재들이 아니다. 현실과 현실 저편을 연결시키는 연속적 존재들이다. 연
속적 존재들에게서 죽음은 더 이상 죽음이 아니다. 그들에게는 오직 충
일한 생명력이 있을 뿐이다. 죽음은 어디에도 그 흔적을 찾아볼 수 없
을 정도이다. 그래서, 초기 시에서 관능성에 초점을 두어 묘사되던 石
榴꽃은 다음 시에서 영원으로 시집가는 꽃으로 표상되고 있다.

石榴꽃은/永遠으로/시집 가는 꽃./구름 넘어 永遠으로/시집 가는 꽃.
-「石榴꽃」 중에서

꽃은 영원과 결혼한다. 꽃은 영원성을 확보하는 영매적 역할을 하는
존재가 되는 것이다. 영원성이란 죽음 너머의 세계이며, 더이상 죽음이
존재하지 않는 연속적이고 초월적인 세계인 것이다.

이러한 도정은 질마재의 시공간이 예사롭지 않은 시공간임을 예견하
게 해 준다. '질마재'는 시적 자아의 고향으로서, 근원적 자아를 비춰주
는 반사적 공간이며 생명의 원천지가 된다. 질마재로의 방향 전환은 유
년의 기억 속에 있는 삶의 원형적 공간으로의 회귀이다. 이 공간과 동

화합으로써 자아를 회복하게 되고 세계와 조화를 이루게 된다. 곧 질마
재는 개인적인 낙원으로서 원초적 질서와 조화를 내재한 공간인 것이다.
『질마재 신화』에서 쓰인 주요 소재들은 '오줌'과 '똥'의 생물학적 속
성을 강하게 띠게 된다. '똥'과 '오줌'은 그야말로 생명체가 남길 수 있
는 물질화된 삶의 흔적인 것이다. 항문과 같이 신체의 돌출되어 있거나
구멍이 나 있는 부위는 생성 과정에 있는 신체를 의미함으로써 에로틱
한 함의를 갖게 된다112). 이렇게, 에로틱한 소재에 속하는 똥과 오줌을
통해113), 원초적인 몸을 회생시키려는 의식 속에는 원초적인 세계와의
근원적인 합일이 암묵적으로 내재되어 있는 것이라고 해석된다.

> 小者 李 생원네 무우밭은요. 질마재 마을에서도 제일로 무성하고
> 밑둥거리가 굵다고 소문이 났었는데요. 그건 이 小者 李 생원네 집
> 식구들 가운데서도 이 집 마누라님의 오줌 기운이 아주 센 때문이라
> 고 모두들 말했습니다./옛날에 新羅 적에 智度路大王은 연장이 너무
> 커서 짝이 없다기 겨울 늙은 나무 밑에 長鼓만한 똥을 눈 색시를 만
> 나서 같이 살았는데, 여기 이 마누라님의 오줌 속에도 長鼓만큼 무우
> 밭까지 鼓舞시키는 무슨 그런 신바람도 있었는지 모르지.

-「小者 李 생원네 마누라님의 오줌 기운」 중에서

인용한 시에서 오줌 기운, 즉 오줌의 힘은 에로스의 에너지원이 되고
있다. 무우밭의 무성함과 무우밑둥이 굵은 것은 생생력을 말해주는 것
이다. 그런데, 그러한 무우의 생명력의 근원은 이생원의 마누라의 오줌
기운 때문이다. 그것은 삶의 잔여물로서 죽음의 기호이지만 동시에 식
물들에게 있어서는 삶의 밑거름이 되기 때문이다. 배설은 비옥 및 풍요

---

112) 김욱동, 앞의 책, pp. 249-150.
　　먹고 마시고 배설하고(땀이나 콧물 혹은 재채기 같은) 기타 분비물을 분비하는 행위-
　　이런 모든 행위의 장면은 신체와 외부 세계의 경계선, 즉 노쇠한 신체와 새로운 신
　　체의 경계선상에 위치한다. 이것은 삶의 시작과 끝이 서로 밀접하게 연관되어 있는
　　행위들이다.
113) Stoller, R, 앞의 책, p. 16.

와 밀접한 관련을 지닌다. 또한, 智度路대왕이 만난 색시의 똥을 長鼓 크기에 비교한 것이나, 그 대왕의 연장 크기와 결합시킨 것은 배설을 성적인 문맥으로 끌어들임으로써 '鼓舞'나 '신바람'의 관능적인 분위기를 배경으로 하여 배설물을 하나의 생명체가 삶을 영위했다는 증거물로 전환시키는 것이다. 따라서, 인간의 糞尿는 에로스의 상징적 소재가 되는 것이다. 이러한 관점에서 배설물은 생명의 시작과 끝을 함축하는 것으로 인생의 總和라고도 할 수 있다. 그것이 신체 부위에서도 가장 원초적인 곳에 위치하고 있다는 점에서도 그러하다.

> 아무리 집안이 가난하고 또 천덕구러기드래도, 조용하게 호젓이 앉아, 우리 가진 마지막껏-똥하고 오줌을 누어 두는 소망 항아리만은 그래도 서너 개씩은 가져야지./(중략)/집 안에서도 가장 하늘의 해와 달이 별이 잘 비치는 외따른 곳에 큼직하고 단단한 옹기 항아리 서너 개 포근하게 땅에 잘 묻어 놓고, 이 마지막 이거라도 실천 오붓하게 自由로이 누고 지내야지.
>
> -「소망(똥간)」 중에서

소망 항아리는 해와 달, 그리고 별이 가장 잘 비치는 곳에 마련되어 있다. 우주 만물의 에너지를 표상하는 해와 달, 그리고 별과 가장 친숙하게 만나는 곳에 위치한 소망 항아리는 상당히 에로스적이다. 해와 달과 별이라는 배경과 여성의 신체를 상징하는 항아리, 그리고 생명의 기호인 똥과 오줌이 에로스적으로 조화를 이루게 되기 때문이다. 또한 '우리가 가진 마지막 것'임을 강조하는 표현 속에는 마지막 것이 마지막으로 품고 있는 생명력으로 강하게 환기되고 있다. 그것은 육체를 벗어나기 바로 직전까지 생명을 지탱해주던 물질들의 마지막 모습, 찌꺼기로서, 생명을 위해 힘을 다 쓰고 남은 에너지의 화학 물질이다. 이렇게 마지막 것인 분뇨는 뜨겁고 강렬했던 삶의 형질이 응축되어 있다는 점에서 생명성으로 확장되면서 연속적인 세계로 넘어가는 교량 역할을 하게 되는 것이다. 따라서 분뇨는 생의 과잉을 표식하는 물질로서 연속

성에의 욕망을 투영해 주는 에로스의 전형적 소재로 쓰이고 있는 것이
다114).

　연속적인 세계란 죽음과 생명이 동질적인 가치를 지니는 곳이다. 아
니, 죽음이 더 이상 허락되지 않는 세계이다. 이러한 세계에서 몸은 영
속성과 불멸성을 지니게 된다. 이러한 몸이 질마재의 원초적 몸이다.
시적 자아는 자신을 이 질마재의 몸과 동일시하려고 한다. 질마재는 근
원적 자아를 반사해 주는 거울의 상징적 공간이기 때문이다. 「上歌手의
소리」에서 분뇨의 항아리가 근원적 자아를 비춰주는 거울이 되고 있는
것도 이 때문이다.

　　그렇지만, 그 소리를 안 하는 어느 아침에 보니까. 上歌手는 뒤깐
　똥오줌 항아리에서 똥오줌 거름을 옮겨 내고 있었는데요. 왜, 거, 있
　지않아, 하늘의 별과 달도 언제나 잘 비치는 우리네 똥 오줌 항아리,
　(중략)거길 明鏡으로 해 망건 밑에 염발질을 열심히 하고 서 있었습
　니다.(중략)明鏡도 이만큼은 특별나고 기름져서 이승 저승에 두루 무
　성하던 그 노랫소리는 나온 것 아닐까요?
-「上歌手의 소리」 중에서

　이 시에서 이승과 저승을 일원화시키는 매체는 똥오줌 항아리다. 똥
오줌은 에로스의 가장 원초적인 소재이며, 연속성의 표식이다. 『질마재
신화』에서도 육체에 한정되어 있던 분뇨가 이제는 이승과 저승을 매개
하는 중재자적 역할을 하고 있음이 분명하다. 이것은 에로스가 모든 질
서의 단초임을 말해주게 된다. 그래서, 질마재는 축자적 의미 그대로의
고향을 넘어서 인간의 원형적 고향을 상징하는 우주 합일의 시공간이
된다.

---

114) Alain Arnaude, Gisèle Excoffon-Lafarge, *Bataille*, Seuil(écrivains de toujours), 1978, pp.
　　36-38.(김승, 「조르쥬 바타이유의 'C. 신부'에 나타난 에로티즘 연구」, 외국어대 석사
　　논문, p. 17에서 재인용) 바따이유는 웃음, 만취, 희생, 오물와 함께 분뇨도 에로틱한
　　분출물로 간주하고 있다. 이들은 주체와 대상간의 경계를 무너뜨리게 되고 파열의
　　형태를 그 특징으로 하는 에로티시즘의 계열에 속한다.

질마재에 거주하는 인물들의 실상과 삶의 모습들이 사실은 현실에 속하였음에도 초월적인 세계와 소통하는 것도 이 때문이다. 그리고 그 초월성이란 죽음과 생명이 동일한 가치를 지닐 때 나타나는 특질을 가리킨다. 더 이상 이승과 저승은 분리되어 있는 다른 세계가 아니며, 똥오줌 항아리는 시적 자아의 동일성을 회복하게 해주는 明鏡이 된다. 그 명경을 통해 원초적인 세계가 회복되는 것이다. 그에 상응하여 시적 자아 역시 원초적인 자아를 회복하게 된다.

질마재의 인간상이 하나같이 원초적 세계에 동화하며 사는 인물로 일색되어 있는 것도 이런 의미에서 중요하다. 원초적 질서에 따르며 산다는 것은 세계와의 조화로운 관계를 회복한 것이기 때문이다. 질마재 안에서는 어떠한 갈등도 삶과 죽음의 원리로 융해되거나 해소되고 있다. 일상의 낱낱이 에로스의 원리 속으로 흡수되면서 갈등으로 착색되어 있고 무질서하게 보이는 삶의 양태들이 고향이라는 근원적 시공간 안으로 흡수되어 낙원으로 질서화되는 것이다. 이것은 에로스를 통한 자기 회귀이다. 따라서 에로스는 자기 정체성의 문제로 환원될 수 있다. 육체화된 고향을 통한 육체의 긍정적 회귀가 서정주의 후기 시에는 자기 정체성의 회복을 의미하고 있기 때문이다. 가장 조화로운 공간인 고향에서 가장 조화로운 육체의 분뇨를 통해 우주 합일의 에로스가 이루어지고 있으며, 이는 건강한 육체를 통한 인간 원형의 회복을 의미한다.

나. '어머니'-귀속과 신생의 전환적 공간화

1939년에 간행된 『헌사』에 실린 「深冬」, 「나의 노래」, 「夕陽」, 「喪列」, 「永遠한 歸鄕」 등의 시편들은 초기 시의 습하고 어둡고 차가운 시적 정조를 비교적 많이 벗어나 있다. 낭만적인 정조가 그 변화의 양상이다. 내면의 어두움에 침잠되어 자폐적이기까지 하던 초기 시와 전혀 다르게 시적 자아는 이제 외적인 풍경이나 인생사와 자연스럽게 동화되거나 친화적인 관계를 보이기까지 한다.

『헌사』의 몇몇 시편이 보여준 이러한 긍정적인 징후는 『나 사는 곳』

에 이르러서야 에로스의 심상을 동반하면서 점차 표면화되기 시작한다. 이러한 변화 조짐은 자기 안에 갇혀서 세워 놓았던 외부와의 벽을 허물고 세상과 소통하려는 것으로 해석된다. 그러나, 시인이 자신의 소외 의식을 완전히 극복하고 타자와 원활한 관계를 유지한다든지 공동체와 자연스럽게 합류하는 단계에 이르는 일은 그리 쉽지만은 않다.

게다가 우주 합일의 에로티시즘이 막상 원숙한 세계로 진입해야 할 시점인 『병든 서울』은 전혀 다른 세계로 그 방향을 바꾸고 있다. 이러한 현상은 이 시기에 와서 시인이 이데올로기적 사유로 모든 현상을 통찰하고, 그 결과 시 세계가 이념적 성향을 띠고 있는 데서 확인할 수 있다. 그렇기 때문에, 이 장에서는 『헌사』와 『나사는 곳』의 시편들을 주요대상으로 삼아 우주 합일의 징후를 살펴보려고 한다. 징후라고 하였지만, 사실상 어머니의 상징성만으로도 오장환의 시는 우주와의 합일을 충분히 실현한 것이라고 판단된다. 다만, 아쉬운 점이 있다면 그것이 더 심오한 자기만의 독자적인 시 세계로 심화되지 못하였다는 데에 있다.

"나의 노래가 끝나는 날은/내 무덤에 아름다운 꽃이 피리라."(나의 노래)의 정서에서 드러나듯, 서정주의 후기 시에서처럼, 이제 오장환의 꽃도 죄성과 관능성을 강하게 환기하는 기호로 작용하지 않는다. 꽃은 퇴폐적인 병적 기호도 아니고 어떠한 비유나 가치 개념을 허용하지 않는다. 다만 자연의 아름다운 풍모 그대로를 간직한 생명의 꽃일 뿐이다. 이렇게 꽃을 바라보는 시선 속에서는 초기 시의 격정적인 자탄과 반항의 몸짓은 흔적도 찾을 수 없다. 전체적인 시의 분위기가 안정되게 느껴지는 것도 시적 자아의 긍정적인 내면 세계와 무관하지 않다.

"눈 우에 피인 숯불은/빨갛게/주검은 아, 주검은 아름다웁게 불타오른다"(深冬)에서도 죽음을 삶의 한 과정으로 겸허하게 수용하는 태도를 보여주고 있다. 시적 자아에게 죽음은 더 이상 삶을 위협하거나 두렵게 하는 대상이 아니다. "상여야 고읍다/어두운 숲속/두견이 목청은 피에 적시어……"(喪列)에서도 죽음은 삶에 친숙한 사건의 하나로 낭만적인 정조를 느끼게 한다. 이러한 태도는 삶에 대한 애정을 반증하는 것이다. 죽음과 삶을 완전히 별개의 것으로서 수용하기보다는 조화롭게 연결시키는 태도는 삶에 대한 애정이 전제되어야 가능한 일이기 때문이다. 이렇게 소멸되어 가는 것들에 대해 그토록 애정어린 시선을 건넬 수 있는 이유가 다음의 시에서 압축적으로 드러나고 있다.

> 진정 나도 진정으로 젊은이를 사랑했노라./왔다는 다시 갈 오 영원한 귀향
>
> —「永遠한 歸鄕」 중에서

> 위태로운 행복은 아름다웠고/이 밤 咏懷의 정은 심히 애절타/모름지기 멸하여가는 것에 눈물을 기울임은/분명, 멸하여가는 나를 위로함이라. 분명 나 자신을 위로함이라
>
> —「咏 懷」 중에서

생명과 삶에 대한 애착이 '멸하여가는 것'을 예사롭게 넘길 수 없게 만들었던 것이다. 소멸하는 것들에 대한 감정적 동화가 생명력에 대해 미세한 촉각을 세우게 했기 때문이다. 생명력의 절정에 달한 '젊은이'의 힘을 사랑함도 이와같은 각도로 해석할 수 있다. '젊은이'는 귀향을 촉발하게 하는 시적 상관물이다. 그러면 영원히 귀향해야 할 곳은 자연스럽게 생명력으로 충일한 곳을 암시하게 된다. 즉 왔다가 돌아가야 할 본향은 생명의 원천지인 것이다. 이처럼 죽음을 대하는 태도를 경건하고 엄숙하게 만드는 계기는 에로스에의 동경과 갈망에 놓여 있다.

> 아, 내 사랑하는 꽃잎알이 지난다./불타오르는 햇덩이여!/너의 굴리는 수레바퀴는 더욱 힘차고/나는 내 몸에 풍기는 향기조차 잊어왔구나.//(중략)//봄날의 다사로이 퍼지는 햇살들이여!/또 한번 나의 볼을 어루만지라/더 한번 내 목에 감기라
>
> —「다시금 餘暇를……」 중에서

이 시에는 후회와 아쉬움의 정조가 깔려 있다. 봄날에 '불타오르는 햇덩이'의 힘찬 운동을 보면서, 시적 자아는 내 몸 속에서 요동하던 생명력을 무관심하게 지나치고 살아 왔음을 자조한다. '꽃잎알'이 지난다는 것은 이제 생명이 죽어간다는 의미이다. 따라서 이는 육체로부터 점차 에로스가 사라져가는 상황에 대한 안타까움을 표현한 것이다. 이러한 에로스의 욕구가 햇살에 감염되고자 하는 간절한 바램을 일으킨다. 특히, '햇덩이' '햇살들' '어루만지라' '감기라' 등의 시어들이 응집되어 불의 溫氣를 환기하고 있음이 주목된다. 이러한 불의 이미지는 전기 시에서 냉기로 일관하던 매음녀의 몸과 대조를 이루게 된다. 그때는 육체의 부정적 속성만 바라보았다면, 이제는 육체성 자체에 대한 긍정적 태도를 표명하고 있는 것이다.

물론, 이러한 생명에의 욕구는 초기 시부터 관류하던 시인의 정신이다. 초기 시에서 병든 육체성을 부각시킨 시적 의도가 건강한 육체성을 위한 역설적 회구였다면, 후기 시에 올수록 시인은 관념적인 데서 벗어나 순수하게 자연을 바라보는 눈이 생기고 그로써 자연의 생명력에 동화되고 있다. 에로스가 삶에 대한 강한 긍정에서 시작된 상상력이라면, 세계와 조화로운 관계를 모색하는 방향으로 시적 자아가 선회하는 것은 당연하다. 오장환의 후기 시에 표출되고 있는 에로스는 육체성을 가진 모든 것에 대한 긍정이다. 이것은 초기 시의 원죄 의식이 완전히 해소되었기 때문에 가능한 것이다.

> 「獻辭」이래 이 詩人의 詩가 우리에게 육박해 오는 힘은 어떤 육체적인 압력이다. 정신의 비극을 육체로써 체험할 때, 거기서는 어떤 체온조차 느껴진다. 정신의 비극이 다만 정신적인 모양만 갖출 때에는 거기는 싸늘한 形而上學的인 美가 있다. 그러나 그것이 다시 육체를 통해서 전달될 때에는 또 다른 박력을 가지고 닥쳐 온다는 것을 우리는 이 詩人의 詩에서 본다.[115]

---

115) 김기림, 『김기림 전집』(2권), 심설당, 1988. pp. 379-380.

이러한 지적은 오장환뿐 아니라 서정주의 초기 시에도 나타나는 육체성의 결함에 대한 날카로운 지적이다. 육체에 대해 너무 지적인 해석을 첨가하다 보니, 오히려 육체의 건강성을 병들게 하고 말았다는 인식을 보여 준다. 원죄 의식과 현실의 해석적 장소로서의 육체가 병으로 인식될 수밖에 없었다면, 『獻辭』부터는 산과 강과 들의 싱싱한 육체를 만끽함으로써 시인 자신이 상실했던 에로스를 되살리고 있다. 자연과 사랑과 여인에게 미리 결정된 해석적 잣대를 가하지 않고, 본질 그대로의 모습으로 수용하게 되면서부터 육체는 상실했던 정상적인 호흡을 되찾게 된다. 이러한 육체성 옹호는 세계와 분열되었던 시적 자아가 세계와 조화로운 관계로 돌아서고 있음을 의미한다.

이와 같이 싱싱하고 건강한 육체성을 가장 잘 형상화시키고 있는 시가 「山峽의 노래」이다. 김기림은 선이 굵고 건강한 이미지의 이 시를 두고 지적인 현대가 잃어버린 육체의 회복이라고 평가한 바 있다. 이제 시적 자아는 역동적인 자연의 육체와 호흡하고 친화함으로써 자신의 육체를 건강하게 회복하는 것이다.

한겨울 나린 눈은
높은 벌에 쌓여
나의 꿈이어! 온 山으로 벋어나가고
어디쯤 나직한 개울밑으로
훈훈한 동리가 하나
온 겨울, 아니 온 사철
내가 바란 것은 오로지 다스한 사랑.

한동안 그리움속에
고흔 흙 한줌
내 마음에는 보리이삭이 솟아났노라.

-「山峽의 노래」 중에서

이 시의 원래 제목은 '新生의 노래'였다. 그러나, 山峽이나 新生이나 역동성과 육체성을 함축하고 있기는 마찬가지이다. 눈쌓인 高原에 솟아나는 보리싹의 강인한 생명력에다 자신의 소생을 비유하고 있기 때문이다[116]. 사랑과 그리움은 에로스의 원동력이다. 사실 그것만큼 삶을 뜨겁게 달구는 에너지도 없다. 시적 자아는 한 겨울 높은 벌에 위치하고 있다. 한 겨울 높은 벌은 어떠한 생명도 살아갈 수가 없는 공간이다. 그러한 공간에서 시적 자아는 모든 식물이 잠자는 온 겨우내, 아니 온 사철 동안에 사랑을 키우고 그리움을 키운다. 그 사랑과 그리움은 생명을 대상으로 하고 있다. 그래서 온 산으로 뻗어나간 그 사랑의 脈은 '훈훈한 동리'로 집결된다. '훈훈한'은 열기를, 동리는 모든 생명이 죽은 높은 벌과 달리 사람들과 생물들이 살고 있는 곳을 의미한다.

또한 그리움의 磁性으로 내 마음에는 보리 이삭이 솟아난다. 한 겨울에 그것도 겨우 소량에 불과한 '흙 한줌'에 뿌리를 내리고 솟아오르는 보리 이삭은 연약한 식물일 뿐이다. 그러나 보리이삭은 함부로 꺾이지 않는 강인한 생명력을 극대화시키는 데 있어서 효과적인 소재이다. 그러한 보리이삭이 자라는 곳은 정작 내 마음이다. 이것은 시적 자아의 생명욕이 얼마나 강렬한지를 포착하게 하는 실마리가 된다. 또한 그것도 그냥 생명이 아니라, 新生을 원하고 있는 생명이다.

그러한 新生에의 욕망은 시적 자아의 관심을 고향으로 돌리게 한다. 고향은 삶의 유년에 속하는 공간이며, 모든 생명의 발원지가 되는 곳이기 때문이다. 즉 신생의 상징적 공간이 고향으로 나타나는 것이다. 「旅程」은 이러한 新生의 운동력을 생생하게 묘사하고 있는 시이다. 오장환의 시에서, 신생은 어리고 연약한 생명이 결코 아니다.

> 고향에서는 눈 속에 파묻힌 보리 이랑이 물결치듯 소근대며 머리를 들고
> 강기슭 두터운 얼음장이 터지는 소리
> 이때의 나는 무엇이 제일 그리울거나
>
> ―「旅程」 중에서

---

116) 김학동(1990), 앞의 책, p. 79.

고향을 채색하고 있는 보리의 물결치듯 하는 봄의 **호흡**과 얼음장이 터지는 소리는 봄의 생명력이 분출되고 있는 그 힘을 묘사한 것이다. 연약한 '보리이랑'이 추운 '눈 속에 파묻'혀 있음으로 인해서, 즉 험난하고 어려운 장애에 놓여 있음으로 인해서 생명력은 더 강화된다. 보리이랑의 신생하는 힘은 '강기슭'의 '얼음장'을 터지게 하는 원동력이 되기까지 한다. 이렇게 이 시는 이제 막 싹을 틔우려고 하는 어리디 어린 보리이랑을 통해 신생의 생명력이 지닌 강도와 질량을 과히 압도적으로 그리는 데 성공하고 있다. 시적 자아가 그리워하는 대상은 생명으로 충일한 신생의 힘 그것이다. 이 신생은 고향의 공간을 배경으로 하여, 그 상징성이 더 상승되고 있다. 고향과 신생은 생명력의 끈으로 단단히 결속되어 있는 의미 관계를 형성하게 된다. 왜냐하면, 신생의 상징적 공간이 고향이기 때문이다. 「붉은 산」에서도 신생의 이미지는 고향을 배경으로 구조화되어 있다.

> 가도, 가도 붉은 산이다./가도 가도 고향뿐이다./이따금 솔나무 숲이 있으나/그것은/내 나이같이 어리고나./가도 가도 붉은 산이다./가도 가도 고향뿐이다.

-「붉은 山」 전문

고향은 붉은 산이다. 산을 형상화한 붉은 색은 생명력의 극치이다. 붉은 색은 싱싱하게 살아 숨쉬고 있는 산의 정기를 상징적으로 묘사한 것이다. 그러한 붉은 산은 고향과 중첩되어 있다. 즉 고향의 산이 붉은 것이다. 더욱이 '가도, 가도'의 반복적 사용으로 그 생명력은 끝없이 증폭된다. 그 고향의 심상이 신생의 솔나무 숲과 결합함으로써 생명력은 더 배가된다. 즉 고향은 붉은 색과 어린 나무로 표상되는 생명의 기호만을 지닌 곳이다. 한편 네 번 반복되고 있는 '가도, 가도'는 나와 고향 사이에 객관적인 거리가 전혀 없음을 말해 준다. 나는 고향의 공간 속에 깊숙이 들어가 있는 것이다. 이것은 나와 고향이 일체화되고 있음을 잘 말해주는 것으로서 이는 고향으로 회귀했기 때문에 가능한 일이다.

이 고향은 죽음의 징표만을 띠던 전기 시의 부두나 항구와는 완전히 대조적이다. 매음녀와 결합된 나의 몸이 불모화된 불임의 몸이라면, 고향과 결합된 나의 몸은 새롭게 다시 태어나는 몸이다. 따라서 고향은 나를 소생시켜주는 몸이다.

그런데, 그의 전기 시에서도 나타난 것처럼, 시적 자아의 삶을 지탱해 주는 힘은 고향이 아니라 고향에 계신 어머니였다. 이것은 오장환의 시를 푸는 중요한 열쇠이다. 그의 방랑과 행려는 가족으로부터 시작된 소외 의식의 산물이다. 가족이 삶을 살아가게 하고 삶의 어려움을 헤쳐나가게 하는 유일한 끈이자 버팀목이라면, 가장 중요한 기반을 상실한 채 살아가는 자에게는 상실감과 단절감이 가장 견디기 힘든 것임은 말할 것도 없다. 이러한 상실감은 시적 자아가 떠돌며 벗어나지 못했던 부두와 항구의 시적 공간을 통해 잘 대변될 것이다. 부두와 항구는 경계, 분리, 단절의 지표를 지닌 곳인 데다가 임의대로 떠났다 돌아올 수 있는 곳도 아니다. 부두는 어디서도 안정감과 귀속감을 얻을 수 없었던 시인이 부득이하게 선택한 곳이었다.

"나타샤는 고이 잠들고/나만 살았다./나 혼자만 살았느냐/고향이 있어서……"(고향이 있어서)에서처럼 고향은 유토피아적 공간은 아니다. 오장환에게 고향은 서정주의 질마재처럼 초월적인 곳도 아니다. 어떠한 비유도 개입되지 않는 구체적인 삶의 장소로서의 고향이다. 삶의 생생한 현장이라고 해서 오상환에게 고향이 일반적인 의미를 띠는 것도 아니다. 그에게 고향은 어머니가 계시는 곳으로서의 고향일 때만 의미를 지니기 때문이다. 어머니가 만약 고향에 계시지 않는다면, 그에게 고향은 무의미한 곳이다[117]. 어머니는 고향의 상징으로서, 소외되고 추방된 몸을 품어주는 대상이며, 불모지로서의 나의 몸을 신생화시켜 주는 고향에 대응하는 인물이다. 고향화된 어머니는, 시인이 바라는 생명으로 충일한 고향 그것이다.

---

117) 김학동(1990), 앞의 책, pp. 100-106 참조.

칠십 가차운 어머니
이곳에 혼자 사시며
돌아오기 힘드는 아들들을 기다려
구부렁구부렁 농사를 지신다.

(중략)

아 그간
우리네 살림은 쫓기어
내 발 디딜 옛마을조차 없건만
나는 돌아왔다.
어머니의 품으로……고향에 오듯이

―「어머니의 품에서-歸鄕日記」 중에서

　어머니의 품은 곧 고향이다. 그러므로, 시인은 고향에 온 것이 아니라, 어머니에게 온 것이다. 고향에 오듯이 어머니에게 왔다는 고백은 어머니를 고향으로 생각하고 왔다는 뜻이다. 그에게 어머니는 원향과 같은 곳, 생명력의 상징인 母體로서의 어머니인 것이다. 따라서 그는 어머니를 통해 결핍되고 상실된 모든 것을 상징적으로 보상받으려는 것이다.

　이렇게 오장환의 에로티시즘은 떠돌이로서의 몸이 어머니에게로 귀환하고 정착함으로써, 다시 말해 생명 상실의 몸이 어머니와 결합함으로써 신생하게 될 때 성취된다. 어머니가 영원한 생명성을 지닌 원초적인 시공간에 대한 비유적 고향이 될 수 있는 것도 이러한 데서 기인한다. 오장환은 초기 시에서 부두와 항구에서 떠도는 인물들과 자신을 동일시하고 있으며 현실을 실낙원의 시공간으로 인식하고 있다. 이는 부두와 항구라는 공간과 어디에도 정착하지 못하는 창부의 몸을 통해 잘 드러나 있다.

　따라서 이 시인에게도 낙원 회복은 떠돌이와 방황의 몸이 정착할 곳을 찾는 것이다. 그것이 바로 어머니를 통한 자기 회귀로 나타난다. 끊임없이 고향에 계신 '어머니'를 지향하는 태도는[118] 어머니만큼은 고향에 계속 머물러 있는 존재로서, 떠도는 자신과는 대조적이기 때문이다. "내가 어메를 못 잊는 것도, 다 마찬가지 제 몸이 외로우니까"에서처럼 시인은 외로움을 달래 줄 대상으로써 어머니를 추구한다. 그가 어머니를 지향하는 보다 본질적인 이유는 자신과 같은 약자로서의 어머니만이 자신의 처지를 유일하게 이해해주고 치유해 줄 수 있는 원초적 타자가 될 수 있기 때문이다. 그는 피곤한 현실을 떠나 어머니의 품에 정착하고 안주하고 싶었던 것이다. 따라서 어머니는 낙원과 같은 시공간적 존재로서 상징적인 질서의 회복을 의미한다.

그러나 이러한 시 세계는 지속되지 않는다. 이데올로기에 빠져들면서, 어렵게 회복하였던 건강한 육체성이 이념에 의해 퇴색되고 만다. 그의 시에 공동체의 문제가 대두되기 시작하면서, 감성적이고 감각적인 시적 감수성은 한순간에 관념의 세계에 떠밀려나게 된다. 그래서, 제의적 단계를 거치고 난 뒤 실현해야 할 질서화의 단계인 에로티시즘이 다른 세 시인에 비해 약하게 나타나 있다. 요컨대, 오장환의 시에서 우주 합일의 에로티시즘이 다른 양상보다 빈약하게 드러나는 원인은 그가 이념으로 방향을 전환한 데 있다. 그러나 '나'라는 자기 중심적인 삶에서 공동체인 '우리'로의 회귀는 특별한 경우이긴 하지만 오장환이 실현하고자 했던 우주와의 합일의 한 양상이라고 할 수 있을 지도 모른다.

그의 전기시를 지배하고 있던 소외감에서 비롯된 자아 상실감은 어딘가에 아니면 누군가에게 통합되고 귀속됨으로써 다시 회복될 수 있는 것이다. 후기 시에 집중적으로 나타나는 시적 자아의 이념 지향은 우리라는 공동체의 추구를 드러낸다. 그리고 공동체는 소외라는 상실의 지표에 대한 통합이라는 회복의 지표로서의 의미를 지니는 것으로 일종의 우주 합일이라 할 수 있다. 오장환에게 소외와 분리된 몸은 곧 죽음과 동일한 상황이었기 때문에 타인과의 공동체적 의식은 약하나마 생명성

---

118) 김학동(1990), 앞의 책, pp. 100-105.

의 회복의 관념적 승화라고도 볼 수 있는 것이다. 그러나 감성적인 상상력을 떠나게 되면, 육체는 그 힘을 상실하게 된다는 점에서는, 우주와의 합일이 어머니를 구심점으로 한 지향의 징조만을 비친 채 미완성으로 끝났다고 할 수 있다. 세계와의 전일적인 자아를 성취하기도 전에, 이념의 세계로 잠입함으로써 다시 세계와 대립하는 양상을 띠게 되기 때문이다.

2) 상징의 '고향―몸'으로의 재구성적 회귀
―송욱과 전봉건의 경우

송욱과 전봉건의 시에서 우주 합일의 시공간은 상징적으로 실현된다. 이점에서 실재적인 시공간과 인물을 통해 그 세계를 실현하고 있는 서정주와 오장환의 경우와는 확연히 구분된다. 송욱의 시편에서는 우주창생 신화의 모티프가 주조를 이루고 있다. 즉 '태고적 우주'가 창생하는 시공간대로의 회귀이다. 전봉건의 경우, 실재하는 '북의 고향'이 다루어지고 있지만, 그렇다고 실재와의 재통합을 성취하는 것은 아니다. 북의 고향은 시적 자아가 원하는 방식에 따라 변형된 모습으로 형상화되고 있으며 과거는 과거 그대로가 아니라 미래를 필터로 삼아 재현되고 있기 때문이다. 이러한 현상을 통하여 현재는 미래와 동일시된 과거의 정반대로 부각된다[119]. 즉, 현재는 전쟁으로 인한 혼돈과 불모의 타나토스적 지대이고, 과거와 동일시되는 미래는 질서와 생명이 있는 에로스의 지대가 되는 것이다.

죽음은 인간이 죽게 되는 그 순간까지 결코 무시할 수 없는 사건이

---

119) Frederick J. Hoffman, 앞의 책, p. 15.
　　2차대전에 관해 쓴 대부분의 시들은 폭력의 풍경을 고려한다. 그것은 병사가 떠났던 과거와 그가 돌아가기를 희망하는 미래 사이에 형성되는 긴장된 공간으로서, 전쟁의 메타포로 쓰인다. 과거와 미래는 동일한 시점으로 현재에 반대되는 것이다.

다. 그래서, 현실이나 삶이 온통 타나토스의 기호로 작용할 때, 불멸성
의 모형을 제시하고 공유하려고 하는 방법이 최고의 대안이 될 것이다.
이것은 삶에 대한 믿음을 유지하는 효과적인 장치로서, 삶이 긴 시간
동안 계속된다는 사실에 주의를 환기하게 하는 것이다. 이러한 모형은
제의의 에로티시즘에서 이미 제시된 바 있다. 죽음에 대한 강박증이 심
하면 심할수록 그와 비례하여 생명에 대한 관심도 더 커지게 된다. 그
러나, 인간은 유한적 존재자이기 때문에 죽음을 배제한 채 살 수는 없
다. 그럴 때 죽음을 극복하기 위한 가장 적절한 대안은 죽지 않는 패
턴120)을 허구적으로나마 확보하는 것이다. 그것은 즉, 삶이 긴 시간 동
안 계속된다는 사실을 환기시키는 것이다. 이 장에서도 이러한 모형이
상상력적 근간을 이루고 있다.

그런데, 제의성에 기대고 있는 시편들에서는 그러한 모형이 에로스와
타나토스 간의 역학적 관계 속에서 이루어지고 있었다면, 이 장에서 다
룰 시편들에서는 에로스만으로 충일된 세계를 모형으로 삼는다는 점에
서 앞의 경우와 본질적으로 다르다. 이 장의 시들은 오로지 생명성을
지향하거나 생명의 기호만을 뚜렷이 보이는 것을 특징으로 한다. 잉태
나 탄생, 그리고 신생에 대한 모든 비유와 상징들이 그 예이다.

따라서, 생명이 잉태되거나 생성되는 비유적, 상징적 공간이 시의 주
요 배경이 된다. 그리고, 이러한 불멸성을 드러내는 데 가장 전형적인
상징이나 이미지로 모태나 자궁이 원용되고 있다. 송욱의 경우는 창세
기적인 '우주'의 몸이, 전봉건의 경우는 자궁의 비유체인 항아리의 몸이
그것이다. 이러한 몸을 통하여 잉태와 해산의 이미지를 생동감있게 그
려내게 된다. 상징화된 이 원초적인 자궁의 몸은 시적 자아가 자기 동
일성을 회복하는 허구적인 시공간으로 기능한다.

---

120) Frederick J. Hoffman, 앞의 책, p. 16.

가. '우주universe'-태고적 창생의 원형적 공간화

『유혹』에서 속박에 처한 시적 자아는 에로스를 희구하고, 『하여지향』
에서는 그러한 에로스의 욕망이 제의적 국면을 형성하였다. 이제『월정
가』와『詩神의 住所』에서는 육체의 결핍을 완전히 회복한 창생의 주체
로서의 몸이 등장한다. 이러한 징후는『하여지향』의 끝 부분에 실린 몇
몇 시편들에서 이미 그 단초를 보이고 있다. 전봉건이 지적하고 있듯이,
에로스의 상상력에 바탕을 둔 송욱의 詩作 歷程에서 후기 시에 해당하
는『월정가』는 에로티시즘의 정점에 해당하는 우주 합일을 실현하고
있는 시집이다. 『하여지향』과는 달리 어조와 호흡 면에서도 상당히 정
제되어 있으며, 완결성까지 갖추고 있다는 점에서도 이 시집은 주목된다.

> 생명의 리듬으로서의 에로스가 지니는 사상이 궁극의 목표로 하는
> 우주와의 합일의 모습, 내가 거기서 보는 것은 그런 것입니다.「유혹」
> 과「월정가」사이에 자리잡고 있는「하여지향」에서는 현실사회와의
> 치열한 대결의 정신을 보여주었는데요, 그것이 생명의 리듬으로서의
> 에로스가 현실사회와 대결할 때 배경으로 지니는 정신(현실사회의 억
> 압에 대한 저항으로서 드러나는 에로스, 그것은 인간의 자유와 결부
> 되는 것이다 라고 하는)과 맞닿을 수 있는 것이라고 본다면 (그의 경
> 우는 그렇게 맞닿는 것이라고 나는 보는 것입니다만) 뒤에 온「월정
> 가」에서 그가 에로스를 통한「우주와의 합일」즉「인간의 자유」를 나
> 타내 보여줌은 당연히 있을 수 있었고 있어야 했던 일인 것입니다[121].

후기 시에 묘사되고 있는 적나라한 성행위나 그와 관련된 이미지는
생명이 탄생되는 순간의 생동감과 박진감을 극대화시키는 비유들로 쓰
인다. 그리고, 시적 시공간은 창세기를 방불케 할 정도로 방대하다.

> 소용돌이 마구 치는
> 궁둥이며

---

121) 전봉건, 앞의 글.

깍지낀 넓적다리
하늘이 등솟음
바다가 꼽추춤을 춘다
(중략)
億萬年 별눈초리
億萬年 봄을
토하는 입술이여!
두 볼을 마주대는
太古며 未來 무진장!
아아 무섭게 보드라운
첫물 天地에
고욤 젖꼭지!
水平線 地平線도
도루루 말린 채로
새순 돋는다

-「또 第二創世記」 중에서

　하늘과 바다는 '궁둥이' '넓적다리' '등솟음' '꼽추춤' 등과 같은 몸의 이미지에 기대어 그 건강한 육체성을 생동감있게 그리고 있다. 이렇게 이 시는 우주를 하나의 거대한 몸으로 설정하고 만물이 생성되는 형태를 몸의 움직임에 비유하고 있다. 그리고 이 우주는 만물을 하나의 질서 아래 결속시키거나 과거와 미래의 시간대를 동일한 시간으로 뮤어주는 모체의 상징이 된다. 시의 전체 분위기가 역동성을 획득하게 되는 것도 시적 소재가 무한한 시공간대를 넘나드는 가운데 형성되는 운동의 자장력 때문이다.

　태초의 시간과 앞으로 올 미래의 시간이 두 볼을 마주 대고 있다는 것은 두 시간이 거울처럼 서로를 투영하고 있다는 뜻이다. 태고와 미래는 거울에 자기 존재를 비추듯, 서로를 비춰주는 대상이 되고 있는 것이다. 따라서 太古와 未來는 시공을 초월하여 동일시되고 있다. 태고가 생명 원천의 시간대이기 때문에 태고와 일체를 이루고 있는 미래 또한 생명으로 충일한 시간대가 되는 것이다.

따라서 태고며 미래가 '無盡藏'하다는 표현은 다름 아닌 생명의 영속성을 의미하게 된다. 이 영속성의 이미지는 시간을 계산하는 億萬年이라는 단위에 잘 함축되어 있다. 무한의 시간대와 함께 우주의 생명력을 형상화하는 또 하나의 시간대가 첫 시간대이다. '첫물 천지' '고욤 젖꼭지' '새순'이라는 시어가 그 첫 시간대를 함축하고 있다. 이 시는 이렇게 첫물과 새순을 통해 생명이 태어나는 순간에 느낄 수 있는 전율을 형상화는 데 성공하고 있다.

특히, 이 시에서 시간과 공간의 두 축은 '새순'에 응집됨으로써 동질적 속성을 확보하게 된다. 새순을 통해 시간상으로는 태고와 미래가, 공간상으로는 지평선과 수평선이 동일시되는 것이다. 이렇게 모든 시공간이 새순으로 수렴되고 새순을 통해 확장되어 나감으로써 우주는 생명을 잉태하고 육성하는 모체가 되고 있다. 億萬年이라는 무한대의 시간성과 '첫물 天地'라는 태초의 시간성이 한 자리에 결집되면서 우주는 거대한 육체로 변하는 것이다.

시간과 공간과 모든 만물의 통일은 우주의 질서화를 함축한다. 따라서, 창세의 이미지군들은 무질서에 대한 질서화로서 기능하게 된다. 혼돈이 질서를 갖추기 위해서는 생명 창조가 전제되어야 하기 때문이다.[122] 그의 시에서는 죽음과 혼돈이 등가적 의미로 쓰이고 있기 때문에, 후기 시에서의 질서화는 생명과 동등한 의미를 지니게 된다. 죽음과 등가적 의미를 지니는 혼돈의 현실이 원시적 시공간을 통하여 그 원초적인 질서와 생명을 회복하게 되는 것이다. 이러한 징후는 『하여지향』에 실린 「남대문」이라는 시에서도 드러나고 있다. 이 작품은 창세적 시공간대를 통해 복낙원의 상상력을 배태하게 된 현실 인식을 잘 반영

---

122) 황량하고 미개간된 지역, 그리고 이와 유사한 것들은, 모두 혼돈(chaos)과 동일하게 여겨진다. 즉 그러한 것들은 아직도 미분화되었고, 형태가 없는 창조 이전의 양태와 관련되기 때문이다. 그래서 토지를 개간하기 시작한 때는 천지창조(creation)의 행위를 상징적으로 반복하는 제의를 통해 행해진다. 미개간된 지역은 먼저 그 곳이 "우주화"(질서화, cosmicized)된 다음에야 비로소 인간이 거주할 수 있는 땅이 되는 것이다. (엘리아데(1976), 앞의 책, p. 23)

하고 있다.

> 아아 꿈이여!/金빛 薔薇빛 나래 깃은/어디 갔는가./구비구비 흐르는
> 聖河,/얼음을 깨면 눈부시게 빛난는/어느 샘물ㅅ 가에서/곰과 이리가
> 물려 주던/꿀 같은 젖은?
>
> —「남대문」 중에서

　시적 자아는 현실에서 만족하지 못하는 절망과 그럼에도 불구하고 끝내 저버릴 수 없는 이상 세계에 대한 갈망 사이에서 배회하고 있다. "아아 꿈이여! 어디 갔는가"가 단적으로 보여 주듯이 시적 자아는 상실된 세계를 그리워하고 있다. '금빛'과 '장미빛'에 빗대어 묘사된 환상적인 낙원은 그곳이 얼마나 이상적인 곳(때)인가를 그 광채와 화려함만으로도 충분히 표현되고 있다. 그 화려함과 광채의 강도에 비례하여 시적 자아의 절망은 심화된다. '聖河'의 성스럽고 지고한 물 이미지는 물론, 얼음의 투명성과 눈부신 빛깔, 그리고 꿀같은 젖으로 비유된 샘물 역시 더 이상 시적 자아의 현실일 수 없다. 시 제목이 가장 현실적인 공간인 '남대문'으로 설정되어 있는 것만 보아도 시적 자아의 절망을 충분히 감지할 수 있다. 이러한 공간적 설정은 시적 자아의 욕망이 얼마나 허망한 것인가를 역설적으로 느끼게 하는 것이기도 하다. 그에 비례하여 시적 자아는 그 낙원으로 회귀하고자 하는 것이다.

　이제, 탄생 모티프를 성적 행위로 구사함으로써 그 효과를 증대시키고 있는 작품들을 살펴보자. 이러한 시들에서 만물과 자연의 생명력은 남녀의 성적 행위를 통해 전개되고 있다. 이러한 시적 상황을 단지 성적인 묘사나 관능적 이미지의 형상화에 불과한 것으로 볼 수는 없다. 그것은 에로스의 원형적 상징이나 불멸성의 모형을 제시하기에 적절한 비유가 되고 있기 때문이다. 우주 창조에 대한 유추로서 사랑의 연합은 인간 역사에서 두드러진 것이다[123]. 이처럼, 우주 창생이 에로스 상상력

---

123) Philip Wheelwright, *The Burning Fountain-A Study in the Language of Symbolism*, Indiana Univ Press, 1968. pp.168-169. 뉴질랜드의 마오리 원주민에 따르면 아버지 하늘과 어

에서 주요 모티프로 원용되고 있는 것은 인류의 보편적인 의식에 다름
아니다. 에로티시즘의 원형이 완전한 남녀의 사랑을 통해 완성된다면,
송욱의 시에 주요 모티프가 되고 있는 우주 창생의 신화는 주목할 만
하다. 그 역시 이러한 우주 창생의 모티프를 통해서 에로티시즘 속에
인간의 원형적 심상을 함축하고 있기 때문이다. 잃어버린 낙원을 회복
하고 원초적 삶으로 돌아가고자 하는 원향 의식은 에로티시즘의 본질이
다[124].

> 첫날밤/벌거숭이 살결이/새벽처럼 동튼다/푸른 물결이여//가 없이 간
> 직한 젖가슴이/한창 부푸는 대낮. 매만져 주는 물결 위에/둥실 뜨는
> 꿈결이여!
>
> -「첫날 바다」 중에서

> 神과 娼婦가/엇/갈리다 걸리고/얼비추다 포개질 때/水門처럼/새로 天
> 地가 열리는 찰나!/보드랍고 볼록하고 팽팽한 살결
>
> -「龍꿈」 중에서

  '첫날밤'의 '벌거숭이 살결'은 '새벽처럼 동튼다'로 형상화됨으로써,
잉태를 위한 신성한 첫 시간대가 되고 있다. '첫날 바다'는 '첫날밤'이

머니 땅은 수없는 세월 동안 꼭 포옹하고 누워 있었다. 그리고 나서 어머니 땅이 임
신을 해서 아이들을 낳았다. 인간과 동물들이 한배에서 태어난 것이다. 처음에 그 자
손들은 어둠과, 꼭 끌어안고 있는 부모 사이의 숨막힘 속에서 살았다. 결국 그들은
반란을 일으켰다. 아버지 하늘을 머리위로 밀어 올려서 빛과 공기 속에서 자랄 수
있는 여지를 만들었던 것이다. 그러나 사랑하는 부모는 서로 분리되는 끝없는 슬픔
속에서 흐느꼈는데 아버지 하늘의 눈물은 계속해서 비로 떨어졌고, 어머니의 눈물은
안개로 피어올랐다. 이 전설에서 최초의 아버지와 어머니는 처음부터 구별된 존재로
나타난다. 종종 순이론적인 상상력은 기꺼이 최초의 이원성을 받아들인다. 최초의 사
랑 완성의 신화는 신화적 발단을 가정하는데 그 안에서 한쪽은 다른 한쪽으로부터
나오거나 원래 존재가 반남반녀였다가 남성과 여성으로 갈라진다. 플라톤의 심포지
움에서도 모든 창조의 과정은 일종의 양성적 연합을 갖는다.

124) Philip Wheelwright, 앞의 책, p. 149.
　신화적인 모형은 인간의 경험에 대한 해석을 위해 굉장히 중요한데, 원형적인 것을
　함축하고 있기 때문이다.

다. '물결'은 첫날밤을 치루고 있는 남녀의 '살결'을 비유한 것이다. 그리고, '젖가슴이 한창 부푸는'과 '매만져 주는'에서는 바다의 물결들이 성행위에 비유되고 있다. 이처럼 감정이 고조되고 있는 상태와 촉각적 감각의 묘한 조화를 통해 바다 물결은 역동적 이미지를 효과적으로 창출하고 있다. 그리고, 성적인 이미지와 바다의 이미지의 융해는 바다의 생명력을 한층 더 배가시킨다.

잉태의 상징인 용꿈을 소재로 한 시 「龍 꿈」은 새로운 생명의 잉태를 묘사하고 있다. 용은 우주의 回旋, 우주의 형상 이전의 양태, 천지창조 이전의 분열이 되지 않은 '하나' 등을 상징하는 상상의 동물이다.[125] 이러한 태몽의 공간 속에서 천지가 새롭게 잉태되는 것이다. 개체와 개체의 만남은 "벗으세요" "네 제가벗겠어요" "용이 두 마리 으르릉 겯고 틀었다" "신과 창부가 엇갈리다 거리고 얼비추다 포개어 질 때" 등을 통해 성적인 결합을 이루게 된다. 가장 신성한 신과 가장 퇴폐적인 창부까지도 서로 몸을 섞고 있는 것에서도 알 수 있듯이 이러한 시적 공간 속에서 모든 만물은 하나로 합일된다.

이러한 설정은 현실의 모든 가치 개념을 무화시키고, 새롭게 질서를 세우려는 시적 자아의 의식이 반영된 것이다. 이것은 이미 카니발리즘의 시 세계에서 그 징후를 보이던 바다. 즉 혼돈과 부조화는 죽음의 지표이고, 질서와 조화는 생명의 지표이다. 따라서, 우주를 중심으로 모든 것이 하나의 육체로 통합되는 것은 질서를 통한 육체성의 회복이며, 생명의 회복을 의미하는 것이다. 이렇게, 송욱의 시에서 우주의 생명력은 몸에 원천을 두고 몸의 지평 위에 세워지는 것이 특징이다. 천지가 열리는 찰나가 '보드랍고 볼록하고 팽팽한 살결'로 형상화되고 있는 것이 그 예이다.

그런데, 이러한 탄력 있고 역동적인 이미지의 형상성은 새생명의 탄생 순간을 목격하는 시적 자아의 감동이 개입된 결과라는 점이 중요하다. 도취 상태에 빠진 사람은 자기 자신의 충일성으로 인하여 모든 것

---

125) 엘리아데(1976), 앞의 책, p. 64.

을 더 풍부하게 만들게 되는 것이다. 무엇을 보고, 무엇을 바라든, 그는 자기가 보고 바라는 것이 충만하고, 팽만하여, 강하고, 힘으로 가득차 있다고 느끼기 마련이다. 이러한 상태의 사람은 사물을 변모시켜 마침 내 사물이 그의 힘을 반영하게 된다. 사물이 그의 완전성을 반영하게 되는 것이다126). 송욱의 후기 시에서 충만한 힘들은 이러한 시적 자아 의 에로스적 욕망이 강하게 작용한 결과이다.

에로스의 욕망은 시적 자아로 하여금 원초적인 세계로 눈을 돌리게 한다. 원초적인 세계만큼 강하게 생명력을 분출하는 세계도 없기 때문 이다. 그 결과 후기 시에 속하는『월정가』와『시신의 주소』에 실린 시 들은 이전의 다른 시에서 느낄 수 없었던 생명의 박동이나 생명의 리 듬이 아주 강열하게 표출되고 있다. 바다와 태양, 물, 폭포, 나무 등의 역동적 소재와 시적 자아의 남성적 어조가 결합하여 생명의 분출과 그 파동의 진폭이 최대화되고 있다.

모든 도취의 본질은 힘의 충만과 상승의 느낌에 있다고127) 한다. 그 렇다면 송욱의 후기 시가 왜 그렇게 시적 대상에 도취하고 있는지 그 이유를 알 만하다. 첫 생명이 탄생되는 광경을 목격하고 있는 자라면 누구나 생명의 충일한 힘에 도취될 것임에 틀림없다. 이러한 시적 자아 의 감정 이입으로 인해 그 생명력은 더 증폭되는 것이다.

> 아아 開關 이야기!/번번히 새로 태난 알몸이/번번히 새로 옷을 갈아 입는다/아아 명주 올을 날리는 알몸!/아아 쏟아져 흐르는 비단 매무 새!/아무리 기뻐도 시원한 숨결이여!
>
> -「흙方瀑布」 중에서

또한 인용하지는 않았지만, 이 시에 자주 표현되고 있는 '결'이라는 시어에 주목할 필요가 있다. 이 시어는 후기 시에 자주 등장하면서 생 명력을 환기하는 기능을 하고 있다. '결'은 공간적으로 확장되어 나가는

---

126) 프리드리히 니체(1995), 앞의 책, p. 76.
127) 프리드리히 니체, 송무 역,『우상의 황혼』, 청하, 1995. p. 76.

생명의 파동이나 진동의 구체적 묘사이다. 이 시에서 '숨결' '물결' '살결' '꿈결' 등이 그런 예들로 그것은 파도의 모양을 묘사하는 데 더없이 좋은 효과를 보인다. 송욱의 시에서 육체화는 생명 회복과 동질적인 의미를 갖는다. 따라서, 존재에 육체성을 부여하는 '결'은 에로스의 상상력과 밀접한 관련을 지니게 된다.

몸의 관능적 이미지를 '결'처럼 감각적으로 묘사하는 시어도 없다. 이는 몸에 대한 남다른 천착의 결과라 할 수 있다. 몸에 대한 관심이 축적된 결과 유고 작품집인『詩神의 住所』의 주조를 이루고 있는 시론시는 육체론에 그 상상적 기반을 두게 된다. 이 시집 전체는 육체 시론[128]이라고 해도 될 정도로 육체의 문제에 집중하고 있다. 자아가 세계와 소통하는 장소이며, 생명의 원천적 장소로서의 몸이 천착되고 있는 것이다.

> 심장이 뛰고 있으니까 우리는 살아 있다/그러므로 살아가려면, 우리는 온몸으로 살아 뛰어야 한다.
>
> -「육체의 인식론」 중에서

몸은 세계와 호흡하는 주요한 장소이다. 몸은 세계와 소통할 수 있는 통로이면서 생명의 통로인 것이다. 생명이 끝나면 없어지고 말 한계 장소인 육체에 애착을 갖는 것은 육체의 한계를 거부하려는 의식이 투영된 결과이다.

이러한 점에서 볼 때, 송욱의 신체관은 서구 합리주의의 산물인 로고센트리즘과 상반적 위치에 서있다. 그는 성욕이란 생명의 가장 귀중한 촉각임을 강조한 바 있다[129]. 요컨대 성욕이란 생명성을 의미하며, 모든

---

128) 이것은 특이한 언어관으로 송욱 시론의 핵심이라고 보인다. 언어는 단순히 도구나 수단이 아니라, 하나의 독립된 존재성을 부여받을 수 있다는 존재론적 언어관의 원리는 에로티시즘의 산물이다. 이것은 메를로 퐁티의 생각과도 일치하는 것으로, 한국 시사에서 새로운 시론의 계기가 되었다는 점만으로도 평가를 받을 만하다. 언어가 곧 몸을 부여받고, 생명체로서 행동하고 활동하고 독자에게 말걸고 있다는 것이다. 이는 또한 반이성적 정신과 통하는 것이다.

생명성은 신체로부터 창출되는 것이다. 몸에 대한 남다른 그의 애정과 관심은 사물은 물론 심지어 언어에서도 신체성을 강조하게 만든다. 모든 것은 몸으로서만 자기 존재성을 지각할 수 있다는 것이 그의 주된 견지이다.

그래서 그는 데까르트를 '후레자식'으로 지칭하기도 한다[130]. 그 말 속에는 "나는 생각한다. 고로 나는 존재한다"는 데카르트의 코기토 사상에 대한 전면적인 거부의 뜻이 담겨 있다. "아버지, 어머니가 나를 나았으니까, 내가 있다. 身體父母之遺體也"라는 주장은 로고센트리즘에 대해 그가 확실히 반대 입장에 서있음을 입증하는 것이다. 이러한 여러 가지 견해를 종합해 보면, 그는 모든 중심을 신체에 두고 있으며 신체를 의미 생산의 근원지로 삼고 있음을 알 수 있다.

> 나는 생각할 대 반드시 胃腸과 상의하기로 했다./내 양과 창자는 내가 내가 생각하는 대로로는 움직이지 않기 때문이다. 아마도 그들 나름으로 생각이 있는 모양이다. 즉 그들은 自然의 思考方式을 따라서 움직이는 것 같다.(중략)/양과 창자! 그들은 이처럼 內外를 調和하는, 나와 萬物이 一體가 되는, 天地와 나 사이를 이어주는 바로 무지개! 구름다리! 내 목숨을 하루하루 나날이 이어주는, 그러나 보이지 않는 아아 무지개 구름다리……
>
> −「胃腸은 무지개」 중에서

이 시에는 목숨을 유지하는 본령이 신체에 있다는 신체 중심주의적 사상이 명료하게 제시되어 있다. 萬物과 일치되거나 天地와 소통해야만 생명을 유지시키는 것이다. 즉 자연의 사고 방식을 따르는 것이 신체이기 때문에, 생사 여부는 신체가 우주와 호흡하고 있느냐의 여부에 달린 것이다. 그러한 의식 속에서 '내장=나=만물=천지=우주'라는 의미망이 창출되는 것이다. 그가 메를로 퐁티의 철학에 남다른 애정을 보인 것도

---

129) 송욱, 『시신의 주소』, 일조각, 1981. p. 76.
130) 송욱(1981), 앞의 책, p. 50.

이러한 육체관과 무관하지 않다. 어쨌든 몸으로써 세계와 의사소통하고 몸으로써 타자와 만나고, 몸으로써 생각한다는 송욱의 신체 중심주의는 에로티시즘의 시관이라고 할 만하다.

뿐만 아니라 보들레르와 바슐라르에 대한 애정과 초현실주의적 시 경향 또한 이러한 신체관에 대한 중요한 실마리를 제공한다. 보들레르와 바슐라르의 이론은 이성 중심주의에서 신체 중심주의로 관심의 방향을 전환한 전형적 형태이다. 주객 융합을 꿈꾸는 바슐라르의 몽상의 시학과 보들레르의 만상의 조응, 그리고 초현실주의의 연금술131) 등은 동양의 일원론적 세계132)에 입각해 있다. 그리고, 연금술과 일원론은 모든 것이 하나의 질서나 원리로 융합된다는 데 기반을 두고 있다는 점에서 에로티시즘의 시학과 상통하는 원리가 된다.

이렇게 하여, 송욱의 후기 시에 내재된 종교적인 양상은 동양적인 속성과 혼융되어 나타난다. 에로티시즘의 세계와 분리해서 생각할 수 없는 동양적 일원론의 세계관이 뚜렷이 전개되고 있는 것이다133). 에로티시즘이 분리가 아니라 원형적인 하나를 추구하는 세계라고 한다면, 일원론적인 세계는 곧 에로티시즘의 원리이기도 하다. 그의 후기 시에서 만물이 우주의 질서로 통합되고, 모든 시공간이 하나의 질서로 편입되며, 대립된 모든 사물이 동질적인 가치를 누리게 되는 것도 이러한 문맥과 관련이 있다.

---

131) 김열규, 『한국문학사』, 탐구당, pp. 309-310.

132) 보들레르의 초자연주의, 초현실성, 이원론적 세계 인식에 뿌리를 내리고 있으면서도 상응을 통해 두 세계를 화해시키려는 일원론적 성향은 초현실주의 정신의 밑거름이 되었다. 그리고 초현실주의자들에게 동양은 원시적 힘이 생동하는 세계로서 합리주의적인 분석정신, 이원론적 세계인식보다는 훨씬 넉넉하고 완전한 자유 속에서 우주적 정신과의 영적 교류를 통해 합일을 이루는 세계이다.(신현숙, 『초현실주의』, pp. 56, 82) 에로스적 상상력에 심취하였던 초현실주의자들의 시적 경향과 그들의 동양 일원론에의 매료는 이런 점에서 시사하는 바가 크다.

133) Nothrop Frye, *The Meeting of East and West*, The Macmillan Company, 1960. pp. 312-320. 프라이가 "서구의 화가는 항상 사물을 외부로부터 그리는 것 같다. 반면에 동양의 화가들은 그것을 느낌으로 그리며 내부로부터 화가 자신이 사물에 대한 동일시를 이루면서 그린다"라고 파악했던 것에서 드러나듯이, 대상과 일치를 이루고자 하는 일원론적 성질은 확실히 동양적인 속성이다.

　이처럼 일원론적 사유를 본질로 삼은 에로티시즘은 송욱의 후기 시론
및 시론적 시의 토대가 되는 세계관이기도 하다. 이러한 일원론은 육체
와 정신의 조화를 추구하는 태도에서[134] 잘 드러난다. 결국, 그의 육체
성 강조는 정신의 경시가 아니라 둘의 조화로운 관계를 꿈꾸는 것이라
고 할 수 있다.

　두 개의 근본을 상정하고 있다고 해서 모두 이원론이라 규정할 수 있
는 것은 아니다. 그 두 개의 대립적 요소를 결합시키려는 의도가 있는
경우는 일원론에 속한다고 볼 수 있다. 송욱과 전봉건의 초기 시에서
주도적인 수사법이었던 옥시모론은 확실히 이러한 세계관을 배경으로
작용하고 있었던 바이다. 송욱에게는 보들레르의 영향이, 전봉건에게는
초현실주의적 영향이 이러한 문맥을 형성하게 한다. 대립명제와 당착어
법은 이원성으로부터 일원성으로, 그리고 비극적 세계로부터 낙원으로
옮겨가기 위한 의식의 수사법이다.

　우주 합일의 에로티시즘은 일원론적 사유방식, 즉 연속적인 사유 방
식을 토대로 이루어진다. 사랑은 인간이 그 자신, 나아가 세계와 화해
하는 행위로서 모든 이율배반적인 것들이 사라지는 숭고한 지점이
다[135]. 그래서 모든 모순들이 더 이상 허락되지 않는 정신의 숭고한 지
점을 획득하게 된다. 일원론은 이처럼 모든 현상이 하나의 원리로 통합

---

134) 송욱은 그의 『詩學評傳』(일조각, 1971. pp. 278-279)에서, 발레리가 주장한 "이 육체
　　와 정신, 어찌할 수 없을 만큼 생생한 이 현존(즉 육체)과 창조하는 힘을 가진 이 부
　　재(즉 정신)가 (작품이라는) 존재를 손아귀에 넣으려고 서로 다투는데 이 두 요소는
　　결국 결합해야 한다. …유한(육체)과 무한(정신)은 이제 훌륭하게 정돈된 하나의 건축
　　으로 통일되어야 한다."를 인용하고서 발레리의 생각을 토대로 자신의 생각을 다음
　　과 같이 말하고 있다. "우리는 여기서 발레리의 말에 귀를 기울이면서 예술가에게
　　있어서 정신과 육체의 관계가 얼마나 중요한 것인가를 알고 새삼 놀라지 않을 수 없
　　다. 즉 육체와 정신의 관계는 추상적으로 보면 현존과 부재, 유한과 무한, 합목적성
　　과 매력, 미와 지속의 관계 등, 실로 엄청난 문제와 뜻을 지니고 있는 것이다. 또한
　　순수 의식과 지성의 신자인 발레리의 입에서 이처럼 육체의 가치를 강조하는 말을
　　듣는 것은 매우 흥미있는 사실이기도 하다. 결국 발레리는 예술가의 참된 행위에서
　　마련되는 훌륭한 작품은 정신과 육체의 여러 기능이 거의 기적처럼 조화를 이루고
　　통일되어 발동한 결과라고 하니까 말이다."
135) 신현숙, 앞의 책, pp. 128-9.

되는 우주화의 양상이자 곧 원시적인 세계와 모체 회귀를 통한 아니마
의 실현이기도 하다. "내몸은 문지방 말 문간방 말 열고 닫는 말/바깥
세상 소문이 들리고 보이는 문지방 문간방 말에서 나는 나를 듣고 본
다"(말문…눈시울)는, 몸이 나의 정체성을 살피게 하는 거울과 같은 장
소가 되고 있음을 잘 말해주고 있다. 결국, 자기 정체성 회복은 원초적
인 육체를 통하여야 가능하다는 말이기도 하다. 원초적인 몸은 모체이
다. 그의 초기 시에서부터 그가 애착을 가진 '알몸'이나 '벌거숭이'란
단어는 시인의 원시적 삶에 대한 욕망이 투영되어 있었던 것이라고 보
인다. 이러한 일원론적 세계관은 '둥금'의 상징성을 통해 잘 드러난다.

> 어머니 뱃속처럼
> 낯선 데서는
> 꿈이 익는다
> 귤이 익는다
> 白鹿潭 속처럼
> 낯선 데서는
> 이름 모를 짐승이
> 알 수 없는 하늘이
> 잠들고 있다
> 숨 안에 목
> 목 안에 소리
> 소리 속에서
> 아아 한라山이 솟아 오른다
> 여인들은
> 푸르른 高原을주름잡아 입는다
> 海女들은
> 고등어빛 물결 속에서
> 눈이 흩날려도
> 얼지 않는 몸뚱어리!
> 그속에서 익어 가는
> 귤빛 꿈, 황금 귤
> 열매진 太陽이여!

(중략)
꽃나무가 받드는
女人들의 어깨마다
濟州섬을 닮은 둥근 광주리
둥근 광주리 안에
둥근 물동이
둥근 물동이마다
출렁이는 푸른 바다여!
어머니 뱃속처럼
白鹿潭 속처럼
낯선 데서는 꿈이 익는다

—「濟州섬이 꿈꾼다」 중에서

시적 자아는 어머니 뱃속을 낯선 곳으로 인식한다. '낯설다'는 시어에는 가치 개념이 작용하고 있다. 모태는 인간이 꿈꾸는 가장 이상적인 장소인데, 그것을 왜 낯설다고 표현한 것인가. 꿈 꿀 수 있는 이상향, 유토피아적 공간은 낯설면 낯설수록 그 가치는 극대화되기 때문이다. 시를 찬찬히 살펴보면, 그 낯선 곳은 모태와 바다와 백록담, 그리고 광주리, 귤, 물동이, 태양, 하늘 등이 어울려 여성의 생명성을 상징한다. 그것들은 모두 모체 이미지의 다채로운 변주로서 상호 순환적 의미망을 통해 낙원의 의미를 생성하게 된다.

특히, 둥금의 이미저리는 이 시의 주제를 생성하는 원동력이 되고 있다. 둥근 것은 태아와 자궁에 대한 형태적 비유로서 생명성의 공간을 의미한다. 이러한 조화와 생명의 상징성으로 인해 둥근 것은 낙원을 형태화시키는 기능을 하게 된다. '광주리' '귤' '물동이' '태양' '어머니 뱃속' '백록담' 등의 둥근 이미지가 연쇄적인 의미망을 형성함으로써 시적 공간은 낙원과 모체의 공간으로 생성되는 것이다.

여인들이 고원을 주름잡는다는 표현은 여인을 생명의 자연과 일체화시킴으로써 여인들의 몸을 우주적인 차원으로 끌어올리게 되는 것이다. 여인의 몸을 우주적 몸의 일부분으로 묘사함으로써, 여인은 잉태와 탄생의 우주적 운동에 동참하게 된다. 그리고, '꽃나무가 받드는 여인들의 어깨'에서 꽃과 둥근 광주리와 둥근 물동이, 그리고 바다는 모태로 환원되면서 이 시 전체가 우주와의 합일을 이루게 된다. 꽃과 바다와 둥글다는 모양은 여성을 상징하는 주된 에로스적 이미지들이기 때문이다. 이 시에서, 여인들은 高原과 일체화되고 있으며, 백록담은 하늘과, 물동이에 담긴 물은 바다와 일체화되고 있다. 이처럼 이 시 속에서는 모든 동물과 식물과 인간이 일체화되어 역동적인 우주의 생명 리듬을 생생하게 묘사하는 데 성공하고 있다. 둥근 형태는 모든 것을 포용하고 수용할 수 있는 질료적 특질을 지닌다. 둥금 속에서는 이렇게 이질적이고 상반된 모든 것이 하나로 융해될 수 있다.

이 시는 질서화된 형상들과 모태 상징성을 통해 에로티시즘의 시 세계를 실현하는 데 성공한 후기의 대표작으로 꼽을 수 있다. 일원화된 우주는 모든 것을 하나로 통합해 주는 완전한 합일의 공간인 모체와 자궁의 공간화이다. 이러한 시에서 시적 자아는 더 이상의 갈등을 보이지 않는다. 단지 그러한 시 세계의 원초적 육체성에 동화되고 융화되고 도취될 뿐이다. 이렇듯 송욱의 후기 시는 육체를 기표로 삼아 생명성과 상실된 자아를 회복하고 있다. 심지어 무생물체나 무기물에까지도 육체성을 부여함으로써 존재 일반을 살아 있는 것으로 만들고 있는 것이 이 시기의 특징이다.

나. '항아리'–음양 합일의 은유적 공간화

전봉건은 초기 시부터 줄곧 현실을 낙원과 분리되어 있는 시공간으로 인식하고 있다. 그런데, 전봉건의 낙원 의식 속에는 죄의식의 흔적이 전혀 나타나지 않는다. 낙원이란 단지 생명의 기호만을 드러내는 곳인 생명성 회복의 시공간이 되는 것이다. 이 장에서 다룰 시편들은 실낙원의 현실과 반대 지평에 있는 낙원을 은유적으로 실현하고 있다. 그리고, 이 낙원에 대한 그림은 후기 시집인 『북의 고향』의 前像이 되는 것이다. 「속의 바다 15」가 그 낙원을 시적 모티프로 삼고 있는 시이다.

> 그리하여 마침내 생전 첨 꾸는 꿈을 꾸었읍니다./그것은 더럽혀지기 전 하늘 나라의/정갈하고 透明한 綠色 고여 흘러넘치는 커다란 浴湯./핑크와 하얀 타일 밟고 들어서는 天使들은/모두 반들거리는 알몸이었읍니다.
>
> ―「속의 바다 15」중에서

'녹색'과 '알몸'이 낙원의 상징적 색채이다. 녹색의 천연 자연색과 알몸의 흰색은 '더럽혀지기 전'의 원초성을 함축하게 된다. 즉 녹색과 알몸은 퇴색되거나 변질되지 않은 최초의 빛과 색채를 표상하고 있는 것이다. 환하고 밝은 색조와 투명하고 빛나는 질료로 이루어진 물이 욕탕에서 흘러 넘친다는 것은 생명으로 충일한 공간임을 의미하는 것이다. 그 욕탕은 반들거리는 알몸과 결합됨으로써, 낙원의 깨끗하고 아름다운 이미지는 한층 강화된다.

이처럼, '더럽혀지기 전 하늘 나라'의 정경이 녹색과 알몸의 원초적인 곳을 의미한다면, 더럽혀진 지금과 여기의 현실은 어떠한 곳인가. 그것은 실낙원의 시공간으로, 이 시의 전반부에 제시되어 있다. 실낙원은 이 시인에게 생명의 상실을 의미한다. 전쟁이 짓밟고 간 자리에 남은 것은 온통 죽음이다. 죽음에 대한 이러한 강박증은 생명을 위협하거나 파괴하는 전쟁의 상징물들을 통해 잘 나타나 있다. 즉, 생명의 근원지인 사타구니나 바다가 총, 수류탄 등에 노출되어 있는 상황 설정이 실낙원의 표지들이다.

> 어른들은 바다에서 銃을 들고 나왔다/어른들은 바다에서 手榴彈을 들고 나왔다
>
> ―「속의 바다 16」중에서

모태와 모체의 상징적 공간인 바다에서 어른들이 총과 수류탄을 들

고 나온다는 묘사는 생명이 죽음에 위협받고 있는 현실에 대한 은유이
다. 가장 에로스적 소재와 가장 타나토스적인 소재의 중첩은 죽음에 대
한 완강한 거부를 의미한다. 이러한 에로스의 갈망을 통해 우리는 그가
추구하는 세계가 어떠한 곳인 지를 짐작할 수 있다. 그것은 생명으로
충만136)해 있는 원초적인 세계이다.

> 춤, 말 달리는 구릉, 눈 녹아 내리는 골짜구니, 물 좋은 숭어, 가지
> 마다 눈 돋아나는 나무, 술렁이는 풀과 술렁이는 꽃, 물씬 물씬 술렁
> 이는 풀냄새 꽃냄새에 쌓여서 해산하는 짐승, 하얀 모가지 길게 뽑아
> 들고 나는 새, 낮에는 햇빛이 우굴거리고 밤에는 달빛이 우굴거리는
> 숲, 그리고 끝없음인 것처럼 다시 始作되는 춤, 그런 것들이었다. 그
> 런 것들은 아무리 보아도 찾아 보아도 결코 볼 수가 없는 것들이었다.

> ―「속의 바다 12」 중에서

시적 자아가 누리고 싶은 세계는 생명으로 충일한 세계이다. 춤과 말
의 역동적 동작, 눈이 녹아 내리는 생명의 계절, 물 좋아 생기 넘치는
숭어, 나무의 생기, 풀과 꽃의 微動, 생명을 잉태하는 계절인 봄의 풀냄
새와 꽃냄새에 고무되어 생명을 해산하는 짐승, 가볍게 飛翔하는 새,
햇빛과 달빛의 에너지로 충만한 숲의 건강한 호흡들, 끝없이 힘을 발산
하는 춤 등으로 묘사되고 있는 이 시는 생명체들이 서로 교감하며 꿈
틀대는 풍경을 그린 한 폭의 생명화라 할 수 있다. 이러한 그림으로부
터 생명으로 충만해 있고 에너지로 충일된 원시적 힘을 느낄 수 있다.
여기서 원시적 힘은 잉태와 탄생의 이미지에 내재한 생명력 그 자체이
다. 이 시의 후반부에는 이러한 낙원과 정반대인 전쟁과 죽음에 생명이

---

136) 이러한 시의 세계는 작가의 다음과 같은 창작 동기가 잘 말해 줄 것이다. "내가 「춘
　　향연가」를 쓰게된 동기랄까요, 그런걸 말하면 이런 것입니다. …나는 그녀가 에로스
　　의 여자라는데 끌렸던 것입니다. …그러니까 나는 말하자면 생명의 충일, 생명 본능
　　의 이유와 가치가 가장 높은 자리에서 발하는 빛남, 그러하기에 나무랄데 없이 완벽
　　한 문화와 같은 것을 그녀의 에로스에서 본 셈이 되는데요"(전봉건, 「시와 에로스)

위협받는 곳이 묘사되어 있다. 이러한 생명/죽음, 낙원/전쟁의 대조적 구성을 통하여 생명성의 아름다움은 더 강조된다.

　이러한 원초적 시공간에 대한 강한 욕망은 女體와 母體와 母胎, 그리고 그들의 전형적 상징이 되는 고향을 통해 실현되고 있다. 그가 여성의 몸이나 잉태와 관련된 이미지 및 상징을 많이 빌려오고 있는 것은 원초적 생명을 상징하는 고향을 회복하려는 의지적 상상력의 결과이다.

　전봉건의 시가 남녀의 사랑을 유난히 강조하고 있는 것도 이러한 맥락에서 이해할 수 있다. 남녀간의 사랑을 강조하는 메시지 역시 생명에 대한 남다른 애정의 결과이다. 따라서 남녀의 만남 자체가 중요한 것은 아니다. 남녀가 만나 이루어지는 생명 잉태에 초점이 가 있다. 초기 시에서 춘향이라는 여성과 이도령이라는 남성이 진정한 만남 속에서 이루는 사랑이나, 전쟁이 남긴 폐허 즉 무질서 속에서 역설적으로 이루어지는 남녀의 사랑은 모두 우주화 실현의 원리이다. 그리고 우주화는 잉태로서 완성된다.

> 마침내 밤이 덮쳤습니다
> 꿈은 깜깜한 어둠 속에서 물빛으로 불타는
> 豊饒한 허리였습니다
> 혹은 항아리였습니다
> 그리고 그 때였습니다
> 꿈 밖에서 누가 울었습니다
>
> 　　　　　　　　　　　　　－「속의 바다 19」 중에서

　꿈은 아니마적 산물이다. 그 아니마적 몽상은 풍요한 허리를 지닌 항아리로 묘사되고 있다. 시적 자아의 아니마가 항아리에 투사된 것이다. 항아리는 여체요 모체의 상징적 용기이다. 즉 항아리는 생명을 잉태하는 장소인 것이다. 그 항아리는 어둠과 빛이라는 상반된 물질로 이루어져 있다. 모태나 자궁 속에서 어둠은 죽음의 기호이기보다는 생명의 자양분으로서의 기능을 더 강하게 띠게 된다. 어둠은 더 이상 죽음의 원

리가 아니라, 생명의 바탕이 되는 것이다. 이 시에서 어둠은 잉태의 에
너지 속에서 양기를 생성시켜 주는 磁力의 기능을 하는 것이다. 陽性
은 어둠이 없이는 어떠한 생명도 잉태할 수 없는 물질이기 때문이다.
그렇다면 어둠은 단지 불과 같은 밝음에 대한 배경에 불과한 보조적
의미체는 아니다. 어둠을 여과해야만 생명력은 더 힘차게 박동하게 되
며 '물빛'으로 불타오르기 위해서는 어둠이 반드시 필요하다. 즉 어둠과
암흑은 생명의 자양분이다. 희생이나 죽음보다는 오히려 생명이 잉태되
는 운동성을 생생하게 환기하는 소재로 쓰이고 있다.

　이처럼, 항아리는 잉태와 관련된 자궁의 비유적 공간이다[137]. 탄생을
준비하는 장소이며, 재생과 부활을 준비하는 장소이다. 새로운 생명을
잉태하기 위해서는 어둠을 통과해야 한다. 그 항아리는 동굴처럼 부활
과 재생을 위한 공간이다. 그 공간은 생명이 잉태되기 위해 필요한 음
양의 원리에 기대고 있는 곳이다. 이처럼, 전봉건의 시에서 우주 합일
은 생명과 죽음이 음양의 조화로운 관계를 이루고 있다. 다음 시에서
이 항아리의 이미지는 더 입체적으로 형상화되고 있다.

　　내가 본 것은 무엇이었던가. 그것은 항아리였다. 항아리 하나가 거
　기서 어슴푸레한 어둠 속에서 희고 맑은 젖빛 스스로의 살빛을 풀어
　내고 있었다. 나는 그것을 똑똑히 確認하기 위하여 두 눈을 지긋이
　감았다가 다시 떠 보았다. 그런데 모를 일이었다. 내가 다시 눈 떠
　본 것은 항아리가 아니라 한 女子였다. 가느다란 모가지 고운 젖무덤
　늘신한 허리 豊滿한 엉덩이 한 젊은 女子가 거기서 어슴푸레한 어둠
　속에서 희고 맑은 젖빛 스스로의 살빛을 풀어내고 있었다. 풀어내는
　스스로의 살빛으로 피 냄새 절은 어슴푸레한 어둠을 조금씩 조금씩
　밀어내고 있었다. (중략) 우리의 흙 우리의 땅덩이가 아무리 悽絶한
　죽음과 엄청난 피로써 얼룩진 暗黑이라 할지라도 맑은 젖빛 스스로
　의 살빛을 풀어내는 항아리 또는 항아리와 같은 것으로 지탱되어있

---

137) E. Neumann, *The Great Mother*, Princeton:Princeton Univ Press, 1963. pp. 39, 120.
　　노이만은 생명의 기능면에서 여성과 신체와 용기를 동일한 것으로 본다. 그에 따르
　　면, 점토로 만든 그릇류는 탄생이나 잉태와 관련된 여성의 속성을 지니는 것이다.

는 까닭이라는,

-「暗黑을 지탱하는」 중에서

이 시에서 항아리가 여자의 잉태하는 몸에 대한 은유임이 '항아리가 아니라 한 여자였다'에서 선명하게 밝혀진다. 항아리는 '고운 젖무덤 늘신한 허리 豊滿한 엉덩이'를 지닌 女體의 상징이다. 女體 중에서도 잉태와 관련된 항아리는 자궁의 상징이다. 그리고, 이 공간은 춘향이 어둠 속 감옥에 갇혀 잉태를 기다리는 것과 같은 곳이기도 하다. 그래서 현재는 어둡지만 미래는 그 자궁을 통하여 생명을 잉태할 것이기 때문에 밝음으로 남아 있는 것이다. 전봉건의 후기 시에서 등장하는 어둠이나 암흑은 죽음과 소멸보다는 식물이 씨앗을 키우는 땅 속처럼 생명의 씨앗를 위한 밑거름으로 풀이해야 한다. 흙과 땅덩이가 죽음과 피로 얼룩진 암흑을 기반으로 삼을 때, 빛을 풀어내는 항아리는 비로소 자기의 陽氣를 더 강하게 발산할 수 있는 것이다. 그래서, 어둠을 밀어낸다는 표현은 항아리 속에 陽氣가 들어차는 그 부피의 변화에 대한 형용에 다름 아니다.

특히 이 시에서 빛의 이미지 운동은 눈여겨 볼 만하다. 젖빛과 살빛이 생명의 질료로서 어둠과 만나 다른 이미지로 생성되는 과정은 감각적인 단계를 넘어서 있다. 빛이 어둠과 융해되면서 불의 질료적 속성이 물의 이미지로 재탄생되고 있기 때문이다. 서정주의 시와 마찬가지로 전봉건의 시도 코울릿지가 말한 공상 즉 단순한 기억의 재생이 아니다. 그의 시에서 불의 질료들은 잉태나 생명의 이미지를 향한 생생한 이미지의 운동성을 지니고 있다. 이는 바슐라르가 상상력의 가장 이상적인 단계로 제시한 역동적 상상력을 생성하고 있다는 점에서 주목할 만하다.

요컨대, 이 시에서 항아리는 陽氣, 즉 생명의 기호이고, 전쟁은 陰氣, 즉 죽음의 기호이다. 그래서, 빛은 생명의 원동력이 된다. '젖빛'과 '살빛'처럼 몸을 수식하는 어휘들이 '빛'과 강하게 밀착되어 있는 것도 이러한 문맥에서 보아야 한다. 육체는 빛을 여과해야만 그 생명을 발하게

되는 것이다. 생명의 상징적 자리가 육체이기 때문이다. 그리고, 시적
자아의 北에 있는 고향도 항아리처럼 어둠 속에서 陽氣를 지탱해야 하
는 몸이다.

> 눈 감으면/어둠입니다/내 먼 북녘의 고향은/그 어둠 속에 있읍니다/
> 아프게 저리도록 훤한 밝음으로 있읍니다
>
> —「내 어둠」 중에서

> 고향 떠나/늙은 내게는/봄이 오는 사월에/눈을 감아야/보이는 길이
> 있다/보이는 하늘이 있다/보이는 물이 있다/눈을 감아야 검은 어둠
> 한가운데/꽃으로 서있는 사람 하나가 있다
>
> —「봄이 오는 4월에」 중에서

그러나, 시적 자아는 어둠 속에 존재하는 고향의 빛을 끝내 포기할
수 없다. 시적 자아가 어둠과 죽음을 배경으로 하여 밝음과 꽃을 위치
시키고 있는 것도 그 때문이다. 그럼에도 불구하고 그 고향은 현실적으
로 회복되기 불가능한 상대이다. 북에 있는 고향은 심한 단절감을 상기
시키는 대상일 뿐이다. 그래서 시인은 그가 희구하는 방향에 맞게 고향
의 정경을 재설계하여 체험하는 수밖에 없다. 다시 말해 현실의 고향과
동일시할 수 없기에 고향을 자기가 원하는 모양으로 설정하여 고향을
상징적으로 체험하는 것이다. 이처럼 고향은 꿈의 모티프를 통하여 아
니마적 대상으로 실현될 수밖에 없는 것이다.

> 내 고향은 이북이지만/꿈속엔 길이 있어서 갈 수가 있읍니다./어릴
> 적 그때와 다름없이/밝은 고향집엔 이남에서/돌아가신 부모님이 살고
> 계십니다.
>
> —「찬바람」 중에서

고향은 시적 자아에게 낙원과 같은 곳, 시인의 아니마가 활동한 결과
나타나는 상징적 공간이다. 전봉건의 시에서 고향으로 진입하기 위해서

는 꿈이라는 통로를 반드시 거쳐야 한다. 그의 시에서 '꿈'은 일상적으로 알고 있는 밤에 꾸는 꿈과는 변별되는 것으로, 아니마의 몽상에 가까운 것이다. 즉, 근원적인 자아를 회복하게 하는 몽상의 세계이다[138]. 그래서, 아니마적 대상으로서의 고향은 육체성과 생명을 상실한 자아를 통합시켜 주는 원초적인 공간이 되는 것이다. 몽상 속에서 고향은 물질화되고 있다. 그 꿈에 의해 고향은 어떤 영역이나 형태로서가 아니라, 하나의 물질로서 질료화된다[139]. 고향이라는 시공간이 물질의 운동으로 인식되는 것이다. 전봉건에게 그 물질의 운동은 바로 빛으로 현현되는 불의 속성을 띠게 된다. 요약하자면, 시인에게 내면화된 고향은 생명성의 기호이고, 그 생명성이 물질화된 내용이 불이며, 불이 이미지화된 것이 '빛'인 것이다.

> 그러한 어느 날 밤의 꿈이었습니다./나는 드디어 아버님과 어머님 또 두 형님을 뵐 수가 있었습니다. 죽어서 재가 되었던 어머님과 두 형님 그리고 죽어서 흙이 되었던 아버님은 고향으로 돌아와 다시 사람으로 현신하여 함께 살고들 계셨습니다./나는 죽을 수가 없었습니다./고향 집은 방마다 훤한 빛이 가득하였습니다./고향 집은 구석마다 훤한 빛이 가득하였습니다.
>
> -「꿈길」 중에서

　고향집이 방마다 구석마다 훤한 빛으로 가득차는 이유는 죽었던 가족들이 다시 살고 있기 때문이다. 생명은 빛의 물질성을 부여받는다. 즉 생명과 고향은 빛이라는 물질의 파장을 통해서 그 정체성을 얻게 된다.

---

138) 가스통 바슐라르(1991), 앞의 책, pp. 32.
　아니무스는 라틴어로 정신이란 뜻이고 남성적인 요소에 속하며, 아니마는 혼이란 뜻으로 여성적인 요소에 속한다. 몽상은 아니마에 속하고, 아니무스는 밤의 꿈에 속한다. 아니마는 근원성과 내밀성을 지니는 것이다.
139) 가스통 바슐라르(1991), 앞의 책, pp. 11-12. 해설 참조.
　바슐라르는 고향을 몽상적인 기질을 가진 물질로 해석한다. 이때 물질이란 그가 제시한 4원소에 해당하는 물, 불, 흙, 공기 등으로서 원초적 무의식의 작용으로 일어나는 것이다. (곽광수 공저, 『바슐라르 연구』, 민음사, 1978. p. 30, p. 244. 참조)

불의 생성적 공간으로 비유되고 있는 고향은 모체성을 강하게 환기한
다. 불은 고향을 물질화시키는 아니마의 이미지가 되는 것이다[140]. 그
불의 이미지는 어둠 속에 폐쇄되어 있던 자아의 내면의 눈을 환하게
열어주는 질료가 된다. 그리고, 그 질료는 내면 속에 자리잡고 있는 가
장 순수한 원초적인 세계를 향한 상상력의 운동을 시작한다.

> 그렇습니다. 두 분은 죽어서야 다시 찾은 고향집에서 고향 잃기 전
> 의 나이로 그 나이로만 사시기로 단단히 작정을 하시었나 봅니다. 그
> 리하여 안방에서 사랑채로 혹은 대문으로 넉넉한 걸음걸이 옮기시며
> 들국화의 향내도 풍기시며 사시기로 작정을 하시었나 봅니다. 내가
> 이따금 꿈길에 가는 고향집 가을 햇살은 등어리에 따사롭습니다.

–「죽어서야」 중에서

이 시에서도 생명의 물질화는 들국화의 향내와 가을 햇살의 이미지를
통해 실현되고 있다. 들국화의 향내와 가을 햇살은, 약하지만 그런대로
여린 '빛'을 환기시키게 된다. 고향을 잃기 전의 나이로 살고 계신 부모
님의 모습 또한 아련한 형체만을 띠고 있을 수밖에 없다. 고향 상실 이
전의 시기까지는 30년이라는 긴긴 세월이 가로놓여 있기 때문이다. 그
래서 강하고 진한 물질성이 아니라, 은은하고 여린 향내와 햇살의 물질
성을 띠고 있는 것이다. 그 햇살과 향내에 농화되어 시적 자아는 평화
로운 고향의 부모님과 통합하게 된다.

70년대 언저리에 와서, 즉 나이 50대가 되서야 본격적으로 상상력의
근간으로 삼게 된 고향 모티프에서 고향은 유년 시절을 그대로 재현하
는 대상은 아니었다. 그것은 시인이 지향하는 세계로서 아니마가 투영
되어 있는 낙원과 같은 공간이다. 전봉건의 후기 시에 주로 등장하는
고향은 생명의 근원지인 자궁이나 모체를 상징하게 된다. 앞서의 시에

---

140) 바슐라르, 김현 역, 『몽상의 시학』, 홍성사, 1986. p. 99.
　　모든 내면성의 이미지들은 그 기원을 母性에 두고 있다.

서 다루었던 **女體**의 상징인 항아리는 고향을 축소한 **前像**이라 할 수 있다. 항아리의 어둠과 밝음의 변증법적 구조는 고향의 공간에서 그대로 재현된다. 자기 아니마를 회복하는 세계는 이렇게 죽음의 물질인 음기를 밀어내고 생명의 물질인 양기로 가득차 있는 공간이다. 그래서 고향은 개인사적인 회상의 시공간이지만, 자신이 상실한 에로스적 대상인 생명성의 근원지로서 더 강조된다. 그 곳은 어둠과 죽음이 밝음과 생명과 어우러져 있는 완전한 공간으로 제시되고 있다.

시집 『북의 고향』의 프롤로그이면서 고향의 상징성을 압축적으로 제시하고 있는 시가 「여섯시」이다. 이 시의 모티프는 모든 생물이 눈을 뜨고 하루의 삶을 시작하는 새벽 여섯 시라는 시간대이다. 따라서, 그 전날 밤 10시부터 새벽 여섯 시 이전까지는 생명을 해산하기 위한 잉태의 시간대가 된다. 즉, 생명이 잉태되는 밤 10시부터 새벽 6시까지의 고향에 초점이 맞춰져 있다는 점에서 이 고향의 공간은 자궁을 상징하는 '항아리'의 공간과 동일한 의미 지평 위에 놓이게 된다.

열시흐릿하다
열한시기물가물 보인다
열두시하루가 다하고
하루가 시작되는 어둠은
더욱 짙은 어둠이다
그러나 그때 성큼 한 발자국
내게로 다가서는 너를 본다
한시마침내 너는 어둠을 밀어 낸다
산이여 강이여 하늘이여
두시밭이여 언덕이여 샘이여
홰나무여 대문이여 안뜰이여
큰 부엌의 큰 솥이여 작은 솥이여
마른 나무 **활활** 불타는 눈부신 아궁이여
세시할아버님 할머님
아버님 어머님이시여
네시(네 번 치는 괘종 소리)

다섯시머리 위에 떠오르느 희끄무레한 창
여섯시다시 네가 없는 밝음이다

-「여섯시」 중에서

이 시는 밤 열 시에서 새벽 여섯 시까지의 시간의 변화를 어둠과 밝음이라는 두 의미축에 따라 전개하면서 고향집의 정경을 묘사하고 있다. 고향은 어둠을 밀어내는 항아리의 몸이다. 이 시에서도 밝음은 그 어둠을 밑거름으로 하여 자기 형태를 뚜렷이 드러내는 존재이다. 어둠을 밀어내는 '너'라고 지칭된 대상은 밝음이다. 시적 자아가 呼名하고 있는 산, 강, 하늘, 밭, 언덕, 샘, 홰나무, 대문, 안뜰, 부엌의 솥, 아궁이, 할아버님, 할머님, 아버님, 어머님 등이 고향의 구성체들이다. 그 呼名은 어둠이 본격적으로 시작되는 열두시부터 새벽 네 시까지 밤새도록 계속된다. 시적 화자는 마치 연금술사처럼 어둠을 밀어내기 위한 주술을 행하고 있는 것이다. 그러고 나면, 새벽 네 시에 어둠은 희끄무레한 색으로 퇴색하기 시작한다. 희끄무레한 색은 어둠의 변질이면서 그 변질된 만큼 밝음의 물질성이 우세해지는 것이다.

그런데, 완전히 밝음을 회복하는 새벽 여섯 시의 밝음은 오히려 부정적으로 해석되고 있다. '네'(고향)가 없음을 강조하는 새벽 여섯시는 고향과 완전히 분리된 현실적 시간대이기 때문이다. 그러나 시적 자아에게 고향을 고농도로 압축해 주는 시간대는 꿈의 시간대이다. 그것은 아니마적 시간대이며 꿈을 통해 밝음의 질료로써 그 공간과 융합되는 순간이다. 시적 자아에게는 자아를 회복하게 하는 순간이며, 원초적인 아니마의 공간(고향)이 되는 순간인 것이다.

우리는 「암흑을 지탱하는」에서 고향이 '항아리'와 유사한 공간임을 알 수 있다. 어둠을 밀어내고 있다는 표현이 그 근거가 된다. 고향의 공간은 어둠이라는 시간대를 배경으로 하여 밝음의 존재들을 하나씩 잉태하는 자궁이 되고 있다. 그래서 밤 열두 시부터 새벽 여섯 시까지는 생명을 잉태하는 자궁의 시간대로, 시적 자아는 그러한 고향을 몽상하면서 편안함을 느끼는 것이다. 한밤중이 공기의 가벼움을 맛보게 하는 아니마의 시간대라면, 여섯 시는 이성이 아니마를 깨우는 낮의 시간, 즉 무거운 시간대이다[141]. 전봉건의 고향은 밝음과 어둠의 변증법적 구조를 이루면서 음양의 결합으로 생명성을 생성하는 공간이다. 이러한 공간은 네가 없는 밝음과는 차원이 다른 가장 원초적인 최초의 밝음을 상기시키게 된다.

이 시의 뒤를 이어 바로, <꽃=살점=핏보래=30년 전 돌아가신 할아버지,할머니>의 관계망으로 구축되는 생명의 상징인 「꽃」의 세계가 펼쳐진다. 이 두 시편을 통하여, 고향은 생명성의 공간으로서 시인에게 특별한 대상임을 확인할 수 있다. 그러나 시 속에 재현된 고향은 실재하는 고향이 아니다. 이미 현실의 고향과 고향의 구성체인 가족들은 생명을 상실했기 때문이다.

그래서 전봉건의 시는 고향을 상징적으로 회복하고 있다. 생명력의 근원으로서 고향과 일체화됨으로써 시인은 자신의 아니마를 회복하게 된다. 이때 대립적인 음양이 융해되는 공간으로서 항아리는 코스모스로서의 고향이 상징화된 것이다. 이처럼, 고향은 죽은 자와 산 자가 재회하는 자리이며, 죽음과 삶이 합일되는 자리이자 어둠과 밝음이 공존하는 자리로서, 원초적인 아니마의 공간이 되고 있다. 매장 풍습에서 항아리에 시신을 넣어 묻는 것도 이러한 맥락과 상통한다. 항아리는 최초

---

141) C. S. Lewis, *The Discarded Image*, Cambridge Unive Press, 1964. p. 173.
　　루이스는 인간의 네 가지 체액을 기준으로 하루 24시간을 쪼개고 있다. 밤 열두시부터 새벽 여섯시까지를 <다혈질>로, 새벽 여섯시부터 낮 열두시까지를 <담즙질>로, 낮 열두시부터 저녁 여섯시까지를 <점액질>로, 저녁 여섯시부터 밤 12시까지를 <우울질>로 구분하고 있다.
　　바슐라르는 인간의 네 가지 체액을 4원소에다 각각 대응시키고 있다. 즉 다혈질을 공기에, 담즙질을 불에, 점액질을 물에, 우울질을 흙에 연결시키는 것이다.(바슐라르, 『물과 꿈』, p. 10)
　　두 이론가의 견해를 종합해 보면, 밤 열두시에서 새벽 여섯시까지는 공기의 시간대에 해당한다. 공기는 새의 비상과 음악적인 속성을 띠는 물질로서 우리는 잠 속에서 공기에 실려간다. 그러한 잠은 유년기의 잠이거나 밤의 삶 속에서의 여행이 줄 수 있는 평온함을 가져다 준다.(가스통 바슐라르, 정영란 역, 『공기와 꿈』, 민음사, 1993. pp. 82-83)

의 삶의 공간인 모태이자 인간이 죽어서 돌아가야 할 곳인 것이다. 요컨대 항아리는 삶과 죽음이 통합되는 원초적인 고향이다. 그리고 그 고향의 비유로서의 항아리를 통하여 세 번째 양상인 우주 합일의 에로티시즘이 완성되고 있다.

에로티시즘이 궁극적으로 추구하는 세계는 낙원과 같은 원초적 질서의 세계이다. 이러한 원초적인 세계의 지향을 통해 에로티시즘이 모태 회귀의 본능에 뿌리를 내리고 있는 정신 세계임을 알 수 있다. 에로티시즘의 시 세계에서 고향은 상실된 자아와 상실된 육체성과 상실된 생명을 회복하는 원초적 질서를 지닌 곳으로 표상되어 있다. 이러한 고향의 상징성은 에로티시즘이 근본적으로 자아 상실과 회복, 육체성 상실과 회복, 생명 상실과 회복에 관심을 두고 있음을 말해 주는 것이다. 에로티시즘에서 자아와 육체, 그리고 생명의 문제는 서로 다른 것이 아니라는 점이 중요하다. 즉 세 가지 의미 층위는 동시적으로 성립되는 문제이다.

이러한 특성을 통해 에로티시즘이 단편적인 의식의 한 양상이 아니라, 복합적인 구도로 짜여진 보다 다층적인 정신 세계라는 사실을 알 수 있다. 인간의 근원적 의식은 언제나 여러 가지 의미망을 통해 파생되어 나가는 것이 특징이다. 그리고 의미 생성과 전개의 양상에 따라 에로티시즘은 세 가지 양상으로 분류할 수 있었다.

첫 번째 양상은 《욕망의 기호로서의 봄과 규범에의 반항》이다. 이 유형에서 몸은 욕망과 반항의 장소가 된다. 식민지와 전쟁이라는 질곡의 상황은 그 상황 자체만으로도 자아를 억압하고 구속하는 기제가 된다. 자아 상실감은 이러한 억압의 심리에서 발생한다. 그리고, 몸은 이러한 억압에 대해 가장 민감하게 반응하는 장소이다. 현실이 자아를 억압하는 규범으로 작용할 때, 자유에 대한 갈망은 그 어떤 때보다도 증대하게 되고, 몸의 구속감에서 유발된 욕망은 몸을 자기 욕망의 통로로 삼게 된다. 따라서, 성적 욕망은 금기에 대한 반항으로서 에고이즘을 가장 효과적으로 드러내는 기제가 된다.

　두 번째 양상은 ≪위반의 기호로서의 몸과 제의의 기제≫이다. 이 유형에서 몸은 위반과 제의의 장소가 된다. 타나토스의 현실과 반대 극점에 있는 에로스의 세계를 추구하는 태도가 반항이라면, 위반은 타나토스를 극복하기 위하여 도리어 타나토스에 적극적으로 참여함으로써 생명을 획득하는 제의의 양식을 취하게 된다. 제의적 기제를 통해 타나토스와 에로스는 단선적이기보다 복합적인 관계망을 형성하게 된다. 한계선이라는 형상을 지닌 죽음을 염두에 두는 데서 형성되는 에로티시즘은 주로 죽음을 의식하는 것을 피하려 하고, 우리가 당장 죽지 않는다는 것을 가정하려고 한다. 이러한 죽음에 대한 반응에서 제의가 형성되는 것이다. 제의는 죽음을 초월적 사건으로 제시하고, 죽음을 생명의 원리로 수용하는 것이다. 따라서, 죽음을 저지르는 최고의 위반은 생명을 구가하는 역설적 행위가 되는 것이다. 제의와 만나는 죽음은 善/惡, 聖/俗 혼돈/무질서, 도덕/비도덕의 가치 개념을 동반하게 된다. 이러한 가치 개념들은 삶과 죽음을 해석하는 인간의 근원적 의식을 함축하는 것이다.

　세 번째 양상은 ≪연속의 기호로서의 몸과 우주와의 합일≫이다. 이 유형에서의 몸은 연속성과 우주(질서)의 장소가 된다. 이 시편들은 에로티시즘의 궁극적 세계라고도 할 수 있는 우주와 합일을 실현하게 된다. 여기서 우주란 조화와 질서를 지니고 있는 원초적 세계이다. 원초적, 연속적 세계는 죽음과 생명이 더 이상 경계를 지니지 않는 곳으로서 고향과 어머니, 그리고 우주가 바로 그 원초적 세계의 상징이다. 몸의 결핍을 인식하면서 출발한 에로티시즘의 시적 정신이 최종적으로 귀결되는 곳이 고향이며, 그 고향은 최초의 원초적인 몸의 원형을 그대로 간직하고 있는 모체의 상징적 공간이다. 이 고향의 회귀를 통하여 상실된 자아와 육체, 그리고 생명을 완전히 회복하게 된다. 이것은 세계와 분열되었던 자아가 세계와 조화로운 관계로 돌아섰음을 말해주는 것이다.

제 4 장

에로티시즘과 생태학 – 서정주론

1. 생태학의 문학적 의미

문학은 자아와 타자의 가장 조화로운 관계를 모색하는 데서 출발한다. 타자란 내가 아닌 다른 사람일 수도, 자연일 수도, 다른 생물체일 수도 있다. 따라서, 자아와 타자 사이의 원만한 관계는 궁극적으로 인간과 세계의 조화로운 관계를 함축하게 된다. 자아와 타자 사이에 분절이나 단절로 인해 야기되는 모든 갈등이 사라진 바로 그 곳에서 비로소 인간과 세계는 가장 조화로운 관계를 획득할 수 있다.

이러한 관계를 이루기 위한 최적의 조건은 원초적 세계이다. 원초적 세계는 모든 것이 분열되지 않고 하나로 연결되어 있는 세계이기 때문이다. 생태학[1]은 인간과 자연의 가장 조화로운 관계를 모색하는 이론이라는 점에서 원초적인 세계와 모종의 관계를 형성하게 된다. 부분과 전체, 개체와 환경이 유기적 통일체라는 인식 위에서 구축된 생태학의 기본 정신이[2] 이를 잘 증명해 주고 있다. 즉 생태학은 이성과 감성, 정신

---

1) 생태학(ecology)은 크게 표층(shallow) 생태학과 심층(deep) 생태학으로 분류되고 있다. 전자는 인간중심적인 관점을 취하는데 반해, 후자는 세계를 상호의존적인 현상들의 네트워크로 보고 있다. 이 가운데 심층 생태학은 모든 생물들이 지닌 본질적인 가치를 인정하고 인간을 생명이라는 직물 속에 포함된 씨줄 날줄로 보는 패러다임의 전환을 가져왔다.(프리쵸프 카프라, 『생명의 그물』, 범양사출판부, 1998. pp. 22-23. Bill Devall & George Sessions, ed, Deep Ecology, Salt Lake City:Gibbs M. Smith Inc, 1985. pp. 65-66) 이 논문에서 생태학이라 함은 심층 생태학을 가리킨다.

2) William Rueckert, Literature and Ecology, *The Ecocriticism Reader*, ed. by Cheryll Glotfelty &

과 육체, 남자와 여자, 인간과 자연 등의 이분법적 사고를 지양함으로써 타자들 사이의 다양성과 관계성을 인정하게 된다. 그렇기 때문에, 최근들어 관심을 모으고 있는 마술적 리얼리즘이나, 신화성 또는 환상성 등은 예사로운 징후로 보이지 않는다. 이러한 일련의 풍조는 생태학이 추구하는 원초적인 세계상을 드러내고 있기 때문이다.

조화는 언제나 분열과 갈등과 경계를 무화시킨다. 근래 사상의 흐름을 주도하고 있는 포스트모더니즘을 중심으로 그 지류를 형성하고 있는 담론들 즉, 페미니즘, 禪사상, 노장사상 등과 함께 생태학이 나란히 설 수 있는[3] 것도 경계를 무화시키려는 이러한 태도에 기인한다. 물론 이들 담론들이 취하고 있는 이론적 발판이나 궁극적인 목적을 따지고 들어가 보면 실질적인 차이를 보이는 것은 사실이다. 그럼에도 불구하고 이들 담론들은 세계관[4]의 측면에서 필연적으로 만나고 있다는 점에서 중요하다. 그런 측면에서, 생태학은 새로운 패러다임의 전환을 구축하는 데 일조한 셈이 된다. 생태학이 생물학 영역을 넘어서 인문학과의 연계성을 강하게 지닐 수 있는 것도 이러한 패러다임적 특성 때문이다. 21세기는 지배와 정복의 대상으로만 취급되던 자연을 새로운 각도로 바라보길 요구한다. 자연은 더 이상 인간과 단절되어 있는 타자가 아니다. 생태학은 이와 같은 21세기의 주류적 사상을 가장 선명하게 드러내고

Harold Fromm, Athens and London:Georgia Univ. Press, 1996. p. 108.

3) Sueellen Campbell, <u>The Land and Language of Disire</u>, *The Ecocriticism Reader*, ed. by Cheryll Glotfelty & Harold Fromm, Athens and London:Georgia Univ. Press, 1996. pp. 127-135. 참조 캠벨은 이 글에서 포스트모더니즘과 생태학의 발생 배경을 꼼꼼하게 분석하면서, 두 이론의 주요 관심사인 텍스트와 자연이 궁극적 차이를 지님에도 불구하고 공유하고 있는 부인할 수 없는 몇 가지 주요한 점을 추출해 내고 있다. 포스트 모더니즘과 생태학은 다음과 같은 점에서 유사하다. 첫째, 남성 중심주의의 전통적 권위에 반대한다. 둘째, 이분법적 분류법에 의문을 제기하면서 상대주의와 양자역학에 그 신념을 두고 있다. 셋째, 모든 사물을 하나의 거대한 그물망으로 바라본다.

4) 박이문에 따르면, 세계관은 세 가지 내용을 이루고 있다. "세계관은 첫째, 우주관, 즉 존재일반에 대한 총괄적 견해, 둘째, 인간관, 즉 우주 안에서의 인간존재에 대한 특수성에 대한 관점, 셋째, 윤리관, 즉 인간이 택해야 하는 삶의 태도에 대한 입장을 동시에 내포하고 있다."(박이문, 『문명의 미래와 생태학적 세계관』, 당대, 1998, pp. 17-20. 참조)

있는 의식 운동이라 할 수 있다.

그런데, 생태학의 토양이라 할 수 있는 동양적인 세계관, 즉 선사상이나 노장적 세계관과 깊이 연루되어 있는 우리 문학에서는 정작 이에 대한 본격적인 연구가 이루어지지 않고 있는 실정이다. 물론 이 분야에서 주목할 만한 연구들5)이 없지는 않다. 문제는 대개의 연구 대상들이 8, 90년대 시들에 한정되어 있거나, 문명에 대한 비판적 시각을 견지하고 있는 작품들에 편중되어 있다는 점이다. 생태학이 문명의 지배악적 논리나 생태계 파괴에 대한 비판을 기반으로 형성된 것은 사실이다. 하지만, 문학의 생태학적 연구는 단면적이고 단편적으로 드러난 환경에 대한 관심에 만족하지 않는다6). 생태학은 단순한 문명 비판이나, 환경 보호 차원 그 이상의 정신 세계이기 때문이다.

생태학적 세계관은 20세기에 창작된 문학 작품 속에서 새롭게 대두한 특정한 시대에 국한된 문제가 아니다. 오히려 인류의 탄생과 동시에 발생한 것이라고 해도 과언은 아닐 것이다. 인류는 어떠한 형태로든지 자연에 대한 다양한 태도를 취해왔기 때문이다. 따라서, 문학 연구가 지속적으로 반복되는 양상을 드러내는 과학이라는 점에서 보았을 때, 서구의 연구자들이 생태학적 작품의 원형을 19세기 낭만주의에서 찾으려고 한 시도는7) 의미있는 작업이라고 보인다.

그들이 낭만주의에서 찾은 생태학적 정신의 뿌리는 자연 유기체설이다. 이 자연 유기체설은 동양에서는 낯설지 않은 세계관이다. 한국의 현대시에서도 이러한 세계관을 담보하고 있는 시인들을 찾기란 어렵지 않은 일이다. 김소월, 김영랑, 정지용, 그리고 청록파8) 등의 시인들이

---

5) 김욱동, 김종철, 김지하 등의 선행논의들이 주목할 만하다.
6) 환경 보호를 위한 문학도 실제로는 생태학의 하위 범주에 속하는 것이기는 하다. 그러나, 그것은 성격상 그 경계를 달리한다. 김욱동은 환경 문학이 사실적이고 실제적인 반면, 생태문학은 철학적이고 이론적이라고 구분하고 있다.(『외국문학』, 1996.)
7) 김욱동, 앞의 책, p. 232. 참조
8) 청록파 시인들 중에서도 박두진의 시는 생태학적 정신을 강하게 보이고 있다는 점에서 다른 두 시인과 변별된다. 「젊은 죽음들에게」, 「죽음은 들어오고」, 「유전도」, 「하늘」, 「섭리」 등의 작품이 그 예이다.

그 대표적인 예에 속한다. 그렇다고, 이들의 자연친화적인 태도가 하나같이 동일한 모습으로 나타나는 것은 아니다. 순수한 예찬의 대상이거나, 즉물적인 대상, 또는 현실 도피처로서의 자연은 엄밀히 말해 생태학에서 주장하는 자연친화적 태도와는 전혀 다르다. 자연을 소재로 삼은 모든 시가 생태학적인 정신을 지니고 있다고 말할 수 없는 이유도 여기에 있다.

따라서, 종래에는 하나로 묶을 수 있었던 자연친화적 계열의 시들이 생태학적 관점이 적용되면 다른 양상으로 분류될 수밖에 없다. 이미 오래 전에 쉴러는 시인과 자연의 친화 양상을 그 성격에 따라, 시인과 자연이 조화되어 있는 시와 시인과 자연이 분리되어 있는 시로 분류했다[9]. 생태학이 아마 그러한 분류를 할 수 있는 가장 좋은 방법론이 되리라 생각한다.

이때 그 가늠의 주요한 잣대는 몸의 사유 방식이 될 것이다. 생태학은 육체를 단순한 물질로서 다루지 않고 존재론적으로 탐색한다. 따라서 생태학의 의미론은 육체에 대한 새로운 자각과 인식에서 비롯한다. 그 결과, 생태학에서의 육체는 정신과 대립적인 위치에 있는 육체로서의 옷을 벗고 몸이라는 새로운 옷을 입게 된다. 요컨대, 몸에 대한 시

이러한 속성을 밝혀내는 것 자체도 의의가 있지만, 홍미로운 사실은 서정주의 시가 불교적인 세계관에 토대를 두고 있는데 반해, 박두진의 시가 기독교적 세계관에 토대를 두고 있다는 점이다. 각기 다른 종교에 기대고 있는 두 시인이 동일한 세계관으로 귀납될 수 있는 현상과 함께, 생태학의 천적이었던 기독교적 세계관을 시적 모체로 삼고 있는 시인의 시에서 생태학적 정신이 강하게 나타난다는 점이 특이하기 때문이다. 사실, 기독교 사상의 是非를 놓고 빚어진 생태학적 논쟁들은 소모적이라는 인상을 지울 수가 없다. 각기 다른 사상에 기점을 두고 있더라도 어느 지점에 가서는 맞물리기도 한다는 점을 놓쳐서는 안 된다.
참고로 창조 신학에 입각한 주요 논자로는 샤르댕과 맥도나휴를 들 수 있다. 테야르 드 샤르댕의 『인간현상』(한길사, 1997)은 진화론에 이론적 토대를 두고 있었기 때문에 교회에서 추방당한 신학자이다. 그의 기본적 발상은 인간을 포함한 모든 생물을 유기체로 보는 생태학적 관점과 유사하다. 숀 맥도나휴의 『땅의 신학』(분도출판사, 1993)은 기독교에 대한 생태학적 비판이 잘못되었음을 밝히기 위해, 성서에 나타난 자연에 대한 태도를 꼼꼼히 파헤치고 있다. 창조 신학을 실천한 인물로는 성 프란체스를 들 수 있다.
9) 문덕수, 『문예사조』, 개문사, 1986, pp. 62-63.

인의 사유방식은 자연친화적인 시들의 서로 다른 모습을 확연히 드러내
줄 것이다.

이에 본고는 서정주 시에 나타난 몸의 사유방식을 통하여 서정주의
시가 지니는 한국 현대시의 생태학적 원형으로서의 가능성을 타진해 보
려고 한다[10]. 그러기 위해서는 먼저 육체와 몸이 지닌 변별적 의미나
기능을 검토하여야 할 것이다.

2. 생명의 환유로서의 몸

포스트 모더니즘 이론의 육체에 대한 관심이나 생태학적 문학 비평의
단초를 마련했던 미하일 바흐찐[11]이 육체에 대해 행한 해석적 공헌은
육체가 생태학의 주요한 의미소가 되고 있음을 잘 말해주고 있다. 생태
학이 형이상학적인 것을 거부하고, 물질을 중요한 대상으로 파악하고
있다는 점에서 육체는 생태학에서 중심 기호로 자리잡게 된다. 또한 생
태학이 생명을 세계의 중심에 놓고자 하는 이론[12]임을 주목할 때, 육체
의 의미는 더욱 중요해진다. 탄생과 죽음, 즉 생명의 유무는 언제나 육
체라는 일차적인 물질을 기반으로 하기 때문이다. 이러한 생명에의 관

---

10) 20년대 시인들, 즉 이장희, 남궁벽, 이상화에게서도 생태학적 상상력의 징후가 발견되
   긴 한다. 그들의 시는 주제적 측면에서 대지나 생명에 대한 강한 애정을 표출하고 있
   다. 그러나 그러한 주제가 형상화 과정을 거치지 못하고 단순한 주제의 표현에 그치
   고 있다는 아쉬움이 남는다. 이처럼 생태학적 상상력의 징후는 20년대 시인들에게서
   처음 나타나고 있다는 점에서 중요한 자료가 아닐 수 없다. 이러한 징후가 이제 본격
   적이고 독자적인 시 세계로 심화되어 나타난 경우가 생명파인 서정주, 유치환, 그리고
   청록파의 박두진, 에로티시즘에 기반을 둔 전봉건, 송욱 등이다.
11) Michael J. Mcdowell, The Bakhtinian Roed to Ecological Insight, *The Ecocriticism Reader*, ed.
   by Cheryll Glotfelty & Harold Fromm, Athens and London:Georgia Univ. Press, 1996. pp.
   371-372.
12) 프리쵸프 카프라, 앞의 책, p. 30.

심이 육체에 대한 새로운 인식 변화를 가져다 주었다. 생태학에서 인간의 육체는 자연의 환유로서 다른 생물들과 함께 자연의 일부분을 이루게 되는 것이다. 그래서 생물계의 모든 육체는 생명의 환유가 된다.

그런데, 생태학은 육체를 몸으로 인식하게 만든다. 따라서 생태학은 몸의 이론이다. 서구의 이분법적 사유에 따르는 육체는 생명이 없는 대상에 불과하지만, 몸은 육체와 대별적인 위치에 있는 정신을 배격하지 않는다. 육체가 생태학적 영역으로 들어오는 순간 몸의 의미 지평이 열리게 된다. 육체는 정신의 결핍을 의미하지만 몸은 육체와 정신이 융합되어 있는 장소로서 살과 얼이 함께 모일 때 비로소 몸이 될 수 있는 것이다[13]. 여기서 살은 육체에, 얼은 정신에 각각 대응하는 한글이다. 그렇기 때문에 몸은 살에 해당하는 육체와 완전히 다른 개념이라 할 수 있다.

실제로 동양적 전통에 따르면 몸은 정신과 육체의 통합체로 쓰이고 있다[14]. 뿐만 아니라 프시케와 누우스라는 정신의 두 가지 층위는 정신이 육체와 완전히 분리되어 있지 않음을 적확하게 보여주고 있다[15]. 생태학적 견지에서 물질이나 육체를 중시하는 것은 물질만능주의와 다르다. 이는 자연을 교환 가치보다는 존재 가치에 기대어 보려는 태도임를 함축하는 것이다. 생태학적 관점에서 '몸'이라는 용어의 사용이 왜 중요한 지는 여기에서 드러난다. 생태학은 육체의 본질적 기능, 즉 정신과 분리할 수 없는 몸의 기능을 주목한 것이다.

---

13) 유승우, 『한글시론』, 민족문화사, 1983. pp. 23-24. 참조.
　　"우리의 몸은 집이 아니다. 몸을 마음의 집이라든가 얼의 집이라고 말할 때 이미 둘로 나누어서 하는 얘기가 된다. 그러나 둘로 나눌 때는 이미 몸이 아니다."
14) 이승환, 「눈빛, 낯빛, 몸짓」, 『감성의 철학』, 민음사, 1996. pp. 132-169. 참조.
15) 정신에 해당되는 우리말에는 넋과 얼이 있다. 서양 철학에서도 정신에 해당되는 말에는 프시케와 누우스가 있다. 프시케, 혼, 넋은 숨이나 의식이 붙어 있도록 하는 무엇을 가리킨다. 즉, 프시케, 혼, 넋은 물(物)과 몸뚱이(肉) 위에 있지만 물과 몸뚱이에 상관하면서 그 존재를 지탱하는 힘이다. 한편, 누우스, 영, 얼은 물과 육을 넘어 자유를 향하는 순수한 정신 차원을 가리킨다. 프시케는 밑과 관계하지만 누우스는 위와 관계한다. 무생물과 동식물에는 넋이 있고 사람에게는 넋뿐 아니라 얼이 있다고 할 수 있다.(샤르댕, 양명수 옮김, 『인간현상』, p. 174. 역주 참조.)

이러한 몸의 사유방식 속에서 만물은 영성을 부여받게 된다. 몸은 자연스럽게 애니미즘이나 토테미즘과 만나게 된다. 이러한 몸 의식은 서정주의 문학이 뿌리내리고 있는 생명파의 문학까지 거슬러 올라갈 수 있다. 근원적인 생의 문제, 즉 본능, 의지, 죽음, 고독, 유한성 등을 통해 고뇌하고 이를 초극하려 했던[16] 생명파의 시도 속에는 언제나 몸이 의미 중심에 있었다. 그 결과, 생명에 대한 관심이 인간에서 머물지 않고 자연이라는 생명체 전체로 확대되고 있으며, 생명체를 관계의 그물망에서 조망하고 있다. 더욱이, 생명과 몸에 대한 그들의 탐구는 인간의 존재적 차원으로 그 사유를 확장하고 있다는 점이 주목된다. 이러한 여러가지 특질은 생명파와 생태학이 본질적으로 닮아 있음을 잘 말해주고 있다

따라서, 서정주의 초기 시에 지배적으로 나타나는 性은 생명에 대한 관심의 연장선상에서 파악해야 한다. 초기 시의 주도적인 이미지나 소재가 되고 있는 성적 이미지 혹은 모티프들은 단순히 섹슈얼리티에 그치지 않는다. 그러한 해석적 준거는 육체가 천박함과 고귀함, 죄성과 신성성, 죽음과 삶의 경계 사이에 걸쳐져 있는 시적 정황에서 찾을 수 있다. 이러한 조건 하에서 육체는 몸의 의미망 속으로 들어오게 된다. 따라서, 시집 『화사집』의 性的 모티프는 새로운 해석적 시각을 요구한다.

에로스의 상상력은 유한한 인간의 상황에 대한 불안한 심리를 창조적으로 승화한 것이라고 할 수 있다. 유한성에 대한 인식은 죽음 의식으로 환원되고, 이러한 죽음에 대한 의식이 극대화되면 될수록 인간은 자연스럽게 에로스의 본능을 노출하기 때문이다[17]. 타나토스에 깊이 연루되어 있으면 역설적으로 에로스는 더 고무되는 것이다. 에로스가 타나

---

16) 오세영, 『20세기 한국시 연구』, 새문사, 1989. p. 218.

17) 융의 에로스 이론은, 프로이트가 제시한 두 가지 본능인 에로스와 타나토스가 상호 갈등 및 긴장하면서 삶의 에너지를 뿜어낸다는 점에 착안하고 있다. 삶의 역동적 에너지가 에로스와 타나 토스와의 역동적 관계에서 비롯한다는 융의 견해는 탁견이다.(C. G. Jung, tr. by R. F. C. Hull, The Eros Theory, *Two Essays Psychology*, London: Routledge & Kegan Paul, 1966. pp. 27-29. 참조)

토스와의 역학적인 운동을 통해 그 의미를 더욱 선명히 드러내는 것도
이 때문이다. 즉, 에로스의 상상력은 유한성에 대한 자각 위에서 구축
된 것이다. 따라서, 성적 묘사들은 과열찬 생명욕에 기인한 것이다. 이
러한 특질을 통해, 몸에 대한 서정주의 유별난 탐색과 관심이 원초적인
생명력에 대한 탐구였음을 헤아릴 수 있다.

유한성이 구속의 심리를 배태한다면, 다른 한편 그에 반작용으로 발
생하는 에로스의 충동은 자유에 대한 심리임을 주시해야 한다. 에로스
의 이론가인 마르쿠제는 생태 운동이 해방을 향한 심리 운동이며 에로
스의 운동임을 강조하고 있다[18]. 마르쿠제에 따르면, 인간의 일차적 충
동은 가장 완전한 생명의 충일을 지향하는 것이며, 그것이 생태학 운동
의 핵심이 된다. 에로스에 함축되어 있는 해방과 자유에의 욕망은 원초
적인 생명 상태라 할 수 있는 모태로 회귀하려는 경향이 있다. 그리고,
원초적 세계의 추구는 완전한 세계에 대한 욕망과 통한다.

서정주의 시에서 몸은 더 이상 천박하거나 열등하거나 비속한 것들이
아니다. 몸은 젊음과 아름다움과 자유와 생명을 구가하는 열린 통로로
형상화되고 있다.

> 보지마라 너 눈물어린 눈으로는...
> 소란한 哄笑의 正午 天心에
> 다붙은 내입설의 피묻은 입마춤과
> 無限 慾望의 그윽한 이戰慄을...

---

18) 허버트 마르쿠제, 「정신분석학적 생태학:생태학과 현대 사회 비판」, 『생태학 담론』,
　　솔, 1999. pp. 50-65. 참조 생태학적 관점에 입각한 이 글을 통해 마르쿠제가 해석한
　　프로이트의 두가지 충동, 즉 에로스와 타나토스의 특성은 다음과 같다.
　　프로이트에 따르면, 인간의 일차적인 충동은 고통이 없는 가장 자유로운 상태에 대한
　　갈망이다. 이러한 완성과 자유의 상태는 생명의 초기 상태, 즉 자궁 내 삶에서 맛보았
　　다고 한다. 죽임과 파괴의 본능도 탄생 이전 상태로 회귀하려는 열망에 다름 아니다.
　　그렇기 때문에, 고통에서 자유로운 상태에 도달하려는 갈망은 결국 에로스 곧 생명의
　　본능에 속하게 된다. 따라서, 에로스적인 열망은 생명의 만개와 성숙에서 자기 목표를
　　발견해야 하고, 그러한 관점에서 생태 운동이 진행되어야 하는 것이다. 에로스의 충동
　　은 살아있는 것을 보호하고 돌보는 것 속에서 자신을 완성해야 하기 때문이다.

아―어찌 참을 것이냐!
슬픈이는 모다 巴蜀으로 갔어도,
윙윙그리는 불벌의 떼를
꿀과함께 나는 가슴으로 먹었노라.

시약시야 나는 아름답구나

내 살결은 樹皮의 검은빛
黃金 太陽을 머리에 달고

沒藥 麝香의 薰薰한 이꽃자리
내 숫사슴의 춤추며 뛰여 가자

우슴웃는 짐생, 짐생 속으로.

―「正午의 언덕에서」 전문

이 시의 부제는 구약 성서의 아가서에 실린 "향기로운 산우에 노루와 적은 사슴같이 있을지어다"에서 인용한 것이다. 아가서는 이스라엘 민족의 대표적인 절기인 유월절에 낭송되던 시적인 글로서, 성경에서 유일하게 성적인 표현이나 묘사가 등장하는 곳이다. 아가서를 패러디한 이 시는 가장 원초적인 상태의 몸, 야생적 힘의 분출을 잘 형상화하고 있다. 이 시가 역동적 이미저리를 획득하게 되는 것도 원초적 몸이 빚어내는 생명력에 기인한다.

이렇게 몸에의 천착을 통해 보여준 생명 탐구의 태도는 완전한 세계를 전일한 생명에서 찾으려는 생태학의 에코토피아와 합치한다. 생태학적 정신에 기반을 둔 작품들에서 쉽게 볼 수 있는 성적 이미지들도 이렇게 에코토피아의 반영이라 해석할 수 있다. 이러한 측면에서 볼 때, 서정주의 초기 시에서 원색적으로 표출되고 있는 에로스의 충동은 생태 운동과 동궤에 놓일 수 있다. 본능적이고 원초적인 모든 욕망 뒤에는 생명체를 보다 완전한 상태로 승화시키려는 몸의 충동이 내재되어 있기 때문이다. 그 결과, 『화사집』에서 집중적으로 나타나던 性을 통한 생명에의 탐구는, 『귀촉도』 이후에 나타나는 관계적이고 유기적인 몸의 단초를 마련하게 된다.

생명 탐구가 원초적 갈망을 내포하고 있고, 그 원초적 세계의 갈망이 몸에 대한 새로운 사유방식을 유도한다. 그 결과, 통합적 우주상을 통해 자연은 관계적이고 유기적인 그물망으로 인식된다. 이처럼 서정주의 생명 탐구는 생태학의 의식과 맥락을 같이하고 있음을 엿볼 수 있다.

3. 相生을 극대화시키는 몸과 자연 친화

니체의 영향하[19]에서 형성된 서정주의 몸은 사실 서양적이 아니다. 니체가 동양의 사상과 친숙한 기반을 지니고 있다는 사실은, 슈바이쩌가 밝힌 대로[20], 그의 저서 곳곳에 드리워진 그림자를 통해 알 수 있다. 이는 생명이나 몸에 대한 니체의 사상이 생태학적 관점과 유사한 특징을 보이고 있다는 의미이기도 하다[21]. 서정주의 몸 의식과 니체의 사상이 접맥되고 있다는 점, 그리고 니체의 사상이 생태학적 의식과 맞물리고 있음은 주목할 만한 점이다.

서정주의 시에 나타난 디오니소스적 몸의 추구는 생태학적 해석에 중요한 실마리를 던져준다. 디오니소스적 몸에의 도취는 이성에 대한 감성의 완전한 교체가 아니다. 이성에 의해 지나치게 경시되어 왔던 감성을 되살려내려는 의도가 내포되어 있을 뿐, 이성의 무조건적인 전복은

---

19) 니체가 말하는 육체는 동양의 몸과 닮았다.(『짜라투스트라는 이렇게 말했다』, 청하, 1988. pp. 73-74. 참조) 서정주가 영향을 받은 고대 그리스적 육체는 니체의 영향 아래 이루어진 것이다.
20) 윤재웅, 『미당 서정주』, 태학사, 1998. pp. 43-44. 참조.
21) 구승회, 『에코필라소피』, 새길, 1995. pp. 181-218. 참조.

아니다.

육체와 정신의 이원론적 설정과는 철저히 구분되어 있는 인간의 몸은 더 이상 자연이라는 타자 위에 절대적으로 군림하는 독립적 실체가 아니다. 몸은 최초의 존재론적 장소이면서 타자로의 지향성을 함축하는 장소이다. 개체로서의 한 존재의 성립은 나의 몸과 타자의 몸 사이에서 이루어지는 의사소통을 통해서만 가능하다. 몸은 타자와의 차이를 위한 경계가 아니며, 타자의 몸은 자기 존재를 더 확고하게 해 주는 연대 기반으로서의 의미를 갖기 때문이다. 몸은 모든 존재의 의미를 생성하는 일차적 장소가 되는 것이다.

몸에 대한 이러한 새로운 자각은 인간의 몸을 자연친화적인 위치에 올려 놓게 한다. 자연친화적인 몸은 자연에 대해 인간 중심적 사고가 저지를 수 있는 우월 의식을 부순다. 이러한 의식을 통해 모든 생물들과 인간의 몸은 유기적인 관계망 속으로 들어오게 된다. 그때 몸은 자연과의 소통 통로가 되는 것이다. 이러한 시적 태도는 정령화된 자연과 인간과의 교감적 관계를 조성하게 된다. 물활론에 기대어 있는 몸은 더 이상 수동적이거나 부동적이지 않다. 몸은 오히려 타자의 몸과 만나 서로의 생명을 일으키고 부추기는 주체로 부상하게 된다.

> 金서운니네는 나이는 올해 쉰 하나지만 이 세상에 나서 처음으로 이뻐졌는데, 이른 새벽 그네 房에서 숨어나오는 사내를 보면 새빨간 코피를 흘리기도 하드라구요. 집 뒤 堂山의 무성한 암느티나무 나이는 올해 七百살, 그 힘이 뻐쳐서 그런다는 것이여요.
>
> —「堂山나무 밑 女子들」 중에서

이 시에서 나무와 김서운니는 몸과 몸의 기운으로 서로 교감하고 있다. 인간과 자연의 교감은 생명의 에너지를 교환하는 것이다. 물론 이들은 서로 다른 성질의 몸을 가지고 있다. 이질적인 몸 사이에 이루어지는 교감은 共生的, 아니 더 정확히 말해, 相生的 관계일 때에만 가능하다. 생물 각자가 개별성을 지니되, 개별성이 극소화되는 지점에서 그들은 상생의 존재로 탈바꿈하게 되는 것이다. 그렇다고 해서, 상생의 추구를 자신의 고유한 정체성을 완전히 버리는 것으로 오인해서는 안된다. 개별성이라는 서로의 존재 기반을 인정하면서도 공존하는 세계일 뿐이다. 어느 것도 타자적 존재에게 절대적인 지배권을 행사할 수 없다는 점에서 생태학적 세계관을 확인할 수 있는 것이다.

생태학에서 유기성과 관계성을 떠난 몸은 무기물의 상태로 퇴행하게 된다. 부분은 전체 속에서 의미를 지닌다. 그리고 어느 부분도 절대적으로 균등하다. 관계성은 생명체의 상호의존성을 전제한다. 인용한 시 「堂山나무 밑 女子들」은 서로 다른 몸 기운의 침윤이나 융해를 통해 나무와 사람이 동질적인 삶의 에너지원에 존재의 뿌리를 내리고 있음을 형상화하는 데 성공하고 있다.

이러한 시적 태도는 정령화된 자연과 인간과의 교감적 관계를 조성하게 된다. 일원론에 기대고 있는 물활론이나 순환론, 그리고 인연설, 윤회전생설 등에서 몸은 전체로서의 우주가 생명을 호흡하는 기관으로 나타난다. 생물체의 모든 몸은 호흡을 통하여 다른 몸과 한 몸을 이루게 된다. 이러한 천착은 같은 <생명파>에 속하는 유치환과 김동리도 분명하게 표명하고 있는 바이다[22]. 생명체가 전체로서 결합될 수 있는 것은 만물을 영적 속성을 지닌 대상으로 조망한 데서 연유한다. 따라서, 서정주 시에 등장하는 귀신은 단순히 악마라는 부정적 존재가 아니라 영적인 기운을 뜻하게 된다.

부모가 웬 일인지 나만 혼자 집에 떼놓고 온 종일 없던 날, 마루에

---

[22] 유치환은 "우리의 감성의 눈을 깊이 뜨고 지켜 보면, 이 우주 가운데서 모든 목숨은 서로가 서로 깊으고도 먼 인연을 맺고 있는 것이며 그러한 인연을 깨달음으로써 목숨의 무한한 값을 과연 발견할 수 있음을 생각해 보기 위해서입니다"라고 말하고 있으며, 김동리는 "이 말을 좀더 부연하면 우리는 한 사람씩 天地 사이에서 태어나 한 사람씩 한 사람씩 天地 사이에서 살아지고 있다는 사실을 통하여 적어도 우리와 天地 사이엔 떠날래야 떠날 수 없는 유기적 관련이 있다는 것과 및 「유기적 관련」에 관한 한 우리들에게는 공통된 운명이 부여되고 있다는 것을 발견하게 되는 것이다. 우리는 우리에게 부여된 우리의 공통된 운명을 발견하고 이것의 전개에 지향하지 않으면 안된다"라고 말하고 있다.(오세영, 앞의 책, p. 224. 재인용.)

걸터앉아 두 발을 동동거리고 있다가 다듬잇돌을 빼고 든 잠에서 깨
어 났을 때 그것은 맨 처음으로 어느 빠지기 싫은 바닷물에 나르 끄
집어들이듯 이끌고 갔다. 그 바닷속에는, 쑥국새라든가-어머니한테서
이름만 들은 形體도 모를 새가 안으로 안으로 안으로 初파일 燃燈밤
의 草綠등불 수효를 늘여가듯 울음을 늘여 가면서, 沈沒해 가는 내
周圍와 밑바닥에서 이것을 부채질하고 있었다.
　　뛰어내려서 나는 사립門 밖 개울 물가에 와 섰다. 아까 빠져 있던
가위눌림이 얄따라이 혹혹 소리를 내며,(후략)

-「다섯살 때」 중에서

이 시에서 '가위눌림'이라는 시어는 예사롭지 않다. 가위눌림은 보통
일상사에서 악귀의 출현이나 사악한 기운으로 해석되는 경우가 많다.
이러한 보편적인 의미 지표와는 달리 이 시에서 가위눌림은 자연과 내
가 친화하게 하는 기운, 즉 부채질로 읽히고 있다. 귀신이 영적인 힘과
등가적 의미를 지니고 있는 것이다. 이 靈性의 인식은 심층 생태학이
불교나 기독교, 도교, 그리고 아메리칸 인디언의 우주론과 일맥상통하고
있다23)는 점을 확연히 보여주는 대목이다. 영성은 각 개인들이 전체로
서의 우주 속에서 상호의존적인 연결망(network)으로 직조되는 데서 발
생하는 에너지이다.

　　내가 여름 학질에 여러 직 앓이 영 못 쓰게 되면 아비지는 나를
업어다가 山과 바다와 들녘과 마을로 통하는 외진 네갈림길에 놓인
널찍한 바위 위에다 얹어 버려 두었읍니다. 빨가벗은 내 등때기에다
간 복숭아 푸른 잎을 밥풀로 짓이겨 붙여 놓고, 「꼼짝말고 가만히 엎
드렸어. 움직이다가 복사잎이 떨어지는 때는 너는 영 낫지 못하고 만
다」고 하셨읍니다.
　　(중략)
　　그래서 나는 다시 고스란히 성하게 산 아이가 되었읍니다.

-「내가 여름 학질에 여러 직 앓아 영 못 쓰게 되면」 중에서

---

23) 프리쵸프 카프라, 앞의 책, p. 23.
　　Bill Devall & George Sessions, 앞의 책, p. 66. 76.

이 시에서 사람과 복숭아는 전혀 이질적인 생물체이다. 그런데 시 속의 나(사람)는 자연의 기운이 생동하는 곳에서 복숭아의 푸른 잎을 붙이고서야 병이 말끔히 낫게 된다. 자연의 기운을 빌어서 병을 치유하게 되는 사람의 몸은 자연과 별개로 고립된 몸이 아님을 잘 보여주는 모티프이다.

생물체를 상생의 관계로서 조명하는 것은 생태학적 자기 실현으로 이어진다. 생태학에서의 자기 실현이란 개별적인 존재가 이루는 자기만의 자아 실현이 아니라, 전체 우주적 차원 속에서 조화를 이루는 자아 실현을 의미한다. 즉 차이성의 극소화와 상생의 극대화를 통해 모든 만물이 하나됨을 의미하는 것이다[24]. 자연과 인간의 상보적 관계로 짜여 있는 시 세계는 자연스럽게 공동체적 삶을 지향하게 한다. 질마재로의 확장 수렴이 그것이다.

4. 대화적 몸과 고향 질마재의 원초성

생태학적 자기 실현의 원형은 조화와 균형이 보존되어 있는 원초적 세계로 나타난다. 자기 실현이 가장 조화롭고 완전한 상태의 실현을 의미한다고 할 때, 영적 물질관은 인간과 자연을 지배와 피지배의 관계로부터 평등하고 유기적인 관계로 전환시키는 계기를 제공한다.[25] 생태학적 대전제는 "모든 것은 그밖의 모든 것과 연결되어 있다"는, 유기적 그물망으로서의 세계 인식이다. 세계 전체가 유기적 관계망으로 인식될

---

24) Bill Devall & George Sessions, 앞의 책, pp. 66-67. pp. 75-76. 참조.
25) 떼이야르의 창조설은 인간을 포함한 모든 생명이 유기적인 총체물이라는 사실에 주안점을 두고 있는데, 그의 유기의 이론은 모든 생물들이 넋과 얼을 지니고 있다는 데 근거하고 있다.(떼이야르, 앞의 책, pp. 132-137. 141. 178. 206. 참조.)

때, 개인보다는 집단을, 배타성보다는 포용성을, 분열보다는 조화를 견지하는 신화적인 삶으로 환원되는 것은 당연하다[26]. 이처럼 모든 관계가 완전하게 연결되어 있는 신화적 세계는 자기 실현의 상징이 되기에 충분하다.

신화의 세계를 이분법이 허용되지 않는 세계로 규정한 죠셉 켐벨이나, 자기 실현의 원형으로 제시한 칼 융의 논지는 이 논의에 중요한 암시를 주게 된다. 서정주 시인에게 고향 질마재는 자기 실현의 장소이며 원초성을 유지하고 있는 신화적 세계의 은유로 쓰이고 있다.

아조 할 수 없이 되면 고향을 생각한다.
이제는 다시 도라올수없는 옛날의 모습들, 안개와 같이 스러진 것들의 形象을 불러 이르킨다.
귀ㅅ 가에 와서 아스라히 속삭이고는, 스처가는 소리들. 머언幽明에서처럼 그소리는 들려오는것이다, 한마디도 그뜻을 알수는없다.

다만 느끼는건 너이들의 숨ㅅ 소리. 少女여, 어디에들 安住하는지. 너이들의 呼吸의 훈짐으로써 다시금 도라오는 내靑春을 느낄따름인 것이다.

少女여 뭐라고 내게 말하였든것인가?
오히려 처음과 같은 하눌우에선 한마리의 종다리가 가느다란 피ㅅ줄을 그리며 구름에 무처 흐를뿐, 오늘노 군이 다진 내 前程의石門앞에서 마음대로는 處理할수없는 내 生命의歡喜를 理解할따름인 것이다.

하늘우에선 아득한 고동소리. ……순네가 아르켜준 上帝님의고동소리. ……네名의少女는 제마닥 한개ㅅ 식의 바구니를 들고, 허리를 굽흐리고, 차라리 무슨 나물을 찾는것이아니라 절을하고 있는것이었다. 씬나물이나 머슴둘레, 그런것을 찾는것이 아니라 머언 머언 고동소리에 귀를 기우리고 있는것이었다. 後悔와같은 表情으로 머리를 숙으리고 있는것이였다.

---

26) 박이문이 제시한 다섯 가지 생태학적 세계관 중의 하나에 속한다. (앞의 책, p. 102.)

(중략)

그러나 내가 가시에 찔려 앞어헐때는, 네名의少女는 내곁에 와 서
는 것이었다. 내가 찔레ㅅ 가시나 새금팔에 베혀 앞어헐때는, 어머니
와같은 손까락으로 나를 나시우러 오는것이었다.

손까락 끝에 나의 어린 피ㅅ 방울을 적시우며, 한名의少女가 걱정을
하면 세名의少女도 걱정을허며, 그 노오란 꽃송이로 문지르고는, 하
연 꽃송이로 문지르고는, 빠맑안 꽃송이로 문지르고는 하든 나의像처
기는 어찌면 그리도 잘 낫는것이였든가.

정해 정해 정도령아
원이 왔다 門열어라.
붉은꽃을 문지르면
붉은피가 도라오고.
푸른꽃을 문지르면
푸른숨이 도라오고.

少女여. 비가 개인날은 하늘이 왜 이리도 푸른가. 어데서 쉬는 숨
ㅅ 소리기에 이리도 똑똑히 들리이는가.
무슨 꽃으로 문지르는 가슴이기에 나는 이리도 살고싶은가.

−「무슨꽃으로 문지르는 가슴이기에 나는 이리도 살고 싶은가」
중에서

이 시의 시적 자아가 그리워하는 고향은 단순히 심리적인 위안처가
아니다. 시적 자아는 지금 몸이 병들어 있거나 생명력을 극도로 상실한
상황에 놓여 있다. 그런데, 병을 회복시켜 줄 대상은 어머니도, 친구도,
연인도 그 무엇도 아니다. 그 대상은 원초적 자연의 은유로서의 고향이
며, 따라서, 질마재는 결핍을 충족으로 분열을 합일로 이끌면서 원초적
질서를 회복시키는 곳이다.
시적 자아의 병 또한 은유로 쓰이고 있다. 원시주술에서 건강은 자연

의 원형이 그대로 보존되어 있을 때 나타나는 긍정적 표지이다. 따라서 질병은 자연의 부조화나 불균형의 부정적 표지가 된다. 생태학이 샤머니즘과 닮아 있다면 바로 이 질병을 해석하는 방식에 있다[27]. 시적 자아에게 고향은 향수나 낭만적 감상의 대상이 아니다. 서정주는 이 시를 통해 깨어지고 병든 세계의 회복을 염원하는 주술적 행위를 시도하고 있는 것이다.『귀촉도』에 실린 이 시는 서정주의 시가 이후에 질마재의 세계로 회귀할 것을 자연스럽게 예고하고 있다.

이 시에서 나물을 캐는 행위는 上帝의 고동소리를 듣는 행위와 등가적으로 쓰이고 있다. 나물을 캐고 있는 행위로 인해 上帝의 고동소리를 들을 수 있기 때문에 인과적으로 연결된 두 행위는 사실 동일한 의미를 지니게 되는 것이다. 上帝란 초자연적인 존재이다. 따라서, 고동소리는 자연과의 교감을 물질화한 청각적 기운이다. 그리고, 이 소녀들은 자연과 조화로운 관계 속에 놓여있는 상징적 존재들이다. 바로 이 소녀들의 호흡과 숨소리를 통해 시적 자아는 생명의 환희를 느끼게 되기 때문이다. 이 시에서 생명성은 원초성과 동질적으로 쓰이고 있다.

생명에 대한 이러한 갈망은 생명체의 순환 운동을 통해서도 잘 드러난다. 순환적 운동 속에서 개체의 몸은 직선적이고 일회적이기보다 순환적이고 반복적인 속성을 강하게 띠게 된다. 그러한 세계 속에서 죽음은 또 다른 생명으로서, 생명은 죽음과 탄생의 연쇄 사슬로 서로 연결되어 있다. "가신이들의 헐덕이든 숨결로/곱게 곱게 씻기운 꽃이 피였다."(꽃」 중에서)나 "내가/돌이 되면//돌은/연꽃이 되고//연꽃은/호수가 되고//내가/호수가 되면//호수는/연꽃이 되고//연꽃은/돌이 되고"(내가 돌이 되면」, 전문)의 경우, 이러한 우주의 상호연관적인 운동에 깊이 연루되어 있는 시적 인식을 잘 보여주게 된다. 순환적 이미지 구성은 영원한 생명에 대한 갈망을 함축한다.

그 결과, 이 질마재에 등장하는 몸은 특이한 국면을 형성하게 된다.

---

27) William Howarth, <u>Some Principle of Ecocriticism</u>, *The Ecocriticism Reader*, ed. by Cheryll Glotfelty & Harold Fromm, Athens and London:Georgia Univ. Press, 1996. pp. 71-72.

질마재의 원초적 성격이 이른바 몸의 하부, 즉 생식기의 강조에서 한층 두드러지게 나타나고 있기 때문이다. 『질마재 신화』를 통해 질마재는 거대한 우주의 생식기로 구조화되고 있다. 그런데, 배설과 관련된 기관은 생명의 원천적 장소라는데 중요한 의미가 있다. 배설물은 더 이상 무기물이 아니다. 배설은 다른 생명을 잉태하는 자양분이 되고 있다. 따라서, 생식기가 강조된 몸은 몸의 순환론적 특질을 환기하는 데 효과적이다.

> 小眚 李 생원네 무우밭은요. 질마재 마을에서도 제일로 무성하고 밑둥거리가 굵다고 소문이 났었는데요. 그건 이 小眚 李 생원네 집 식구들 가운데서도 이 집 마누라님의 오줌 기운이 아주 센 때문이라고 모두들 말했읍니다.

—「小眚 李 생원네 마누라님의 오줌 기운」 중에서

이 시에서 분뇨는 무우의 밑거름이 되고 있다. 배설물은 죽음의 상징적 매체이다. 그러나, 하나의 죽음이 다른 생명의 탄생에 밑거름이 될 때 그 죽음은 에로틱한 속성으로 탈바꿈하게 된다. 여기서 '에로틱'하다는 말은 생명력을 의미한다. 무우가 무성하게 성장하는 요체는 이생원네 마누라님의 오줌 기운 때문이다. 즉 생태학적 세계에서는 죽음이 생명의 자질을 갖추게 되는 것이다. 각기 다른 몸은 서로 촘촘히 연결됨으로써 순환적 고리를 형성하게 되며, 그 그물망 속에서 모든 생물의 죽음과 생명은 서로 맞물리게 되는 것이다.

따라서, 상생을 추구하는 생태학적 정신은 모든 배타적인 관계를 무의미하게 만든다. 그 상징적인 매재 또한 몸이다. 서정주 시인의 시적 歷程은 몸의 탐색이었다고 해도 과언이 아닐 만큼 몸에 대한 그의 사유는 독자적인 창작 세계를 구축하게 한 시적 원동력이 된다.

바흐찐에게서 시작된 대화적 상상력의 산실은 사육제적인 몸이다. 그리고, 사육제의 몸에서 전경화되는 부분은 주로 신체의 하부이다. 즉 생식기와 관련이 있는 곳이다. 이 바흐찐의 몸이 고착화된 세계에 대한 반항임을 고려한다면, 유머가 물질의 고질적인 고집에 대한 반응이라고 말한 베르그송의 주장[28] 또한 의미심장하다. 이러한 관점에서는 조화와 질서를 의미하는 유머[29]가 반대되는 감정의 교화를 위한 수사법으로 쓰이기 때문이다. 이렇게 웃음을 야기하는 몸은 외설적인 것과 신성한 것, 저급한 것과 고급한 것, 영적인 것과 물질적인 것의 경계를 해체하거나 혼합하는 경향이 있다[30].

　서정주 시에서도 분노는 이러한 역할을 하고 있다. 웃음을 생성하는 몸은 이원론에 기초한 절대적인 진리의 세계에 대한 가장 극명한 반항의 표출인 셈이다. 이렇게 이원론적인 사고를 일원론적인 사고로 전환하게 하는 매재로서의 역할에 몸의 궁극적인 의미가 놓이게 된다. 생태학적 정신이 상생을 통한 자기 실현으로써 궁극적으로 지향하고 있는 것이 있다면, 아마 바흐찐이나 비코, 그리고 베르그송의 몸과 서정주의 몸이 만나게 되는 대화성일 것이다.

　「上歌手의 소리」에서 이승과 저승에 뻗쳐 있는 上歌手의 노랫소리가 들려 오는 주요한 원천이 분노인 것도 그 좋은 예증이 되고 있다.

> 　그렇지만, 그 소리를 안 하는 어느 아침에 보니까 上歌手는 뒤깐 똥오줌 항아리에서 똥오줌 거름을 옮겨 내고 있었는데요. 왜, 거, 있지 않아, 하늘의 별과 달고 언제나 잘 비치는 우리네 똥오줌 항아리, 비가 오나 눈이 오나 지붕도 앗세 작파해 버린 우리네 그 그 참 재미있는 똥오줌 항아리, 거길 明鏡으로 해 망건 밑에 염발질을 열심히 하고 서 있었습니다. 망건 밑으로 흘러내린 머리털들을 망건 속으로 보기 좋게 밀어 넣어 올리는 쇠뿔 염발질을 점잖게 하고 있어요.

---

28) 정화열, 「비코와 몸의 정치의 비평적 계보」, 『몸, 또는 욕망의 사다리』, 한길사, 1999. p. 134.
29) 유머는 인체가 지닌 네 가지 체액을 총칭하는(C. S. Lewis, *The Discarded Image*, London: Cambridge Unive Press, 1964. p. 173) 용어로서, 바슐라르는 이것을 다시 4원소에 대입시키고 있다. 즉 유머는 모든 요소가 가장 알맞고 조화롭게 갖춰져 있는 상태를 의미하게 된다.
30) 정화열, 앞의 책, p. 132.

明鏡도 이만큼은 특별나고 가름져서 이승 저승에 두루 무성하던
그 노랫소리는 나온 것 아닐까요?

　신성한 노랫소리의 출처가 똥오줌 항아리를 明鏡삼아 한 염발질이라
니, 여간 우스꽝스러운 내용이 아닐 수가 없다. 보통의 소리도 아니고
이승과 저승을 연결시켜 주는 성스러운 소리가 분뇨에서 나오고 있다는
설정은 예사롭지 않은 시적 인식이다. 이러한 성스러움과 속스러움의
경계 무화는 생태학적 세계관에 기인한 결과이다. 신체의 하부를 통한
웃음은 판소리계 소설에서도 확인되었듯이, 경계 무화의 징표이다. 몸을
통한 웃음은 이질적인 것이 하나로 통합되어, 차이성이 해체됨으로써
상생의 관계로 전환하는 표지를 생성하게 된다. 즉 고립되어 존재하던
것들이 대화적인 대상으로 탈바꿈하게 되는 것이다.
　이렇게 서정주의 시가 몸을 통해 보여주는 일련의 사유방식들은 자연
을 사물로서가 아니라, 우리와 같은 피조물이며 존귀한 생명체요 영적
인 대상으로 수용한 생태학적 세계관의 결과이다.

　이제까지 몸의 사유방식을 통하여 시정주의 생태학적 시 세계를 고찰
해 보았다. 현대시에서 서정주만큼 생태학적 시 세계를 강하게 보여주
는 시인도 없다.
　그런데, 서정주는 동양적인 세계관 위에서 작품세계를 형성해 온 전
형적인 시인이다. 이는 선행 연구들을 통해 충분히 입증된 바다. 그렇
다면 굳이 생태학이라는 생소한 담론, 그것도 서구에서 온 외래의 방법
론으로 서정주의 시를 분석하는 일이 무슨 새로운 의미가 있겠는가 하
는 의문이 제기될 수 있다. 그것은 생태학의 이론적 근거가 동양적인
세계관에 많은 빚을 지고 있는 듯 보이기 때문이다. 사실 생태학과 동
양 철학은 많은 부분에서 닮아 있다.
　그러나, 본론에서 이미 밝혔듯이, 몸은 생태학의 이론적 기반이며 생
태학은 몸의 이론인 셈이다. 이 몸의 사유방식을 통해 생태학은 동양

철학과 다른 독자적인 영역을 확보할 수 있는 것이다. 본고가 처음부터 끝까지 몸의 사유 방식에 주목한 이유가 여기에 있다. 창작 초기에서부터 그가 보여준 몸에 대한 남다른 관심이 그의 시를 생태학이라는 독자적인 시 세계에 합류하도록 한 것이다.

이 연구는 서정주와 박두진 시와의 비교 연구, 그리고 유치환을 비롯한 일군의 생명파 전체를 대상으로 하는 후속 연구에 대한 전초적인 작업에 불과하다. 마지막으로 이러한 연구들은 자연친화적인 현대시의 계보를 새롭게 정립하려는 데 궁극적인 목적이 있음을 밝히면서 이 글을 맺으려 한다.

제 5 장

90년대 시의 에로티시즘 – 채호기론

1. 왜 에로티시즘인가

90년대 시단의 화두는 몸이었다. 90년대 초반부터 정진규, 정현종, 김지하, 마광수, 채호기, 김언희, 한승원, 이선영 등의 여러 시인들에게 몸은 새로운 의미 지평을 열었다. 이들에게 몸은 이성에 대한 전복적 매체라는 점에서 하나의 담론을 형성하는 기제가 된 것이다. 이제 몸의 잣대로 세계를 수용하고 세계를 해석하게 된다.

90년대라는 특정 세대와 20세기를 마감하는 현시점에서 인문학적인 주요 화두를 생장시켰던 테마가 왜 몸이었는가. 몸은 오랜 기간 서구 전통의 이분법적 사고의 체계 속에서 일방적으로 방치되어 왔다. 그 몸이 세기말에 이르러 거꾸로 과학이나 이성의 도도한 지배에 대항하는 최선방에 위치하게 된다. 인류가 불안해졌기 때문이다. 생명의 원천이며 존재의 토대인 몸은 그러한 불안을 가장 민감하게 반응하는 장소이다. 죽음에 임박했을 때, 모든 생물은 에로스의 본능을 극대화시킨다. 에로스는 그러한 몸을 의미 지평으로 삼는다. 그렇다면, 몸의 등장은 죽음의 심리와 깊게 연루되어 있는 에로스의 본능과 무관하지 않다. 생태학적 담론의 부상도 같은 맥락에 놓이게 된다.

그런데, 에로스의 본능은 복합적이다. 따라서, 성적 욕망에 중심을 두면 섹슈얼리티가 되고, 그러한 성적 욕망 속에 심리적인 차원이 개입되면 에로티시즘으로 발전하게 된다. 이러한 관점에서 볼 때, 에로티시즘이 단순한 성행위 자체를 지칭하거나 성의 과열을 뜻하는 것이 아님을 짐작할 수 있게 된다. 에로티시즘은 문학이 보편적으로 관심을 두는 삶과 죽음의 문제를 몸을 통해 풀어나가는 정신 세계이다. 에로스가 인간의 또 다른 본능인 타나토스와의 역학적 관계 속에서 그 본질적인 의미를 더 생생하게 드러내는 것도 이 때문이다. 타자와의 결합 또한 단순히 성적 결합만을 의미하지 않는다. 에로티시즘은 심리적인 삶의 결과이기 때문에, 타자와의 결합은 가장 완전한 자아의 회복을 의미하게 된다. 요컨대, 에로티시즘은 타자를 통한 완전한 자아를 꿈꾸는 세계이다.

몸을 시적 모체로 삼고 있는 시인들 중에서 채호기 시인이 눈에 띄는 이유가 여기에 있다. 90년대에 『지독한 사랑』, 『슬픈 게이』, 『밤의 공중전화』 등의 시집을 엮은 채호기는 지속적으로 언어와 몸을 시적 화두로 삼아 왔다. 언어와 몸을 중층화시키는 시적 발상법 자체도 문제적이지만, 그 배면에 에로티시즘의 주제를 강하게 담보하고 있다는 점이 더욱 주목할 만하다. 그의 시는 단지 성욕의 노출이나, 섹슈얼리티에 머물지 않는다. 섹슈얼리티 속에, 인간의 근원적인 심리를 내장하고 있다는 점에서 그의 시는 에로티시즘의 상상력적 계보로 진입하게 된다. 몸과 성에 관심을 가진 90년대의 대부분의 시들이 섹슈얼리티에 머물거나, 시적 형상화 면에서 성공을 거두지 못했다는 점을 주시할 때, 채호기의 시적 모체가 에로티시즘에 근거하여 일정 정도 시적 성취를 이루고 있다는 점은 결코 지나쳐서는 안 되는 부분이다. 이제 그의 시적 궤적을 따라가 보자.

2. 소통의 극점, 몸

채호기의 시는 언어에서 출발하고 언어에서 마감된다. 그러나, 언어는 언제나 부차적이고, 은유적인 대상일 뿐이다. 언어의 커뮤니케이션은 은유화의 근간이며, 이 언어는 결국 어김없이 몸을 위해서 봉사하게 된다. 그래서, 그의 시에서 언어화되지 않은 몸, 즉 언어적 형태를 갖추지 않은 몸은 거의 등장하지 않는다. 어떤 문맥에서는 언어와 몸이 완전히 동일한 대상으로 착각될 정도로 둘의 경계는 무화되어 있기도 하다. 사실 나/너의 소통 매체라는 점에서 언어와 몸은 서로 일치한다. 그러나, 몸은 언어를 매개로 일정한 거리를 유지해야 하는 너/나의 간격을 확실히 좁혀준다는 점에서, 언어의 대안적 매체라 할 수 있다.

그러나, 그 몸은 단순히 언어의 대체물이 아니다. 몸은 제 2의 언어이다. 언어가 아닌 것을 언어처럼 부려서 갑자기 외부로부터 자기를 보호하거나 외부와 접촉할 때, 그것은 제 2의 언어가 된다. 그 제 2의 언어가 그의 시에서는 몸으로 실현되고 있다. 시적 자아는 외계나 타자와 몸으로 대화하고 몸으로 소통하고 있다. 비유적으로, 유종호가 말한 바 있는 그 몸, 즉 우리가 위험에 처했을 때 내미는 손은 제 6의 손가락과 제 3의 다리이며, 또한 외부로부터 나를 보호해 주는 제 3의 눈과 동질적이다.

언어와 몸은 상호 주관성이라는 동질적인 운동을 행한다. 채호기의 시들은 이러한 전제 위에서 시적 토대를 구축하고 있다. 그 운동과 파장은 언제나 자기 외부에 있는 타자를 향해 있으나, 본질적으로는 타자의 **흡수** 또는 동화를 통한 자기 완성이기도 하다. 언어와 몸은 타자로 상징되는 외부로부터 자기를 보호하는 단단한 껍질 속에 견고하게 자리잡고 있다. 그러면서도, 타자에 대해 얼마나 유연하게 문을 여는지 모른다. 세상과 불통되고, 타자와 단절된 현대인의 위기 속에서 시인은 제 2의 언어로 말을 걸고 있다. 타자와의 관계가 불안해진 극도의 위기 속에서 즉각적으로 몸이라는 제 2의 언어로 시를 쓰고 있는 것이다.

이것은 일종의 세기말적 징후라고 할 수 있다. 제 2의 언어인 몸은 죽음이라는 무의식에 공략당하자마자 마치 누군가에게로 손을 내미는 것이다. 동물적이고, 본능적인 행동 양식 그 자체이다. 인간이 생물인 이상 에로스의 본능에서 결코 자유로울 수 없다. 그 본능은 언제나 타자와의 합일을 꿈꾸는 자 안에서 노출되기 십상이다.

우선 채호기의 「너의 입」을 보자.

나는 너의 몸 속에서 사유-에너지로 소화되어 혈관을 통해 피에 섞여 뇌로, 신경으로, 근육으로, 힘줄로 퍼져나가며 네 몸의 문장이 되어 네가 한세월을 살아 가는 바로 그때 그곳에서 너-나인 하나의 개체로 숨쉬고 살아 움직이며 성쇠하는 한 권의 완전한 책이 된다.
그 책 속에 나너의 실재하는 삶이 있고, 실재하는 살이 그 책이다.

몸은 한 권의 책으로 변신함으로써 메를로 퐁티의 상호주관적 관계성을 확실하게 획득하기에 이른다. 몸이 없이는 나-너의 소통은 불가능하게 된다. 몸의 장애는 몸의 성장, 곧 삶의 성장을 방해하게 된다. 몸이라는 한 권의 책은 너/나의 상호성에 뿌리내리고 있기 때문이다. 언어화된 몸이다. 몸은 너와 내가 나누던 단어와 그 단어가 빚어낸 문장이 활자화된 것이다. 마치 화석처럼, 꼼꼼히 새겨진 문장이 다층적 필름으로 현상되고 있다.

우리는 미완성의 존재이다. 지금 이 순간에도 우리의 살 속에는 수많은 문장이 새겨지고, 지금 이 순간만의 나/너를 건축하고 있다. 이러한 측면에서 볼 때, '그때 그곳'은 그 당시 '지금 이 순간'이었다. 계속 진행중에 있는 우리는 삶 속에 계속 새로운 문장을 박아 넣고 있는 것이다. 그런데, 시인은 왜 이러한 작업에 시적 렌즈를 확대 고정시키고 있는 것일까. 혹시 시인이 존재의 위협을 받고 있있어서는 아닐까. 그의 시에서 섹슈얼리티가 죽음의 틈새에 위치해 있는 것도 이 때문이다. 그래서, 사전적 의미의 개체는 재정의된다. 개체란 나/너의 소통을 전제로 하기 때문에 나는 너와의 관계, 정확히 말해 너와 나눈 언어들 속에서 투명한 존재로 새롭게 자리매김될 것이다. 결국, 너없이 나는 존재할 수 없다. 그것은 무기물의 상태요 죽음의 상태일 뿐이다.

채호기의 시는 제 2의 언어인 몸을 통해서 '너'와의 접촉을 시도한다.

그러나, 지금은 그물망의 관계를 이탈해 있다. 이 위험한 상황에서 구출해 달라는 신호를 시인은 제 2의 언어로 보내고 있는 것이다. 그 신호음은 타자 '너'를 향하여 발신되고 있다.

몸은 모든 감각 기관을 돌출시키고 있는 장소이다. 그런데, 그의 시에서 모든 감각은 촉각으로 수렴되고 응집된다. 촉각을 거치지 않고서는 이러한 감각도 존립할 수 없다. 심지어, 시각마저도 감각의 투시력으로 작용하게 된다. 이것은 나/너의 점착성을 의식한 시적 발상이다.

> 손이 넘치면 뱀이 되어 파고든다. 송곳이나 드라이브가 되어 뚫고 조인다. 기계가 되어 욕망을 만들어 내고 성기가 되어 생명을 생산해 낸다.
> 그러나 무엇보다 손이 흘러넘치면 눈이 된다. 몸 밖의 사물을 포착하는 눈이 아니라 살과 근육과 뼈와 피 속에 살아 꿈틀거리는 감각을 포착하는 눈!
> 눈길은 거리를 두지만 손길은 강한 접착력으로 언제나 붙어버린다. 네 손에 붙어버린 내 몸, 내 몸에 붙어버린 네 손.
>
> 그리움은 눈으로 들고 사랑은 손끝에서 작렬한다.

-「너의 손」 중에서

몸은 모든 감정을 여과하는 장소이다. 감정 또한 촉각으로 걸러지는 것이다. 감각 운동을 통하여 몸은 새로운 체험을 하면서 타인의 몸과 호환하거나 교차한다. 아니면 타인의 몸과 비슷하게 성형하기까지 한다. 물론 그러한 운동은 의식화되기도 하고 의식화되지 않기도 한다. 그러한 타인의 몸, 외부의 몸을 향한 운동은 어떤 대상과의 합일이나 통합을 원하는 제스처이다. 위의 시에서 손길은 접착력을 그 본질적 속성으로 취하고 있다. 손길이 접착력을 상실하면 무의미해진다. 이때 그 접착은 사물과 사물의 단순한 연결이 아니다. 그래서 손은 뱀으로 은유화된다. 뱀은 촉각과 유혹의 육체성을 강하게 상징하는 동물이다. 살과 근육과 뼈와 피의 화학 작용을 일으키는 동인이 되는 순간 손길은 확실히 뱀의 형상성을 획득하게 되는 것이다. 미끈하게 스미는 뱀의 육체적 자질과 끈끈한 유혹성을 상기할 때, 접착을 시도하는 손길의 이미지가 잘 느껴진다.

그런 관점에서, 채호기의 시들은 90년대의 새로운 시적 조망을 요구하게 된다. <나/너의 소통>이라는 시적 화두는 <나/너의 합일>에 대한 기표적 현상이다. 몸은 언제나 나/너의 경계를 그어주는 지표이면서, 나/너를 통합시켜 줄 징표였다. 이들의 시에서 시적 화자인 내가 '너' 또는 '당신'에게 소통을 보내는 매체는 육체성을 돌출하고 있다는 점이 특징이다.

그러나, 몸은 '너'와 '나'를 지탱시켜 주는 견고한 힘이지만 확실한 형태를 지니지 않은 아우라이기도 하다.

> 입놀림을 통해 인간은 서로서로의 생각을 주고받는다. 그러나 소통의 저 밑바닥, 본질적 소통에는 언제나 섹스가 숨어 있다.
> *
> 너의 입술은 말하기 위해서 있는 것이 아니다.(...)너의 입술은 입맞춤을 위해 있다. 꽃의 달콤한 입술에 나비가 조심스럽게 내려앉듯이, 나무의 초록 입술에 미풍이 휘감기듯이, 너의 꼭 다문 혹은 벌어진 입술은 그 색깔로, 그 촉촉함으로, 그 말없음으로, 너 자신에 대해 솔직하게 말하고 있다.
>
> ─「너의 입」 중에서

채호기가 마치 언어를 전면 부정하는 듯 보였던 이유를 알 수 있게 되었다. 왜냐하면 언어를 통한 대화의 근저에 섹스에 대한 욕망이 깔려 있기 때문이다. 이때, 섹스는 타자와의 합일을 모색하는 행위가 된다. 결국 언어는 부정의 대상이 아니라, 몸이 지향하는 모방적 대상인 것이다.

이 시에서 '입놀림'은 이중 행위를 내포하게 된다. 입맞춤과 대화. 이는 타자와 소통하는 두 가지 방식이다. 보다 원색적인 소통 행위는 입맞춤이다. "소통의 저 밑바닥, 본질적인 소통에는 섹스가 숨어 있"기 때문이다. 우리가 타인과 시도하는 소통 속에는 원초적인 욕망이 도사리고 있다는 점을 염두에 둘 때, "입술은 말하기 위해서 있는 것이 아니"라는 진술을 이해할 수 있게 된다. 모든 사물과 대상이 육체화되고, 몸의 상상력적 운동을 배태하고 있는 시의 현장에서 입술은 감각이 아닌 이성에 기대고 있는 언어를 위해 존재하는 것은 아니다. 입술은 "입맞춤을 위해 있다". 그렇다면, 입맞춤은 어디에서 완성되는가. 재미있게도 자신에 대해 말함으로써이다. 그것도 '솔직하게' 말함으로써 입맞춤은 완성되고 있다.

이쯤되면 독자는 이 시가 처음부터 의사소통과 섹스, 즉 언어와 몸을 동질적인 질료로 다루고 있었음을 눈치챌 것이다. 입맞춤과 대화는 더 이상 이중적이지 않다. 동일한 행위이다. 채호기의 시에서 그 둘은 존재 운동의 측면이나 그 질료의 속성면에서 너무나 닮아 있다. 타인을 향해 존재를 움직이는 운동이며, 타인과 동화하거나 일체화되려는 질료적 속성에서 이를 확인할 수 있다. 이 단계까지의 포착도 물론 쉽지는 않았다. 그러나 몸도 언어적 조직을 갖추고 있다는 점은 이를 단적으로 보여준다.

그러나, 시의 요체는 다른 데 있다. 말보다 입맞춤이 더 완벽한 대화 행위라는 점이 그것이다. 말하기 위한 입놀림 대신에, 촉촉한 촉각을 통할 때 너는 '솔직하게' 드러나기 때문이다. 솔직함보다 더 완벽한 소통이 어디 있겠는가. 대화는 언제나 솔직함을 전제로 한다. 솔직함은 타인에게 문을 열었다는 증거이다. 대화와 소통의 극치라 할 수 있는 솔직함이 섹스로 이미지화된 것이다. 타자와의 경계를 허무는 그 출입구가 입술이다. 따라서, "네 몸에는 너의 내부로 들어가는 문이 두 개 있다. 그 중의 하나가 너의 입술이다."

그 입술은 몸과 언어의 소통이 동시적으로 일어나는 곳이며, 이러한 시적 발상법으로 인해 채호기의 시적 문맥은 다층화되고 해독하기 어려운 국면을 조성한다. 하지만, 그 시적 의미의 징후는 애초부터 분명하

게 드러나 있었다. 그것은 첫 시집에서부터 세 번째 시집까지 나/너의
의미축과 분리/통합이라는 의미축이 중층화되어 있는 데서 드러난다.
이처럼, '입술'은 타자와 만나는 창구이며 통로이다. 통로로서의 입술은
상징적 의미를 부여받게 된다. 그것은 구멍이며, 구멍은 변화의 시점을
고지하기 때문이다.

3. 에로스와 타나토스, 그 역학성

구멍은 언제나 굴혈이나 동굴의 삶을 살게 된다. 이중적 방향, 역설적
의미 속에서만 구멍은 구멍의 존재성을 지닐 수 있다. 구멍이 허공이나
무가 아니라 동굴이 되기 위해서는 죽음과 재생을 동시에 투영하는 공
간이 되어야 한다. 바흐찐이 주목했듯이, 신체의 구멍은 생명과 죽음이
교차하는 지점으로서, 죽음을 통해 생명을 더 부각시키는 역설적 코드
이다. 채호기 시에서 입술이 바로 그러한 기능을 떠맡고 있다.
입술은 '나'라는 존재 전체를 흔드는 장소로 원용되고 있다. 존재는
자기의 의지로 주체할 수 없을 정도로 강력한 외부의 힘이 압박을 가해
올 때, 흔들림을 체험한다. 흔들림은 변화 직전에 있는 생의 진동이다.

> 양귀비꽃 같은 너의 입술을 먹고 극도로 긴장한 나의 신경은 들판
> 에 풀을 뜯는 소처럼 독이 퍼져가는 온몸을 느리게 움직이며 너의
> 입술을 열심히 뜯어먹는다. 내 몸은 너의 입술에 서서히 중독된다.

이 시의 시적 자아는 극도로 흔들리고 있다. 중독이 바로 그 흔들림
의 표지이다. 중독은 존재의 화학적 작용이다. 나와 전혀 다른 질료가
내 안에 침투하여 나를 바꾸려고 운동을 시작한 것이다. "나는 너의 몸

속으로 들어가려 한다.//(중략)//갈라진 틈 속으로/터진 구멍 속으로//들어
가서는?//낳아/다른 나를 다른 너를 다른 그를 다른 입술을 다른 나무를
다른 물을 다른 귀를 다른 생각을 다른 마음을 다른 영혼을/낳아! 다른
몸을"(틈, 구멍)에서도 잘 나타나듯이, 나의 존재가 세포 분열을 하려는
것이다. 「너의 입」을 계속해서 읽어 보자.

> 서쪽 하늘에 붉은 입술 시울로 나타나 저녁의 공간을 따뜻하게 뎁
> 히면서 모든 심장에 펌프질을 해대는 노을은 너의 입술이다. 세상에
> 향기 있는 모든 꽃들은, 꽃들을 찾아 돛을 펴고 항해하는 모든 나비
> 들은 너의 입술이다. 음식을 만드는 불, 쇠를 녹이는 불, 집과 산과
> 바다와 하늘을 태우는, 세상 모든 것들을 변화시키고 소멸시키는 불
> 은, 너의 입술이다.
>
> *
> 너의 입술은 다른 세계로 들어가는 입구이다.

입술에 중독된 결과, 시적 자아는 저녁 공간을 따뜻하게 뎁히면서 모
든 심장에 펌프질을 해대는 노을과 돛을 펴고 항해하는 모든 나비들을
구심점으로 원심 운동을 일으키게 된다. 그 운동은 이미 앞에서도 지적
했듯이, 저너머로 향해 가기 위한 문턱 넘기로 수렴된다. 그것은 불이
며, 소멸이고 변화이다.

이렇게 채호기 시에서 입술로 기표화된 타자의 몸은 화산을 상징한
다. 입술이 지닌 불의 속성은 제의성에 있다. 불은 변화의 질료이다. 만
일, 불이 경계의 징표를 내재하게 되면, 그 불은 소멸 이후의 재생을
향하는 상승 운동이 된다. 삶의 열정으로 화산에 뛰어든 앙페토클의 행
동은 제의성 위에서만 합법화될 수 있다. 이 시에서도 너의 입술은 소
멸의 지점으로 끝나지 않고, 다른 세계의 문턱이나 통로가 되고 있다.
그것은 擬似 죽음의 자리이다. "입술은 격정 그 자체다. 죽음 직전에
찾아오는 격정"이기 때문이다. 죽음 직전에 찾아오는 격정은 擬似 죽음
을 체험케 한다. 죽음의 직전까지 이르는 삶에의 충동이 바따이유가 말

한 에로티시즘이다.

앙페토클은 살기 위해 화산에 몸을 던져 죽는다. 이 사건은 죽음을 배경으로 더 강한 빛을 발하는 생명의 힘을 느끼게 한다. 삶의 격정에서 에로스와 타나토스의 겹침이 역설적으로 자주 작용하게 되는 것도 이 때문이다. 삶에의 본능과 죽음에의 본능이 대칭을 이룰 때 앙페토클은 부활하게 된다. 다음 시는 에로스와 타나토스라는 상극의 운동이 그 대척점에서 일체화되는 역학적 관계를 생생하게 묘파하고 있다.

> 나무의 꼿꼿한 성기가
> 나의 질 속으로 들어온다
> 햇빛의 볼륨을 높여라!
> 내 몸을 초록음의 공명으로 부르르 떨게 하는
> 나무의 힘찬 射精!
> 초록 뒤의 더 짙은 초록 겹쳐지는 청록
> 뒤엉키는 녹색 바르르 떨리는 녹색
> 희미한 녹색
> 출렁이는 초록닢 사이로 비쳐드는 肥晉
> 죽어도 좋아! 녹색의 황홀경!
> 죽음을 치고 튀어오르는 섹스!
> 나무와의 섹스
>
> —「햇빛의 볼륨을 높여라」 중에서

그러나, 섹스를 통한 죽음의 체험은 축자적 의미에서의 죽음이 아니다. 죽음을 치고 튀어오르는 섹스, 그것은 삶의 에너지이다. 그래서 "너의 입은 내 몸의 탈출구"가 되며, "너의 입으로 빨려들어간 나는 다시 너의 심장과 내장과 살과 뼈가 되어 이러한 모든 움직임의 동력이 되는 것이다" 햇빛은 나무의 몸 속으로 들어가 나무의 삶을 활기차게 살려 준다. 혹은 나무의 재료가 되기도 한다. 그것은 수동적인 삶으로 해석될 소지가 다분하다. 그러나, 타자와의 합일 추구는 에로티시즘 속에서 삶을 적극적으로 표명한 것이다. 이 시에서 죽음이 생을 더 강렬하게 발산하고 있다는 것도 에로티시즘에서는 죽음이 더 활기찬 생명, 곧 재생을 의미하기 때문이다.

"그대 몸의 캄캄한 동굴에 꽃히는 기차처럼 시퍼런 칼끝이 죽음을 관통하는/이 지독한 사랑//내 자궁 속에 그대 주검을 묻듯/그대 자궁 속에 내 주검을 묻네"(지독한 사랑)에서처럼, 죽음은 자궁 속에 다시 묻힌다. 자궁은 삶의 근원이다. 에로티시즘 속에는 이처럼 자궁 속에 묻히고 싶다는 욕망이 근원적으로 깔려 있다.

인간은 에로스와 타나토스의 두 가지 본능을 함께 지니고 있다. 하지만, 그 두 가지는 정점에서 동질적인 의식의 다른 양상임이 드러난다. 그것은 살고자 하는 욕구이다. 인간이 살고자 하는 욕구가 최대치에 이르는 지점에서 에로스와 타나토스가 혼융되는 것이다. 죽음과 죽임의 본능은 살기 위한 본능의 연장선상에 놓여 있음은, 살기 힘들어질 때 죽고 싶다는 생각을 하는 체험에서도 확인할 수 있다. 죽음은 사실 어머니의 자궁과 같은 존재가 되는 것이다. 그러나 역설적이게도, 죽음에 임박했을 때 에로스의 본능은 급상승하게 된다. 그것은 동물적인 방어인 셈이다.

바따이유가, 성행위에서의 의사 죽음 체험을 에로티즘이라고 묘파한 것도 자궁 회귀의 욕망을 갈파하고 있었기에 가능한 작업이었다. 이제 에로티시즘에서 에로스와 타나토스의 충동이 중층화되는 것은 자연스럽기까지 하다. 에로티시즘의 시적 형상화에 기대지 않고서는 원초적 삶에 대한 욕망을 그처럼 생생하게 은유화할 수는 없기 때문이다. 채호기 시도 에로스와 타나토스의 긴장이 만들어내는 의미 자장 속에서 에로티시즘의 시적 정신을 구현하고 있다는 점에서 성공적이라 할 만하다.

4. 나-너의 합일, 에로티시즘

이쯤에 오면, 마틴 부버를 떠올릴 수도 있겠다. 채호기의 시에서도
'나'는 나와 완전히 다른 몸을 지닌 '너'와의 완전한 합일을 통해서
'나'의 완전한 상태를 획득하게 된다. 인간에게 최초의 타자는 어머니의
몸이다. 어머니 몸속에 있을 때 인간은 가장 완전하였다고 해도 무방할
것이다.

모태와 분리되는 순간부터 죽을 때까지 모든 인간은 전체로서의 느낌
을 다시 만끽하려고 한다. 그래서 인간의 몸은 늘 타자를 향해 열려 있
다. 그리고, 그 전체성의 느낌을 가장 명징하게 체험하게 하는 사건이
바로 섹슈얼리티이다. 그런데 섹슈얼리티가 결핍의 심리와 조우하게 되
면 에로티시즘으로 진입할 수 있다. 인간이 체험하는 극적인 순간 하나
하나가 거대한 물 속으로 물방울이 떨어지는 순간이 아니고 무엇이겠는
가. 그 순간이야말로 나와 너가 합일하는 모습에 대한 적절한 비유가
된다.

> 네 속으로 들어가는 순간 너는 내 속으로 들어왔었다. 그걸 알았을
> 때 내 몸은 네 속에서 거의 사라지고 없었다. 나를, 내 몸을 찾을 수
> 있을까? 너를 다 퍼내고 남은 발라진 생선 가시일까? 내 몸은, 네 몸
> 이 증발하고 남은 얼룩일까? 너의 살 속으로 들어갈 때 이미 나는
> 네 몸에 젖어 있었다.
> 물 속의 물방울이여.
>
> -「물 속의 물방울」 중에서

에로티시즘은 너와 나의 몸을 통해 너와 나의 모든 것을 하나의 질료
로 융해한다. 에로티시즘은 너와 나를 가장 원초적인 상태로 살게 하는
몸의 최고 정점으로 가져가게 한다. 그것은 물방울이 물 속에 섞여 들
어가는 순간에 이루어진다. 물방울이 물 속으로 사라지는 것이 아니라
물에 흘러듦으로써 완성되듯, 나는 너의 희생물이 아니라 너를 통해 전

체로 회복되는 것이다. 전체란 원초성을 함유한다. 즉 물방울은 개체의 비유이며, 물 속은 너를 온전히 합일하는 공간이 된다. 그래서, 너를 통한 전체의 체험은, 곧 모태와의 합일이 실현되는 우주적 차원으로 확장되는 것이다. 에로티시즘은 이렇게 완성된다.

타자는 가장 원초적인 삶을 되살게 하는 토대이다. 인간은 태어나는 순간부터 불완전한 몸뚱이로 태어난다. 살아가면서 내내 타자를 그리워하고 기다리고, 그리고 타자를 환기하는 것도 이 때문이다. 그러면 불완전한 자아를 인식하게 되면 왜 타자를 지향하게 되는 것일까. 타자는 나와 전혀 다른 몸을 가졌기 때문이다. 확실한 경계 지표를 지니면 지닐수록, 즉 나와 이질성의 강도가 높으면 높을수록 타자는 나를 더 확고하고 완전하게 할 가능성의 표지를 지닌다. 불완전한 나는 나와 같이 불완전한 또 다른 나를 필요로 하는 것이 아니다. 나와 완전히 다른 너만이 나를 완전하게 회복시켜 줄 대상이 될 수 있다.

현대가 그 어느 때보다도 나와 합일할 너를 필요로 하고 있는 것도 이러한 에로스의 본능과 무관하지 않다. 너/나를 분리시키는 소외와 너/나의 관계를 비틀고 있는 비인간적인 문명의 극점에 이르렀기 때문이다. 너를 통해 원초적 평안을 은유적으로 체험하게 할 에로티시즘이 극도로 고갈된 상태, 인류가 심리적으로 죽음을 체험하고 있는 오늘날, 채호기 시인이 몸을 제 2의 언어로 차용한 시적 발상법은 의미심장하다 하겠다. 삶의 마지막 비상구를 위해 에로티시즘이라는 시적 통로를 마련하기 위한 것이었다.

참고문헌

1. 자료

서정주, 『서정주 시전집』(1), 민음사, 1993.
오장환, 『오장환 전집』(1), 창작과 비평사, 1989.
송 욱, 『유혹』, 思想界社, 1954.
______, 『하여지향』, 일조각, 1961.
______, 『월정가』, 일조각, 1971.
______, 『나무는 즐겁다』, 문학과 지성사, 1978.
______, 『詩神의 住所』, 일조각, 1981.
전봉건·김종삼·김광림 공저, 『전쟁과 평화와 음악』, 자유세계사, 1957.
전봉건, 『피리』, 문학예술사, 1979.
______, 『꿈 속의 뼈』, 근역서재, 1980.
______, 『북의 고향』, 명지사, 1982.
______, 『새들에게』, 고려원, 1983.
______, 『사랑을 위한 되풀이』, 혜진서관, 1985.

2. 국내 단행본 및 논문

구승회, 『에코필라소피』, 새길, 1995.
고 은, 『50년대』, 민음사, 1973.
김기림, 『김기림 전집』(2권), 심설당, 1988.
김열규, 『한국신화와 무속연구』, 일조각, 1982.

김욱동, 『대화적 상상력』, 문학과 지성사, 1988.

______, 『문학 생태학을 위하여』, 민음사, 1997.

김학동, 『한국근대시의 비교문학적 연구』, 일조각, 1993.

______, 『오장환 연구』, 시문학사, 1990.

김형효, 『구조주의의 사유체계와 사상』, 인간사랑, 1997.

문덕수, 『문예사조』, 개문사, 1986.

민희식, 「프랑스 시에 나타난 에로티즘」, 『현대시학』(74년 10월호)

박민영, 「전봉건 시에 나타난 불 이미지 변용 연구」, 이화여대 석사 논
　　　문, 1990.

박이문, 『老莊思想』, 문학과 지성사, 1996.

______, 『문명의 미래와 생태학적 세계관』, 당대, 1998.

박정남, 「전봉건 시에 나타난 에로스의 세계」, 『대구어문론총』(8집), 1990.

박진환, 「에로스의 본질과 시적 구현」, 『현대시학』(74년 10월호)

박철희, 『서정과 인식』, 이우출판사, 1982.

______, 『한국시사연구』, 일조각, 1984.

______, 『서정주』, 서강대 출판부, 1995.

백기수, 『美의 사색』, 서울대학교 출판부, 1996.

서정주, 『서정주전집』, 일지사, 1972.

성현경, 『한국소설의 구조와 실상』, 영남대 출판부, 1981.

송　욱, 『문물의 타작』, 문학과 지성사, 1978.

______, 『詩學評傳』, 일조각, 1971.

신현숙, 『초현실주의』, 동아출판사, 1992.

오세영, 『20세기 한국시 연구』, 새문사, 1989.

우찬제, 「생태서정과 에코토피아」, 『생태문제와 인문학적 상상력』, 나남
　　　출판, 1999.

유승우, 『한글시론』, 민족문화사, 1983.

유혜숙, 『서정주 시의 이미지 연구』, 시문학사, 1996.

윤재웅, 『미당 서정주』, 태학사, 1998.

이광호, 「폐허의 세계와 관능의 형식-전봉건론」, 『1950년대의 시인들』,
　　　나남, 1994.
정창법 편, 『전후시대 우리 문학의 새로운 인식』, 박이정, 1997.
이승훈, 「히메로스와 페이서스-전봉건의 시」, 『현대시학』(74년 10월호)
이재선, 『우리 문학은 어디에서 왔는가』, 소설문학사, 1987.
이해령, 「우주의 질서와 생명의 리듬-송욱의 시」, 『현대시학』(74년 10월
　　　호)
전봉건 이승훈 대담, 「詩와 에로스」, 『현대시학』(73년 9월호)
전봉건 이승훈 대담, 「續 詩와 에로스」, 『현대시학』(74년 10월호)
정대현 외, 『감성의 철학』, 민음사, 1996.
정의홍, 「영원과 생명의 욕망-정한모의 시」, 『현대시학』(74년 10월호)
최문홍, 박유봉 공저, 『철학대사전』, 휘문출판사, 1981. p. 379.
학원사, 『철학대사전』, 1973.
허창운 외, 『프로이트의 문학예술이론』, 민음사, 1997.
홍신선, 「女性, 天上的 意味의 聖堂」, 『현대시학』(74년 10월호)

3. 번역서

이마미찌 도모노부, 백기수 역, 『애론』, 탐구당, 1981.
다케다 세이지, 김원구 역, 『현대사상의 모험』, 우석, 1986.
리샤르, 윤영애 역, 『시와 깊이』, 민음사, 1995.
마르쿠제, 김인환 역, 『에로스와 문명』, 대양서적, 1975.
마르틴 부버, 김천배 역, 『나와 너』, 대한기독교서회, 1998.
미셸푸코, 김현 편역, 『미셸푸코의 문학비평』, 문학과 지성사, 1996.
바슐라르, 김현 역, 『몽상의 시학』, 홍성사, 1986.
　　　　, 민희식 역, 『불의 정신분석』, 삼성출판사, 1990.

__________, 이가림 역,『초의 불꽃』, 문예출판사, 1991.

__________, 윤인선 역,『로트레아몽』, 청하, 1992.

__________, 이가림 역,『물과 꿈』, 문예출판사, 1992.

__________, 정영란 역,『공기와 꿈』, 민음사, 1993.

반 게넵, 전경수 역,『통과의례』, 을유문화사, 1985.

C. W. E. Bigsby, 박진희 역,『다다와 초현실주의』, 서울대 출판부, 1987.

숀 맥도나휴, 황종렬 역,『땅의 신학』, 분도출판사, 1993.

R. 베이커・F. 엘리스튼, 이철환 역,『철학과 性』, 홍성사, 1982.

에리히 프롬, 이완희 역,『사랑의 기술』, 문장, 1987.

에릭 올슨・립튼 공저,『죽음의 윤리』, 文志社, 1982.

엘리아데, 이은봉 역,『종교형태론』, 한길사, 1996.

__________, 정진홍 역,『우주와 역사』, 현대사상사, 1976.

정화열, 박현모 역,『몸, 또는 욕망의 사다리』, 한길사, 1999.

죠르쥬 바따이유, 조한경 역,『에로티즘』, 민음사, 1997.

______________, 최윤정 역,『문학과 악』, 민음사, 1997.

죠셉캠벨・빌 모이어스, 이윤기 역,『신화의 힘』, 1996.

쥴리아 크리스테바, 김영 역,『사랑의 역사』, 민음사, 1996.

______________, 유복렬 역,『반항의 의미와 무의미』, 푸른숲, 1998.

허버트 마르쿠제,「정신분석학적 생태학 : 생태학과 현대 사회 비판」,
          『생태학 담론』, 솔, 1999.

칼 융, 유기룡・양선규 공역,『콤플렉스, 원형, 상징』, 경북대 출판부, 1984.

토머스 먼로, 백기수 역,『동양미학』, 열화당, 1991.

테렌스 ・호옥스, 오원교 역,『구조주의와 기호학』, 신아사, 1984.

테야르 드 샤르댕,『인간현상』, 한길사, 1997.

폴 리꾀르, 양명수 역,『악의 상징』, 문학과 지성사, 1994.

필립 윌라이트, 김태옥 역,『은유와 실재』, 문학과 지성사, 1993.

프로이드, 김종호 역,『문화의 불안』, 박영사, 1974.

__________, 민희식 역,『정신분석입문』, 거암사, 1982.

_______, 서석연 역, 『꿈의 해석』, 범우사, 1993.
프리드리히 니체, 김대경 역, 『비극의 탄생』, 청하, 1993.
_____________, 송무 역, 『우상의 황혼』, 청하, 1995.
_____________, 최승자 역 『짜라투스트라는 이렇게 말했다』, 청하,
        1988.
프리초프 카프라, 『생명의 그물』, 범양사출판부, 1998.

4. 외국 원서 및 논문

Andrew Welsh, *Roots of Lyric:Primitive Poetry and Modern Poetics*, Princeton :
        Princeton Univ. Press, 1978.

Anthony Elliott, *Psychoanalytic Theory : An Introduction*, Oxford:Blackwell, 1994.

Bill Devall & George Sessions, ed, *Deep Ecology*, Salt Lake City:Gibbs M.
        Smith Inc, 1985.

Cheryll Glotfelty & Harold Fromm, ed, *The Ecocriticism Reader*, Athens and
        London: Georgia Univ. Press, 1996.

C. G. Jung, tr. by R. F. C. Hull, <u>The Eros Theory</u>, *Two Essays Psychology*,
        London : Routledge & Kegan Paul, 1966.

Chatherine Belsey, *Disire : Love stories in Western culture*, Oxford : UK : Blackwell,
        1994.

C. S. Lewis, *The Discarded Image : An Introduction To Medieval And Renaissance
        Literature*, Cambridge : Cambridge Univ. Press, 1964.

E. Neumann, *The Great Mother*, Princeton:Princeton Univ. Press, 1963.

Frederick J. Hoffman, *Motal No:death and the modern imagination*, Princeton
        : Princeton Univ. Press, 1964

Georges Bataille, *Literature and Evil*, ed Alastair Hamilton, New York : Urizen books, 1973.

Guy Michaud, *Message Poétique du Symbolisme*, Paris : Librairie Nizet, 1947.

H. Marcuse, *Eros and Civilization*, New York : Vintage Books, 1962.

Jane Gallop, *Thingking Through the Body*, New York:Columbia Univ. Press, 1988.

John K. Simon, edited, *Modern French Criticism:From Proust and Valéry to Strutualism,* Chicago:Chicago Univ. Press, 1972.

Joseph Bristow, *Sexuality*, London:Routledge, 1997.

Kenneth McLeish, edited, *Key Ideas in Human Thought*, New York : Facts on File, 1993.

M. H. Abrams, *The Mirror and The Lamp:Romantic Theory and The Critical Tradition,* New York : Oxford Univ. Press, 1953.

Nothrop Frye, *The Meeting of East and West*, New York : The Macmillan Company, 1960.

___________, *Seculer Scripture : A study of Structure of Romance,* Cambridge : Havard Univ. Press, 1976.

___________, *The Double Vision:Language and Meaning in Religion,* Toronto : Toronto Univ. Press, 1991.

Peter Brooks, *Body Work:Object of Disire in Modern Narrative,* Cambriedge : Havard Univ. Press, 1993.

Philip Wheelwright, *The Burning Fountain-A Study in the Language of Symbolism,* Bloomington : Indiana Univ. Press, 1968.

Philip P. Wiener, *Dictionary of the History of Ideas*(Ⅲ), New York : Charles Scribner's SonsPublishers, 1979.

René Wellek, <u>A Map of Contemporary Criticism in Europe</u>, *The Frontier of Literary Criticism,* Los Angeles : Hennessey & Ingalls. 1974.

R. K. R. Thornton, *The Decadent Dilema*, London : Edward Arnold Ltd, 1983.

Robert Detweiler, *Story, Sign, and Self : Phonomenology and Structualism as*

Literary-CriticalMethode, Philadelphia : Fortress Press, 1978.

Sidonie Smith, *Subjectivity, Identity, And The Body:Women's Autobiographical Practices in the Twentieth Century, Bl*oomington : Indiana Univ. Press, 1993.

Susan Rubin Suleiman, <u>The Poetics & Politics of Female Eroticism</u>, *Poetics Todays*(Vol. 6), 1985.

Robert J. Stoller, *Observing the Erotic Imagenation*, New Heven:Yale Univ. Press, 1985.

Veronica Kelly and Dorothea Von Mùcke, *Body & Text in the Eighteenth Century*, Stanford : Stanford Univ. Press, 1994.

Werner Sollors, *The Return of themathic Criticism*, London : Harvard Univ. Press, 1993.

竹田靑嗣, 『戀愛論』, 東京, 作品社, 1993.

한국 현대시와 에로티시즘

인쇄일 초판 1쇄 2002년 06월 27일
        2쇄 2015년 02월 23일
발행일 초판 1쇄 2002년 07월 09일
        2쇄 2015년 02월 25일

지은이 전 미 정
발행인 정 찬 용
발행처 국학자료원
등록일 1994.03.10, 제17-271호
서울시 강동구 성내동 447-11 현영빌딩 2층
Tel : 442-4623~4 Fax : 442-4625
www.kookhak.co.kr
E-mail : kookhak2001@hanmail.net

ISBN 978-89-5628-015-8 *03800
가 격 12,000원

* 새미는 국학자료원의 자매회사입니다.
*저자와의 협의 하에 인지는 생략합니다.